AURORA FLOYD

I

ROMANS DE M. E. BRADDON

TRADUITS PAR

CHARLES BERNARD DEROSNE

ET EN VENTE CHEZ LES MÊMES ÉDITEURS

(à 1 franc 25 centimes le volume)

Le Capitaine du Vautour. — 1 volume.
L'intendant Ralph. — 1 volume.
Lady Lisle. — 1 volume.
La Trace du Serpent. — 2 volumes.
Le Secret de lady Audley. — 2 volumes.
Aurora Floyd. — 2 volumes.
Le Triomphe d'Éléanor. — 2 volumes.
Le Testament de John Marchmont. — 2 volumes.
Rupert Godwin. — 2 volumes.
Henry Dunbar. — 2 volumes.
La Femme du Docteur. — 2 volumes.
Le Brosseur du Lieutenant. — 2 volumes.
Le Locataire de sir Gaspard. — 2 volumes.
L'Allée des Dames. — 2 volumes.

COULOMMIERS. — Typographie A. MOUSSIN.

M. E. BRADDON

AURORA FLOYD

TRADUIT DE L'ANGLAIS

PAR

CHARLES BERNARD DEROSNE

AVEC L'AUTORISATION DE L'AUTEUR

NOUVELLE ÉDITION REVUE ET CORRIGÉE

TOME PREMIER

PARIS

LIBRAIRIE HACHETTE ET Cie

BOULEVARD SAINT-GERMAIN, 79

1872

Λ

MONSIEUR HIPPOLYTE HOSTEIN

DIRECTEUR DU THÉATRE IMPÉRIAL DU CHATELET

TÉMOIGNAGE DE MON AFFECTUEUSE GRATITUDE

CH. BERNARD DEROSNE.

Novembre 1863.

AURORA FLOYD

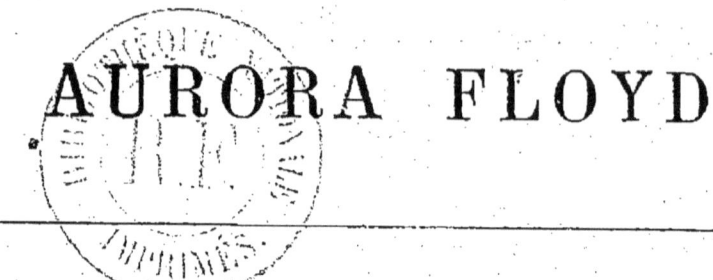

CHAPITRE I

Comment un riche banquier épousa une actrice.

Les faibles rayons d'une lueur rougeâtre éclairent çà et là les épais ombrages des bois du Kent. Le doigt vermeil de l'automne s'est légèrement posé sur le feuillage, — avec cette sobriété de touche que déploie un peintre lorsqu'il se sert de ses plus brillantes couleurs pour parachever son tableau : mais le soleil, qui se couche dans toute la majesté qu'il conserve encore au mois d'août, dore le paisible paysage et l'embrase de sa splendeur.

Les bois environnants, les luxuriantes prairies, les étangs calmes et limpides, les haies coquettement taillées, les routes unies et sinueuses ; les sommets des collines se fondant au loin dans l'horizon empourpré ; les chaumières apparaissant comme des points blancs à travers le feuillage qui les enveloppe ; les auberges isolées au bord de la route avec leurs toits de chaume brunis et les souches moussues de leurs cheminées ; les nobles manoirs cachés derrière des chênes centenaires ; les petites maisons gothiques ; les chalets rustiques à la mode suisse ; les portails soutenus par des colonnes et surmontés d'écussons sculptés dans la pierre, qu'enlacent de gracieuses guirlandes de lierre ; les églises de village, les élégantes écoles, enfin tout ce qui compose un merveilleux paysage anglais est baigné dans une brume vaporeuse, qui s'épaissit à mesure que des obscures profondeurs des forêts et des sentiers bordés de haies se répandent les ombres du crépuscule, et que tous les contours du paysage se détachent d'une manière plus indécise sur le fond du ciel dont la pourpre prend une teinte de plus en plus foncée.

Le soleil à son déclin illumine encore d'une splendeur éblouissante la façade monumentale d'un vaste château, construit en briques rouges, du style en faveur au commencement de l'ère des Géorges, et semble la quitter à regret. Les longues rangées de fenêtres étroites paraissent comme embrasées sous le reflet de cette lueur vermeille, et plus d'un brave villageois, en retournant au logis, s'arrête pour regarder au-delà de la pelouse couverte de rosée, et du paisible lac, craignant presque que l'éclat de ces fenêtres ne provienne d'une cause surnaturelle et que la maison de M. Floyd ne soit en feu.

Ce superbe château en briques rouges appartient à maître Floyd, comme les paysans du Kent l'appellent dans leur patois, à Archibald-Martin Floyd, de la grande maison de banque Floyd, Floyd et Floyd, de Lombard Street, dans la Cité.

Les paysans du Kent connaissent très-peu cette maison de banque de la Cité, car depuis longtemps Archibald-Martin, l'associé principal, ne prend plus une part active aux affaires, qui sont gérées entièrement par ses neveux André et Alexandre Floyd, l'un et l'autre entre deux âges, hommes rangés, possédant famille et maisons de campagne ; tous deux sont redevables de leur fortune à leur oncle qui, quelque trente ans auparavant, les avait placés dans sa maison, alors qu'ils n'étaient encore que de jeunes Écossais rougeauds, grands, efflanqués, d'un blond ardent, tout frais débarqués d'un village situé au nord d'Aberdeen, et d'un nom impossible à prononcer.

Dans les premiers temps qu'ils étaient entrés dans la maison de leur oncle, ces jeunes messieurs écrivaient leurs noms Mc Floyd ; mais ils n'avaient pas tardé à suivre le sage exemple de leur parent et à abandonner la redoutable

particule. « Nous n'avons pas besoin de dire à ces gens du
Midi que nous sommes Écossais, » fit remarquer Alick à
son frère, la première fois qu'il écrivit son nom A. Floyd
tout court.

La maison de banque écossaise avait merveilleusement
prospéré dans l'hospitalière capitale de l'Angleterre. Un
succès sans précédent avait couronné toutes les entreprises
de la vieille et honorable maison Floyd, Floyd et Floyd. Il
y avait plus d'un siècle, en effet, que la raison commerciale
était constamment Floyd, Floyd et Floyd; car à mesure
qu'un membre de la maison venait à baisser ou à mourir,
du vieux tronc surgissait une branche plus vivace, et il n'y
avait pas encore eu lieu de changer la triple répétition du
nom si bien connu sur les plaques de cuivre qui ornaient
les portes en acajou de la maison de banque. C'est une de
ces plaques de cuivre que, trente ans environ avant la
soirée du mois d'août où commence mon récit, Archibald-
Martin Floyd montrait du doigt à ses neveux, qui n'avaient
encore que la peau et les os, la première fois qu'il leur fit
franchir le seuil de sa maison d'affaires.

— Voyez, mes enfants, — dit-il, — regardez les trois
noms gravés sur cette plaque de cuivre. Votre oncle George
a plus de cinquante ans et il est célibataire : c'est le premier nom; notre cousin germain, Stephen Floyd, de Cal-
cutta, va se retirer des affaires avant peu : c'est le second
nom ; le troisième est le mien, et j'ai trente-sept ans, souve-
nez-vous-en, mes enfants, et je ne suis pas disposé à faire
la folie de me marier. Bientôt on aura besoin de vos noms
pour remplir les vides ; en attendant, faites bien attention à
les conserver purs ; car, pour peu qu'ils soient souillés d'une
tache, il leur faudra renoncer à jamais à être inscrits sur
cette plaque de cuivre.

Peut-être nos jeunes Écossais tout frais débarqués pri-
rent-ils à cœur cette leçon ; ou peut-être bien la probité
était-elle une vertu naturelle et innée dans la maison Floyd.
Quoi qu'il en soit, ni Alick ni André ne déshonorèrent leurs
ancêtres ; et lorsque Stephen Floyd, le négociant des Indes
orientales, eut liquidé, et que l'oncle George fut fatigué des

affaires et de la manie de bâtir, cette marotte des vieux garçons, les jeunes gens prirent la place de leurs parents et se
chargèrent de la gestion de la maison. Archibald-Martin
Floyd avait induit ses neveux en erreur sur un seul point, et
ce point le regardait personnellement. Dix ans après avoir
tenu aux jeunes gens le langage que nous avons rapporté,
non-seulement le banquier fit la folie de se marier, mais,
si vraiment on peut qualifier pareilles choses de folies, il descendit encore plus bas du piédestal sur lequel se drape la
sagesse humaine, en tombant amoureux, à en perdre la
tête, d'une femme fort jolie, mais sans fortune, qu'il ramena
avec lui après une tournée dans les provinces manufacturières, et qu'il présenta presque sans cérémonie à ses parents
et à ses voisins de campagne comme son épouse.

Tout cela s'était fait si précipitamment, que ces mêmes
voisins étaient à peine revenus de la surprise que leur avait
causée la lecture d'un certain paragraphe du *Times*,
annonçant le mariage de « ARCHIBALD-MARTIN FLOYD,
banquier, de Lombard Street et de Felden, avec ÉLIZA,
fille unique de feu le Capitaine PRODDER, » lorsque la berline de voyage du nouveau marié passa rapidement devant le
pavillon gothique, situé à l'entrée du domaine du banquier,
longea l'avenue et franchit le grand portail en pierre atte-
nant à la maison, et qu'Eliza Floyd mit le pied dans le château,
en saluant d'un air plein de bonté les domestiques ravis,
rangés dans le vestibule pour recevoir leur nouvelle maîtresse.

L'épouse du banquier était une jeune femme de trente
ans environ ; elle avait la taille haute, le teint brun et de
grands yeux noirs dont le feu faisait rayonner d'une beauté
éblouissante des traits qui, autrement, n'eussent en rien
attiré les regards.

Que le lecteur se représente un de ces visages dont tout
le charme consiste dans l'éclat surnaturel de deux yeux
magnifiques, et se rappelle jusqu'à quel point ces visages-là
ont une puissance de fascination supérieure aux autres. La
même somme de beauté, répartie sur un nez bien fait, des
lèvres roses et saillantes, un front symétrique et un teint

délicat, ne fera qu'une femme pourvue d'attraits ordinaires ; mais concentrée sur un seul point, dans l'éclat merveilleux des yeux, elle en fait une divinité, une enchanteresse. On peut rencontrer la première de ces deux femmes tous les jours ; on ne rencontre la seconde qu'une fois dans sa vie.

Floyd présenta sa femme à la bourgeoisie du voisinage, dans un grand dîner qu'il donna peu de temps après son arrivée à Felden, nom que portait sa maison de campagne ; et, une fois cette cérémonie accomplie, il ne dit pas un mot de plus sur le choix qu'il avait fait ni à ses voisins, ni à ses parents, qui eussent été fort aises d'apprendre comment s'était consommé ce mariage inattendu, et qui trahissaient leur curiosité en pure perte par des demi-mots à l'adresse de l'heureux époux.

Cette discrétion de la part d'Archibald ne fit, bien entendu, que mettre plus activement à l'œuvre les mille langues de la renommée. A en croire les rumeurs qui circulaient dans Beckenham et dans West Wickham, villages près desquels Felden était situé, il n'y avait guère dans la société de condition basse et vile d'où Mme Floyd ne fût sortie. C'était, selon les uns, une ouvrière travaillant dans une manufacture, et le vieux sot de banquier l'avait vue dans les rues de Manchester, avec un mouchoir de couleur sur la tête, un collier de corail au cou, marchant dans la boue, sans bas et sans souliers ; c'est ainsi qu'il l'avait rencontrée ; il en était devenu amoureux sur-le-champ, et lui avait proposé de l'épouser sans tambour ni trompette. C'était, selon les autres, une actrice, et il l'avait vue au théâtre de Manchester. Bien pis encore, disaient ceux-ci, c'était une pauvre saltimbanque, affublée d'une robe de mousseline d'un blanc sale, de velours de coton rouge parsemé de paillettes, faisant des tours dans une baraque de toile, en compagnie d'une misérable troupe de vagabonds nomades et d'un cochon savant. D'autres disaient encore que c'était une écuyère, et que ce n'était pas dans les contrées manufacturières, mais au Cirque d'Astley, que le banquier l'avait rencontrée ; et il y avait même des gens qui étaient prêts à jurer l'avoir vue, de leurs propres yeux, dans cette arène couverte de sciure de bois, sauter au travers de cerceaux dorés et danser la cachucha sur six chevaux nus. On répétait aussi tout bas des cancans qui allaient plus loin encore, et que je n'ose pas rapporter ici, car les bouches qui déchiraient si impitoyablement et à si belles dents le nom et la réputation d'Éliza étaient inspirées par la méchanceté. Il pouvait se faire que quelques-unes de ces femmes eussent des raisons personnelles pour éprouver du dépit contre la nouvelle épouse, et que, dans ces charmantes villas du Kent, plus d'une beauté sur le déclin eût spéculé sur les revenus du banquier et sur les avantages d'une union avec le propriétaire de Felden.

La partie féminine de la société était étonnée et indignée de l'indolence des deux neveux écossais et de George Floyd, le vieux célibataire, frère d'Archibald Floyd. Pourquoi ces gens-là ne montraient-ils pas un peu de caractère et n'organisaient-ils pas un conseil de famille pour faire enfermer leur parent insensé dans une maison de fous? Il le méritait bien.

La vieille noblesse du faubourg Saint-Germain, les duchesses hors d'âge et les vidames de l'autre siècle n'auraient pu médire d'un orléaniste enrichi avec plus de rancune mordante que tout ce monde n'en mettait à jaser sans relâche sur le compte de la femme du banquier. Chacun de ses actes était un nouveau sujet de critique ; à propos même de ce premier grand dîner dont nous avons parlé, quoiqu'Eliza ne se fût pas plus mêlée des préparatifs du cuisinier et de la femme de charge que si elle eût été en visite au palais de Buckingham, les invités dans leur mauvaise humeur trouvèrent que tout avait dégénéré depuis que « cette femme » était entrée dans la maison. Ils détestaient l'heureuse aventurière : ils la détestaient pour ses beaux yeux et pour ses magnifiques bijoux, présents extravagants d'un mari passionné ; ils la détestaient pour sa majestueuse prestance et pour ses mouvements pleins de grâce qui ne trahissaient jamais la prétendue obscurité de son origine ; ils la détestaient surtout pour son insolence, parce qu'elle n'avait pas le moins du monde l'air effrayé à la vue des imposants membres du nouveau cercle dans lequel elle se trouvait.

Si elle se fût débonnairement soumise aux nombreuses humiliations que ces provinciaux étaient prêts à lui faire subir; si elle eût recherché leur protection et si elle se fût laissé tancer par eux; peut-être avec le temps lui auraient-ils pardonné. Mais elle ne fit rien de tout cela. Si on venait la voir, c'était fort bien; elle était franchement et complétement charmée de recevoir des visites. On pouvait la trouver les mains couvertes de gants de jardinage, les cheveux sans apprêt, portant un arrosoir, occupée dans ses serres, et elle vous accueillait avec autant de sérénité que si elle fût née dans un palais et accoutumée depuis sa plus tendre enfance à recevoir des hommages. On avait beau être d'une politesse aussi froide que possible, elle était toujours affable, franche, gaie et bonne. Elle aimait à parler sans cesse de son « cher vieil Archy, » comme elle se permettait d'appeler celui qui était en même temps son bienfaiteur et son mari; ou bien elle montrait à ses hôtes quelque nouveau tableau qu'il avait acheté, et elle osait, l'impudente, l'ignorante, la prétentieuse créature! parler d'art, comme si tout le jargon ronflant sous lequel ils essayaient de l'écraser lui eût été aussi familier qu'à un membre de l'Académie royale. Quand l'étiquette exigeait qu'elle rendît ses visites de cérémonie, elle avait l'audace de se rendre chez ses voisins dans un petit panier traîné par un seul poney à tous crins, car cette femme artificieuse avait le tort d'affecter de la simplicité dans ses goûts, et de ne point faire d'étalage. La grandeur qui l'entourait était pour elle chose toute naturelle; elle causait et riait avec sa verve théâtrale, à la grande admiration des jeunes gens assez aveugles pour ne pas voir les charmes de race de celles qui la dénigraient, mais qui ne se lassaient jamais de vanter les manières aimables et les yeux superbes de Mme Floyd.

Je serais curieux de savoir si la pauvre Éliza connaissait la totalité ou même la moitié des méchancetés qu'on débitait sur son compte. Je soupçonne fort qu'elle chercha d'une façon ou d'une autre à être mise au courant de tout, et qu'elle ne fît qu'en rire. Elle était habituée à une vie d'émotions, et Felden eût pu lui paraître un séjour monotone sans ces médisances sans cesse renouvelées. Elle prenait un malin plaisir à la déconvenue de ses ennemis.

— Il faut qu'elles aient eu bien envie ou bien besoin de vous épouser, Archy, — disait-elle, — pour qu'elles me haïssent avec tant d'acharnement. Pauvres vieilles filles sans dot, penser que je leur ai arraché leur proie! Je sais que c'est dur pour elles de songer qu'elles ne peuvent me faire pendre pour avoir épousé un homme riche.

Mais le banquier était si profondément blessé lorsqu'Eliza, qu'il adorait, lui répétait les cancans que lui avait rapportés sa femme de chambre, fermement dévouée à sa bonne et aimable maîtresse, qu'Eliza prit le parti de ne plus les lui raconter. Ils la divertissaient, elle; mais lui, ils le piquaient au vif. Fier et sensible, comme presque tous les hommes intègres et consciencieux, il ne pouvait endurer que personne osât toucher au nom de la femme qu'il aimait si tendrement. Que faisait l'obscurité d'où il l'avait tirée pour l'élever jusqu'à lui? Une étoile est-elle moins brillante, parce qu'elle scintille, au milieu de la nuit, sur une mare aussi bien que sur la mer? Une femme vertueuse et bonne est-elle moins estimable parce qu'elle gagne misérablement sa vie par le seul travail auquel elle puisse se livrer, et parce qu'elle joue le rôle de Juliette devant un auditoire composé d'ouvriers qui payent à raison de six pences par tête le privilége de l'admirer et de l'applaudir?

Oui, il faut révéler le crime, les mauvaises langues n'avaient pas tout à fait tort dans leurs conjectures : Eliza Prodder était actrice, et c'était sur les sales planches d'un théâtre de second ordre du comté de Lancastre que l'opulent banquier l'avait vue pour la première fois. Archibald nourrissait une admiration traditionnelle, passive, mais sincère, pour le vrai drame anglais. Oui, le drame anglais, car il avait vécu à une époque où le drame était anglais, où *George Barnwel* et *Jane Shore* figuraient parmi les chefs-d'œuvre favoris d'un public qui hantait les théâtres. Ah! que nous avons tristement dégénéré depuis ces jours classiques, et qu'il est rare aujourd'hui qu'on nous mette sous les yeux la charmante histoire de Milwood et de son novice admirateur! C'est vraiment déplorable. Pénétré, donc, de la solennité de Shakspeare et du drame anglais, Floyd, de passage, un soir, dans une petite ville du comté de Lancastre, entra dans une loge poudreuse du théâtre pour assister à la représentation de *Roméo et Juliette* : le rôle de l'héritière des Capulet était rempli par Mlle Eliza Percival, Prodder, de son véritable nom.

Je ne crois pas que Mlle Percival fût bonne actrice ou qu'elle se fût jamais distinguée dans sa profession, mais elle avait une voix grave et mélodieuse qui prononçait les paroles de l'auteur dont elle se faisait l'interprète avec une certaine richesse de ton qui, quoiqu'un peu monotone, faisait plaisir à entendre, et sur la scène elle était vraiment belle, car son visage illuminait le petit théâtre mieux que ne le faisait tout le gaz que le directeur liardait aux spectateurs clair-semés dans la salle.

Ce n'était pas encore, à cette époque, la mode de faire des pièces de Shakspeare des drames à effet. On n'avait pas encore intercalé dans *Hamlet* la fameuse scène nautique, et le prince de Danemark ne piquait pas une tête pour sauver la pauvre Ophélie. Dans ce petit théâtre du comté de Lancastre, on eût considéré comme une impardonnable infraction à toutes les lois de l'art dramatique qu'Othello ou son porte-fanion s'avisassent de s'asseoir à aucun moment de l'auguste représentation. L'espérance du Danemark n'était pas un homme du Nord accoutré d'une longue robe, et laissant flotter sa blonde chevelure; c'était tout bonnement un individu portant un court justaucorps de velours de coton noir passé, taillé comme une blouse d'enfant, et garni de perles de Venise, qui pendaient et sur lesquelles l'acteur marchait de temps en temps dans le cours de la pièce. Les acteurs, dans leur simplicité, prétendaient que la tragédie, pour être la tragédie, doit ne ressembler à rien absolument de ce qui a jamais eu lieu sous la calotte des cieux. Or, Eliza suivait patiemment le vieux sentier battu; car c'était une créature trop bonne, trop peu sé-

rieuse, trop complaisante pour tenter follement de contrarier les travers du siècle, qu'elle n'était pas née pour corriger.

Que dire alors de sa manière de jouer le rôle de la jeune
Italienne passionnée? Elle portait une robe de satin blanc
ornée de paillettes qu'on avait cousues sur le bord d'une
jupe fanée, dans la ferme persuasion, persuasion partagée
par toutes les actrices de province, que les paillettes sont
l'antidote de la saleté. Elle était en train de rire et de ba-
biller dans le petit foyer, une minute avant d'entrer en
scène pour pleurer son frère assassiné et son amant exilé.
Mlle Percival ne prenait pas sa profession fort à cœur; les
émoluments qu'elle touchait dans le comté de Lancastre la
rémunéraient à peine des tracas et des fatigues que lui causaient des répétitions commençant de fort bonne heure et
des représentations finissant très-tard; quelle compensation y eût donc trouvé l'épuisement moral auquel s'assujettit le véritable artiste qui vit de la vie du personnage
qu'il représente?

Les comédiens avec lesquels jouait Éliza échangeaient
entre eux, dans les intervalles d'un dialogue, où ils se pro-
diguaient les menaces les plus vindicatives, des observa-
tions amicales sur leurs affaires particulières; pendant les
moments de répit que le jeu de la scène leur laissait, ils
calculaient à demi-voix, mais parfois de façon à être cependant entendus, le chiffre de la recette; et quand Hamlet
appelait Horatio sous le feu de la rampe pour lui demander : « Vois-tu cela? » il était assez probable que le confident du prince était au fond du théâtre en train de raconter
à Polonius la manière honteuse dont sa maîtresse d'hôtel
s'y prenait pour lui voler du thé et du sucre.

Ce ne fut donc pas le jeu de Mlle Percival qui captiva le
banquier. Archibald savait qu'elle était aussi mauvaise actrice qu'aucune femme qui ait jamais joué la tragédie et la
haute comédie pour vingt-cinq shillings par semaine. Il avait
vu Mlle O'Neil dans ce même rôle, et il ne put s'empêcher
de sourire de pitié en entendant les ouvriers applaudir la
pauvre Eliza dans la scène de l'empoisonnement. Mais,

malgré tout, il tomba amoureux d'elle. Ce fut une nouvelle édition de l'éternelle histoire, vieille comme le monde. Ce fut l'histoire d'Arthur de Pendennis ensorcelé et transporté par Mlle Fotheringay au petit théâtre de Chatteries, avec cette différence que, au lieu d'un faible et impressionnable adolescent, c'était un homme de quarante-sept ans, versé dans les affaires, calme, posé, qui n'avait jamais, avant ce soir-là, ressenti le plus léger frémissement d'émotion en voyant un visage féminin. A partir de ce soir-là, par exemple, le monde ne renferma plus pour lui qu'un seul être, la vie n'eut plus qu'un seul but. Il retourna au théâtre le lendemain, puis le surlendemain, et s'arrangea de façon à lier connaissance avec quelques-uns des acteurs dans une taverne voisine du théâtre. Ils le grugèrent d'importance, ces comédiens râpés; ils lui firent payer une infinité de grogs, le flattèrent, le cajolèrent, et arrachèrent le secret de son cœur; puis ils allèrent rapporter à Eliza qu'elle était tombée sur une bonne aubaine, qu'un vieux garçon, qui avait toujours de l'argent plein ses poches, était amoureux fou d'elle, et que, si elle savait bien mener sa barque, elle l'épouserait dès le lendemain. Ces bons apôtres le lui montrèrent par un trou percé à la toile : il était assis presque tout seul dans une des loges, attendant que la pièce commençât et que les yeux noirs d'Eliza vinssent l'éblouir encore une fois.

Eliza rit de sa conquête; ce n'en était qu'une de plus parmi un grand nombre d'autres analogues, qui avaient toutes eu le même dénoûment et ne l'avaient conduite à rien de mieux qu'à la location d'une loge le soir de son bénéfice, ou à un bouquet laissé pour elle à la porte du théâtre. Elle ne connaissait pas la force d'un premier amour sur un homme de quarante-sept ans. Une semaine ne s'était pas écoulée, qu'Archibald lui avait fait l'offre sérieuse de sa main et de sa fortune.

Il avait appris beaucoup de choses sur son compte par ses camarades de théâtre, et il n'en avait entendu dire que du bien. C'étaient des tentations auxquelles elle avait résisté; des bracelets de diamants qu'elle avait refusés avec indigna-

tion; des actes touchants de tendre charité qu'elle avait faits
en secret; son indépendance, qu'elle avait conservée, malgré toute sa pauvreté et ses rudes épreuves; ils lui racon-
tèrent une centaine d'anecdotes sur sa bonté, qui lui firent
monter le sang au visage d'orgueil et de généreuse émotion. Elle-même lui fit le simple récit de son existence;
elle lui dit qu'elle était la fille d'un Capitaine de navire marchand appelé Prodder; qu'elle était née à Liverpool; qu'elle
se souvenait peu de son père, qui était presque toujours en
mer, ni de son frère, son aîné de trois ans, qui, après
s'être querellé avec son père, le Capitaine, avait disparu,
et dont on n'avait plus entendu parler, ni de sa mère qui
était morte, quand elle, Eliza, était âgée de dix ans. Le
reste fut relaté en peu de mots. Elle avait été recueillie
dans la famille d'une tante, qui tenait une boutique d'épicerie dans la ville natale de Mlle Prodder. Elle avait appris
à faire des fleurs artificielles; mais elle n'avait pas mordu
à ce genre de travail. Elle allait souvent dans les théâtres
de Liverpool, et l'idée lui vint qu'elle aimerait à monter
sur les planches. Comme elle était jeune, hardie et éner-
gique, un beau jour elle avait quitté la maison de sa tante,
était allée droit chez le régisseur d'un des petits théâtres,
et l'avait prié de la laisser jouer le rôle de lady Macbeth. Le
régisseur lui rit au nez; mais il lui dit que, en considération de sa belle prestance et de ses beaux yeux noirs, il lui
donnerait quinze shillings par semaine pour figurer : terme
technique dont il se servait pour désigner l'emploi des
femmes qui circulent sur le théâtre tantôt vêtues en pay-
sannes, tantôt en costumes de cour confectionnés avec de
la cotonnade garnie d'or, et qui regardent d'un air distrait
tout ce qui se passe sur la scène. Après avoir été comparse
quelque temps, Eliza commença à jouer de petits rôles refusés avec indignation par les actrices qui lui étaient supérieures : de ces rôles modestes, elle se lança dans l'arène
tragique, où elle sut se maintenir sans encombre pendant
neuf ans, jusqu'à la veille du vingt-neuvième anniversaire
de sa naissance, où le destin jeta le riche banquier sur son
chemin, et où, dans l'église paroissiale d'une petite ville de

province, l'actrice échangea le nom de Prodder contre celui de Floyd.

Elle avait accepté le banquier en partie parce qu'elle était mue par un sentiment de reconnaissance pour l'ardeur généreuse de son affection, et portée à l'aimer mieux que tout autre homme qu'elle connaissait, et en partie d'après les avis de ses amis du théâtre, qui lui avaient dit, avec plus de franchise que d'élégance, qu'elle serait une étrange folle de laisser échapper une pareille chance; mais à l'époque où elle donna sa main à Floyd, elle n'avait aucune idée de l'énormité de la fortune qu'elle était invitée à partager. Il lui dit qu'il était banquier, et son active imagination évoqua incontinent l'image de la seule femme de banquier qu'elle eût jamais connue : c'était une grosse femme qui portait des robes de soie, habitait une maison carrée enduite de stuc et ayant des jalousies vertes, avec une cuisinière et une femme de chambre, et prenait trois billets de loge au bénéfice de Mlle Percival.

C'est pourquoi, lorsque le mari couvrit sa charmante fiancée de bracelets et de colliers de diamants, de soieries et de brocarts qui se tenaient raides et qu'on ne pouvait manier à cause même de leur richesse ; quand il l'amena tout droit de sa province dans l'île de Wight, où il la logea dans de spacieux appartements, au meilleur hôtel de Ryde, et qu'il jeta son argent à droite et à gauche, comme s'il eût porté la lampe d'Aladin dans la poche de son habit, Éliza fit des remontrances à son nouveau maître, craignant que son amour ne l'eût rendu fou, et que cette extravagance alarmante ne fût le premier symptôme de la démence.

Quand Archibald fit entrer sa femme dans la longue galerie de tableaux de Felden, Éliza joignit ses mains dans le sincère transport de sa joie féminine, en voyant les magnificences dont elle était entourée. Elle tomba à genoux et adressa des hommages vraiment dramatiques à son seigneur et maître.

— O Archy, — dit-elle, — tout cela est trop pour moi. J'ai peur de mourir de bonheur et que ma grandeur me tue.

Dans toute la maturité de la beauté, d'une santé floris-

sante, pleine de fraîcheur et d'entrain, Éliza était bien peu
fondée à songer qu'elle ne jouirait de ces splendeurs que
durant très-peu de temps.

Maintenant que le lecteur connaît les antécédents d'Éliza,
il y trouvera peut-être l'explication du sans-gêne insolent
et de la noble audace avec lesquels Mme Floyd traitait les
familles provinciales de second rang qui s'appliquaient à la
couvrir de confusion. Elle avait été actrice : p endant neu
ans elle avait vécu dans ce monde idéal, où les ducs et les
marquis sont aussi communs que les bouchers et les bou-f
langers dans la vie journalière, où tout noble est généralement pauvre d'esprit, bafoué de tous les côtés et traité
avec mépris par les spectateurs, à cause de son rang. Comment eût-elle été interdite en entrant dans les salons de
ces manoirs du Kent après avoir, pendant neuf ans, paru
tous les soirs sur un théâtre pour être le point de mire de
tous les yeux et émerveiller son auditoire toute une soirée ?
Était-il probable qu'elle s'en laisserait imposer par les Lenfield, qui étaient des carrossiers de Park Lane, ou par
Mlle Manderlys, dont le père avait fait sa fortune grâce à un
brevet pour un nouveau genre d'amidon, elle qui avait reçu
le roi Duncan à la porte de son château, et s'était assise
sur son trône, condescendant à offrir l'hospitalité aux
Thanes venus lui rendre hommage à Dunsinane? Ils avaient
donc beau faire, ils n'étaient pas dans le cas de soumettre
cette réprouvée; tandis que, pour accroître encore leur
mortification, il devenait chaque jour plus évident que
M. et Mme Floyd étaient un des couples les plus heureux
qu'on eût jamais vu porter les liens du mariage, et les
changer en guirlandes de roses. Si ce que je rapporte ici
était une histoire très-romanesque, il ne serait pas dé-
placé de faire se morfondre Éliza dans sa cage dorée, usant
ses forces à pleurer un amant abandonné, délaissé dans un
funeste moment d'ambitieuse folie. Mais comme mon récit
est véridique, vrai non-seulement dans un sens général,
mais rigoureusement vrai quant aux faits principaux que je
vais relater, et comme je pourrais désigner, dans un certain comté, assez loin au nord des charmants bois du Kent,

la maison même où les événements que je vais rapporter
ont eu lieu, je suis obligé de dire aussi la vérité à cet
égard, et de donner comme un fait positif que l'amour
qu'Éliza avait pour son mari était une affection aussi pure
et aussi sincère que jamais homme doit espérer en obtenir
du cœur généreux d'une excellente femme. Je ne saurais
dire quelle part la reconnaissance pouvait avoir dans cet
amour. Si elle habitait une belle maison et était servie par
des domestiques pleins d'attention et de déférence; si elle
mangeait des mets délicats et buvait des vins recherchés;
si elle portait de riches toilettes et des bijoux magnifiques;
si elle se prélassait sur les coussins moelleux d'une voiture,
traînée par des chevaux vifs et fringants, conduite par un
cocher à tête poudrée; si, partout où elle allait, on lui rendait toutes sortes d'hommages extérieurs; si elle n'avait
qu'à formuler un désir pour qu'il fût satisfait comme par
enchantement; elle savait qu'elle devait tout cela à son
mari, à Archibald Floyd; et il peut se faire que tout naturellement elle finit par l'identifier avec tous les avantages
dont elle jouissait et par l'aimer pour toutes ces choses-là.
Un amour de ce genre peut paraître une affection basse et
méprisable; et sans doute Éliza aurait dû ressentir un
souverain mépris pour l'homme qui épiait tous ses caprices,
satisfaisait toutes ses fantaisies et qui l'aimait et l'honorait,
toute ci-devant actrice de province qu'elle était, autant
qu'il eût pu le faire, si elle eût descendu les marches du
trône le plus altier de la chrétienté pour lui donner sa main.
    Elle était reconnaissante à son égard, elle l'aimait et elle
le rendait parfaitement heureux; si heureux que le brave
Écossais était quelquefois presque frappé d'épouvante en
contemplant sa prospérité, et disposé à prier le ciel à deux
genoux de ne pas la lui ravir : s'il plaisait à la Providence
de l'éprouver, qu'elle le dépouillât de toute sa fortune sans
lui laisser un sou, pour débuter de nouveau dans le monde,
pourvu que ce fût avec elle. Hélas! c'était, entre tous, ce
bien-là qu'il devait perdre!
    Éliza et son mari vécurent pendant un an de cette vie
heureuse à Felden. Il voulut l'emmener sur le continent

ou à Londres passer la belle saison; mais elle ne put se résoudre à quitter sa charmante maison du Kent. Elle était plus heureuse que les journées n'étaient longues, dans ses jardins et ses serres, au milieu de ses chiens et de ses chevaux, et parmi ses pauvres. Aux yeux de ces derniers, elle était un ange descendu du ciel pour les consoler. Elle avait l'adresse de se faire aimer de ces gens-là avant d'entreprendre de réformer leurs mauvaises habitudes. Dans les premiers temps, en commençant à faire leur connaissance, elle fermait les yeux sur la malpropreté et le désordre de leurs chaumières, comme elle les eût fermés sur un tapis râpé dans le salon d'une duchesse pauvre; mais peu à peu elle conseillait adroitement telle ou telle petite amélioration dans le ménage de ses protégés, et finissait, en moins d'un mois, sans sermonner ni blesser personne, par opérer une transformation complète. Mme Floyd était excessivement habile dans sa conduite à l'égard de ces paysans vicieux. Au lieu de leur dire tout de suite d'une manière franche et chrétienne qu'ils étaient tous malpropres, dépravés, ingrats, impies, elle faisait de la diplomatie et agissait avec eux comme si elle eût été un candidat sollicitant les suffrages du comté. Par l'appât de chapeaux neufs, elle amenait les jeunes filles à aller régulièrement à l'église; au moyen de tabac qu'elle leur donnait pour fumer chez eux, et dans quelques cas (oh! horreur!), grâce au cadeau d'une bouteille de gin, elle détournait les hommes mariés de continuer à fréquenter les cabarets. Elle parvenait à faire nettoyer une cheminée ou un foyer sales, en faisant présent à la maîtresse du logis d'un brillant vase de porcelaine ou d'un garde-feu en cuivre. Une robe neuve lui servait à corriger une humeur acariâtre, et un gilet de toile de Perse à pacifier une querelle de famille invétérée. Mais une année après son mariage, tandis que les jardiniers étaient à l'ouvrage pour mettre à exécution les plans d'embellissement qu'elle avait tracés; tandis que l'œuvre de la réforme progressait lentement, mais sûrement, parmi les êtres qu'elle comblait de ses bontés et qui lui en étaient reconnaissants; tandis que les langues de ses détracteurs continuaient à déchirer à belles dents sa réputation sans tache; tandis qu'Archibald était transporté de joie de tenir dans ses bras une petite fille; sans qu'aucun symptôme précurseur fût venu amortir la violence du coup, la lumière s'éteignit lentement de ces yeux si brillants, ils se fermèrent pour l'éternité, et Archibald devint veuf.

CHAPITRE II

Aurora.

L'enfant qu'Éliza laissa après elle, lorsqu'elle fut enlevée si subitement à tous les bonheurs et à toutes les joies de ce monde, fut baptisée sous le nom d'Aurora. Ce nom romanesque avait été une fantaisie de cette pauvre Éliza ; et il n'y avait pas un seul de ses caprices, quelque insignifiant qu'il fût, qui n'eût toujours été sacré pour son mari et qui ne lui fût désormais doublement sacré. Personne ici-bas ne connut l'amertume réelle du chagrin qu'éprouva le pauvre Archibald. Ses neveux et leurs femmes lui faisaient constamment des visites de condoléance ; et l'une de ses nièces par alliance, créature douée d'une bonté tout à fait maternelle, et femme dévouée à son mari, insista même pour voir et consoler le pauvre affligé. Dieu sait si sa tendresse apporta quelque soulagement à cette âme brisée ! Elle trouva en lui un homme qui semblait frappé de paralysie, engourdi, presque hébété. Peut-être adopta-t-elle le meilleur plan de conduite qu'on eût pu suivre. Elle lui parla peu de l'objet de son affliction ; mais elle alla le voir fréquemment, elle eut la patience de s'asseoir en face de lui durant des heures entières, et lui tint des conversations sur toute sorte de banalités ou de lieux communs : l'état du pays, le temps, le changement de ministère et autres sujets analogues si éloi-

gnés de celui qui faisait le chagrin de son existence, qu'une
main moins prudente que celle de Mme Alexandre Floyd
aurait à peine touché les cordes brisées du cœur du malheureux veuf.

Ce ne fut que six mois après la mort d'Éliza que Mme Alexandre
osa prononcer son nom; mais quand elle vint à en parler, ce ne
fut pas en manifestant une hésitation sérieuse, mais d'un ton
familier et avec des termes de tendresse, comme si elle eût
été habituée à parler de la défunte. Elle comprit tout de suite
qu'elle avait eu raison. Le temps était venu où le veuf éprouvait du soulagement à parler de la femme qu'il avait perdue ;
et, à partir de ce moment, Mme Alexandre conquit les
bonnes grâces de son oncle. Plusieurs années après, il lui
dit que, même dans la sombre torpeur de son chagrin, il avait
eu la vague intuition qu'elle avait pitié de lui, et qu'elle était
une « bonne femme. » Le même soir, cette bonne femme
entra, avec une petite fille dans les bras, dans la grande
chambre où le banquier se tenait isolé au coin de son feu ;
cette petite fille était une enfant au visage pâle, ayant de grands
et beaux yeux noirs, qui regardaient fixement Floyd avec un
sombre étonnement. Ce baby à l'air grave, à la physionomie
déplaisante, devait, en grandissant, se métamorphoser en
Aurora Floyd, l'héroïne de mon récit.

L'enfant pâle, aux yeux noirs, devint l'idole d'Archibald-
Martin Floyd, le seul objet pour lequel, dans le monde entier,
la vie lui parût valoir la peine d'être supportée. A partir du
jour de la mort de sa femme, il avait abandonné toute par-
ticipation active aux affaires de sa maison de Lombard Street,
et il n'avait plus d'autre occupation, d'autre plaisir que d'é-
couter le babil et de flatter les caprices de cette petite fille.
Son amour pour elle était une faiblesse, tournant presque
à la folie. Si ses neveux eussent été le moins du monde mé-
chants, ils auraient pu concevoir quelques idées vagues de
ce conseil de famille, auquel les voisins tenaient tant. Floyd
enviait aux bonnes les soins qu'elles étaient payées pour
donner à l'enfant. Il les surveillait furtivement, craignant
qu'elles ne fussent dures avec elle. Toutes les épaisses portes
du grand château de Felden Woods ne pouvaient empêcher

le plus faible murmure de cette petite voix enfantine de parvenir à ses oreilles, toujours sur le qui-vive et toujours empressées.

Il la regardait grandir comme un enfant regarde croître un gland qu'il espère voir devenir chêne. Il répétait les syllabes qu'elle balbutiait, au point que l'on était fatigué de son bavardage incessant à propos de cette enfant. De tout cela il résulta naturellement qu'Arora fut gâtée, dans toute l'acception du mot. Nous ne disons pas qu'une fleur est gâtée, parce qu'elle est cultivée dans une serre où aucun souffle de l'air ne peut l'affecter trop rudement ; mais dans ce cas, la brillante plante exotique est certainement taillée et émondée par la main impitoyable du jardinier, tandis qu'Aurora se développait sans entrave, et il n'y avait personne pour élaguer les branches vagabondes de cette luxuriante nature. Elle disait ce qui lui plaisait ; elle pensait, parlait, agissait comme elle le voulait ; elle apprenait ce qui lui faisait plaisir, et, en grandissant, elle devint une jeune femme brillante, impétueuse, aussi affectueuse, aussi généreuse que sa mère ; mais son caractère était animé d'un feu natif qui lui donnait une certaine originalité. Assez généralement, les petites filles laides dans leur enfance deviennent belles en devenant femmes, et c'est ce qui arriva à Aurora. A dix-sept ans, elle était deux fois aussi belle que sa mère l'avait été à vingt-neuf ; mais elle avait la même irrégularité de traits, compensée par une paire d'yeux semblables aux étoiles de ciel, et par deux rangées de dents blanches d'une perfection sans égale. Quand on la regardait en face, on ne pouvait guère remarquer que ses yeux et ses dents ; car ils vous éblouissaient, vous aveuglaient au point de vous empêcher de critiquer son petit nez douteux ou la grandeur de sa bouche souriante. Quand elle relevait les touffes de sa riche chevelure noir de corbeau, elle laissait voir un front trop bas pour être conforme au type ordinaire de la beauté. Un phrénologue aurait dit que sa tête avait de la noblesse ; un sculpteur aurait ajouté qu'elle était posée sur le cou d'une Cléopâtre.

Mlle Floyd connaissait très-peu l'histoire de sa pauvre

mère. Dans le cabinet particulier, du banquier il y avait
appendu à la muraille un pastel représentant Éliza dans
tout l'éclat de sa beauté et de sa prospérité ; mais ce
portrait ne disait rien de l'histoire de son original, et
Aurora n'avait jamais entendu parler ni du Capitaine de
navire marchand, ni du pauvre logement de Liverpool, ni
de la tante à la mine renfrognée qui tenait une boutique
d'épicerie, ni des fleurs artificielles, ni du théâtre de province. On ne lui avait jamais dit que le nom de son grand-
père maternel était Prodder, et que sa mère avait joué le
rôle de Juliette devant un auditoire composé d'ouvriers,
pour le modique salaire, incertain quelquefois, de quatre
shillings et deux pence par réprésentation. Les familles du
comté acceptèrent l'héritière du riche banquier, et en
firent même grand cas ; mais elles ne furent pas longues à
dire qu'Aurora était bien la fille de sa mère, que son caractère trahissait fortement l'actrice et l'écuyère, et qu'elle
sentait passablement les paillettes et la sciure de bois. La
vérité est que Mlle Floyd, ayant à peine quitté les langes,
montra une disposition très-marquée à devenir ce qu'on
appelle « une femme forte. » A l'âge de six ans elle dé-
daigna sa poupée et demanda un cheval de bois. A dix ans
elle pouvait soutenir une conversation à propos de chiens
d'arrêt, de chiens couchants, de chiens pour chasser le renard, de lévriers, etc.; mais, par contre, elle poussait sa
gouvernante au désespoir en oubliant obstinément sous
quel empereur romain Jérusalem a été détruite, et quel
était le légat du pape à l'époque du divorce de Catherine
d'Aragon. A onze ans elle ne se gênait pas pour qualifier les
chevaux des écuries des Lenfield de tas de rossinantes.
A douze ans elle risqua sa demi-couronne à une poule or-
ganisée par les domestiques de son père, et soutint triom-
phalement le cheval qui remporta la victoire ; à treize ans
enfin elle galopait à travers la campagne avec son oncle
André, qui était membre de la société des chasses de Croydon. Ce n'était pas sans chagrin que le banquier voyait
les progrès de sa fille dans ces talents d'un goût douteux ;
mais elle était si belle, si franche, si intrépide, si généreuse,

si affectueuse et si sincère, qu'il ne pouvait se décider à lui dire qu'elle n'était pas tout à fait ce qu'il pouvait désirer qu'elle fût. S'il eût pu gouverner ou diriger cette nature fougueuse, il aurait fait d'elle la personne la plus douce, la plus élégante, la plus parfaite et la plus accomplie de son sexe, mais il n'y pouvait réussir, et force lui était de remercier Dieu de la lui conserver telle qu'elle était, et de satisfaire à tous ses caprices.

Lucy, la fille aînée d'Alexandre Floyd, cousine germaine d'Aurora, autrefois éloignée d'elle, était l'amie et la confidente de cette jeune fille, et venait de temps en temps de la maison de campagne de son père, située à Fulham, passer un mois à Felden. Mais Lucy avait une demi-douzaine de frères et de sœurs, et recevait une éducation bien différente de celle que recevait l'héritière. C'était une jeune fille de petite taille, au visage blond, aux yeux bleus, aux lèvres vermeilles, aux cheveux dorés, qui regardait Felden comme le paradis sur la terre, et Aurora comme plus fortunée que la princesse royale d'Angleterre, ou que Titania, la reine des fées. Elle avait une peur atroce des poneys de sa cousine et de ses chiens de Terre-Neuve, et elle avait la ferme conviction qu'il y avait de grands risques de mort subite à s'approcher d'un cheval ; mais elle aimait et admirait Aurora comme font habituellement les caractères faibles, et elle acceptait le patronage et la protection de Mlle Floyd comme une chose toute naturelle.

Enfin un nuage obscur, mais indéfini, vint assombrir l'intérieur de Felden. Il y eut de la froideur entre le banquier et son enfant bien-aimée. La jeune fille passait la moitié de son temps à cheval, parcourant les sentiers ombreux des alentours de Beckenham, accompagnée seulement de son groom, jeune et joli garçon, qu'à cause de sa bonne mine M. Floyd avait choisi pour le service particulier d'Aurora. Après ces longues courses solitaires, elle dînait dans sa chambre, laissant son père prendre son repas tout seul dans la grande salle à manger, qui paraissait remplie quand elle s'y asseyait, et vide et désolée quand elle n'y était pas.

Les gens de Felden se sont longtemps souvenus de certaine soirée du mois de juin, où la tempête éclata entre le père et la fille.

Aurora s'était absentée depuis deux heures de l'après-midi jusqu'au coucher du soleil, et le banquier arpentait la longue terrasse de pierre, sa montre à la main, le demi-jour lui permettant à peine de distinguer les chiffres sur le cadran ; il attendait que sa fille rentrât à la maison. Il avait renvoyé son dîner sans y avoir touché ; ses journaux étaient restés sur la table sans qu'il les eût coupés, et les espions intimes, nous voulons parler des serviteurs, se racontaient les uns aux autres que sa main avait tremblé si violemment, qu'il avait répandu la moitié d'une carafe de vin sur la table, en essayant d'emplir son verre. La femme de charge et ses satellites se glissaient dans le vestibule, et, au travers des portes vitrées, regardaient leur maître qui, dans son inquié-tude, attendait sur la terrasse. Les palefreniers et les garçons d'écurie jasaient à propos du « tapage; » c'est ainsi qu'ils appelaient la terrible rupture survenue entre le père et l'enfant ; et lorsqu'enfin on entendit les sabots des chevaux dans la longue avenue, et que Mlle Floyd arrêta son alezan pur sang au bas des marches de la terrasse, il y avait un groupe d'auditeurs curieux cachés aux environs, dans l'ombre du crépuscule, et brûlant d'entendre et de voir.

Mais ces yeux et ces oreilles avides furent très-peu satis-faits. Aurora sauta légèrement à terre avant que le groom eût eu le temps de descendre de cheval pour l'aider, et l'alezan, les flancs gonflés et couverts d'écume, fut conduit immédiatement à l'écurie.

Floyd observa le groom et les deux chevaux au moment où ils disparurent par les deux grandes portes qui menaient à la cour des écuries ; puis il dit très-tranquillement :

— Tu abuses de cet animal, Aurora. Une course de six heures ne fait de bien ni à lui ni à toi. Ton groom n'aurait pas dû le tolérer.

Il se dirigea vers son cabinet, après avoir dit à sa fille de le suivre ; et ils restèrent enfermés ensemble pendant plus d'une heure.

Le lendemain matin de bonne heure la gouvernante de Mlle Floyd quitta Felden, et entre le déjeuner et le luncheon le banquier alla visiter les écuries et examiner la jument favorite de sa fille, belle pouliche alezane, qui était tout muscles et tout os, et qui avait été élevée pour faire un cheval de course. L'animal s'était foulé un nerf et boitait en marchant. Floyd envoya chercher le groom de sa fille, lui paya ses gages, et le congédia sur-le-champ. Ce jeune homme ne fit aucune observation, mais il alla tranquillement à sa chambre, quitta sa livrée, fit son paquet dans un sac de nuit, et sortit de la maison sans dire adieu aux autres domestiques, qui se vengèrent de cet affront en déclarant que c'était une brute hargneuse dont l'absence n'était pas une perte pour le château.

Trois jours après celui-là, le 14 juin 1856, Floyd et sa fille partirent de Felden pour Paris, où Aurora fut placée, pour y achever son éducation, qui était fort imparfaite, dans une pension très-dispendieuse et exclusivement protestante, tenue par les demoiselles Lespard, et dans un superbe hôtel, entre cour et jardins, situé rue Saint-Dominique-Saint-Germain.

Il y a un an et deux mois que Mlle Floyd est partie pour aller s'installer dans cette pension parisienne ; nous sommes dans les derniers jours du mois d'août 1857, et le banquier se promène de nouveau de long en large sur la terrasse en pierre, en face des fenêtres étroites de son château ; il attend l'arrivée d'Aurora qui revient de Paris. Les domestiques n'ont pas manqué d'exprimer leur étonnement de ce qu'il n'avait pas traversé la Manche pour aller chercher sa fille, et, à leurs yeux, c'est une atteinte à la dignité de la maison que Mlle Floyd voyage ainsi sans être accompagnée.

— Une pauvre jeune créature, qui, pas plus qu'un enfant au berceau, ne connaît rien de notre monde pervers, — dit la femme de charge, — toute seule au milieu d'un tas de Français à moustaches !...

Il avait suffi d'un jour pour que Floyd devînt un vieillard :
ç'avait été le jour terrible et inattendu de la mort de sa
femme ; mais le chagrin même que lui avait causé cette perte
n'avait pas paru l'affecter aussi vivement que la privation de
la société de sa fille pendant les quatorze mois qu'elle avait
été absente de Felden.

Peut-être à l'âge de soixante-cinq ans était-il moins en
état de supporter un chagrin même moins fort ; mais ceux
qui l'observaient de près déclaraient qu'il semblait aussi
abattu par l'absence de sa fille qu'il eût pu l'être par sa mort.
Et en ce moment même, où il se promène de long en large
sur la vaste terrasse, d'où il peut embrasser le ravissant
paysage qui s'étend devant lui et se fond vaguement à l'horizon dans les flots de lumière empourprée que le soleil ré-
pand de toutes parts en se couchant ; en ce moment, où il
espère à chaque heure, à chaque instant, serrer sa fille unique dans ses bras, Archibald a plutôt l'air d'être en proie à
une inquiétude nerveuse que dans les joyeux transports d'une
douce attente.

Il ne cesse de regarder à sa montre, et s'arrête pour écouter l'horloge de l'église de Beckenham, qui sonne huit
heures ; ses oreilles, d'une sensibilité surnaturelle, ne laissent échapper aucun son, et perçoivent le bruit d'une voiture
qui roule au loin sur la grande route. Toute l'agitation, toute
l'anxiété qu'il ressent depuis une semaine, n'ont rien été en
comparaison de la fièvre concentrée qu'il endure en ce moment. Cette voiture dépassera-t-elle la loge du concierge ou
s'y arrêtera-t-elle ? Assurément son cœur n'aurait pu battre
si fort, s'il n'eût été sous l'empire d'une merveilleuse prescience magnétique, d'un pressentiment d'espérance et d'a-
mour paternel. La voiture s'arrête. Il entend le grincement
de la grille qui s'ouvre ; le paysage empourpré s'obscurcit à
ses yeux ; il ne voit, il ne connaît rien jusqu'au moment où
deux bras empressés se jettent autour de son cou, et où le
visage d'Aurora se cache sur son épaule.

Mlle Floyd était arrivée dans une piètre voiture de louage,
qui repartit aussitôt qu'elle eut mis pied à terre et que les
domestiques en eurent enlevé le peu de bagage qu'elle ap-

portait avec elle. Le banquier emmena sa fille dans le cabinet où ils avaient eu une longue conférence quatorze mois
auparavant. Une lampe brûlait sur la table de la bibliothèque ;
Archibald conduisit sa fille sous les rayons de cette lumière.

Une année avait fait une femme de la jeune fille : une
femme avec de grands yeux noirs creux, avec des joues
pâles et défaites. Le régime suivi à la pension de Paris avait
évidemment été trop rude pour l'enfant gâté.

— Aurora !.... Aurora !.... — s'écria le vieillard d'un ton
où perçait la pitié, — comme tu as mauvaise mine !... comme
tu es changée !... comme....

Elle lui mit la main légèrement, mais impérieusement, sur
les lèvres.

— Ne parle pas de moi, — dit-elle, — je me remettrai ;
mais toi.... toi.... mon cher père.... tu es bien changé
aussi !....

Elle était aussi grande que son père, et, les mains appuyées
sur son épaule, elle le regarda longtemps et d'un air sérieux.
Des larmes vinrent mouiller ses yeux, qui étaient restés
secs jusque-là, et inondèrent silencieusement ses joues décolorées.

— Mon père,.... mon bon père,.... — dit-elle d'une voix
tremblante, — je crois que mon cœur, fût-il de roc, se bri-
serait en voyant l'altération de tes traits chéris....

Le vieillard l'interrompit d'un geste nerveux, d'un geste
où il y avait presque de la terreur.

— Pas un mot.... pas un mot, Aurora, — dit-il brusquement ; — si,.. un mot,... un seul.... Cet homme est-il
mort !

— Oui....

CHAPITRE III

Ce qu'il advint d'un bracelet de diamants.

Les tantes, les oncles, les cousins et les cousines d'Aurora ne manquèrent pas de pousser des exclamations en observant le triste changement qu'un séjour d'un an à Paris avait opéré chez leur jeune parente. Je crains fort que l'altération de la bonne mine de Mlle Floyd n'ait porté une rude atteinte à la réputation des demoiselles Lespard auprès de la société qui environnait Felden. Aurora était abattue, elle n'avait pas d'appétit, elle dormait mal, elle avait les nerfs agacés, elle était irritable, elle ne prenait plus aucun intérêt à ses chiens ni à ses chevaux ; en un mot, c'était un être complétement changé. Mme Alexandre Floyd déclara qu'il était parfaitement clair que ces cruelles Françaises avaient réduit la pauvre Aurora à l'état d'ombre.

— La pauvre enfant n'avait pas l'habitude d'étudier, — dit-elle ; — elle était accoutumée à l'exercice, au grand air, et sans aucun doute elle a tristement dépéri dans l'atmosphère renfermée d'une salle d'étude.

Mais Aurora était une de ces natures impressionnables qui surmontent promptement toute mauvaise influence. Lucy Floyd vint à Felden dans les premiers jours du mois de septembre, et trouva sa belle cousine presque entièrement remise du régime fatigant de la pension parisienne, mais ayant toujours assez de répugnance à s'entretenir longuement de cette maison d'éducation. Elle répondait très-brièvement aux questions de Lucy ; elle disait qu'elle haïssait les demoiselles Lespard et la rue Saint-Dominique, et que le souvenir même de Paris lui était désagréable. Comme la plupart des jeunes femmes qui ont des yeux noirs et des cheveux noir de corbeau, Mlle Floyd savait couper court à un entretien ; aussi Lucy renonça-t-elle à lui demander de plus amples renseignements sur un sujet qui paraissait si évidemment déplaire à sa cousine. La pauvre Lucy avait été bien élevée, sans pitié ni merci ; elle parlait une demi-douzaine de langues, connaissait tout ce qui concerne les sciences naturelles, avait lu Gibbon, Niebuhr et Arnold, depuis la première jusqu'à la dernière page, et regardait l'héritière comme une grossière ignorante n'ayant que de l'éclat ; c'est pourquoi elle attribua tout tranquillement l'aversion d'Aurora pour Paris au peu de goût que la jeune fille avait pour l'instruction, et ne s'en inquiéta guère davantage. Toute autre raison qu'eût pu avoir Mlle Floyd pour frémir presque d'horreur lorsqu'on lui parlait de Paris dépassait la pénétration bornée de Lucy.

Le 15 septembre était le jour de naissance d'Aurora, et Archibald résolut, pour célébrer ce dix-neuvième anniversaire de la première apparition de sa fille sur la scène du monde, de donner une fête, où ses voisins de campagne et ses connaissances de la ville auraient également l'occasion de voir et d'admirer sa charmante héritière.

Mme Alexandre vint à Felden pour surveiller les préparatifs du bal. Elle emmena Aurora et Lucy pour commander le souper et la musique, et pour choisir des robes et des parures de fleurs. L'héritière du banquier était très-déplacée dans une boutique de modiste ; mais elle savait apprécier et choisir les couleurs et les formes avec cette rapidité de jugement et cette délicatesse de goût qui indiquent l'âme d'un artiste ; et tandis que la pauvre et débonnaire Lucy occasionnait un tracas infini et bouleversait une quantité innombrable de boîtes de fleurs, avant de pouvoir trouver une coiffure en harmonie avec ses joues vermeilles et ses cheveux blonds, Aurora, après avoir jeté un seul coup d'œil sur les brillants parterres de gaze peinte, se décida sans plus tarder pour une guirlande en forme de couronne, composée de graines écarlates et de feuilles emmêlées et retombantes d'un vert foncé et luisant, qu'on eût dites fraîchement cueillies sur le bord d'une eau courante.

Elle observait l'embarras de Lucy avec un sourire moitié de pitié et moitié de mépris.

— Regardez cette pauvre enfant, — dit-elle ; — je savais bien qu'elle voudrait mettre du rose et du jaune sur ses cheveux blonds. Mais, niaise de Lucy, ne savez-vous pas que votre beauté est de celles qui n'ont vraiment pas besoin de parure ? Quelques perles ou quelques myosotis en fleur, ou une couronne de nymphéas blancs et un nuage de tarlatane blanche vous donneraient l'air d'une sylphide; mais je parie que vous voudriez porter du satin de couleur d'ambre et des roses pompons.

De chez la modiste elles allèrent chez Gunter, dans Berkeley Square, et dans cet établissement renommé dans le monde entier, Mme Alexandre commanda des dindes conservées dans leur gelée, des jambons habilement glacés dans leur jus, des vins généreux et toute sorte d'autres chefs-d'œuvre de cet art sublime de la confiserie qui tient le milieu entre l'adresse et la cuisine et dans lequel le dieu de Berkeley Square est sans rival. Si jamais un habitant de la Nouvelle-Zélande vient méditer sur les ruines de Saint-Paul, peut-être visitera-t-il les débris de ce temple d'un rang plus humble, situé dans Berkeley Square, et sera-t-il frappé d'étonnement en voyant les sabotières, les moules à gelées, les ustensiles à réfrigération, les casseroles, les réchauds, négligés depuis longtemps, et tous les mystérieux accessoires d'un art abandonné.

Du West End, Mme Alexandre se fit conduire dans Charing Cross ; elle avait à s'acquitter d'une commission chez Dent : acheter une montre pour un de ses fils, qui venait de partir pour Eton.

Aurora se jeta, d'un air fatigué, dans le fond de la voiture, pendant que sa tante et Lucy s'arrêtèrent dans la boutique de l'horloger. Une chose à faire observer, c'est que, quoique Mlle Floyd eût en grande partie repris son ancien éclat et son ancienne gaieté, un sombre nuage se répandait sur ses traits, lorsqu'elle était abandonnée à elle-même durant quelques minutes. Ce nuage s'appesantit sur son beau visage, tandis que par la portière ouverte elle regardait les passants d'un air pensif. Mme Alexandre fut longtemps à faire son achat, et il y avait près d'un quart d'heure qu'Aurora observait insoucieusement les personnages mouvants de la foule, quand un homme, marchant d'un pas empressé, fut attiré par son visage penché à la portière de la voiture, et tressaillit, comme s'il eût été frappé d'une grande surprise. Il poursuivit cependant son chemin et s'avança rapidement dans la direction des Horse Guards ; mais avant de tourner le coin de la rue, il s'arrêta tout à coup, resta immobile deux à trois minutes en se grattant le derrière de la tête avec sa grosse main nue, puis il revint lentement vers la boutique de Dent. C'était un homme ayant de larges épaules, un gros cou, des favoris roux, portant un habit écourté et une cravate d'une couleur éclatante ; il fumait un cigare énorme, dont la fumée infecte se mêlait à une très-forte odeur de grog au rhum qu'il avait ingurgité il n'y avait pas longtemps. La position que cet individu occupait dans la société se trahissait par la tête lisse et unie d'un boule dogue, dont les yeux ronds sortaient de la poche de sa veste, et par un épagneul de Blenheim qu'il portait sous le bras. C'était bien la dernière personne, parmi toutes celles qui circulaient entre Cokspur Street et la statue du roi Charles, qu'on eût présumé avoir quelque chos eà dire à Mlle Aurora ; néanmoins il s'avança résolûment jusqu'à la voiture, et, appuyant ses coudes sur la portière, il lui fit un signe de tête d'une familiarité amicale.

— Eh bien ! — dit-il, sans se donner la peine de quitter son infect cigare, — comment vous portez-vous ?

Après cette courte salutation, il ne dit mot et se mit à rouler lentement ses grands yeux bruns de côté et d'autre, examinant d'un air pensif Mlle Floyd, et la voiture dans laquelle elle était assise ; il poussa même la clairvoyance au point de faire attention à un gros sac de maroquin déposé sur la banquette de derrière, et de s'enquérir accidentellement « s'il n'y avait rien qui en valût la peine dans le sac de la vieille ? »

Mais Aurora ne le laissa pas longtemps employer ainsi ses

loisirs ; car, le regardant avec ses yeux étincelants, elle lui lança un éclair de fureur toute féminine, et, le visage pourpre d'indignation, elle lui demanda d'un ton sévère s'il avait quelque chose à lui dire.

Il avait beaucoup de choses à lui dire ; mais, comme il avança la tête à la portière et parla à voix basse, en lançant des bouffées d'odeur de rhum, ce qu'il dit, de quelque nature que ce fût, ne parvint qu'aux oreilles d'Aurora seule. Quand il eut fini son chuchotement, il tira de la poche de son gilet un portefeuille de cuir tout graisseux et un petit bout de crayon de mine de plomb ; puis il écrivit deux ou trois lignes sur une feuille de papier qu'il détacha et remit à Aurora.

— Voici l'adresse, — dit-il, — vous n'oublierez pas d'envoyer ?

Elle secoua la tête et se détourna de lui avec un geste de dégoût et de répugnance qu'elle ne put contenir.

Vous ne voudriez pas acheter un épagneul, — dit l'homme, tenant à la hauteur de la portière l'animal au poil noir et brun, luisant et frisé, — ou un caniche français, qui sait tenir un morceau de pain en équilibre sur le bout du nez pendant que l'on compte jusqu'à dix ? Voulez-vous ?... Je vous les donnerais à bon marché.... quinze livres les deux.

— Non.

A ce moment, Mme Alexandre sortit de chez l'horloger, tout juste à temps pour apercevoir les larges épaules de l'individu qui se retirait d'un air maussade de la voiture.

— Cet individu vous a-t-il demandé l'aumône, Aurora ? — lui dit-elle lorsqu'elles quittèrent la place.

— Non. Je lui ai acheté une fois un chien, et il m'a reconnue.

— Et il voulait que vous lui en achetassiez un aujourd'hui ?

— Oui....

Mlle Floyd garda le silence et eut un air sombre pendant tout le temps du retour au château, regardant par la portière de la voiture, et ne daignant faire aucune attention ni à sa tante ni à sa cousine.

Je ne sais si c'est par soumission à cette supériorité pal-
pable de force et de vitalité dont était douée la nature d'Aurora et qui semblait l'élever au-dessus de ses compagnes,
ou simplement par cet esprit de flatterie commun aux meilleurs d'entre nous, mais Mme Alexandre et sa blonde fille
avaient toujours un muet respect pour l'héritière du banquier; elles se taisaient quand cela lui plaisait, ou causaient,
selon son royal caprice. Je crois vraiment que c'étaient les
yeux d'Aurora plutôt que les millions de Floyd qui en impo-
saient à ses parentes, et que, si elle eût été une balayeuse
des rues, vêtue de haillons et mendiant un sou, on l'eût
crainte, on lui eût fait place, et l'on n'eût soufflé mot lorsqu'elle eût été en colère.

Aux arbres de la grande avenue de Felden étaient suspendues des lanternes de couleur étincelantes, pour éclairer
les invités à la fête donnée en l'honneur de l'anniversaire de
la naissance d'Aurora. La grande rangée de fenêtres du rez-
de-chaussée flamboyait; les accords de la musique domi-
naient par intervalles le roulement perpétuel des roues de
voitures et l'annonce répétée à haute voix des noms des ar-
rivants, et ils éveillaient les échos des bois plongés dans le
silence. A l'extrémité d'une enfilade d'une demi-douzaine de
salons donnant les uns dans les autres, les eaux d'une fon-
taine, auxquelles la lumière prêtait mille reflets brillants, jail-
lissaient au milieu des richesses florales d'une serre remplie
d'arbustes exotiques. De grosses touffes de plantes tropicales
étaient groupées dans l'immense vestibule, et des guirlandes
de fleurs étaient suspendues aux rideaux des portes et des
fenêtres cintrées. Tout n'était que lumière et splendeur, et,
au milieu de toute cette magnificence qu'elle surpassait,
dans la sombre majesté de sa beauté, Aurora couronnée
d'écarlate et vêtue de blanc, se tenait à côté de son père.

Au nombre des invités qui arrivèrent fort tard au bal de
Floyd, se trouvaient deux officiers, en garnison à Windsor,
qui avaient traversé la campagne dans un phaéton. Le plus
âgé, c'était celui qui avait conduit la voiture, avait été d'une
humeur fort maussade et fort désagréable durant tout le
trajet.

— Maldon, — dit-il, — si j'avais eu la moindre idée de la distance, il aurait fallu que je vous visse, vous et votre banquier du Kent, considérablement dans l'embarras, avant de consentir à tuer mes chevaux pour venir à cette ridicule fête.

— Mais ce ne sera pas une fête ridicule, — répondit le jeune homme vivement. — Archibald Floyd est le meilleur homme de la chrétienté, et quant à sa fille....

— Oh! cela va sans dire, c'est une divinité, avec cinquante mille livres de fortune, qui sans doute seront scrupuleusement placées sur sa tête si jamais on lui laisse épouser un mauvais garnement, sans sou ni maille, comme Françis-Lewis Maldon, du 11e hussards de Sa Majesté. Quoi qu'il en soit, je ne veux pas aller sur vos brisées, mon cher ami. Entrez dans la lice et gagnez le prix; ma bénédiction est acquise à vos vertueux efforts. Je me figure la jeune Écossaise avec des cheveux rouges (naturellement vous les qualifiez de blonds), de grands pieds et des taches de rousseur!...

— Aurora Floyd!... des cheveux rouges et des taches de rousseur!

Le jeune officier se mit à rire aux éclats en entendant cette stupéfiante plaisanterie.

— Vous la verrez dans un quart d'heure, Bulstrode, — dit-il.

Talbot Bulstode, Capitaine au 11e hussards de Sa Majesté, avait consenti à amener son camarade dans sa voiture, de Windsor à Beckenham, et à s'affubler de son uniforme, afin d'en orner la fête de Felden, principalement parce que ayant, à l'âge de trente-deux ans, parcouru toute la série des émotions et des distractions de la vie, et se trouvant réduit à l'état de prodigue épuisé sous le rapport de ce genre de monnaie, quoique assez bien pourvu sous celui des simples et viles richesses, il était trop las du monde et de lui-même pour s'inquiéter beaucoup de savoir où ses amis et ses camarades l'emmenaient. C'était le fils aîné d'un riche baronnet de Cornouailles, dont un ancêtre avait reçu son titre directement des mains du roi Jacques d'Écosse, à l'époque où les baronnies avaient commencé à devenir à la mode ; ce même ancêtre était propre parent d'un certain gentilhomme sans feu ni lieu, malheureux et persécuté, nommé Walter Raleigh, et qui n'avait pas été trop bien traité par ce même roi Jacques d'Écosse. Or, de tous les orgueils qui aient jamais gonflé poitrine humaine, l'orgueil des habitants du pays de Cornouailles est peut-être le plus fort ; et la famille de Bulstrode était une des plus fières. Talbot n'était pas un fils dégénéré de cette altière maison ; dès sa plus tendre enfance, il avait été le plus orgueilleux des hommes. Cette fierté avait été la faculté salutaire qui avait présidé à son heureuse carrière. D'autres hommes auraient pu descendre commodément ce sentier uni que la richesse et la grandeur rendaient si agréable ; mais ce n'est pas ce que fit Bulstrode. Les vices et les folies du reste de l'humanité peuvent être réparables ; mais le vice ou la folie chez un Bulstrode auraient laissé sur un écusson, que rien n'avait encore terni, une tache que ni le temps ni les larmes n'auraient jamais lavée. Cet orgueil de naissance, auquel ne se mêlait absolument aucun orgueil de richesse et de position, avait un certain côté noble et chevaleresque, et Talbot était aimé de plus d'un parvenu que des hommes de plus basse extraction aurait méprisé. Dans les affaires ordinaires de la vie, il était aussi humble qu'une femme ou un enfant ; ce n'était que quand l'honneur était en jeu que le dragon endormi de l'orgueil qui avait gardé les pommes d'or de sa jeunesse, de sa pureté, de sa probité et de sa loyauté, s'éveillait et défiait l'ennemi. A trente-deux ans, il était encore célibataire, non pas qu'il n'eût jamais aimé, mais parce qu'il n'avait jamais rencontré une femme que la pureté de son âme rendît digne à ses yeux de devenir la mère d'une noble race et d'élever des fils appelés à faire honneur au nom de Bulstrode. Dans une femme de son choix, il cherchait plus que la vertu ordinaire qu'on rencontre tous les jours ; il demandait ces grandes et royales qualités qui sont très-rares chez nos sœurs. Une intégrité sans peur, un sentiment de l'honneur aussi vif que celui qui l'aninait, des intentions loyales, du désintéressement, une âme au-dessus des mes-

quineries de la vie journalière, c'étaient là autant de mérites
qu'il cherchait dans l'être qu'il aimait ; et au premier frémissement d'émotion que lui causaient deux beaux yeux,
il devenait difficile et sévère sur le compte de la femme à
qui ils appartenaient, et il commençait à tâcher de découvrir
les taches les plus légères sur la robe brillante de sa virginité. Il aurait épousé la fille d'un mendiant, si elle avait
répondu à son idéal presque introuvable ; il aurait repoussé
la descendante d'une race de rois, si elle fût tombée du
dixième d'un pouce au-dessous. Les femmes craignaient
Bulstrode ; les mères fuyaient toutes confuses la froide
étincelle de ses yeux si perçants ; les filles à marier rougis-
saient, tremblaient, et sentaient leurs coquettes affectations,
leur tactique de bal, les abandonner sous le calme regard
de ce jeune officier ; au point qu'à force de le redouter,
les aimables et volages créatures avaient fini par l'éviter et
le prendre en aversion, et par faire du château et de la
fortune de Bulstrode un partage et une proie à l'abri des
coups de filet dans les grandes pêcheries matrimoniales.
Aussi, à trente-deux ans, Talbot marchait-il avec sérénité
et sans danger au milieu des piéges tendus dans Belgrave,
fort de la croyance populaire que le Capitaine Bulstrode
du 11ᵉ hussards n'était pas un homme à marier. Cette
croyance était corroborée sans doute par le fait que l'habitant
du pays de Cornouailles n'était nullement un de ces igno-
rants élégants dont tout le talent consiste à savoir faire la
raie de leurs cheveux, à pommader leurs moustaches, et à
fumer dans une pipe d'écume de mer culottée par leur
domestique, et qui sont devenus le type reconnu du militaire, en temps de paix.

Bulstrode avait la passion des travaux scientifiques ; il
ne fumait pas, ne buvait pas, ne jouait pas. Il n'était allé
qu'une fois dans sa vie au Derby, et ce jour-là il avait quitté
tranquillement le Pavillon au moment où la grande course
avait lieu, où les visages pâles étaient tournés vers le coin
fatal, où les spectateurs étaient malades d'effroi et d'inquiétude, et agités et affolés par l'incertitude et l'attente. Il
n'allait jamais à la chasse, quoiqu'il montât à cheval comme

le Colonel Assheton Smith. C'était une très-bonne lame, un des meilleurs élèves d'Angelo, un des visiteurs favoris de la salle d'armes de ce prévôt au cœur simple, à l'esprit honorable ; mais il n'avait jamais manié une queue de billard de sa vie, ni touché une carte depuis son enfance, si ce n'est lorsqu'il jouait le soir une partie de whist avec son père, sa mère et le curé de la paroisse, dans le salon, situé au midi, du château de Bulstrode. Il avait une aversion particulière pour tous les jeux de hasard et d'adresse, et prétendait qu'il était au-dessous d'un gentilhomme d'avoir recours, même pour s'amuser, aux pitoyables distractions des chevaliers d'industrie. Son appartement était tenu aussi proprement que celui d'une femme. Des boîtes d'instruments de mathématiques remplaçaient les caisses de cigares ; des épreuves de reproductions de Raphaël ornaient les murailles ordinairement couvertes de gravures françaises et d'aquarelles représentant des chasses. Il connaissait parfaitement tous les tours de phrase de Descartes et de Condillac , mais il eût été grandement embarrassé de traduire le noble style de M. Paul de Kock. Ceux qui parlaient de lui se résumaient en disant qu'il n'avait rien d'un officier ; mais il existait certain régiment d'infanterie, qu'il commandait lorsque les hauteurs d'Inkermann furent emportées d'assaut, et dans les rangs duquel on avait une autre opinion sur le compte du Capitaine Bulstrode. Il avait permuté pour entrer dans le 11e hussards à son retour de Crimée, d'où, entre autres distinctions, il avait apporté une raideur dans une jambe, qui, pendant un certain temps, le mit dans l'incapacité de danser. C'était donc par pure bienveillance ou par suite de cette indifférence pour tout que l'on prend aisément pour du désintéressement, que Bulstrode avait consenti à accepter une invitation au bal de Felden.

Les invités du banquier n'appartenaient pas au cercle d'élite familier au Capitaine de hussards ; aussi Talbot, après avoir adressé quelques compliments au maître de la maison, se retira au milieu de la foule réunie à l'une des portes, et se mit tranquillement à observer les danseurs. Il

ne manquait pas cependant d'être lui-même l'objet de l'attention de ceux qui l'entouraient, car il était précisément
un de ces hommes qui ne peuvent se confondre dans la
foule. Grand, la poitrine large, le visage pâle et sans favoris, le nez aquilin, les yeux gris clair et froids, la moustache épaisse, et les cheveux noirs coupés aussi ras que s'il
fût sorti récemment de Coldbath Fields ou de la prison de
Millbank, il formait un contraste frappant avec le jeune
cornette aux favoris jaunes qui l'avait accompagné. Cette
raideur de jambe, qui, chez d'autres, aurait pu paraître un
défaut, ajoutait à la distinction de sa démarche, et, rap-
prochée des brillantes décorations qui ornaient le plastron
de son uniforme, révélaient des actions d'éclat récemment
accomplies. Il prenait fort peu de plaisir dans la joyeuse
assemblée qui passait et repassait devant lui en suivant le
mouvement d'une walse de Jullien. Il avait déjà entendu la
même musique, exécutée par les mêmes musiciens; les
visages, bien qu'ils ne lui fussent pas familiers, n'étaient
pas nouveaux pour lui : c'étaient des beautés au teint brun
vêtues de rose, et des beautés blondes vêtues de bleu; des
beautés grandes et superbes, couvertes de soieries, de dentelles, de bijoux, d'atours étincelants, et des beautés moins
altières et plus modestes, enveloppées de crêpe blanc et de
boutons de rose. Tous ces filets de gaze et de tarlatane
avaient été tendus pour lui, et il avait échappé à tous; le
nom de Bulstrode pouvait disparaître des annales de la
noblesse du pays de Cornouailles pour ne plus laisser de
trace que sur des pierres tumulaires; mais il ne serait
jamais terni par une indigne descendance, ni traîné dans la
fange d'une cour de divorce par une femme coupable. Pendant qu'il demeurait nonchalamment adossé dans l'embrasure d'une porte, appuyé sur sa canne et reposant sa
jambe malade, se demandant s'il y avait quelque chose sur
terre qui récompensât l'homme de la peine de vivre, le
cornette Maldon s'approcha de lui, ayant une main gantée
légèrement posée sur son bras et une divinité marchant à
ses côtés. Une divinité! une femme d'une beauté impérieuse, en costume blanc et cerise, éblouissante à voir,

enivrante à contempler. Le Capitaine avait servi dans l'Inde, et avait une fois goûté d'une horrible liqueur spiritueuse appelée *bang*, qui rend à moitié fous les hommes qui en boivent; et il ne put s'empêcher de se figurer que la beauté de cette femme avait la puissance de cette préparation al- coolique : qu'elle était féroce, enivrante, dangereuse, et qu'elle devait mener à la folie.

Son camarade le présenta à cette merveilleuse créature, et il apprit que sur terre elle se nommait Aurora Floyd, et qu'elle était l'héritière de Felden.

Bulstrode fut bientôt remis de sa première impression. Cette créature impérieuse, cette Cléopâtre en crinoline, avait un front bas, un nez qui déviait de la ligne normale de la beauté et une grande bouche. Ce n'était qu'un piége de plus, recouvert de mousseline blanche et dont l'appât consistait en fleurs artificielles, comme toutes les autres femmes. Elle devait avoir cinquante mille livres de dot, aussi n'avait-elle pas besoin d'un mari riche; mais elle n'avait point un nom marquant dans la société, aussi avait- elle naturellement besoin d'une position, et sans doute elle avait lu l'histoire des Raleigh Bulstrode dans les sublimes pages de Burke. C'est pourquoi les yeux gris clair de Talbot prirent une expression aussi froide que jamais, au moment où il salua l'héritière. Maldon procura à sa compagne une chaise tout près du pilastre contre lequel s'était adossé Bulstrode, et Mme Alexandre Floyd s'étant emparée à l'ins- tant même du cornette, dans la cruelle intention de l'em- mener danser avec une dame qui exécutait une plus grande partie de ses pas sur les pieds de son cavalier que sur le ·parquet de la salle de danse, Aurora et Talbot restèrent seuls ensemble.

Le Capitaine abaissa les yeux sur la fille du banquier. Son regard s'arrêta sur cette tête gracieuse, parée de sa couronne d'éclatantes graines rouges qui entouraient les touffes lisses et unies de cheveux plus que noirs. Il s'atten- dait à lui voir baisser modestement les paupières, comme le font les jeunes filles qui ont de longs cils, mais il fut désappointé, car Aurora regardait droit devant elle, ni lui ni les lumières, ni les fleurs, ni les danseurs, mais bien loin dans le vide. Elle était si jeune, si heureuse, si admirée, si chérie, qu'il était difficile de s'expliquer le sombre nuage qui ternissait l'éclat de ses beaux yeux.

Pendant qu'il cherchait ce qu'il lui dirait, elle leva les yeux sur lui, et lui adressa la question la plus étrange qu'il eût jamais entendue sortir des lèvres d'une jeune fille.

— Savez-vous, — dit-elle, — si *Thunderbolt* a gagné le Saint-Léger?

Il était trop confus pour répondre à la minute, et elle continua d'un ton assez impatient :

— On doit avoir appris cela ce soir à six heures à Londres; mais je l'ai déjà demandé à une demi-douzaine des personnes qui sont ici, et aucune ne paraît en rien savoir.

Les cheveux ras de Talbot semblèrent se dresser sur sa tête, en entendant cette terrible question. Grand Dieu! quelle horrible femme!... La vive imagination du hussard se représenta immédiatement l'héritier de tous les Raleigh Bulstrode recevant ses premières impressions enfantines d'une pareille mère. Elle lui apprendrait à déchiffrer l'*Almanach des Courses*, elle inventerait un alphabet royal du turf, et lui dirait que D se met pour Derby, grand champ de course de la vieille Angleterre; et E pour Epsom, rendez-vous à la mode, etc. Il dit à Mlle Floyd qu'il n'était jamais allé à Doncastre de sa vie, qu'il n'avait jamais lu un journal de sport, et qu'il ne connaissait pas plus *Thunderbolt* que le roi Chéops.

Elle le regarda d'un air assez dédaigneux.

— *Chéops* ne valait pas grand'chose, — dit-elle, — mais il a gagné la coupe d'automne à Liverpool l'année de *Blink Bonny*.

Bulstrode tressaillit de plus belle; mais un sentiment de pitié se mêlait à l'horreur qu'il éprouvait.

— Si j'avais une sœur, — se dit-il à lui-même; — je la ferais causer avec cette malheureuse jeune fille pour la convaincre de son indignité.

Aurora n'adressa plus la parole au Capitaine, mais elle

se remit à regarder dans le vide d'un air distrait, faisant tourner et retourner un bracelet autour de son poignet si bien modelé. C'était un bracelet de diamants, valant deux ou trois centaines de livres, que son père lui avait donné dans la journée. Floyd aurait placé toute sa fortune en chefs-d'œuvre artistiques sortis des mains de Hunt et Roskell, les Froment-Meurice de Londres, si Aurora avait désiré après des bijoux et des colifichets. Les yeux de Mlle Floyd tombèrent sur le riche bijou, et elle le considéra longtemps et gravement, plutôt comme si elle eût calculé la valeur des pierres que si elle en eût admiré le travail.

Tandis que Talbot l'observait, frappé à la fois d'étonnement, de pitié et d'horreur, un jeune homme accourut à l'endroit où elle était assise et lui rappela la promesse qu'elle lui avait faite de danser avec lui au quadrille qui était en train de se former. Elle consulta son carnet d'ivoire, d'or et de turquoise, se leva avec un certain air d'ennui dédaigneux, et prit son bras. Talbot la suivit des yeux au moment où elle s'éloigna. Comme elle était d'une taille plus élevée que la plupart des personnes qui composaient l'assemblée, il fut longtemps avant de perdre de vue sa tête de reine.

— Une Cléopâtre avec un nez camus deux fois trop petit pour son visage, et le goût des chevaux! — dit Bulstrode pensant à la divinité qui venait de disparaître. — Elle devrait porter un registre de Paris au lieu de ce carnet d'ivoire. Comme elle avait l'air distrait tout le temps qu'elle est restée assise là! Je parierais qu'elle a fait un agenda pour le Saint-Léger, et qu'elle calculait combien elle s'attend à perdre. Qu'est-ce que ce pauvre banquier fera d'elle? Il n'a qu'à la mettre dans une maison de fous ou à la faire élire membre du Jockey-Club. Avec ses yeux noirs et ses cinquante mille livres, elle pourrait dominer le monde du sport. Il y a eu une femme pape, pourquoi n'y aurait-il pas un Napoléon du turf du sexe féminin?

Plus tard, alors que le frémissement des feuilles des arbres des bois de Beckenham annonçait cette heure froide et brumeuse qui précède la venue de l'aube, Bulstrode emmena son ami hors du château du banquier encore illuminé. Durant toute cette longue course à travers la campagne, il parla d'Aurora. Il fut sans pitié pour ses folies; il ridiculisa, censura, railla, et condamna ses goûts douteux. Il dit à Maldon de l'épouser à ses risques et périls, et lui souhaita toute espèce de bonheur avec une semblable épouse. Il déclara que, s'il avait une pareille sœur, il la tuerait d'un coup de fusil, à moins qu'elle ne se corrigeât et ne jetât au feu son carnet de paris. Il tomba dans un accès d'humeur sauvage à propos des défauts de la jeune fille, et parla d'elle comme si elle lui eût fait une offense impardonnable en ayant du goût pour le turf. Le pauvre et humble jeune cornette s'arma enfin de courage, et interrompit son supérieur pour lui dire qu'Aurora était une jeune fille très-gaie, très-bonne enfant, une femme parfaite, et que, si elle voulait savoir qui avait gagné le Saint-Léger, ce n'était pas l'affaire du Capitaine Bulstrode; et que lui, Bulstrode, n'avait pas besoin de tant faire de moral à ce propos.

Pendant que nos deux officiers s'animent à son sujet, Aurora est assise dans son cabinet de toilette et écoute le babillage de Lucy Floyd.

— Il n'y a jamais eu une fête si charmante, — dit cette jeune fille; — Aurora, avez-vous vu ceci et cela, puis cela encore? Et surtout avez-vous observé le Capitaine Bulstrode qui a fait toute la campagne de Crimée, qui boite en marchant, et qui est le fils de sir John Walter Raleigh Bulstrode, de Bulstrode Castle, près de Camelford?

Aurora secoua la tête avec un geste d'ennui.

— Non, je n'ai fait attention à aucune de ces personnes-là.

Le bavardage enfantin de la pauvre Lucy s'arrêta court.

— Vous êtes fatiguée, chère Aurora, — dit-elle; — que je suis cruelle de vous tourmenter!

Aurora jeta ses bras au cou de sa cousine, et cacha son visage sur la blanche épaule de Lucy.

— Je suis fatiguée, — dit-elle, — très-fatiguée.

Son ton trahissait une lassitude si désespérée, que sa douce cousine en fut alarmée.

— Vous n'êtes pas heureuse, ma chère Aurora ? — lui demanda-t-elle avec un empressement inquiet.

— Non, non.... je ne suis que fatiguée. Tenez, allez-vous-en, Lucy. Bonne nuit.... bonne nuit....

Elle poussa doucement sa cousine hors de la pièce et refusa les services de sa femme de chambre, qu'elle congédia aussi. Ensuite, toute fatiguée qu'elle était, elle porta la bougie de dessus la table de toilette sur un pupitre placé à l'autre extrémité de la chambre, et, s'asseyant devant ce pupitre, elle l'ouvrit, et, d'une de ses cases les plus cachées, elle tira le sale chiffon de papier crayonné que lui avait remis, une semaine auparavant, l'homme qui avait essayé de lui vendre un chien dans Cockspur Street.

Le bracelet de diamants, cadeau qu'Archibald avait fait à sa fille le jour de sa naissance, était serré dans son écrin de satin et de velours sur la table de toilette d'Aurora. Elle prit la boîte de maroquin dans sa main, regarda le bijou quelques instants, puis ferma le couvercle de la petite boîte qui fit entendre un son aïgu et métallique.

— Il y avait des larmes dans les yeux de mon père quand il m'a attaché ce bracelet au bras, — dit-elle en se rasseyant devant son pupitre. — S'il pouvait me voir maintenant !...

Elle enveloppa la boîte de maroquin dans une feuille de grand papier à lettre, cacheta le paquet en plusieurs endroits avec de la cire rouge et un cachet simple, et écrivit dessus cette adresse :

J. C.
Aux soins de M. Joseph Green,
auberge de la Cloche,

Doncastre.

Le lendemain matin de bonne heure, Mlle Floyd emmena sa tante et sa cousine à Croydon, et, les ayant laissées dans une boutique de mercerie, elle alla seule à la poste où elle fit enregistrer le précieux paquet, dont elle paya le port.

CHAPITRE IV

Après le bal.

Deux jours après la fête donnée en l'honneur de l'anniversaire de la naissance d'Aurora, le phaéton de Bulstrode entrait de nouveau dans l'avenue de Felden. Le Capitaine faisait un nouveau sacrifice sur l'autel de l'amitié, et amenait Maldon de Windsor à Felden, afin que le jeune cornette pût prendre sur la santé des membres féminins de la famille Floyd ces informations empressées, que, par une agréable fiction sociale, on suppose être indispensables après une soirée de valses et de quadrilles intermittents.

Le jeune officier lui était très-reconnaissant de sa complaisance; car, quoique Talbot fût le meilleur des camarades, il n'était guère disposé à se déranger pour le plaisir d'autrui. Il eût été bien plus agréable pour le Capitaine de passer sa journée dans son appartement à méditer sur ces livres de science que ses collègues du régiment classaient sous le titre générique de lectures assommantes, ou, suivant la croyance enracinée de ces jeunes écervelés, à s'occuper à chercher la quadrature du cercle.

Bulstrode était un personnage tout à fait inexplicable pour ses camarades du 11ᵉ hussards. Ses vieux in-folios, ses boîtes d'instruments de mathématiques, ses épreuves de gravures avant la lettre étaient des extravagances compréhensibles, à la rigueur, de la part d'un étudiant de l'université d'Oxford, mais pas celles d'un officier qui avait fait la campagne de Crimée et avait été blessé à Inkermann. Les jeunes gens qui déjeunaient chez lui tremblaient en lisant les titres des énormes volumes rangés sur les tablettes de sa bibliothèque, et ouvraient de grands yeux stupéfaits devant les saints aux mines renfrognées et devant les anges anguleux des gravures de l'école préraphaélite qui étaient suspendues aux murailles. Ils n'osaient même pas proposer de fumer dans ce sanctuaire, et ils avaient honte des empreintes humides laissées par les bouteilles de vin de Moselle sur les tablettes d'acajou.

Il paraissait naturel à tous d'avoir peur de Bulstrode, précisément comme les petits garçons sont effrayés à la vue d'un bedeau, d'un policeman ou d'un maître d'école, avant même qu'on leur ait appris les attributions de ces terribles personnages. Le Colonel du 11e hussards, vigoureux et robuste gentleman qui parcourait à cheval quinze milles sans s'arrêter, et qui occupait un rang élevé dans le livre de la pairie, craignait Talbot. Son regard gris, froid, pénétrant et fixe, frappait d'une muette terreur les hommes aussi bien que les femmes. Quand Talbot était à la table du *mess*, le Colonel avait peur de raconter ses anecdotes favorites, car il avait vaguement conscience que le Capitaine connaissait les passages contestables de ces brillants récits, quoique cet officier n'eût jamais manifesté la moindre incrédulité ni d'une façon ni d'une autre. L'adjudant irlandais se gardait de se vanter de ses conquêtes; les jeunes gens baissaient la voix lorsqu'ils devisaient entre eux des coulisses du Théâtre de la Reine; mais dès que Talbot avait quitté la salle, les bouchons sautaient de plus belle et les rires devenaient plus bruyants.

Le Capitaine savait qu'il était plus respecté qu'aimé, et, comme tous les hommes fiers qui repoussent la sympathie des autres tout à fait malgré eux-mêmes, il était affligé et blessé de ce que ses camarades ne s'attachaient pas à lui.

— Quelqu'un, — pensait-il, — parmi les millions d'êtres qui peuplent le monde, m'aimera-t-il jamais? Personne ne m'a jamais aimé, pas même mon père et ma mère : ils ont été fiers de moi, mais ils ne m'ont pas aimé. Combien de jeunes fous ont fait mourir leurs vieux parents de chagrin et ont, jusqu'au dernier battement du cœur de ceux dont ils causaient la mort, été aimés comme je ne l'ai jamais été de ma vie! Peut-être ma mère m'aurait-elle aimé davantage si je lui eusse causé plus de peine, si j'avais traîné le nom de Bulstrode dans tout Londres au bas de lettres de change et d'autres obligations déshonorantes; si j'avais été chassé de mon régiment et que je fusse parti à pied pour le pays de Cornouailles, sans bas ni souliers, et que je me fusse jeté à ses pieds après avoir déposé dans son sein, avec force sanglots, l'aveu de mes fautes et de mes chagrins, et que je lui eusse demandé d'hypothéquer son douaire pour le payement de mes dettes. Mais je ne lui ai jamais rien demandé, la chère femme, excepté son affection, qu'elle a été incapable de me donner. Je suppose que c'est parce que je ne sais pas la demander. Que de fois je me suis assis à côté d'elle à Bulstrode, lui parlant de toute sorte de sujets indifférents, cependant sentant au fond de mon cœur un vague désir de me jeter sur son cœur et de la supplier d'aimer et de bénir son fils! mais j'étais retenu par une barrière de glace que toute ma vie je n'ai pas eu la force de renverser. Quelle femme m'a jamais aimé? Pas une. On a essayé de me marier parce je dois être sir Talbot Bulstrode, de Bulstrode Castle; mais on n'a pas tardé à renoncer à l'entreprise et à me fuir, me laissant glacé et découragé. Je frémis lorsque je me souviens que j'aurai trente-trois ans au mois de mars prochain, et que je n'ai jamais été aimé. Je vais vendre mon grade, maintenant que la guerre est finie, car je ne suis bon à rien parmi mes camarades, et si une bonne petite créature tombait amoureuse de moi, je l'épouserais et l'emmènerais à Bulstrode, chez mon père et ma mère, et je me ferais gentilhomme campagnard.

Bulstrode faisait cette déclaration en toute sincérité. Il désirait qu'une créature bonne et pure tombât amoureuse de lui, afin qu'il pût l'épouser. Il voulait quelque manifestation spontanée d'un sentiment désintéressé, qui pût l'autoriser à dire:

— Je suis aimé!

Il se sentait peu capable d'aimer de son côté; mais il pensait qu'il serait reconnaissant envers la femme qui voudrait avoir pour lui une affection désintéressée, et consacrer sa vie à le rendre heureux.

— Ce serait quelque chose de penser que, si je venais à être écrasé en chemin de fer, ou à tomber d'un ballon, il y aurait ici-bas une créature qui regarderait le monde comme un séjour plus vide et plus triste, parce je n'y serais plus. Je serais curieux de savoir si mes enfants m'aimeraient. Je parie que non. Je glacerais leurs jeunes cœurs en leur apprenant la grammaire latine; ils trembleraient dès qu'ils passeraient la porte de mon cabinet, et ils baisseraient la voix de peur lorsqu'ils seraient à portée de l'ouïe de leur père.

Une créature tendre et douce, couronnée d'une auréole de cheveux blonds, une âme timide, aux yeux baissés et bordés de cils dorés, un être réservé, aussi pâle et aussi modeste que les saints du moyen âge que représentaient ses gravures, sans tache comme ses robes blanches, douée à un haut degré de toutes les grâces et de toutes les qualités qui conviennent à la femme, mais ne les déployant que dans le cercle étroit de la famille : tel était l'idéal que Bulstrode s'était formé.

Peut-être Talbot pensa-t-il avoir rencontré son idéal quand il entra dans le vaste salon de Felden avec Maldon, le 17 septembre 1857.

Lucy se tenait près d'un piano ouvert; sa robe blanche et sa blonde chevelure étaient inondées de lumière par les derniers rayons du soleil couchant. Cette image ainsi éclairée revint à la mémoire de Talbot longtemps plus tard, après un intervalle orageux, pendant lequel elle en avait été effacée et oubliée, et le vaste salon se déroula à ses yeux comme un tableau.

Oui, c'était son idéal que cette gracieuse jeune fille, à la chevelure constamment étincelante de lumière, aux blanches paupières modestement baissées. Mais, peu démonstratif comme d'habitude, Bulstrode s'assit près du piano, après la courte cérémonie des salutations, et se mit à contempler Lucy d'un œil sérieux qui ne trahissait aucune admiration particulière.

Il n'avait pas fait grande attention à Lucy, la nuit du bal; en effet, Lucy n'était guère une beauté que faisait ressortir l'éclat des bougies; sa chevelure avait besoin de la lumière

du soleil pour éclairer l'auréole dorée qui encadrait son
visage, et la délicate teinte rose de ses joues devenait pâle
à la lueur des lustres.

Tandis que Bulstrode observait Lucy, de ce grave regard
contemplatif, essayant de découvrir si elle différait sous
quelque rapport des autres jeunes filles qu'il avait connues,
et si la pureté de sa beauté délicate dépassait l'épiderme,
la fenêtre située en face de lui était occupée, et Aurora se
tenait debout entre lui et la lumière du soleil.

La fille du banquier s'arrêta sur le seuil de la fenêtre
ouverte, tenant dans ses deux mains le collier d'un énorme
chien, et regardant d'un air irrésolu dans la salle.

Mlle Floyd haïssait les personnes qui rendent visite le
matin, et elle discutait en elle-même si elle avait été vue,
ou s'il était possible de s'échapper sans être aperçue.

Mais le chien poussa un vigoureux aboiement et trancha
la question.

— Reste tranquille, Bow-wow, — dit-elle, — reste tranquille, mon chien.

Le chien s'appelait Bow-wow. Il était âgé de douze ans,
et Aurora lui avait donné ce nom-là, lorsqu'elle n'avait que
sept ans et que l'animal était un petit chien étourdi, à
grosse tête, qui s'étalait sur la table pendant les leçons de
la jeune fille, renversait des bouteilles d'encre sur ses ca-
hiers, et mangeait des chapitres tout entiers des abrégés de
l'histoire d'Angleterre.

Les officiers se levèrent au son de sa voix, et Mlle Floyd
entra dans la chambre et s'assit à une petite distance du
Capitaine et de sa cousine, en tortillant un chapeau de
paille dans sa main, et en regardant fixement son chien,
qui s'étendit résolûment auprès de sa chaise, exprimant
son contentement en battant le tapis de sa grosse queue.

Quoiqu'elle parlât très-peu, et qu'elle s'assît dans une
attitude insouciante qui indiquait une indifférence complète à l'égard de ses visiteurs, la beauté d'Aurora éclipsait
la pauvre Lucy, comme le soleil éclipse les étoiles.

Les épais bandeaux de ses cheveux noirs formaient un
grand diadème sur son front bas, et la couronnaient

comme une impératrice orientale; impératrice avec un nez
de forme douteuse, il est vrai, mais impératrice régnant
par le droit divin de ses yeux et de ses cheveux. Car ces
yeux noirs prodigieux, que nous ne voyons peut-être briller
qu'une fois dans toute la durée de notre existence, ne
constituent-ils pas par eux-mêmes une royauté?

Bulstrode se détourna de son idéal pour regarder cette
déesse aux cheveux noirs, qui tenait un grossier chapeau
de paille à la main et sur ses genoux la tête d'un gros
chien. Il remarqua de nouveau dans ses manières cette
distraction qui l'avait intrigué la nuit du bal. Elle écouta
poliment ses visiteurs et leur répondit quand ils lui adres-
sèrent la parole; mais il sembla à Talbot qu'elle se con-
traignait et faisait un effort pour rester avec eux.

— Elle désire que je m'en aille, c'est chose certaine, —
pensa-t-il, — et sans doute elle me considère comme une
société ennuyeuse, parce que je ne lui parle ni de chevaux
ni de chiens.

Le Capitaine reprit sa conversation avec Lucy. Il trouva
qu'elle parlait exactement comme il avait entendu parler
d'autres jeunes femmes, qu'elle savait tout ce qu'elles
savaient, et qu'elle avait été dans les endroits où elles
étaient allées. Le terrain qu'ils parcouraient était très-
rebattu, il est vrai; mais Lucy le traversa avec un charmant à-propos.

— C'est une bonne petite créature, — se dit Talbot à
lui-même, — et elle ferait une femme admirable pour un
gentilhomme campagnard. Je souhaiterais qu'elle tombât
amoureuse de moi.

Lucy lui parla de la Suisse, où elle était allée, l'automne
précédent, avec son père et sa mère.

— Et votre cousine, — demanda-t-il, — était-elle avec vous?

— Non, Aurora était en pension à Paris, chez les demoiselles Lespard.

— Lespard... Lespard... — répéta-t-il, — une pension
protestante dans le faubourg Saint-Germain. Mais une de
mes cousines y est en ce moment, une demoiselle Trevyllian. Voilà trois à quatre ans qu'elle y est. Vous souvenez-

vous d'avoir vu Constance Trevyllian chez les demoiselles Lespard, mademoiselle Floyd? — dit Talbot en s'adressant à Aurora.

— Constance Trevyllian!... Oui, je me souviens d'elle, — répondit la fille du banquier.

Elle n'en dit pas davantage, et pendant quelques instants régna un silence embarrassant.

— Mlle Trevyllian est ma cousine, — dit le Capitaine.

— Vraiment!

— Je pense que vous éliez très-bonnes amies?

— Oh! oui.

Elle se pencha sur son chien, dont elle caressa la grosse tête, sans même lever les yeux, lorsqu'elle parla de Mlle Trevyllian. On eût dit que c'était un sujet tout à fait indifférent pour elle, et qu'elle dédaignait même d'affecter d'y prendre le moindre intérêt.

Bulstrode se mordit les lèvres de dépit.

— Je suppose, — pensa-t-il, — que cette héritière, orgueilleuse de ses écus, fait fi des Trevyllian de Tredethlin, parce qu'ils ne peuvent se vanter de posséder quelques centaines d'arpents de marécages stériles, quelques mines d'étain épuisées, et une généalogie qui remonte au temps du roi Arthur.

Floyd entra dans le salon pendant que les officiers s'y trouvaient, et leur souhaita la bienvenue à Felden.

— Une longue course, messieurs, — dit-il; — vos chevaux auront besoin de repos. Vous dînerez avec nous, cela va sans dire. Nous aurons pleine lune ce soir, et vous verrez aussi clair qu'au grand jour pour vous en retourner.

Talbot regarda François, qui, les yeux fixes et la bouche béante, contemplait Aurora dans un véritable transport d'admiration. Le jeune officier savait à n'en pas douter que l'héritière et ses cinquante mille livres n'étaient pas pour lui; mais il n'en avait guère moins de plaisir à la regarder et à souhaiter d'être, comme Bulstrode, le fils aîné d'un riche baronnet.

L'invitation fut acceptée par Maldon aussi cordialement qu'elle avait été faite, et avec moins de raideur de manières que d'habitude par Talbot.

La cloche annonçant le luncheon sonna pendant qu'ils causaient, et la petite société passa dans la salle à manger, où elle trouva Mme Alexandre Floyd assise au bout de la table. Talbot s'assit à côté de Lucy, ayant Maldon pour vis-à-vis, tandis qu'Aurora se plaça auprès de son père.

Le vieillard était plein d'attention pour ses hôtes; mais l'observateur le plus superficiel n'aurait guère pu manquer de remarquer le soin avec lequel il surveillait Aurora. En jetant les yeux sur son visage fatigué par le chagrin, on était frappé de ce regard tendre et inquiet qui se tournait vers elle à chaque interruption de la conversation, et pouvait à peine se détacher d'elle pour satisfaire aux politesses usuelles de la vie. Si elle parlait, il prêtait l'oreille, il l'écoutait, comme si chaque parole insouciante, à moitié dédaigneuse, cachait un sens plus profond qu'il avait à tâche de discerner et de découvrir. Si elle gardait le silence, il l'observait encore de plus près, cherchant peut-être à pénétrer ce sombre voile qui quelquefois couvrait le beau visage de sa fille.

Bulstrode n'était pas absorbé par sa conversation avec Lucy et Mme Alexandre, au point de ne pas s'apercevoir de cette particularité dans les manières du père à l'égard de son unique enfant. Il vit aussi que, lorsqu'Aurora adressait la parole au banquier, ce n'était plus avec cette indifférence insouciante, ce demi-ennui, ce demi-dédain qui paraissaient lui être naturels en d'autres occasions. La vigilance empressée d'Archibald se reflétait jusqu'à un certain point chez sa fille, par accès, il est vrai; car généralement elle retombait dans cette distraction pensive que Bulstrode avait observée le soir du bal; mais c'était toujours le même sentiment qu'on observait chez le père, quoique moins constant et moins prononcé, une affection vigilante, inquiète, à moitié douloureuse, qui ne pouvait guère exister que par suite de circonstances anormales. Bulstrode était contrarié de voir sa curiosité surexcitée à ce sujet et de moins en moins attentif à la conversation simple et modeste de Lucy.

— Qu'est-ce que cela signifie? — pensa-t-il; — est-

4

elle tombée amoureuse de quelque individu que son père
lui a défendu d'épouser, et le vieillard essaye-t-il de se
taire pardonner sa sévérité ?... C'est peu probable. Une
femme avec une physionomie comme la sienne ne peut
guère manquer d'être ambitieuse... ambitieuse et vindica-
tive, plutôt qu'excessivement susceptible d'une tendre passion. A-t-elle perdu la moitié de sa fortune à la course
dont elle m'a parlé ? Je vais le lui demander. Peut-être lui
a-t-on enlevé son agenda de paris, ou estropié son cheval
favori, ou tué, pour le guérir de maladie, quelque chien
auquel elle tenait. C'est une enfant gâtée, bien entendu,
que cette héritière, et je gagerais que son père essayerait
de faire faire pour elle un double de la lune, si elle pleurait
pour posséder cette planète.

Après le luncheon, le banquier conduisit ses hôtes dans
les jardins qui s'étendaient assez loin des deux côtés de la
maison ; ces jardins dont la pauvre Éliza avait aidé à tracer
le plan dix-neuf ans auparavant.

Bulstrode, nous l'avons dit, marchait avec un peu de
raideur par suite de la blessure qu'il avait rapportée de
Crimée ; mais Mᵐᵉ Alexandre et sa fille mirent leur pas en
narmonie avec le sien, tandis qu'Aurora marchait devant
avec son père et Maldon ; son gros chien était à côté d'elle.

— Votre cousine est passablement fière, n'est-ce pas ? —
demanda Talbot à Lucy, après qu'ils eurent parlé d'Aurora.

— Aurora !... fière !... oh ! non, ma foi ; peut-être, si
elle a un défaut (car c'est la plus aimable jeune fille qui ait
jamais existé), c'est qu'elle n'a pas assez de fierté ; je veux
dire à l'égard des domestiques et des gens de cette espèce.
Elle parlerait aussi bien à un de ces jardiniers qu'à vous ou
à moi, et vous ne verriez point de différence dans ses manières, si ce n'est, peut-être, qu'elle serait un peu plus cordiale envers eux qu'envers nous. Les pauvres des alentours
de Felden l'idolâtrent. Aurora ressemble à sa mère, —
ajouta Mᵐᵉ Alexandre, — c'est l'image vivante de la pauvre
Éliza Floyd.

— Mᵐᵉ Floyd n'était-elle pas du pays de son mari ? —
lemanda Talbot.

Il était curieux de savoir comment il se faisait qu'Aurora eût ces grands yeux noirs brillants, et une beauté d'un type si méridional.

— Non; la femme de mon oncle appartenait à une famille du comté de Lancastre.

Une famille du comté de Lancastre! Si Bulstrode eût pu savoir que le nom de cette famille était Prodder; qu'un membre de cette altière maison avait employé sa jeunesse aux occupations agréables d'un mousse, faisant du café fort et grillant des harengs graisseux pour le repas matinal d'un capitaine hargneux, et recevant plus de corrections corporelles de la botte brutale de son maître que de monnaie de bon aloi! S'il avait pu savoir que la grand'tante de cette créature dédaigneuse qui marchait devant lui dans toute la majesté de sa beauté, avait tenu autrefois, et autant que le banquier tout autre pouvait le savoir, tenait encore une boutique d'épicerie dans une rue obscure de Liverpool! Mais c'étaient là des faits dont on avait empêché la connaissance de parvenir à Aurora elle-même, qui savait peu de choses, si ce n'est que, bien qu'elle fût née avec la cuillère d'argent allégorique dans la bouche, elle était plus pauvre que d'autres jeunes filles, puisqu'elle n'avait point de mère.

Mme Alexandre, Lucy et le Capitaine rejoignirent ceux qui marchaient devant eux sur un pont rustique, où Talbot s'arrêta pour se reposer. Aurora était appuyée sur la grossière balustrade en bois, regardant nonchalamment couler l'eau.

— Votre favori a-t-il gagné le prix de la course, mademoiselle Floyd? — demanda-t-il en observant l'effet de son profil à la lumière du soleil.

Ce n'était pas certainement un très-bon profil, sans les longs cils noirs et le rayonnement qui les traversait et que leurs ombres les plus épaisses ne pouvaient jamais cacher.

— Quel favori? — dit-elle.

— Le cheval dont vous m'avez parlé l'autre jour, — *Thunderbolt;* a-t-il gagné?

— Non.

— J'en suis bien fâché.

Aurora leva les yeux sur lui en rougissant de colère.

— Pourquoi ? — demanda-t-elle.

— Parce que je vous croyais intéressée à son succès.

Au moment où Talbot dit ces paroles, il s'aperçut pour la première fois qu'Archibald était assez près d'eux pour entendre leur conversation, et, de plus, qu'il surveillait sa fille avec une vigilance encore plus scrupuleuse que d'ordinaire.

— Ne me parlez pas de courses ; cela ennuie papa, — dit Aurora au capitaine en baissant la voix.

Talbot s'inclina.

— J'avais donc raison, — pensa-t-il ; — le turf est le cauchemar de cette maison. Je parierais que Mlle Floyd a fait de son mieux pour traîner le nom de son père dans la *Gazette*, et cependant il est évident qu'il l'aime à la folie, tandis que je...

Arrivé à ce point, son monologue prit une tournure si pharisaïque, que Bulstrode ne l'acheva même pas mentalement. Voici ce qu'il pensait :

— Cette jeune fille, qui peut-être a été cause de nuits d'insomnie et d'anxiété, et de jours troublés par des soucis dévorants, est tendrement aimée de son père ; tandis que moi, qui suis le modèle de tous les fils aînés de l'Angleterre, je n'ai jamais été aimé de ma vie.

A six heures et demie, la grosse cloche de Felden Woods sonna un carillon bruyant dont l'écho se répandit en frémissant au-dessus des arbres, pour apprendre à la campagne d'alentour que la famille allait faire sa toilette pour dîner, et, à sept heures, un autre carillon annonça aux villageois des environs de Beckenham et de West-Wickham que Floyd et sa maison allaient dîner ; mais ce double carillon n'était pas sans but et n'avait pas non plus un son discordant, car il prévenait les pauvres affamés qu'ils pouvaient, en prenant la peine de les demander à l'office des domestiques, se procurer des restes de viandes succulentes et délicates et autres vivres : tranches de fricandeaux, débris de conserves friandes, quartiers de poulets et carcasses de faisans qui

auraient servi à engraisser les cochons pour la Noël, sans les
ordres rigoureux de Floyd, qui avait recommandé qu'on les
donnât aux gens qui voudraient bien venir les chercher.

Floyd et ses hôtes ne quittèrent les jardins que quand les
dames se furent retirées pour aller faire leur toilette. Le
dîner fut très-animé, car Alexandre Floyd arriva de la ville
pour rejoindre sa femme et sa fille, amenant avec lui son
bruyant fils, qui venait d'être admis à Eton, et qui était
passionnément attaché à sa cousine Aurora ; et Bulstrode ne
put découvrir si cela était dû à l'influence de ce jeune homme
ou à cette mobilité qui faisait partie de sa nature, mais ce
qu'il y eut de certain, c'est que le sombre nuage qui enveloppait le visage de Mlle Floyd se dissipa, et qu'elle s'aban-
donna à la joie du moment avec une grâce radieuse, qui
rappela à son père la soirée où Éliza Percival avait joué lady
Teazle pour la dernière fois, et avait fait ses adieux à la
scène sur le petit théâtre du comté de Lancastre.

Il ne fallait que ce changement chez sa fille pour rendre
Archibald parfaitement heureux. Les sourires d'Aurora
semblèrent répandre une influence régénératrice sur toute
la société. La glace fondit, car le soleil s'était montré et
l'hiver avait enfin disparu. Bulstrode se mit le cerveau à
l'envers pour tâcher de découvrir comment il se faisait que
cette femme fût une créature si incomparable et si séduisante ; comment il se faisait que, il avait beau dire, il se
laissait lui-même ensorceler par cette sirène aux yeux
noirs ; il buvait abondamment à la coupe de *bang* qu'elle
lui présentait et y puisait promptement l'ivresse.

— Je pourrais presque devenir amoureux de mon idéal
aux cheveux blonds, — pensa-t-il, — mais je ne puis
m'empêcher d'admirer cette jeune fille extraordinaire. Elle
ressemble à Mlle Nisbett à l'apogée de sa réputation et de sa
beauté ; elle ressemble à Cléopâtre descendant le Cydnus ;
elle ressemble à Nell Gwynne vendant des oranges ; elle ressemble à Lola Montès livrant bataille aux étudiants bavarois;
elle ressemble à Charlotte Corday, le couteau à la main,
debout derrière le hideux Marat plongé dans son bain ; elle
ressemble à tout ce qui est beau, étrange, mauvais, indigne

d'une femme, ensorcelant ; et c'est précicément l'espèce
de créature dont plus d'un fou tomberait amoureux.

Il mit la longueur de la salle entre lui et l'enchanteresse,
et s'assit près du grand piano, sur lequel Lucy était en
train de jouer les lentes et harmonieuses symphonies de
Beethoven. Le salon de Felden était si long, que, assis
près de ce piano, Bulstrode paraissait regarder en arrière
pour voir le groupe joyeux qui entourait l'héritière, comme
il eût pu garder une scène jouée sur un théâtre du fond
d'une loge. Il aurait presque désiré avoir une lorgnette
pour observer les gestes gracieux d'Aurora et le jeu de ses
yeux étincelants ; puis, se tournant du côté du piano, il
écouta l'endormante musique et contempla le visage de
Lucy, d'un blond merveilleux à la lumière de cette pleine
lune dont Archibald avait parlé, et dont les rayons, pénétrant comme un torrent par une fenêtre ouverte, éclipsaient
la pâle lueur des bougies qui éclairaient le piano.

Lucy était richement douée de tout ce dont était surtout
dépourvue la beauté d'Aurora. Délicatesse de contours,
perfection des traits, pureté de teint, elle possédait tous
ces charmes-là ; mais, tandis que l'un de ces deux visages
vous éblouissait par l'éclat de sa magnificence, l'autre ne
vous inspirait qu'un faible sentiment, sentiment lent à se
produire et prompt à se dissiper. Il y a tant de Lucys et si
peu d'Auroras. Vous ne pourriez jamais critiquer l'une, et,
par contre, vous êtes impitoyable dans l'examen auquel
vous soumettez l'autre. Bulstrode était attiré vers Lucy par
une vague idée que c'était précisément la créature bonne
et timide qui était destinée à le rendre heureux ; mais il la
regardait avec autant de calme que si c'eût été une statue,
et il connaissait ses défauts aussi complétement qu'un
sculpteur qui critique l'œuvre d'un rival.

Mais c'était bien la femme propre à faire une bonne
épouse. C'était dans ce but qu'elle avait été élevée par sa
prudente mère. La pureté et la bonté avaient veillé sur elle,
et ne l'avaient pas quittée depuis son berceau. Elle n'avait
jamais rien vu ni entendu qu'il ne convenait pas qu'elle vît
ou entendît. Elle était aussi étrangère qu'un enfant à tous

les vices et à toutes les horreurs dont le monde est rempli. Elle était digne, accomplie, instruite ; et s'il existait un grand nombre d'autres femmes représentant précisément le même type de grâce féminine, c'était certainement le type le meilleur, le plus sain et le plus élevé.

Plus tard, dans la soirée, lorsque le phaéton du Capitaine fut amené au bas des marches en face de la grande porte, la petite société se réunit sur la terrasse pour voir partir les deux officiers, et le banquier dit à ses hôtes qu'il espérait que cette visite à Felden serait le commencement de relations durables.

— Je vais emmener Aurora et ma nièce à Brighton pour un mois ou à peu près, — dit-il, en donnant une poignée de main au Capitaine ; — mais, à notre retour, il faut que nous nous voyions aussi souvent que possible.

Talbot s'inclina et remercia en balbutiant le banquier de sa cordialité. Aurora et son cousin Percy Floyd, le jeune écolier d'Eton, avaient descendu les marches et admiraient les chevaux bais pur sang de Bulstrode, et le Capitaine n'était pas peu distrait par le tableau que ce groupe formait au clair de la lune.

Il n'oublia jamais ce tableau. Aurora, avec sa couronne de bandeaux d'un noir mat que faisait ressortir l'atmosphère empourprée, sa robe de soie brillant à la lueur d'une lumière incertaine, la tête délicate du cheval bai qu'on apercevait au-dessus de son épaule, et ses mains blanches, ornées de bagues, caressant les oreilles effilées de l'animal, tandis que le vieux chien, presque aveugle, animé par une vague jalousie, grognait d'un ton plaintif à son côté.

Quelle merveilleuse sympathie existe entre certaines gens et les bêtes ! Je crois que les chevaux et les chiens comprenaient tout ce qu'Aurora leur disait ; qu'ils l'adoraient du fond de leur âme, privés de la voix pour exprimer ce qu'ils ressentaient, et qu'ils auraient volontiers affronté la mort pour lui rendre service. Talbot observa tout cela avec un pénible sentiment de ravissement.

— Je serais curieux de savoir si ces êtres sont plus sages que nous, — pensa-t-il ; — reconnaissent-ils chez cette

jeune fille quelques attributs plus élevés que ceux que nous
pouvons discerner, et en adorent-ils la sublime présence ?
Si cette terrible femme, avec ses goûts peu féminins et ses
penchants mystérieux, était vile, lâche, fausse ou impure,
je ne crois pas que ce gros chien l'aimerait comme il l'aime ;
je ne crois pas que mes chevaux la laisseraient jouer avec
leurs brides ; le chien grognerait et les chevaux la mor-
draient, comme ces animaux avaient coutume de faire dans
ces temps anciens où ils reconnaissaient l'influence des
sortiléges et des mauvais génies et étaient mis en convulsion
par la présence des imprudents. J'ose dire que Mlle Floyd
est une créature bonne, douée d'un cœur généreux, une de
ces personnes que les viveurs qualifieraient de superbe
fille ; mais capable de lire aussi bien l'*Almanach des
Courses* et le *Guide de Ruff,* que les autres femmes les
romans de George-Alfred. Lawrence J'en suis vraiment
fâché pour elle.

CHAPITRE V

John Mellish.

La maison que le banquier loua à Brighton pour le mois
d'octobre était perchée sur la falaise de l'Est, et dominait
les vagues battues par les vents ; des fenêtres de l'étage
supérieur, par les matinées claires de l'automne, on apercevait dans le lointain obscur les âpres rochers des côtes
de Dieppe, et la jetée suspendue apparaissait comme une
bande de ruban au bas de la falaise. C'est, selon moi, un
site des plus agréables que ces terrasses unies situées dans
la direction de l'ouest, des fenêtres desquelles on n'em-
brasse qu'une étendue fort restreinte de la mer et un ho-

rizon qui semble se borner à un demi-mille ou à peu près
de la place de la Parade.

Avant d'emmener sa fille et sa cousine à Brighton, Floyd
prit un arrangement qu'il considérait sans doute comme
une très-grande preuve de sa sagesse; il engagea une
dame pour être à la fois la gouvernante, la compagne et
le chaperon d'Aurora, qui, comme disait sa tante, avait
grand besoin d'une personne accomplie et vigilante, qui
aurait soin de diriger et d'émonder les branches exubé-
rantes de cette plante pleine de séve qu'on avait laissée
croître comme elle l'avait voulu depuis son enfance. Le
bel arbrisseau ne devait pas traîner par terre ses tiges
capricieuses ou s'élancer à son gré vers l'azur des cieux;
il fallait le tailler, l'émonder, l'attacher symétriquement
aux murs de pierre de la société, avec des clous cruels et
des bandes de drap enchaînantes. En d'autres termes,
Floyd fit insérer dans le *Times* un avis demandant une
dame de bonne naissance et ayant reçu une éducation distinguée pour être gouvernante et dame de compagnie dans
la famille d'un gentleman, et disant qu'on ne regarderait
pas au traitement, pourvu que la dame en question fût
maîtresse accomplie dans tous les genres de talent connus
sous la calotte des cieux, et fût en somme un de ces êtres
exceptionnels et extraordinaires qui ne peuvent exister que
dans les colonnes d'annonces d'un journal répandu.

Mais le monde eût-il été rempli d'êtres exceptionnels,
Floyd n'aurait guère pu recevoir plus de réponses à son
avis qu'il n'en plut dans le petit bureau de poste de Beckenham. Le malheureux directeur eut sérieusement l'idée de
louer une charrette pour porter les lettres à Felden. Si le
banquier eût fait publier un avis pour demander une femme
à marier, en spécifiant le montant de ses revenus, il ne lui
eût guère été possible de recevoir un plus grand nombre
de réponses. On eût dit que la population féminine de
Londres avait été, d'un commun accord, saisie du désir
d'améliorer l'esprit et de former les manières de la fille du
gentleman qui ne regardait pas aux émoluments. Des
veuves d'officiers, des veuves de prêtres, des veuves d'avo-

cats et de négociants, des filles de bonne famille, mais sans
fortune, des orphelines, filles de toute espèce de personnages nobles et distingués, se présentèrent comme étant,
chacune pour son compte, la personne, entre toutes les
créatures vivantes sur la terre, la plus capable d'occuper
le poste proposé. Mme Alexandre choisit six lettres, jeta le
reste dans le panier aux papiers inutiles, fit mettre les chevaux à la voiture du banquier et partit pour la ville, afin
d'aller voir les six dames qui lui avaient écrit ces six lettres.
C'était une femme active et pratique que Mme Alexandre, et
elle fit subir un examen si sévère aux six concurrentes,
que, quand elle revint chez Floyd, ce fut pour annoncer
qu'il n'y en avait qu'une qui fût bonne à quelque chose, et
que celle-là viendrait à Felden le lendemain.

La dame qu'elle avait choisie était la veuve d'un enseigne
mort six mois après son mariage, une heure et demie environ avant d'hériter de biens énormes, héritage dont les
détails n'avaient jamais été bien compris des amis de sa
veuve infortunée. Mais toute vague que fût cette histoire,
elle suffit pour poser Mme Walter Powel dans le monde
comme une femme ayant eu des malheurs. Mme Powel avait
des cheveux blonds non frisés, et penchait la tête d'une
façon toute féminine. Elle avait quitté la pension pour se
marier, et au bout de six mois de vie conjugale elle était
retournée dans la même pension en qualité de sous-maî-
tresse chargée d'instruire les plus jeunes élèves. Toute son
existence s'était passée à recevoir et à donner des leçons ;
dans son enfance, elle avait exercé une espèce d'enseigne-
ment au jour le jour, enseignant le matin ce qu'elle avait
appris la veille au soir ; elle n'avait jamais laissé échapper
une occasion de se perfectionner ; elle était machinalement
devenue d'une certaine capacité comme musicienne et
comme peintre ; elle avait acquis dans les langues étran-
gères une sorte de talent de perroquet ; elle avait lu tous
les livres que sa profession lui imposait de lire ; elle connaissait toutes les choses qu'il lui était nécessaire de savoir ;
mais, hors de là, passé la limite des murs d'une salle d'é-
tude, c'était une femme ignorante, sans âme, à idées basses

et vulgaires. Aurora avala la pilule du mieux qu'elle put,
et accepta Mme Powel comme la personne chargée de perfectionner son éducation, comme une espèce de lest jeté dans
sa barque errante pour raffermir sa course vagabonde et la
garantir des écueils et des sables mouvants.

— Lucy, — dit-elle, — il faut que je la supporte, à ce
qu'il paraît, il faut que je consente à me laisser perfectionner par cette pauvre créature fanée. Je serais curieuse
de savoir si elle ressemblera à Mlle Drummond, qui avait
l'habitude de me laisser planter là mes devoirs et de lire
des romans, pendant que je courais à mon gré dans les
jardins et les écuries. Je pourrai l'endurer, Lucy, tant que
je vous aurai avec moi, mais je crois que je deviendrai
folle, si je dois être enchaînée seule avec ce chien de garde
à la mine pâle et renfrognée.

Floyd et sa fille partirent de Felden pour Brighton dans
la spacieuse berline de voyage du banquier, avec la femme
de chambre d'Aurora sur le siége de derrière, une pile de
malles sur l'impériale, et Mme Powel, avec les jeunes
filles confiées à ses soins, dans l'intérieur de la voiture.
Mme Alexandre, après avoir fait son devoir, à son idée, en
procurant un chaperon à Aurora, était retournée à Fulham;
mais Lucy devait rester à Brighton avec sa cousine et courir
à cheval avec elle sur les dunes. Les chevaux de selle
étaient partis la veille avec le groom d'Aurora, vieux garçon
aux cheveux gris et passablement hargneux, qui servait
Archibald depuis trente ans; et le gros chien appelé Bow-
wow voyageait dans la berline avec sa maîtresse.

Une semaine environ après leur arrivée à Brighton,
Aurora et sa cousine se promenaient ensemble sur la falaise
de l'Ouest, lorsqu'un gentleman, ayant la jambe un peu
raide, se leva d'un banc sur lequel il s'était assis pour
écouter la musique, et s'avança lentement vers elles. Lucy
baissa ses paupières en rougissant légèrement; mais Aurora tendit sa main au Capitaine Bulstrode en réponse à
son salut.

— Je pensais bien vous rencontrer ici, mademoiselle
Floyd, — dit-il. — Je ne suis arrivé que de ce matin, et

j'allais me rendre chez Folthorpe pour demander l'adresse de monsieur votre père. Se porte-t-il bien?

— Bien... oui... c'est-à-dire assez bien.

Une ombre glissa sur ses traits au moment où elle prononçait ces paroles. Sur son visage les ombres et la lumière se succédaient avec une rapidité merveilleuse.

— Mais nous ne nous attendions pas à vous voir à Brighton, Capitaine Bulstrode, nous pensions que votre régiment était toujours en garnison à Windsor.

— Oui, mon régiment... c'est-à-dire le 11ᵉ hussards, est toujours à Windsor; mais j'ai vendu mon brevet.

— Vendu votre brevet!...

Aurora et sa cousine ouvrirent de grands yeux en apprenant cette nouvelle.

— Oui, je suis fatigué du service. C'est une existence monotone, maintenant qu'on ne se bat plus. J'aurais pu me présenter et aller dans l'Inde, certainement, — ajouta-t-il, comme s'il répondait à un argument qu'il se posait à lui-même; — mais je suis d'un âge mûr, et je suis las de courir le monde.

— J'aimerais à aller dans l'Inde, — dit Aurora en regardant du côté de la mer.

— Vous, Aurora! mais pourquoi? — s'écria Lucy.

— Parce que je déteste l'Angleterre.

— Je croyais que c'était la France que vous n'aimiez pas.

— Je hais l'un et l'autre de ces pays. A quoi sert que le monde soit vaste, si nous devons nous arrêter à perpétuité dans un seul endroit, enchaînés à un seul ordre d'idées, à un seul cercle étroit de personnes, voyant et entendant sans cesse, sans relâche les gens que nous détestons, sans pouvoir échapper au son odieux de leurs noms? J'aimerais à être missionnaire et à aller au centre de l'Afrique avec le docteur Livingstone et sa famille, et j'irais, si je n'étais retenue par mon père.

La pauvre Lucy regarda sa cousine en face dans un ébahissement complet. Bulstrode retomba dans cet état de ravissement dans lequel cette jeune fille le jetait toujours. Que signifiaient, chez cette héritière de dix-neuf ans, ces

excès de découragement et ces mouvements de dégoût?
Peut-être, après tout, n'était-ce pas seulement une affectation d'originalité?

Pendant qu'il se posait cette question, Aurora le regarda
avec son plus brillant sourire.

— Viendrez-vous voir papa? — dit-elle.

Bulstrode déclara qu'il ne désirait pas de plus grand
bonheur que de présenter ses respects à M. Floyd, et, pour
le prouver, il accompagna les jeunes filles dans la direction
de la falaise de l'Est.

A partir de ce matin-là, l'officier devint un des habitués
de la maison du banquier. Il jouait aux échecs avec Lucy,
l'accompagnait sur le piano quand elle chantait, l'aidait de
précieux conseils quand elle peignait à l'aquarelle, intro-
duisait des jours dans certains endroits et des reflets de
ciel en d'autres, fonçait les tons bruns de l'automne, donnait de la vigueur aux teintes empourprées de l'horizon, et
se rendait tout à fait utile à la jeune fille qui, ainsi que nous
le savons, était accomplie dans tous les arts qui sont les
délassements d'une femme. Mme Powel, assise à une des
fenêtres du salon, répandait la lueur bénigne de son visage
fané et de ses yeux bleu pâle sur les deux jeunes gens, et
représentait toutes les convenances dans sa personne. Aurora, quand le temps l'empêchait de monter à cheval, s'occupait, plus par turbulence que d'une façon profitable, à
prendre des livres et à les feuilleter sans attention, à tirer
les oreilles de Bow-wow, à regarder par les fenêtres, à
mimer la caricature des gens qui se promenaient sur la
falaise, et à tirer, pour voir l'heure, une petite montre merveilleuse, à laquelle était suspendu un tas de breloques en
or de formes inexplicables.

Bulstrode, appuyé sur le piano ou sur le carton à dessin
de Lucy, ou réfléchissant à l'évolution qu'il allait faire faire
à la reine sur l'échiquier, avait amplement le loisir d'observer les mouvements de Mlle Floyd et d'être choqué du
désœuvrement dans lequel cette jeune fille passait les matinées pluvieuses. Quelquefois il la voyait lire le *Bell's Life*,
à la grande horreur de Mme Powel, qui avait une idée vague

des iniquités rapportées dans ce terrible journal, mais qui avait peur d'étendre son autorité jusqu'à en interdire la lecture.

Mme Powell contemplait avec une muette approbation la familiarité qui s'établissait et croissait de jour en jour entre Lucy et le Capitaine. Elle avait craint d'abord que Talbot ne fût un admirateur d'Aurora ; mais la conduite des deux jeunes gens eut bientôt dissipé ses alarmes. Rien de plus cordial que la manière dont Mlle Floyd traitait l'officier ; mais elle lui témoignait la même indifférence qu'elle manifestait pour tout, hors son chien et son père. Était-il possible que ce visage qui approchait de la perfection et cette gracieuse fierté n'eussent aucun charme pour la fille du banquier ? Était-il possible qu'elle passât des heures entières dans la société de l'homme le mieux fait et le plus aristocratique qu'elle eût jamais rencontré, et que son cœur fût encore aussi libre qu'au commencement de leurs relations ? Il y avait dans la petite société une personne qui se posait sans cesse cette question et qui n'était jamais capable d'y répondre à sa propre satisfaction ; cette personne, c'était Lucy. La pauvre Lucy, qui, nuit et jour, était occupée à jouer mentalement cet ancien jeu allemand que Faust et Marguerite jouèrent ensemble dans le jardin avec la rose épanouie : « Il m'aime... il ne m'aime pas ! »

Mme Powell, avec ses yeux bleus peu clairvoyants, pouvait voir dans Lucy l'attrait qui attirait Bulstrode à la falaise de l'Est ; mais Lucy elle-même en savait davantage : elle savait d'autres choses amères, cruelles.

— Les attentions du Capitaine Bulstrode pour Mlle Lucy ont été de la dernière évidence, dit Mme Powel un jour que le Capitaine s'en alla, après une longue matinée employée à faire de la musique, à chanter et à jouer aux échecs.

Comme Lucy détestait cette phrase précieuse ! Personne, aussi bien qu'elle, ne connaissait la valeur de ces attentions. Il y avait six semaines qu'elles étaient à Brighton, et depuis les dernières cinq semaines, le Capitaine avait passé avec elles presque toutes les matinées. Il avait couru à cheval avec elles sur les dunes, il était allé avec elles en voiture au Dyke, il avait flâné avec elles en écoutant la musique, il s'était tenu derrière elles dans leur loge au charmant petit théâtre, et il s'était fait écraser dans le Pavillon pour entendre Grisi et Mario, Alboni et la pauvre Bosio. Il les avait accompagnées dans toute la série des amusements de Brighton, et n'avait jamais paru fatigué de leur compagnie. Mais malgré tout cela, Lucy savait ce que lui dirait la dernière feuille de la rose, quand les nombreux pétales seraient arrachés, et qu'il ne resterait que la pauvre tige dépouillée. Elle savait qu'il oubliait souvent de tourner le feuillet des sonates de Beethoven, que souvent il traçait des raies vertes dans un horizon qui aurait dû être couleur de pourpre, et retouchait les arbres du premier plan avec du rose; que souvent il se laissait faire échec et mat par pure inattention, et lui faisait des réponses confuses, au hasard, quand elle lui adressait la parole. Elle savait combien il était agité quand Aurora lisait le *Bell's Life*, et combien le seul frôlement du journal lui agaçait les nerfs. Elle savait quelle tendresse il témoignait au gros chien presque aveugle, avec quel empressement il lui faisait des amitiés, de quels égards, trahissant presque de la sympathie, il comblait l'énorme et majestueux animal. En un mot, Lucy savait ce que Talbot lui-même ne savait pas encore; elle savait qu'il tombait rapidement de la tête aux pieds amoureux de sa cousine, et en même temps elle avait une vague idée qu'il aurait beaucoup mieux aimé devenir amoureux d'elle-même, et qu'il luttait aveuglément contre sa passion croissante.

C'était la vérité; il devenait amoureux d'Aurora. Plus il protestait contre elle, plus il s'exagérait de parti pris les folies de la jeune fille, plus il se défendait contre ce qu'il y aurait d'insensé à l'aimer, et plus il était certain qu'il l'aimait. La lutte même qu'il soutenait la maintenait sans cesse dans sa pensée, au point qu'il finit par être l'esclave de cette séduisante vision, qu'il n'évoquait que pour s'efforcer de l'exorciser.

— Comment pourrais-je l'emmener à Bulstrode et la présenter à mon père et à ma mère? — pensait-il.

Et à cette pensée, elle lui apparaissait illuminant le vieux manoir de Cornouailles de l'éclat de sa beauté, fascinant son père, ensorcelant sa mère, parcourant les landes sur sa jument pur sang, et rendant toute la paroisse folle d'admiration pour elle. Il comprenait que ses visites chez Floyd ne tarderaient pas à le compromettre aux yeux des personnes qui habitaient cette maison. Tantôt il se croyait engagé d'honneur à faire à Lucy l'offre de sa main, tantôt il prétendait que personne n'avait le droit de considérer ses attentions comme s'adressant plus particulièrement à l'une qu'à l'autre des jeunes filles. S'il avait su le pénible jeu que Lucy ne cessait de jouer mentalement avec la rose imaginaire, je suis sûr qu'il n'eût pas différé d'une heure à lui proposer de l'épouser ; mais la fille de Mme Alexandre avait été trop bien élevée pour trahir une des émotions de son cœur, et elle supportait ses angoisses de jeune fille et cachait ses tortures de toutes les heures avec la calme patience habituelle à ces innocents martyrs du sexe féminin. Elle savait que la dernière feuille devait être bientôt détachée, et que les douces souffrances de l'incertitude devaient avoir un terme éternel.

Dieu sait combien de temps Bulstrode eût lutté contre sa passion croissante, sans un événement qui mit fin à son indécision et le plongea dans le désespoir. Cet événement fut l'apparition d'un rival.

Il se promenait avec Aurora et Lucy sur la falaise de l'Ouest dans une après-midi du mois de novembre, lorsqu'un phaéton attelé de deux chevaux s'arrêta tout à coup contre la grille qui les séparait de la route, et un gros homme, enveloppé dans un énorme plaid écossais qui lui faisait le tour de la taille et des épaules, sauta à bas de la voiture en faisant jaillir la boue sur ses jambes, s'élança vers Talbot, ôta son chapeau en s'approchant de lui, et s'inclina devant les dames comme pour leur faire ses excuses.

— Quoi? Bulstrode, — dit-il, — qui diable aurait songé à vous rencontrer ici? J'avais entendu dire que vous étiez dans l'Inde; mais qu'avez-vous fait pour votre jambe?

Il était tellement essoufflé de précipitation et d'émotion,

qu'il était tout à fait indifférent à la ponctuation ; et ce fut, selon les apparences, tout ce qu'il put faire de garder le silence, le temps que Talbot mit à le présenter aux jeunes filles, en l'annonçant comme étant M. Mellish, un ancien ami et camarade de classe. L'étranger, la bouche et les yeux tout grands ouverts, eut l'air frappé d'une si vive admiration pour les yeux noirs de Mlle Floyd, que le Capitaine se retourna d'un air presque féroce vers lui, en lui demandant ce qui l'avait amené à Brighton.

— La saison de la chasse, mon cher ami, j'étais fatigué du comté d'York ; je connais tous les champs, tous les fossés, toutes les haies, tous les étangs, tous les sauts de loups, tous les taillis des trois Ridings. Je demeure à l'hôtel de Bedford ; j'ai mes chevaux avec moi ; je fais une course demain matin avec vous, si cela vous fait plaisir. La meute se réunit à onze heures... sur la route de Dyke... J'ai un cheval gris qui vous ira parfaitement, il porte mon poids, et vous serez dessus comme dans votre fauteuil

Talbot en voulut à son ami de ce qu'il parlait de chevaux ; il se sentit furieusement jaloux de lui. C'était peut-être le genre d'homme dont la société serait agréable à Aurora, que ce gros habitant du comté d'York, au cerveau vide, parlant sans cesse de chevaux et de rendez-vous de chasse. Mais s'étant tout à coup retourné pour examiner Mlle Floyd, il fut enchanté de voir que la jeune fille regardait d'un air distrait les brouillards qui s'accumulaient sur la mer, et paraissait ignorer complétement l'existence de M. John Mellish, de Mellish Park, dans le comté d'York.

Ce John Mellish était, comme je l'ai dit, un gros homme, paraissant même plus gros qu'il n'était, par la raison qu'il portait artistiquement entortillés autour de ses épaules environ 8 mètres de plaid épais de berger. Il était âgé de trente ans au moins, mais il avait des manières d'un tel entrain d'adolescent, son visage respirait une gaieté si jeune et si naïve, qu'on l'aurait pris pour un garçon de dix-huit ans, échappé récemment de quelque cours public de l'école du christianisme musculaire. Je pense que le révérend Charles Kingsley aurait été heureux de voir ce jeune Anglais, gros et gras, enjoué, à la large poitrine, aux cheveux châtains retroussés sur un front découvert, et la bouche, toujours prête à rire, recouverte d'une épaisse moustache brune. Et quand il riait, il le faisait en éclats si sonores et si joyeux, que les gens qui se trouvaient sur la place de la Parade se retournaient pour regarder le gaillard pourvu de si vigoureux poumons, et souriaient de bon cœur par sympathie pour cette franche hilarité.

Bulstrode aurait donné 100 livres pour être débarrassé de ce bruyant habitant du comté d'York. Quelles affaires avait-il à Brighton? Le plus vaste comté de l'Angleterre n'était-il pas assez vaste pour le contenir, qu'il fallait qu'il vînt traîner ses façons de campagnard du Nord dans le comté de Sussex, pour ennuyer les amis de Talbot?

Bulstrode ne fut guère plus satisfait lorsque, après avoir fait quelques pas de plus, la petite société rencontra Floyd, qui était venu chercher sa fille. Le vieillard pria qu'on le présentât à Mellish, et invita ce brave habitant du comté d'York à dîner ce même soir à la falaise de l'Est, au grand mécontentement de Talbot, qui se recula de fort mauvaise humeur, et laissa John faire connaissance avec les jeunes filles. Au bout de dix minutes environ, notre provincial avec ses allures familières s'était insinué dans leurs bonnes grâces, et, au moment où l'on eut atteint la maison du banquier, il était plus à son aise avec Aurora que ne l'était l'héritier des Bulstrode après deux mois de relations. Il escorta la compagnie jusqu'au seuil de la porte, donna des poignées de main aux dames et à Floyd, caressa le gros chien Bow-wow, frappa Talbot sur l'épaule d'une tape aussi lourde qu'un coup de marteau, et reprit à la hâte le chemin de l'hôtel de Bedford pour aller faire sa toilette pour dîner. Il était dans une telle surexcitation, qu'il culbuta les petits garçons et se heurta contre de jeunes élégants, qui se rangèrent tout raides d'ébahissement pour laisser passer ce gros homme si empressé. Il fredonna le refrain d'une chanson de chasse en grimpant le grand escalier qui con-duisait à son appartement à l'hôtel de Bedford, et jacassa avec son domestique en s'habillant. Il avait l'air d'un être créé tout exprès pour être heureux, pour posséder et dépenser une belle fortune. Des gens qui lui étaient complétement étrangers couraient après lui et lui rendaient service par spéculation, sachant instinctivement qu'ils seraient amplement récompensés de leurs peines. Les garçons de café abandonnaient les autres tables pour servir celle à laquelle il s'était assis. Les ouvreuses de loges laissaient des compagnies de six personnes frissonner dans les tristes corridors, tandis qu'elles trouvaient une place pour Mellish. Les mendiants, dans un endroit très-encombré, le reconnaissaient dans la foule, se pendaient après lui, et ne s'éloignaient pas sans emporter une aumône sortie de son grand gilet. Il dépensait toujours son argent pour le plaisir d'autrui. A Mellish Park il avait une armée de vieux domestiques, qui l'adoraient et le tyrannisaient à la façon des gens de leur espèce. Ses écuries étaient remplies de chevaux boiteux, ou ayant l'œil vairon, ou mis hors de service par quelque autre infirmité, mais vivant de ses bienfaits comme une joyeuse bande d'indigents de la race chevaline, et consommant autant de grains qu'il en eût fallu pour nourrir une écurie de chevaux de course. Il payait continuellement des objets qu'il n'avait ni demandés ni eus en sa possession; il était sans cesse trompé par les chères et honnêtes créatures dont il était entouré, et qui, bien qu'elles fissent de leur mieux pour le ruiner, se seraient, comme on dit, jetées dans le feu pour le servir, lui seraient restées attachées, auraient travaillé pour lui, et l'auraient entretenu de ces mêmes épargnes, fruit des vols commis à son préjudice, une fois que la ruine serait arrivée. John avait-il la migraine, tout le monde dans cette maison désordonnée était malheureux et mal à l'aise tant que l'indisposition n'était pas passée; parmi les garçons d'écurie, parmi les bonnes de la maison, c'était à qui apporterait et ferait essayer son remède pour le guérir. Si vous aviez dit à Mellish Park que le visage blond et les larges épaules de John n'étaient pas le type le plus élevé de la beauté et de la grâce viriles, vous auriez été méprisé comme un être dénué de goût et de jugement. Aux yeux de cette valetaille, Mellish, en veste de chasse et

en bottes à revers, était plus beau que l'Apollon du Bel-
védère dont une statue en bronze ornait une niche du
vestibule. Si vous leur aviez dit qu'il n'était pas indispensable de peser 14 *stones* (1) pour atteindre la perfection de la beauté humaine, ou qu'il était possible qu'il
existât des mérites d'un ordre plus relevé que celui de
mener des *unicorns*, de tuer quatorze pièces de gibier
dans une matinée, de faire rentrer l'épaule de la jument
bai dans l'articulation le jour où elle se l'était démise à
la chasse, de vaincre Joe Millings, le boxeur d'East-
Riding, sans seulement prendre haleine : ces naïfs domestiques du comté d'York vous auraient volontiers ri au nez.
Bulstrode se plaignait que tout le monde le respectait et que
personne ne l'aimait. Mellish aurait pu articuler la contre-
partie de cette plainte, s'il y eût pensé. Qui pouvait s'empêcher d'aimer le brave, le généreux gentleman dont la
maison et la bourse étaient ouvertes à tout son voisinage?
Qui pouvait éprouver le moindre sentiment de respect pour
le maître aux allures familières et amicales, qui se mettait à
table dans la vaste cuisine de Mellish Park, entouré de ses
chiens et de ses domestiques, auxquels il racontait les aventures de la chasse du jour, jusqu'à ce que le vieux chien
aveugle couché à ses pieds levât sa grosse tête, et fît entendre
une faible musique? Non; Mellish était charmé d'être aimé,
et il ne s'inquiétait jamais de la qualité de l'affection dont
il était l'objet. Pour lui, tout était de l'or vierge le plus pur;
et vous auriez pu lui tenir une conversation de douze
heures consécutives sans le convaincre que les hommes et
les femmes étaient de vils mercenaires, et que, si ses domestiques, ses fermiers et les pauvres des alentours l'aimaient, c'était à cause des bienfaits temporels qu'ils rece-
vaient de lui. Il était aussi peu méfiant qu'un enfant, qui
croit que les fées qu'il voit jouer la pantomime sont toujours
des fées, et que l'arlequin est né dans son costume bigarré
et avec son masque noir. Il était aussi accessible à la flatterie qu'une écolière qui distribue le contenu de son panier
à un cercle de camarades qui la flagornent. Quand on lui

(1) *Stone*, terme de sport: poids de quatorze livres.

disait qu'il était bon enfant, il le croyait, tombait d'accord avec ceux qui le lui disaient, et s'imaginait que le monde était en somme le séjour de la franchise et de la cordialité, et que tous les hommes étaient bons. N'ayant jamais d'arrière-pensées, il n'en cherchait pas dans les paroles d'autrui; mais il croyait que chacun exprimait sa véritable pensée, et plaisait ou déplaisait à ses semblables aussi franchement et aussi involontairement que lui. S'il eût été vicieux, nul doute qu'il n'eût tourné tout à fait mal et ne fût devenu un bandit; mais comme il était doué d'une nature instinctivement pure et loyale, ses plus grandes folies n'étaient pas plus sérieuses que celles d'un gros écolier qui pèche par excès d'entrain. Il avait perdu sa mère un an après sa naissance, et son père était mort quelque temps avant sa majorité; de sorte qu'il n'avait eu personne pour contrôler ses actions, et c'était quelque chose que de pouvoir, à l'âge de trente ans, se rappeler une enfance et une jeunesse sans tache, qui eussent pu être souillées de la fange des égouts et infectées de l'odeur des mauvais lieux. N'avait-il pas raison d'en être fier?

Y a-t-il, après tout, quelque chose d'aussi noble qu'une vie pure et sans tache, un beau tableau sans aucune ombre disparate dans le fond, un poème coulant, sans le moindre vers défectueux, raboteux, qui dépare la poésie, un livre sublime sans une page indigne, une histoire simple, bonne à donner à lire à nos enfants? Aucune grandeur peut-elle être plus grande? aucune noblesse peut-elle être plus vraiment noble?

Je suis fier des deux jeunes gens qui agissent dans ce récit, par la simple raison que je n'ai à pallier aucun fait douteux dans l'histoire de l'un ou de l'autre. Je puis ne pas réussir à vous les faire aimer, mais je puis vous promettre que vous n'aurez pas lieu de rougir d'eux. Peut-être Talbot Bulstrode vous déplaira-t-il à cause de sa hautaine fierté; John Mellish vous fera peut-être simplement l'impression d'un provincial ignorant et maladroit; mais ni l'un ni l'autre ne vous choqueront par une parole déplacée ou par une pensée indigne.

CHAPITRE VI

Refusé et accepté.

Chez Floyd le dîner fut très-gai, et quand Mellish et Buls-trode quittèrent la falaise de l'Est pour se diriger vers l'ouest à onze heures du soir, l'habitant du comté d'York dit à son ami qu'il n'avait jamais passé soirée plus agréable. Il faut, toutefois, accepter cette déclaration avec quelque réserve, car John avait l'habitude de la faire environ trois fois par semaine; mais il avait été vraiment heureux dans la société de la famille du banquier, et, ce qui était mieux encore, il était disposé à adorer Aurora sans plus de fa-çons.

Quelques brillants sourires, quelques regards étincelants, une conversation un peu animée à propos de chasses et de courses, joints à quelques verres de ces vins capiteux qu'Archibald importait du beau pays baigné par la Moselle, avaient suffi pour tourner la tête à Mellish et le faire pérorer sans retenue, au clair de la lune, sur les mérites de la belle héritière.

— Je crois vraiment que je mourrai garçon, Talbot, — dit-il, — à moins que je ne parvienne à épouser cette jeune fille. Il n'y a qu'une demi-douzaine d'heures que je la connais, et je suis déjà amoureux d'elle des pieds à la tête. Qu'est-ce qui m'a bouleversé comme cela, Bulstrode? J'ai vu d'autres jeunes filles qui avaient des yeux et des cheveux noirs, et elle ne se connaît pas plus aux chevaux que la moitié des femmes du comté d'York; ainsi ce n'est pas cela. Qu'est-ce donc, alors?

Il s'arrêta tout court contre un poteau de réverbère, et regarda vivement son ami en lui adressant cette question.

Talbot grinça des dents et garda le silence.

— Il est inutile de lutter contre sa destinée, — pensait-il; — le charme exercé par cette femme produit le même effet sur les autres que sur moi-même; et pendant que je discute ma passion et que j'y résiste, un écervelé comme ce Mellish se met sur les rangs, et celui-là l'emportera sans doute sur moi.

Arrivé sur les marches de l'hôtel du *Vieux Vaisseau*, il souhaita le bonsoir à son ami, alla droit à sa chambre, où il s'assit à la fenêtre ouverte pour respirer l'air doux et frais d'une nuit de novembre, et regarda la mer éclairée par la lune. Il résolut de faire sa déclaration à Aurora le lendemain avant midi.

— Pourquoi hésiterais-je?

Il s'était posé cette question cent fois déjà, et il avait toujours été incapable d'y répondre; et cependant il avait hésité. Il ne pouvait pas se défaire d'une vague idée qu'il y avait quelque mystère dans la vie de cette jeune fille, quelque secret connu seulement d'elle et de son père, quelque tache sur l'histoire du passé, faisant ombre sur le présent. Et cependant, comment cela pourrait-il être ?

— Comment cela pourrait-il être? — se demanda-t-il, — toute sa vie ne compte que dix-neuf années, et j'ai mainte et mainte fois entendu raconter la manière dont ces années s'étaient écoulées. Que de fois j'ai adroitement amené Lucy à me dire la simple histoire de l'enfance de sa cousine! Les gouvernantes et les maîtres qui étaient allés et venus à Felden; les poneys, les chiens, les petits chats et les poulains favoris; la petite amazone écarlate, qui avait été faite pour l'héritière, quand elle galopait à la suite des chiens avec son cousin André. Les fautes les plus graves que j'ai pu découvrir dans ces premières années sont quelques vases de porcelaine brisés, et une grande quantité d'encre renversée sur des thèmes français mal écrits. Après avoir été élevée dans la maison paternelle jusqu'à l'âge de dix-huit ans, Aurora a été conduite à Paris dans une pension pour achever son éducation; et toute sa vie a été la vie ordinaire des autres jeunes filles de sa position, et elle ne diffère d'elles qu'en ce qu'elle est bien plus séduisante, et un peu plus volontaire que la majorité.

Talbot riait en lui-même de ses doutes et de ses hésitations.

— Quelle brute soupçonneuse je fais, — se disait-il, — quand je me figure être tombé sur le mot de quelque énigme, parce que la voix du vieillard respire une tendresse mélancolique quand il adresse la parole à sa fille unique ! Si j'avais soixante-sept ans et que j'eusse une fille comme Aurora, à mon amour ne se mêlerait-il pas toujours un sinistre pressentiment, l'horrible crainte que quelque chose ne vînt me l'enlever? Je ferai demain ma déclaration à Mlle Floyd.

Si Talbot eût été tout à fait franc avec lui-même, il aurait peut-être ajouté :

— Où John Mellish lui demandera sa main le lendemain.

Le lendemain en effet, avant midi, Bulstrode se présenta à la maison de la falaise de l'Est, mais il trouva sur le pas de la porte Mellish qui parlait au groom de Mlle Floyd en examinant les chevaux qui attendaient les jeunes filles; car elles allaient faire une promenade à cheval, et Mellish devait les accompagner.

— Si vous voulez vous joindre à nous, Bulstrode, — dit avec bonhomie l'habitant du comté d'York, — vous pouvez monter le cheval gris dont je vous ai parlé hier. Saunders retournera le chercher.

Talbot rejeta cette offre d'un air assez maussade.

— J'ai mes chevaux ici, je vous remercie, — répondit-il, — mais si vous voulez envoyer votre groom à l'écurie dire au mien de les amener, je vous serai obligé.

Après avoir fait cet appel à sa complaisance, Bulstrode tourna le dos à son ami, traversa la route et, croisant ses bras sur la grille, se mit à regarder la mer d'un air résolu. Mais au bout de cinq minutes, les jeunes filles parurent sur le pas de la porte, et Talbot, se retournant en entendant leur voix, fût obligé de traverser de nouveau la route, afin d'avoir la chance de prendre le pied d'Aurora dans sa main, au moment où elle s'élancerait pour monter en selle; mais Mellish arriva avant lui, et la jument de Mlle Floyd faisait des courbettes sous la main légère de sa maîtresse, avant que le Capitaine pût intervenir. Il laissa le groom assister Lucy, et étant monté sur son cheval, aussi promptement que lui permettait la raideur de sa jambe, il se disposa à prendre place à côté d'Aurora. Il arriva encore trop tard ; Mlle Floyd avait descendu la colline au petit galop, accompagnée de Mellish, et il fut impossibe pour Talbot de quitter la pauvre Lucy, qui était une timide écuyère.

Le Capitaine n'admirait jamais si peu Lucy, que lorsqu'elle était à cheval. Sa sainte, au visage pâle, avec son auréole de cheveux aux reflets d'or, lui paraissait fort déplacée sur une selle. Il se reportait au jour où il était venu le matin à Felden, et il se rappelait combien il l'avait admirée, combien elle répondait exactement à son idéal, et combien il était déterminé à se laisser captiver par elle plutôt que par Aurora.

— Si elle était tombée amoureuse de moi, — pensait-il, — j'aurais fait claquer mes doigts au nez de l'héritière aux noirs sourcils, et j'aurais en définitive épousé cet ange à la blonde chevelure. C'est ce que j'avais l'intention de faire, lorsque j'ai vendu mon brevet. Ce n'est pas pour l'amour d'Aurora que j'ai quitté l'armée ; ce n'est pas Aurora que j'ai suivie ici. Qui ai-je suivi?... Qu'ai-je suivi ?... je serais curieux de le savoir. Ma destinée, je le suppose, qui me fait danser une danse magique, que je n'aurais jamais pensé exécuter à l'âge mûr de trente-trois ans. Si seulement Lucy m'eût aimé, c'eût pu être tout différent.

Il était si fâché contre lui-même, qu'il était presque porté à en vouloir à la pauvre Lucy, de ce qu'elle ne le tirait pas des piéges d'Aurora. S'il avait pu lire dans ce cœur innocent, pendant qu'il chevauchait dans un morne silence, à travers les herbes rabougries sur les vastes dunes ! S'il avait pu connaître la douleur lente et navrante, qui déchirait ce tendre sein, pendant que la placide jeune fille, qui était à son côté, levait de temps en temps ses yeux bleus pour observer à la dérobée son profil sévère et son front mélancolique ! S'il avait plus tard pu deviner son secret, lorsqu'en parlant d'Aurora, il trahit hautement pour la première fois le mystère de son propre cœur ! S'il avait pu savoir jusqu'à

quel point le paysage s'effaçait dans de sombres ténèbres,
aux yeux de la jeune fille, et avec quelle rapidité la lande
brunie fuyait sous les sabots de son coursier, qui finit par
paraître l'entraîner de plus en plus dans un abîme sans
fond de souffrance et de désespoir! Mais il ne savait rien
de tout cela; et il considérait Lucy comme une jeune et
jolie fille bien froide qui serait sans doute enchantée de
porter une brillante toilette de demoiselle d'honneur, à la
noce de sa cousine.

Ce soir-là il se donna à la falaise de l'Est un dîner,
auquel durent assister John et Talbot; et le Capitaine prit
la ferme résolution de pousser les choses au dénoûment
avant la fin de la soirée.

Bulstrode se serait fâché pour tout de bon contre n'importe qui l'eût observé de trop près ce soir-là, au moment
où il attachait à son étroite cravate son solitaire monté sur
or, devant le miroir suspendu à la fenêtre cintrée de l'hôtel
du *Vieux Vaisseau.* Il était honteux de lui-même, parce que,
sans cause, il avait été brusque à l'égard de son domestique, qu'il avait congédié brutalement, avant de commencer
sa toilette, et qu'il n'avait pas le courage de le rappeler
maintenant que ses mains contractées refusaient de le servir. Il répandit une demi-bouteille de parfum sur ses bottes
vernies, et se barbouilla le visage avec une affreuse compo-
sition, dans laquelle il entrait de la cire, et qui devait,
selon les promesses de l'étiquette, lui lisser la moustache
sans la graisser. Il cassa un des pots de cristal de son nécessaire de toilette, et mit les morceaux de verre cassé
dans la poche de son gilet par pure absence d'esprit. Il
s'étrangla presque avec le col circulaire et inflexible dans
lequel, en sa qualité de gentleman, il était de son devoir
de s'emprisonner le cou, et il aurait pu se donner des coups
sur la tête avec le dos d'ivoire de ses brosses à cheveux,
dans son transport de colère contre sa chevelure courte et
obstinée qui ne frisait qu'à l'envers. Quand il sortit enfin
de sa chambre, ce fut plein de dépit, s'imaginant que tous
les domestiques de l'hôtel connaissaient son secret et savaient parfaitement toutes les émotions de son cœur, et

que le chien de Terre-Neuve lui-même, couché sur le pas
de la porte, avait vent de la vérité, au moment où il leva sa
grosse tête pour regarder le Capitaine, puis la laissa retomber presque aussitôt en bâillant d'un air de nonchalance et
de dédain.

Bulstrode offrit une poignée de débris de verre cassé au
cocher qui le conduisit à la falaise de l'Est; ensuite, sans y
faire attention, en remplacement de ce mode anormal
de payement, il lui donna 15 shillings en monnaie d'argent.

— Il faut qu'il y ait eu deux ou trois tremblements de
terre, et une éclipse de lune ou de soleil, ou quelque ca-
tastrophe analogue dans quelque partie du globe, — pensa-
t-il, — car cette planète, qui va son petit bonhomme de
chemin, me paraît toute bouleversée.

Le monde se limitait pour lui à Brighton et Brighton ; c'é-
tait le clair de lune azuré, la mer aux lueurs blanchâtres, la
lumière étincelante, éblouissante du gaz, la soupe au lièvre,
la morue, les huîtres ; c'était, avant tout et surtout, Aurora.
Oui, Aurora, qui portait une robe de soie blanche et une
couronne d'or mat dans les cheveux, Aurora qui, ce soir-là,
ressemblait plus que jamais à Cléopâtre, Aurora, qui souffrit que Mellish lui offrît le bras pour la conduire à table.
Comme Talbot prit en haine la grosse figure blonde de
l'habitant du comté d'York, et ses yeux bleus, et ses dents
blanches, en apercevant les deux jeunes gens de l'autre
côté d'une barrière de cristaux, de vaisselle d'argent, de
fleurs, de bougies, de pots de cornichons et d'autres ingré-
dients!

— C'est une superbe occasion perdue, — se dit en aparté
le Capitaine mécontent, oubliant qu'il n'aurait guère pu
faire une déclaration à Mlle Floyd à table, pendant le dîner,
au milieu du bruit des verres et des fourchettes, ayant à ses
côtés un gros laquais poudré lui présentant un entremets
ou une saucière pendant qu'il serait en train de poser la
fatale question.

Le moment désiré vint quelques heures plus tard, et
Talbot n'eut plus d'excuses pour différer.

Le temps était doux pour une soirée de novembre, et les trois fenêtres du salon étaient ouvertes du plancher au plafond. On avait du plaisir à fuir la brûlante lumière du gaz pour venir se reposer la vue sur la vaste étendue de l'Océan éclairé par la lune, parsemé çà et là d'une blanche voile, brillant dans l'ombre de la nuit. Bulstrode s'assit près d'une des fenêtres et se mit à contempler ce paisible spectacle, dont, je le crains bien, il appréciait très-peu la beauté. Il souhaitait que les convives s'éloignassent et le laissassent seul avec Aurora. Il était près de onze heures; et il était grandement temps de s'en aller. Mellish, naturellement, n'allait pas manquer d'insister pour attendre Talbot; c'était là une des choses qu'un homme devait endurer sans mot dire de la part d'une ancienne connaissance d'école. Tout Rugby pourrait tourner contre lui dans un jour ou deux et lui disputer les sourires d'Aurora. Mais Mellish était engagé dans une conversation très-animée avec Floyd, dans les faveurs de qui il était parvenu à s'insinuer avec une habileté consommée; les invités se retirèrent un à un, et Aurora, se laissant aller à un bâillement indolent qu'elle prit peu la peine de cacher, vint se réfugier sur le large balcon en fer. Lucy était assise à une table à l'autre extrémité de la salle, feuilletant un livre illustré.

Bulstrode se rendit au balcon, et la terre cessa de tourner pendant dix minutes environ et toutes les étoiles du ciel répandirent leur lumière douce et azurée sur ce jeune homme à cette crise suprême de son existence.

Aurora était appuyée contre une mince colonnette en fer, regardant de côté la ville, et la mer au-delà de la ville. Elle était enveloppée dans une mante de soirée. C'était un vêtement qui n'était ni raide, ni apprêté, ni couvert de broderies, mais une ample draperie d'étoffe moelleuse de laine écarlate, comme Sémiramis elle-même aurait pu en porter.

— Elle a l'air de Sémiramis, — se dit Talbot. — Comment ce banquier écossais et son épouse du comté de Lancastre ont-ils fait pour avoir une Assyrienne pour fille?

Il débuta brillamment, ce jeune homme, comme font les amants en général.

— Je crains que vous ne vous soyez fatiguée ce soir, mademoiselle Floyd, fit-il observer.

Aurora étouffa un bâillement en lui répondant.

— Je suis un peu lasse.

Ce n'était pas fort encourageant. Comment allait-il entamer un discours éloquent, quand elle pouvait s'endormir au beau milieu? Mais il se détermina, se lança immédiatement en plein dans son sujet, et lui déclara qu'il l'aimait, qu'il avait lutté contre sa passion, qui était trop forte pour lui, qu'il l'aimait comme il pensait n'avoir jamais aimé créature au monde, et qu'il se jetait à ses genoux en toute humilité pour attendre de ses lèvres sa sentence de vie ou de mort.

Elle garda le silence quelques instants. La lueur de la lune éclairait son profil que le Capitaine pouvait voir distinctement, et ces lèvres si chères tremblaient visiblement. Puis, détournant à demi le visage, elle lui répondit par des paroles qui semblaient sortir lentement et péniblement d'un gosier étranglé. Cette réponse était-elle un refus?

Ce n'était pas ce non que prononcent ordinairement les jeunes filles, qui veut dire oui le lendemain, ou qui signifie peut-être que vous ne vous êtes pas jeté à genoux dans un suffisant transport de désespoir; non, ce n'était rien de ce genre; mais une négation prononcée avec calme, avec réflexion, nettement, comme si elle eût craint de l'abuser en ajoutant une syllabe qui aurait pu laisser une ouverture par laquelle l'espérance eût pu se glisser dans le cœur du jeune homme. Il était refusé! Pendant un instant, ce fut tout au plus s'il put y croire. Il était porté à s'imaginer que la signification de certains mots avait changé subitement, ou qu'il avait eu l'habitude de se méprendre toute sa vie sur leur sens, plutôt que de croire tout bonnement que ces mots signifiaient la dure vérité, c'est-à-dire que lui, Talbot Raleigh, Bulstrode de Bulstrode Castle, et d'origine saxonne, avait été refusé par la fille d'un banquier de Lombard Street.

Il garda le silence une demi-heure ou à peu près, à ce qu'il lui sembla, afin de se recueillir avant de reprendre la parole.

— Puis-je.... oser m'informer, — dit-il (comme cette tournure de phrase avait l'air horriblement banal! il n'aurait pu se servir d'une plus piteuse s'il se fût enquis d'un appartement meublé), — puis-je vous.... demander si un attachement antérieur pour quelqu'un de plus digne....

— Oh! non.... non.... non....

Cette réponse le surprit si subitement, qu'elle l'abasourdit autant que le refus qu'il venait d'essuyer.

— Et cependant votre décision est irrévocable?

— Tout à fait irrévocable.

— Pardonnez-moi si je suis importun; mais.... mais M. Floyd a peut-être formé des vues plus élevées.

Il fut interrompu par un sanglot étouffé, et elle détourna le visage qu'elle cacha dans ses mains.

— Des vues plus élevées! — dit-elle, — le pauvre cher vieillard; non.... non.... assurément...

— Excusez-moi si je vous importune de ces questions, mais il est bien pénible de penser que, vous trouvant libre de vos affections, je ne puisse obtenir une ombre de probabilité sur laquelle je puisse bâtir une espérance pour l'avenir.

Pauvre Talbot! Talbot, le logicien, le raisonneur serré, parlant de bâtir des espérances sur des ombres avec la stupidité d'un amoureux en délire!

— Il est bien dur de renoncer à la pensée que vous ne reviendrez jamais sur votre décision de ce soir, Aurora....

Il s'arrêta un instant sur son nom, d'abord parce qu'il était doux à prononcer, et, en second lieu, dans l'espoir qu'elle parlerait.

— Il est bien dur de me souvenir de l'échafaudage de bonheur que j'avais osé élever et de le voir renverser ce soir pour toujours.

Talbot oubliait complétement que, jusqu'à l'époque de l'arrivée de Mellish, il s'était continuellement prononcé contre sa passion et s'était mainte et mainte fois dit à lui-même qu'il serait un fou consommé s'il se laissait jamais séduire au point de faire sa femme d'Aurora. Il accomplissait la contre-partie de la fable du renard; car il avait été disposé à faire la grimace aux raisins pendant qu'il les

croyait à sa portée, et, maintenant qu'il ne pouvait plus les
atteindre, il se figurait que jamais fruit si délicieux n'avait
mûri pour tenter l'homme.

— Si.... si.... — dit-il, — mon sort eût été plus heureux.... je sais combien mon père, e pauvre sir John, aurait
été fier du choix de son fils aîné.

Comme il se sentait honteux de la mesquinerie de ce
langage! Il avait construit cette phrase adroite afin de rappeler à Aurora quel était l'homme qu'elle refusait. Il essayait
de la séduire par l'appât de la baronnie dont il devait hériter
en son temps. Mais elle ne fit aucune réponse à ce pitoyable
appel. Talbot étouffait presque de mortification.

— Je vois.... je vois.... — dit-il, — que c'est sans espoir. Bonsoir, mademoiselle Floyd.

Elle ne se retourna même pas pour le regarder au moment
où il quitta le balcon; mais, enveloppée étroitement dans
sa draperie rouge, elle se tint debout au clair de la lune,
et des larmes muettes coulèrent lentement le long de ses
joues.

—Des vues plus élevées!... — s'écria-t-elle amèrement,
répétant une expression dont Talbot s'était servi; — des
vues plus élevées!... Dieu l'entende!

— Il faut que je vous dise bonsoir et adieu en même
temps, — dit Bulstrode à Lucy en lui donnant une poignée
de main.

— Adieu?

— Oui, je quitte Brighton demain de bonne heure.

— Si subitement?

— Mais, pas précisément subitement. J'ai toujours eu
l'intention de voyager cet hiver. Puis-je faire quelque chose
pour vous, au Caire?

Il était si pâle, il avait l'air si froid, si malheureux, qu'elle
eut presque pitié de lui; pitié de lui, malgré la joie étrange
qui lui gonflait le cœur. Aurora l'avait refusé, c'était parfaitement clair.... elle l'avait refusé.... lui!

Les doux yeux bleus de la jeune fille s'emplirent de
larmes en pensant qu'un demi-dieu avait dû endurer pareille humiliation. Talbot lui serra tendrement la main dans

la sienne qui était moite. Il put lire de la pitié dans ce tendre
regard, mais il ne possédait pas de dictionnaire qui pût lui
aider à en traduire le sens le plus caché.

— Vous souhaiterez le bonsoir pour moi à votre oncle,
Lucy, — dit-il.

C'était la première fois qu'il l'appelait Lucy; mais qu'importait maintenant? Sa grande affliction le rangeait à part
des autres hommes et lui donnait de tristes priviléges.

— Bonsoir, Lucy, bonsoir et adieu! Je.... j'espère vous
revoir dans un an ou deux.

Le pavé de la falaise de l'Est semblait une couche d'air
sous les bottes de Bulstrode lorsqu'il s'en retourna à grands
pas vers l'hôtel du *Vieux Vaisseau;* car, un fait particulier, c'est que, dans nos moments de trouble ou de joie
extrême, il nous arrive de perdre entièrement conscience
de la terre que nous foulons aux pieds et de flotter dans
une atmosphère de sublime égoïsme.

Le Capitaine ne quitta pas Brighton le lendemain pour
commencer son voyage pour l'Egypte. Il resta dans la ville
d'eaux à la mode, mais il renonça résolûment au voisinage
de la falaise de l'Est, et, comme le temps était humide, il
alla faire une agréable promenade aux ruines de Shoreham,
et, comme Shoreham est un joli endroit, il fut sans doute
grandement ranimé par cet exercice.

En revenant, vers quatre heures, par le brouillard, le
Capitaine rencontra Mellish tout près de la barrière de péage,
en dehors de Cliftonville.

Les deux hommes se regardèrent l'un l'autre comme
frappés d'effroi.

— Où allez-vous donc? — demanda Talbot.

— Je m'en retourne dans le comté d'York par le premier convoi partant de Brighton.

— Mais le chemin qui mène à la station n'est pas par
ici!

— Non; mais on est en train de mettre mes chevaux
dans ma malle, et mes chemises partent par le convoi de
bestiaux de Leeds, et...

Talbot éclata de rire, d'un rire rauque, amer, mais qui

soulagea énormément la poitrine surchargée de ce gentleman.

— Mellish, — dit-il, — vous avez fait une déclaration
à Aurora Floyd.

L'habitant du comté d'York devint écarlate.

« Ce... ce... n'est pas bien de sa part de vous l'avoir
répété, — dit-il en balbutiant.

— Mlle Floyd ne m'a jamais soufflé mot sur ce sujet.
J'arrive à l'instant de Shoreham, et vous ne faites que
de quitter la falaise de l'Est. Vous avez fait votre déclaration et vous avez été repoussé.

— Oui, — murmura John, — et c'est diablement dur,
après lui avoir promis qu'elle entretiendrait tout un haras
de chevaux de course, si elle le voulait ; qu'elle entraîne-
rait autant de poulains que cela lui ferait plaisir pour le
Derby ; qu'elle donnerait elle-même ses ordres à l'entraîneur, et que je ne m'en mêlerais jamais ; et... et...
Mellish Park est un des plus beaux endroits du comté, et
je lui aurais gagné un morceau de ruban bleu pour attacher
ses jolis cheveux noirs.

— Ce vieux Français avait raison, — marmotta le Capitaine, — il y a une grande satisfaction à voir les malheurs
d'autrui. Si je vais chez mon dentiste, j'aime à trouver un
autre malade dans la salle d'attente ; et j'aime à me faire
arracher ma dent le premier, puis à le voir me regarder
d'un œil d'envie lorsque je sors de la salle de torture,
sachant que ma peine est terminée, tandis que la sienne
va avoir son tour. Adieu, Mellish, et que Dieu vous garde !
Vous n'êtes pas un trop mauvais diable, après tout

Talbot se sentait presque gai lorsqu'il se rendit à son
hôtel ; il mangea une côtelette de mouton à la sauce tomates
et but une pinte de vin de Moselle à son dîner ; la nourri-
ture et le vin le réchauffèrent, et comme il n'avait pas fermé
l'œil la nuit précédente, il tomba dans un sommeil lourd
et agité, et il rêva qu'il était au Caire (ou à un endroit qui
aurait été cette ville, si ce n'avait été tantôt le château de
Bulstrode, et tantôt un salon du club d'Albany), et qu'Aurora était avec lui ; elle était drapée dans la pourpre impé-

riale, avec des hiéroglyphes sur le bord de sa robe, et elle portait une veste de satin blanc soutaché d'écarlate, comme il en avait vu aux écuyers du premier rang dans une grande course. Bulstrode se leva le lendemain de grand matin, avec la ferme intention de quitter le comté de Sussex par le convoi express de huit heures quarante-cinq minutes; mais, tout à coup, se souvenant qu'il n'avait que faiblement manifesté sa reconnaissance à Floyd pour son cordial accueil, il se décida à faire le sacrifice de ses penchants sur l'autel de la politesse, et à aller encore une fois à la falaise de l'Est pour prendre congé du banquier. Une fois qu'il eut pris cette résolution, le Capitaine se serait volontiers hâté de se rendre à l'instant même chez Floyd; mais, trouvant qu'il n'était que sept heures et demie, il fut forcé de mettre un frein à son impatience et d'attendre une heure plus convenable.

— Pourrais-je y aller à neuf heures?... A peine... A dix?... Oui, certainement, et je pourrai ensuite partir par le convoi de onze heures.

Il renvoya son déjeuner sans y avoir touché, et s'assit en regardant sa montre (il lui tardait de voir le temps s'écouler; il était fou d'impatience), et cependant il s'échauffait et s'agitait de plus en plus à mesure que l'heure approchait.

A neuf heures trois quarts il mit son chapeau et sortit de l'hôtel.

— M. Floyd est à la maison, — lui dit le domestique, — en haut, dans le petit cabinet, à ce que je pense.

Talbot n'attendit pas davantage.

— Vous n'avez pas besoin de m'annoncer, — dit-il, — je sais où trouver votre maître.

Le cabinet était au même étage que le salon, et, arrivé près de la porte de cette dernière pièce, Talbot s'arrêta un instant. La porte était ouverte, le salon vide; non, pas vide: Aurora y était, assise, le dos tourné de son côté, et la tête appuyée sur les coussins de son fauteuil. Il s'arrêta encore un instant pour admirer cette belle tête, qu'il ne voyait que par derrière, avec sa couronne de cheveux noirs si soyeux;

puis il fit un pas ou deux dans la direction du cabinet du banquier; puis il s'arrêta de nouveau, puis il se retourna, entra dans le salon, et ferma la porte derrière lui.

Elle ne bougea pas lorsqu'il s'approcha d'elle, et elle ne répondit pas lorsqu'il balbutia son nom. Son visage était pâle comme celui d'une morte, et ses mains sans force, immobiles, pendaient sur les coussins du fauteuil. Un journal gisait à ses pieds. Elle s'était tranquillement évanouie pendant qu'elle était là toute seule, et il n'y avait personne pour lui faire reprendre ses sens.

Talbot jeta les fleurs qui étaient dans un verre sur la table, et répandit des gouttes d'eau sur le front d'Aurora; ensuite, roulant son fauteuil près de la fenêtre ouverte, il lui mit le visage à l'air. Au bout de deux ou trois minutes, elle commença à trembler violemment; un moment après, elle ouvrit les yeux et le regarda; en même temps, elle porta ses mains à sa tête, comme si elle essayait de se souvenir de quelque chose.

— Talbot, — dit-elle, — Talbot.

Elle l'appelait par son nom de baptême, elle qui, trente cinq heures auparavant, lui avait froidement interdit d'espérer.

— Aurora!... — s'écria-t-il, — Aurora!... je venais faire mes adieux à votre père; mais je me trompais moi-même. Je suis venu vous demander encore une fois, une fois pour toutes, si votre décision d'avant-hier soir est irrévocable.

— Dieu sait si j'ai pensé qu'elle l'était quand je l'a prononcée...

— Mais elle ne l'était pas?

— Désirez-vous que je la révoque?

— Si je le désire?... si je...

— Puisque vous le voulez réellement, je la révoquerai; car vous êtes un homme brave et honorable, Capitaine Bulstrode, et je vous aime beaucoup.

Dieu sait dans quelles exaltations il serait tombé; mais elle leva la main comme pour lui dire : « Assez pour aujourd'hui, si vous m'aimez, » et elle sortit précipitamment de la salle. Il avait accepté la coupe de *bang* que la sirène lui avait offerte, et il l'avait bue jusqu'à la lie; il était enivré. Il se jeta dans le fauteuil sur lequel Aurora s'était assise, et, dans la distraction de sa joyeuse ivresse, il ramassa le journal qui était étendu à ses pieds. Il frissonna malgré lui en regardant le titre : c'était le *Bell's Life*. C'était un numéro sale, chiffonné, maculé de taches de bière, et répandant une odeur infecte de mauvais tabac. Il était adressé à Mlle Floyd; l'adresse était écrite dans un griffonnage et avec une orthographe qui aurait déshonoré un garçon de cabaret.

> « Mamzelle FLOYD,
> « *Fell dun wodes,*
> « *Kentg.* »

Le journal avait été renvoyé à Aurora par la femme de charge de Felden. Talbot jeta avidement les yeux sur la première page; elle était presque entièrement remplie d'annonces (et quelles annonces !) mais, dans une colonne, il y avait un article intitulé :

AFFREUX ACCIDENT EN ALLEMAGNE.

MORT D'UN JOCKEY ANGLAIS.

Bulstrode ne sut jamais pourquoi il lut le récit de cet accident. Ce n'était aucunement intéressant pour lui, attendu que c'était le compte-rendu d'une course au clocher en Prusse, dans laquelle un jockey anglais et un cheval français avaient été tués. On exprimait de vifs regrets pour la perte du cheval, mais aucun pour celle de l'homme qui le montait, et qui, disait-on, était très-peu connu dans le monde du sport; mais, dans un paragraphe un peu plus bas, on ajoutait ce renseignement, qu'on s'était évidemment procuré au dernier moment :

Le jockey se nommait Conyers.

CHAPITRE VII

L'étrange pensionnaire d'Aurora.

Floyd reçut la nouvelle du choix de sa fille avec un orgueil et une satisfaction manifestes. On eût dit que le père et la fille avaient été délivrés d'un lourd fardeau qui pesait sur leur existence, d'un nuage qui les enveloppait d'une ombre sinistre.

Le banquier ramena sa fille à Felden, avec Bulstrode dans son convoi; et l'appartement tendu de toile perse fut préparé pour l'ex-hussard, qui devait passer les fêtes de Noël à Felden.

Mme Alexandre et son mari furent installés avec leur famille dans l'aile du couchant; M. et Mme André furent logés à l'angle situé au levant; car c'était la coutume hospitalière du vieux banquier de réunir ses parents autour de lui au commencement de décembre, et de les garder jusqu'à ce que les cloches de l'église de Beckenham eussent annoncé le nouvel an.

Les joues de Lucy avaient beaucoup perdu de leurs couleurs délicates, quand elle revint à Felden; et tous ceux qui observèrent ce changement s'accordèrent à dire que l'air de falaise de la l'Est et les vents d'automne soufflant à travers les dunes glaciales avaient été trop vifs pour le tempérament de la jeune fille.

Aurora paraissait plus belle et plus éblouissante encore, depuis le jour où elle avait accepté la main de Bulstrode. Ses manières respiraient une dignité fière, qui lui convenait mieux que la douceur sied à des femmes bien plus aimables. Cette jeune fille avait dans toute sa personne une insouciance hautaine, qui prêtait un nouveau lustre à ses grands yeux noirs, une mélodieuse harmonie à son rire joyeux. Talbot, une fois qu'il se fut abandonné au charme de la sirène, ne tenta plus de lutter, mais tomba bénévolement dans les piéges que lui tendaient ses yeux, et s'empêtra dans les filets de sa chevelure noire. Plus l'arc est tendu, plus la corde vibre avec vigueur, et Bulstrode montra autant de faiblesse à céder, enfin, qu'il avait longtemps montré de force à résister. Je dois écrire son histoire dans les termes les plus simples. Il n'y pouvait rien ! Il l'aimait; non qu'il la jugeât meilleure, plus vertueuse, plus aimable, ou lui convenant mieux que bien d'autres femmes; il entretenait, en effet, des doutes sérieux sur chacun de ces points; mais c'était sa destinée de l'aimer.

Quel est le mot cruel que M. Victor Hugo met dans la bouche du prêtre, dans *Notre-Dame de Paris*, pour excuser la noirceur de son crime? 'ANATKH! C'était son destin! Il écrivit à sa mère, en lui disant qu'il avait choisi une épouse, appelée à habiter le château de Bulstrode et à voir son nom inscrit dans les annales de la famille; il ajouta que Mlle Floyd était fille d'un banquier, belle, séduisante, qu'elle avait de grands yeux noirs, et cinquante mille livres de dot. Lady Raleigh Bulstrode, en réponse, adressa à son fils une lettre écrite sur un cahier de papier à lettres et remplie d'inquiètes recommandations, de prudents conseils maternels; elle espérait qu'il avait fait un bon choix; elle le questionnait sur les opinions et les principes religieux de la jeune fille, et lui faisait mainte autre demande, auxquelles Talbot eût certainement été fort embarrassé de répondre. A cette lettre en était jointe une seconde pour Aurora; elle était pleine de tendresse et de bonté féminine, et la fierté y était tempérée par l'affection; cette lettre fit couler de grosses larmes des yeux de Mlle Floyd, au point que l'écriture assurée de lady Bulstrode en fut toute barbouillée et effacée.

Et où s'en alla le pauvre Mellish ainsi immolé? Il retourna à Mellish Park, emmenant avec lui ses chiens, ses chevaux, ses grooms, son phaéton et autres attirails; mais son chagrin s'étant malheureusement emparé de lui après

la saison des courses, ce fut plus qu'il n'en put supporter,
et il s'enfuit de son vieux manoir, malgré le parc et les
bois qui l'environnaient et en faisaient un séjour des plus
agréables; car Aurora n'étant pas pour lui, tout lui était
insipide, déplaisant et inutile. Il se rendit à Paris et s'installa dans le plus magnifique appartement de l'hôtel Meurice, d'où il allait dix fois par jour chez Galignani, pour
demander les journaux anglais. Il dînait tristement chez
Véfour, aux *Trois Frères Provençaux*, ou au *Café de
Paris*. On entendait, dans tous les restaurants de Paris où
l'on paye très-cher, sa grosse voix commander : *Toos
killyar de mellyour, vous savez;* mais il renvoyait
les plats les plus friands sans y avoir goûté, et passait un
quart d'heure à compter les cure-dents, et à penser à
Aurora. Il se promenait lugubrement à cheval au bois
de Boulogne, et s'asseyait tout frissonnant devant les
cafés chantants, à écouter des romances qui lui paraissaient toujours avoir la même mélodie. Il fréquentait souvent les Cirques et l'Hippodrome, et il devint presque
amoureux d'une jolie écuyère, qui avait des yeux noirs et
qui lui rappelait Aurora; mais, enfin ayant acheté une
lorgnette puissante dans la rue de Rivoli, il découvrit que le
visage de la belle portait une couche d'un pouce d'épaisseur
d'un certain badigeon appelé *blanc Rosati*, et que le principal attrait de ses yeux était emprunté aux cercles d'encre
de Chine dont ils étaient entourés. Dans l'accès de son dé-
sénchantement, il ne retourna plus la voir.

Une société fort joyeuse était réunie à Felden. Des voix
d'enfants égayaient la maison; de bruyants écoliers d'Eton
et de Westminster grimpaient après les balustrades de l'escalier et jouaient au cerf-volant sur la longue terrasse de
pierre. Ces jeunes gens étaient tous des cousins d'Aurora,
et ils aimaient la fille du banquier avec une idolâtrie enfantine, que la douce Lucy ne put jamais leur inspirer. Cela
faisait plaisir à Talbot de voir que, partout où allait sa
future épouse, l'amour et l'admiration suivaient ses pas. Sa
passion pour cette magnifique créature n'était pas excentrique, et, après tout, ce n'était pas une si terrible folie que

d'aimer une personne qui était adorée de tous ceux qui la
connaissaient. Aussi le fier habitant du pays de Cornouailles
était-il heureux et s'abandonnait-il à son bonheur sans
plus de résistance. Aurora l'aimait-elle? le payait-elle de
retour pour son dévouement passionné, pour son aveugle
adoration? Elle l'admirait et l'estimait; elle était fière de
lui, fière de cet orgueil inné chez le Capitaine, qui le rendait si différent d'elle-même, et elle était trop naturelle et
trop franche pour faire de ce sentiment un secret à son
futur. Elle montrait aussi constamment le désir de plaire à
son fiancé, en cessant au moins toutes les manifestations
extérieures des goûts qui lui déplaisaient tant. Aucun numéro du *Bell's Life* ne traînait plus dans le salon où les
dames passaient la matinée à Felden; et quand André demandait à Aurora de monter à cheval pour l'accompagner,
sa cousine refusait cette proposition, qui autrefois eût été
si bien accueillie. Au lieu de suivre les chiens de Croydon,
Mlle Floyd se contentait de conduire Talbot et Lucy dans
une voiture en forme de panier dans la campagne couverte
de gelée blanche. Lucy était toujours la compagne et la
confidente des fiancés. C'était pénible pour elle de les entendre s'entretenir avec bonheur de l'avenir brillant ouvert
devant eux, de les aider à former mille projets de plaisir
auxquels — que le Ciel ait pitié d'elle! — elle devait par-
ticiper; mais elle portait sa croix sans murmurer, cette
pâle Hélène des temps modernes, et elle ne dit jamais à
Bulstrode qu'elle était devenue folle d'amour pour lui, et
qu'elle en mourait.

Talbot et Aurora voyaient à regret les joues décolorées
de leur aimable compagne; mais chacun d'eux était disposé à attribuer ce changement à un rhume, à une faiblesse
de tempérament, ou à quelque autre indisposition physique
qui devait se guérir avec des pilules et des potions, et personne ne s'imaginait un instant que rien pût mal aller pour
une jeune fille qui habitait une maison resplendissante de
luxe, qui allait visiter les magasins dans une voiture attelée
de deux chevaux, et qui avait pour ses menus plaisirs plus
d'argent qu'elle ne se souciait d'en dépenser. Mais le blanc

lis d'Astolat habitait un château seigneurial; elle avait sans doute beaucoup d'argent à dépenser pour acheter des soies superbes et les faire broder; elle avait peu de choses au monde à désirer et rien pour s'occuper : c'est pourquoi, après être tombée folle d'amour pour Lancelot, elle dépérit et mourut.

Certes, c'est là le secret de bien des chagrins. Plus d'un est né de l'oisiveté et de l'indolence.

Lucy n'ayant donc rien de mieux à faire, nourrissait et entretenait sa passion sans espoir. Elle avait dressé un autel au spectre et s'agenouillait en l'adorant devant l'objet qui causait sa douleur; et quand on lui parlait de son visage pâle, et que le médecin de la famille s'étonnait de l'insuccès de sa préparation de quinine, peut-être concevait-elle le vague espoir qu'avant que le retour du printemps amenât le jour des noces de Talbot et d'Aurora, elle aurait échappé à toutes ces démonstrations d'amour et de bonheur, et jouirait du repos éternel.

Aurora répondit à la lettre de lady Raleigh Bulstrode une épître dans laquelle elle exprimait tant de reconnaissance et d'humilité, une si vive espérance de gagner l'affection de la mère de Talbot, mêlée d'une vague crainte de n'en être jamais digne, qu'elle se concilia d'avance les bonnes grâces de la vieille châtelaine. Il était difficile, d'après cette lettre, de se figurer l'impétueuse jeune fille qui l'avait écrite, et lady Bulstrode s'en fit une image qui différait considérablement de l'intrépide et téméraire original. Elle écrivit à Aurora une seconde lettre en termes plus affectueux que la première, et promit à l'orpheline qu'elle serait accueillie comme une fille à Bulstrode.

— Me laissera-t-elle jamais lui donner le nom de mère, Talbot? — demanda Aurora en lisant la seconde lettre de lady Bulstrode à son fiancé. — Elle est très-fière, n'est-ce pas?.... fière de votre généalogie, qui est très-ancienne? Mon père sort d'une famille de marchands de Glasgow, et je ne sais même rien des parents de ma mère.

Talbot lui répondit avec un grave sourire :

— Elle vous acceptera, pour ce que vous valez par

vous-même, ma chère Aurora; et elle ne vous fera point de folles questions au sujet de la généalogie d'un homme comme Archibald Floyd, que le plus fier aristocrate d'Angleterre pourrait être heureux d'appeler son beau-père. Elle respectera l'âme transparente et la nature candide de mon Aurora, et elle me bénira pour le choix que j'ai fait.

— Je l'aimerai très-tendrement si seulement elle me permet de l'aimer. Aurais-je jamais songé aux courses et lu des journaux de sport, si j'avais pu donner le nom de mère à une femme pleine de bonté?

Elle semblait se poser cette question plutôt à elle-même qu'à Talbot.

Toute complète que fût la satisfaction de Floyd, en voyant la manière dont sa fille avait disposé de son cœur, le vieillard ne pouvait envisager d'un œil calme l'idée de se séparer de cette fille idolâtrée. Aussi Aurora dit à Talbot qu'elle ne pourrait jamais aller se fixer dans le pays de Cornouailles, tant que vivrait son père; et il fut, en définitive, convenu que le jeune couple passerait la moitié de l'année à Londres, et l'autre moitié à Felden. Quel besoin avait le veuf, vivant tout seul, de ce vaste manoir avec sa longue galerie de tableaux et son enfilade d'appartements magnifiques et confortables, dont chacun était assez spacieux pour loger une petite famille? Quel besoin avait un vieillard isolé de ce train de domestiques, de ces écuries pleines de chevaux de prix, de ces voitures à la nouvelle mode sous les remises, de ces fleurs de serre, de ces ananas, de ces raisins et de ces pêches cultivés par trois jardiniers écossais? Quel besoin avait-il de tout cela? Il habitait principalement le cabinet où il avait eu un jour une entrevue orageuse avec sa fille unique, où était appendu à la muraille le portrait au pastel d'Eliza, où se trouvait un vieux pupitre qu'il avait acheté une guinée dans son enfance, et qui renfermait certaines lettres écrites de la main d'une personne qui était morte, et une carte imprimée dans une petite ville du comté de Lancastre, invitant les amis et protecteurs d'Eliza Percival à venir au théâtre assister à la représentation du 20 août 1837, donnée à son bénéfice.

C'est pourquoi il fut décidé que Felden serait la maison de campagne de Talbot et d'Aurora, jusqu'à l'époque où le jeune homme hériterait de la baronnie et du château de Bulstrode, et serait obligé d'habiter sur ses domaines. En attendant, l'ex-hussard devait entrer au Parlement, si les électeurs d'un petit bourg de Cornouailles, qui avaient tou-jours envoyé un Bulstrode à Westminster, voulaient bien le nommer pour leur représentant.

Le mariage devait avoir lieu dans les premiers jours du mois de mai, et la lune de miel devait se passer en Suisse et au château de Bulstrode. Mme Powell jugeait que son sort était décidé, et qu'elle aurait à quitter ces agréables pâturages après le jour des noces; mais Aurora s'empressa de rassurer la veuve de l'enseigne, en lui disant que, comme elle, Mlle Floyd ignorait complétement la tenue d'une maison; elle serait heureuse de la garder auprès d'elle après son mariage, comme guide et comme conseil en pareilles ma-tières.

Les pauvres de Beckenham n'étaient pas oubliés dans les courses en voiture qu'Aurora faisait le matin avec Lucy et Talbot : des paquets d'épiceries et des bouteilles de vin étaient souvent cachés sous le tapis de la voiture, et il n'était pas rare que Talbot se fît un tabouret d'un énorme pain. Les pauvres avaient beaucoup à souffrir de la faim par ce beau mois de décembre, et faisaient entendre toute espèce de plaintes qui, quelque différentes qu'elles fussent dans la forme ou dans le fond, étaient toutes apaisées par un seul et unique traitement spécial, savoir : distribution de demi-souverains, de vieux xérès brun, d'eau-de-vie de France, et de thé poudre à canon. Que la fille se mourût de consomption, ou que le père fût retenu au lit par les rhu-matismes, que le mari fût en proie à une fièvre furieuse, ou que le plus jeune des marmots fût convalescent d'une chute dans une chaudière d'eau bouillante, les remèdes que nous venons d'énumérer paraissaient également nécessaires, et ils étaient bien plus populaires que les bouillons de poulet, et les tisanes fébrifuges préparées par le cuisinier de Felden. Talbot avait grand plaisir à voir sa fiancée distribuer ses

bienfaits aux malheureux, avides de les recevoir; il avait
grand plaisir à penser que sa mère même serait forcée
d'admirer cette jeune fille pleine de cœur, heureuse de
s'asseoir dans de pauvres chaumières et de s'entretenir avec
de vieilles femmes paralytiques.

Lucy distribuait de petits paquets de livres religieux pré-
parés par Mme Alexandre, et des vêtements de flanelle cousus
de ses propres mains ; mais Aurora donnait les demi-souverains et le vieux xérès; et je crains bien que ce ne fût
l'héritière que ces simples habitants des chaumières aimaient
le mieux, quoiqu'ils fussent assez sages et assez justes pour
reconnaître que chacune des jeunes filles donnait selon ses
moyens.

Ce fut en revenant d'une œ ces tournées de charité que
la petite société fit une rencontre qui fut loin de faire plaisir
au Capitaine Bulstrode.

Aurora était allée plus loin que d'ordinaire, et quatre
heures sonnaient au moment où ses poneys passaient devant
l'église de Beckenham et descendaient la pente qui menait
à Felden. Le temps était triste et froid; de légers flocons
de neige traversaient en voltigeant la route glacée et se
suspendaient, çà et là, aux haies dépouillées de feuillage;
le ciel était couvert de cette obscurité ténébreuse et épaisse
qui présage une forte averse. La femme du concierge accourut avec son tablier par-dessus la tête, pour ouvrir la grille
aux chevaux de Mlle Floyd.

Au même moment, un homme se leva d'un banc situé au
bord du chemin, et s'approcha de la petite voiture.

C'était un individu aux larges épaules, vigoureusement
bâti, portant un habit trop court en velours de coton râpé,
ayant des poches taillées d'une façon irrégulière en divers
endroits; tout blanc et tout gras sur les coutures et aux
coudes. Son menton était emmitouflé dans un cache-nez en
laine de 2 ou 3 mètres de long, à la façon des gens de
son espèce, et le cordon de son chapeau de feutre, bas
de forme, était orné d'une petite pipe en terre, arrivée à un
degré de noirceur respectable. Un chien d'un blanc sale,
ayant un collier de cuivre, les jambes arquées, le nez court,

les yeux éraillés, une seule oreille, une mâchoire pendante, t en général la mine farouche, se leva de dessus le banc n même temps que son maître, et se mit à grogner d'un air sinistre après l'élégant équipage et après le gros Bow-wow ui trottait à côté.

L'étranger était le même individu qui avait accosté M¹¹ᵉ Floyd dans Cockspur Street trois mois auparavant.

Je ne sais si M¹¹ᵉ Floyd reconnut ce personnage; mais je sais qu'elle toucha les oreilles de ses poneys avec le fouet, et que les animaux ainsi stimulés avaient d'un bond franchi la grille de Felden et dépassé l'homme, lorsque celui-ci se jeta en avant, saisit les chevaux à la tête et arrêta le léger attelage, qui s'ébranla sous l'étreinte de sa robuste main.

Talbot sauta à bas de la voiture, sans prendre garde à la raideur de sa jambe, et prit l'individu au collet.

— Lâchez cette bride, — s'écria-t-il en levant sa canne. — Comment osez-vous arrêter les poneys de cette dame?

— Parce que je veux lui parler. Voilà pourquoi. Lâchez mon habit à votre tour.

La chien s'approcha des jambes de Talbot; mais le jeune homme, d'un tour de canne, asséna sur le nez camard de l'animal un coup qui le força momentanément à battre en retraite, en hurlant affreusement.

— Vous êtes une insolente canaille, et j'ai bonne envie de....

— Vous seriez peut-être insolent vous-même si vous aviez faim, — répondit l'homme en pleurnichant d'un ton piteux, comme s'il eût voulu concilier les choses. — Un temps comme il en fait un ici est très-bon pour de jeunes élégants tels que vous, qui avez vos chiens, vos fusils et votre chasse; mais l'hiver est rude pour le pauvre, qui est laborieux, plein de bonne volonté, et ne peut trouver le moindre travail honnête, ni une bouchée à manger. Je veux seulement parler à la jeune dame; elle me connaît assez bien.

— Quelle jeune dame?

— M¹¹ᵉ Floyd.

Ils se tenaient debout, à très-peu de distance de l'équipage. Aurora s'était levée de son siége, et avait remis les guides à Lucy; elle regardait du côté des deux hommes, pâle, hors d'haleine, épouvantée sans doute du résultat de la rencontre.

Talbot lâcha le collet de l'individu et retourna auprès de Mlle Floyd.

— Connaissez-vous cet individu, Aurora? — demanda-t-il.

— Oui.

— C'est un de vos anciens pensionnaires, je suppose?

— Oui. Ne lui dites plus rien, Talbot. Il a des manières grossières, mais il n'a pas de mauvaises intentions. Restez avec Lucy, pendant que je vais lui parler.

Prompte et impétueuse dans tous ses mouvements, elle sauta à bas de la voiture et rejoignit l'homme sous les branches dénudées des arbres, avant que Talbot eût pu lui faire des remontrances.

Le chien, qui s'était traîné lentement derrière son maître, la caressa lorsqu'elle s'approcha; mais il fut repoussé par un grognement féroce de Bow-wow, qui paraissait peu d'humeur à souffrir pareille rivalité.

L'homme ôta son chapeau, et releva cérémonieusement une des touffes de cheveux roux qui ornaient son front déprimé.

— Vous auriez bien pu parler à un pauvre diable sans faire tout ce tapage, mademoiselle Floyd, — dit-il d'un ton irrité.

— Pourquoi m'arrêter ici? — dit-elle, — pourquoi ne pas m'écrire?

— Parce que écrire ne vaut jamais autant que de parler, et parce qu'il est extraordinairement difficile de saisir des jeunes dames comme vous. Comment savoir si votre père n'aurait pas pu mettre la main sur ma lettre, et ç'aurait fait une jolie affaire; quoique j'ose dire, quant à cela, que si je devais aller à la maison demander une bagatelle au vieux monsieur, il ne se refuserait pas à me la donner. J'ose dire qu'il est bon pour un billet de 5 ou de 10 livres, si cela montait jusque-là.

Les yeux d'Aurora lançaient des éclairs au moment où elle se tourna du côté de celui qui venait de parler.

— Si jamais vous osez tourmenter mon père, vous le payerez cher, Harrisson, — dit-elle ; — non pas que je craigne rien de ce que vous puissiez dire, mais je ne veux pas qu'on tourmente mon père, je ne veux pas qu'on le tracasse, il en a assez enduré, il a assez souffert sans cela, Dieu le sait ; je ne veux pas qu'un être tel que vous le gruge et spécule sur ses meilleurs et ses plus tendres sentiments ; je ne le veux pas !

Elle frappait du pied sur la terre glacée en disant cela. Bulstrode la vit et fut surpris de pareils gestes ; il eut presque l'idée de quitter la voiture et d'aller rejoindre Aurora et son solliciteur ; mais les poneys ne restaient pas en repos, et il savait qu'il serait imprudent d'abandonner les rênes à la pauvre et timide Lucy.

— Vous n'avez pas besoin de vous emporter ainsi, mademoiselle Floyd, — répondit l'homme qu'Aurora avait interpellé du nom de Harrisson, — soyez certaine que je veux arranger les affaires au gré de tout le monde. Tout ce que je demande, c'est que vous soyez généreuse pour un pauvre diable qui a éprouvé des malheurs depuis la ernière fois que vous l'avez vu. Mon Dieu, comme on a des hauts et des bas dans ce monde ! Si ç'avait été l'é é, je n'aurais pas eu besoin de vous importuner, mais à quoi sert de se tenir au haut de Regent Street par un temps comme celui-ci avec des petits chiens terriers et d'autres espèces ! Les vieilles femmes n'ont pas l'œil aux chiens pendant l'hiver, et même les messieurs qui s'amusent à attraper des rats deviennent extrordinairement rares : il n'y a pas sur turf de quoi gagner un pauvre sou, et il n'y aura rien à faire jusqu'aux courses du printemps. Je ne serais pas venu près de vous, mademoiselle Floyd, si je ne m'étais trouvé dans la peine, et je sais que vous serez généreuse.

— Généreuse ! — s'écria Aurora, — grand Dieu ! si toutes les guinées que je possède ou espère jamais posséder pouvaient mettre fin au trafic que vous faites, j'ouvrirais la main pour en laisser tomber l'argent aussi librement que si c'était de l'eau.

— Ç'a été pure bonté de ma part de vous envoyer, il y a
quelques jours, ce journal, n'est-ce pas? — dit Harrisson,
cueillant à l'arbre qui était près de lui une petite branche
sèche qu'il se mit à mâcher pour son plaisir.

Aurora et l'homme avaient, en parlant, marché lentement en avant et ils étaient, à ce moment, à une certaine
distance de la voiture.

Talbot était en proie à une impatience fiévreuse.

— Connaissez-vous ce pensionnaire de votre cousine,
Lucy? — demanda-t-il.

— Non, je ne peux pas me souvenir de son visage; je ne
pense pas qu'il soit de Beckenham.

— Mais si je ne vous avais pas envoyé ce numéro du
Life, vous ne l'auriez pas su, vous ne le sauriez pas encore
maintenant, n'est-ce pas? — dit l'homme.

— Non..... non.... peut-être non.... — répondit Aurora.

Elle avait tiré son porte-monnaie de sa poche, et Harrisson regardait à la dérobée, mais avec des yeux étincelants,
le petit carnet de maroquin.

— Vous ne me demandez aucun détail? — dit-il.

— Non. Que m'importe de les connaître?

— Non, certainement, — répondit l'homme étouffant un
cri, — vous en savez assez, et, si vous vouliez en savoir
davantage, je ne pourrais pas vous le dire, car ces quelques
lignes du journal sont tous les renseignements que j'ai pu
me procurer sur cette affaire. Mais je l'ai toujours dit et je
le dirai toujours, si un homme qui monte un cheval pèse
plus de 11 stones....

Il paraissait en train de ne pas cesser de divaguer sur ce
ton-là, si Aurora ne l'eût interrompu en fronçant le sourcil
d'impatience. Peut-être se tut-il d'autant plus volontiers
qu'elle ouvrit sa bourse au même moment et qu'il vit briller les souverains cachés entre les feuilles de soie cramoi-
sie. Il n'avait pas un sentiment bien subtil des couleurs,
mais je suis convaincu qu'il pensa que l'or et le cramoisi
formaient un contraste agréable lorsqu'il regarda les pièces
jaunes dans le porte-monnaie de Mlle Floyd. Elle versa les
souverains dans la paume de sa main gantée, puis elle fit

tomber la pluie d'or dans celles d'Harrisson qui les avait jointes en forme de cornet pour les recevoir. Le gros tronc d'un chêne les dérobait à la vue de Talbot et de Lucy lorsqu'Aurora donna tout cet argent à cet homme.

— Vous n'avez aucun titre contre moi, — dit-elle en l'interrompant brusquement au moment où il commençait un remerciement, — et je proteste contre toute spéculation que vous voudriez faire sur les événements passés qui viendraient à votre connaissance. Souvenez-vous, une fois pour toutes, que je ne vous crains pas, et que si je consens à vous venir en aide, c'est parce que je ne veux pas qu'on tourmente mon père. Donnez-moi une adresse où l'on puisse vous faire parvenir une lettre. Vous pouvez la mettre dans une enveloppe et me l'adresser ici, et je promets de vous envoyer de temps en temps un peu d'argent, assez pour vous mettre à même de mener une vie honnête, si vous ou aucun des gens de votre espèce vous êtes capables de le faire; mais, je vous le répète, si je vous donne cet argent pour prix de votre silence, c'est seulement à cause de mon père.

L'homme murmura quelques mots de reconnaissance en regardant ardemment Aurora; mais le sombre visage de la jeune fille était empreint d'une expression de sévérité qui ôtait tout espoir de conciliation. Elle se détourna de lui, suivie de son gros Bow-wow, lorsque le chien aux jambes tortues courut en avant en grognant d'un ton plaintif et se dressa sur ses pattes de derrière pour lui lécher la main.

Sa figure changea immédiatement d'expression, elle repoussa le chien, qui la regarda un instant de ses yeux éraillés empreints d'une vague incertitude; ensuite, comme si la conviction était entrée dans l'esprit de la bête, il se mit à aboyer joyeusement, en sautant et en cabriolant sur la robe de soie de Mlle Floyd, sur laquelle il imprima les traces poudreuses de ses pattes de devant.

— Le pauvre animal vous reconnaît, mademoiselle — dit l'homme, semblant lui demander pardon pour son chien; — vous n'avez jamais été fière avec lui.

Le gros Bow-wow, en cette conjoncture, faisait mine

de vouloir mettre tout sens dessus dessous; mais Aurora l'apaisa d'un regard.

— Pauvre Boxer! — dit-elle, — pauvre Boxer! tu me reconnais donc, Boxer?

— Oh Dieu! mademoiselle, on ne connaît pas la fidélité de ces animaux-là.

— Pauvre Boxer! je crois que j'aurais du plaisir à t'avoir. Voudriez-vous le vendre, Harrisson?

L'homme hocha la tête.

— Non, mademoiselle, — répondit-il. — Je vous remercie de bon cœur; il n'y a pas beaucoup de chiens à propos desquels je refuserais d'entrer en marché. Si vous vouliez un épagneul muet, ou un chien couchant russe, ou un terrier de Skye, je vous le procurerais, je vous l'amènerais, et je ne demanderais rien pour ma peine; mais ce terrier-ci me tient lieu de père, de mère, de femme, de famille, et 1 n'y a pas assez d'argent dans la caisse de votre père, mademoiselle, pour l'acheter.

— Bien, bien, — dit Aurora d'un ton radouci; — je sais combien il est fidèle. Envoyez-moi l'adresse, et ne revenez plus à Felden.

Elle retourna à la voiture, et, ayant pris les rênes des mains de Talbot, elle lâcha la bride aux poneys qui ne tenaient pas en place. L'équipage passa près de Harrisson, qui se tint le chapeau à la main, son chien entre ses jambes, jusqu'à ce que la voiture eût disparu. Mlle Floyd jeta à la dérobée l'œil sur le visage de son fiancé, et observa que la physionomie du Capitaine avait pris son expression la plus sombre. L'officier garda un morne silence jusqu'à ce qu'on fût arrivé à la maison; alors il tendit la main aux deux jeunes femmes pour leur aider à descendre de voiture, et les suivit pour se rendre au vestibule. Aurora était sur la première marche du grand escalier, avant qu'il lui adressât la parole.

— Aurora, — dit-il, — un seul mot avant que vous montiez.

Elle se retourna, et le regarda d'un air presque de défi; elle était encore très-pâle, et le feu, dont les éclairs avaient

foudroyé Harrisson , l'amateur de chiens et l'attrapeur
de rats, n'était pas encore éteint dans ses yeux noirs. Bulstrode ouvrit la porte d'une longue chambre située sous la
galerie de tableaux, à moitié salle de billard et à moitié bibliothèque, et qui peut-être était la pièce la plus agréable
de la maison, et il se tint de côté pour laisser passer Aurora
devant lui.

La jeune femme franchit le seuil aussi fièrement que Ma-
rie-Antoinette allant affronter ses accusateurs. La salle
était vide.

Mlle Floyd s'assit dans une bergère près de l'une des
deux grandes cheminées, et se mit à fixer les yeux sur la
flamme.

— Je veux vous questionner à propos de cet homme,
Aurora, — dit Bulstrode, se penchant sur une chaise en
forme de prie-Dieu, et parcourant d'une main nerveuse les
arabesques sculptées dans le noyer.

— A propos de quel homme?

Cette réponse de la part de quelques femmes eût pu être
une façon d'esquiver la question; de la part d'Aurora, c'é-
tait simplement un défi.

Talbot le savait.

— L'homme qui vient de vous parler dans l'avenue. Quel
est-il, et quelle affaire avait-il avec vous?

Ici Bulstrode fléchit complétement. Il l'aimait, souvenez-
vous-en, lecteur, il l'aimait, et il avait peur. Il avait peur
parce qu'il était sous l'influence de la plus peureuse de
toutes les passions, l'amour! Cette passion qui a pu laisser
une tache sur le nom de Nelson, cette passion qui aurai
pu faire un poltron du plus brave des trois cents Spar-
tiates morts aux Thermopyles, ou des six cents héros de
Balaklava! Il l'aimait, le malheureux jeune homme, et il
se mit à balbutier, à hésiter, à s'excuser, tremblant sous
le feu de la colère qui enflammait les beaux yeux de la
jeune fille.

— Croyez-moi, Aurora, je ne voudrais pour rien au
monde espionner vos actions, ni vous imposer le choix des
personnes que vous devez combler de vos bienfaits. Non,

Aurora, non, quand même mon droit de le faire serait plus puissant qu'il ne l'est et que je serais vingt fois votre mari; mais cet homme, cet individu à mine suspecte, qui vous a parlé tout à l'heure, je ne pense pas qu'il soit de l'espèce de monde à qui vous deviez venir en aide.

— Je n'ose pas dire non, — répondit-elle, — je ne doute pas que je secoure bien des gens qui devraient en toute justice mourir dans une prison ou sur la grande route; mais, voyez-vous, si je m'arrêtais à discuter ce qu'ils méritent, ils pourraient mourir de faim, pendant que je prendrais des informations; aussi peut-être vaut-il mieux égarer quelques shillings sur quelque pauvre malheureux qui est assez méchant pour avoir faim, et qui n'est pas assez bon pour mériter qu'on lui donne quelque chose à manger.

Ce langage respirait une indifférence qui choqua Talbot; mais il ne pouvait s'en formaliser avec raison; d'ailleurs, il écartait le sujet sur lequel il lui tardait d'être satisfait.

— Mais cet homme, Aurora, quel est-il?

— Un marchand de chiens.

Talbot tressaillit.

— Je pensais bien que c'était quelque chose d'odieux, — murmura-t-il; — mais, au nom du ciel, que pouvait-il vous vouloir, Aurora?

— Ce que la plupart de mes solliciteurs désirent, — répondit-elle; — que ce soit le desservant d'une chapelle neuve, avec des décors moyen âge, qui veut rivaliser avec la Notre-Dame de Bon-Secours qui est sur une des collines près de Norwood; que ce soit une blanchisseuse, qui a brûlé le blanchissage d'une semaine et a besoin de remplir ses engagements; que ce soit une dame du grand monde, qui est sur le point d'inaugurer un asile pour les enfants des marchands d'allumettes indigents; que ce soit un faiseur de lectures publiques sur l'économie politique, ou sur Shelley, ou sur Byron, ou sur Dickens et les humoristes modernes, qui va pérorer à Croydon, ils veulent tous la même chose : de l'argent! Si je dis au desservant que mes principes sont évangéliques et que je ne peux pas prier sincèrement s'il y a des chandeliers sur l'autel, il n'en est pas moins enchanté d'empocher mes cent livres. Si je préviens la dame du monde que j'ai des opinions particulières sur les orphelins des marchands d'allumettes, et que j'ai ma théorie contre l'éducation des masses, elle haussera les épaules en signe de contradiction, mais elle aura soin de me faire savoir que toute gratification que mademoiselle Floyd voudra bien faire sera également bien accueillie. Si je leur disais que j'ai commis une demi-douzaine de meurtres, ou que j'ai fait élever sur un autel dans mon cabinet de toilette une statue en argent au cheval qui a remporté le prix au Derby de l'année dernière, et que je lui rends hommage jour et nuit, ils prendraient mon argent et m'en remercieraient de bon cœur, comme cet homme vient de le faire.

— Mais un mot, Aurora : cet homme est-il du voisinage ?

— Non.

— Comment, alors, le connaissez-vous ?

Elle le regarda un instant fixement, sans fléchir, ses traits mobiles empreints d'une expression pensive. On eût dit que dans son for intérieur elle discutait quelque question indécise. Puis, se levant tout à coup, elle s'enveloppa de son châle et se dirigea vers la porte. Elle s'arrêta sur le seuil.

— Cet interrogatoire, — dit-elle, — n'est guère agréable, Capitaine Bulstrode. S'il me plaît de donner un billet de cinq livres à qui me le demande, je prétends avoir l'entière liberté de le faire, et je ne me soumettrai pas à ce qu'on me demande compte de mes actions, pas même vous.

— Aurora !....

Le ton de tendre reproche dont il prononça son nom la frappa jusqu'au cœur.

— Vous pouvez croire, Talbot, — dit-elle, — vous devez certainement croire que j'apprécie trop bien votre amour pour le mettre en péril par mes paroles ou par mes actions... vous devez le croire.

CHAPITRE VIII

Retour du pauvre Mellish.

Mellish se lassa de la grande ville de Paris. Mieux vaut l'amour, le contentement, et une croûte de pain dans une mansarde, que du filet de bœuf ou autres mets dispendieux dans les plus magnifiques salons, servis par les garçons les plus complaisants, qui nous rendent hommage et répriment un sourire moqueur en entendant notre accent insulaire. Il se lassa franchement de la rue de Rivoli, de la grille dorée du jardin des Tuileries et des arbres qu'elle enceint. Il se lassa de la place de la Concorde, des Champs-Élysées, des grands boulevards, des théâtres, des cafés, des magasins de gants. Il se fatigua de contempler les montres des bijoutiers de la rue de la Paix, où il se représentait le visage d'Aurora sous les couronnes de diamants et d'émeraudes qui y étaient étalées. Il eut de temps en temps sérieusement l'idée d'acheter un réchaud et un panier de charbon, et de s'asphyxier tranquillement dans le grand salon de l'hôtel Meurice. A quoi lui servaient son argent, ses chiens, ses chevaux, ou ses vastes propriétés? Tout cela réuni ensemble n'achèterait pas Aurora. A quoi bon sa vie, après tout, puisque la fille du banquier refusait de la partager avec lui? Souvenez-vous que Mellish, ce gros garçon aux yeux bleus, aux cheveux frisés, avait été, dès le berceau, un enfant gâté, gâté par des parents pauvres, des parasites, des domestiques, des flatteurs, depuis la première heure jusqu'à la trentième année de son existence; et que cela lui semblait chose bien dure que cette adorable femme lui fût refusée. Le dénoûment de tout cela fut qu'un soir Mellish donna tout à coup l'ordre de plier bagage, et le lendemain, de grand matin, se mit en route pour le chemin de fer du Nord, ne laissant que la cendre de son feu derrière lui.

Il n'était que naturel de supposer que Mellish se serait rendu tout droit à sa maison de campagne, où il avait tant à faire : inscription de poulains pour les courses prochaines, conditions à régler avec des entraîneurs et des garçons d'écurie, la rédaction d'un plan de nouveau galop et sa mise à exécution, et un assortiment de chevaux de course attendant l'œil du maître. Mais il n'en fit rien ; au lieu d'aller de la station du chemin de fer de Douvres au grand hôtel du Nord, d'avaler à la hâte son dîner, et de partir pour Doncastre par le train express, Mellish se fit conduire en voiture à la taverne de Gloucester, où il s'installa, dans l'intention, dit-il, de voir l'exposition de bestiaux. Il eut la malheureuse fantaisie de monter dans un cab, rôda de tous côtés pendant l'espace d'un quart d'heure, examinant tristement les parcs, puis il s'enfuit précipitamment pour éviter les fermiers du comté d'York, qui lui prodiguèrent de cordiales salutations. Le lendemain matin il quitta la taverne de Gloucester, et se fit conduire tout droit à Beckenham. Floyd, qui ne savait rien de la déclaration du jeune habitant du comté d'York et du refus qu'il avait éprouvé, l'avait de tout cœur invité à revenir à Felden. Pourquoi n'irait-il pas ? Seulement pour rendre une visite du matin au banquier hospitalier ; non pas pour voir Aurora ; seulement pour respirer quelques bonnes bouffées de l'air qu'elle respirait, avant de s'en retourner dans sa province.

Il va sans dire qu'il ne savait rien du bonheur de Bulstrode ; et ç'avait été une des principales consolations qu'il eût emportées dans son exil, que de se rappeler que ce gentleman s'était embarqué sur le même navire et avait fait naufrage avec lui.

Il fut introduit dans la salle de billard, où il trouva Aurora assise à une petite table près du feu, dessinant au crayon la copie d'une gravure d'un tableau de Rosa Bonheur, tandis que Talbot était près d'elle, occupé à lui tailler ses crayons.

On comprend instinctivement que l'homme qui taille des crayons ou tient un écheveau de fil sur ses mains tendues, ou porte un chien, des manteaux de soirée, des tabourets, ou des ombrelles, est un fiancé. Mellish lui-même en savait assez pour n'en pas douter. Il poussa un soupir si fort, qu'il fut entendu de Lucy et de sa mère, qui étaient assises devant l'autre cheminée, soupir qui ressemblait passablement à un gémissement; puis il tendit la main à Mlle Floyd, mais pas à Bulstrode. Il avait dans le cerveau et dans la mémoire de vagues souvenirs classiques de légendes romaines, d'exemples de générosité surhumaine et d'abnégation personnelle; mais il n'aurait pu se résoudre à donner une poignée de main à ce jeune habitant du pays de Cornouailles à la noire chevelure, eût-il dû lui en coûter le sacrifice du domaine de Mellish. Non, il n'aurait pas pu. Il s'assit à quelques pas d'Aurora et de son fiancé, tordant dans ses mains brûlantes et nerveuses son chapeau au point d'en rendre le bord presque tout flasque, et il fut incapable de prononcer une seule phrase, même pas une pauvre et piteuse observation à propos du temps.

C'était un grand enfant gâté de trente ans, et je crains, s'il faut avouer l'austère vérité, qu'il ne vît Aurora au travers d'un brouillard, qui ternissait et défigurait ce brillant visage à ses yeux. Lucy vint à son secours, en l'emmenant pour le présenter à sa mère, et la bonne Mme Alexandre fut enchantée de sa physionomie franche, blonde et complétement anglaise. Il eut la chance de se tenir le dos à la lumière, de sorte que ni l'une ni l'autre de ces deux dames ne découvrit le funèbre brouillard qui couvrait ses yeux bleus.

Floyd ne voulut pas entendre parler du départ de son hôte ce soir-là ni le lendemain.

— Il faut que vous passiez la Noël avec nous, — dit-il, — et que vous voyiez ici se renouveler l'année, avant de retourner dans le comté d'York. J'ai tous mes parents près de moi dans cette saison, et c'est la seule époque où Felden ressemble à la maison d'un vieillard. Votre ami Bulstrode

reste avec nous (Mellish tressaillit en apprenant cette nouvelle); et je vous saurais gré de ne pas refuser de faire partie
de notre société.

Quelle pitoyable poule mouillée devait être ce Mellish
pour accepter l'invitation du banquier, renvoyer sa voiture
de louage à la taverne de Gloucester, et se laisser conduire
par le domestique de Floyd dans une chambre confortable,
à quelques portes de la pièce tendue de toile perse occupée
par Talbot! Mais j'ai déjà dit que l'amour est une passion
de poltron. C'est comme le mal de dents : les plus braves
et les plus forts y succombent et la torture les fait hurler
bien haut. Je ne suppose pas que le duc de Wellington aurait rougi d'avouer qu'il hésitait à se laisser arracher une
dent. J'ai entendu parler d'un grand guerrier qui savait
venger une injure aussi bien que qui que ce soit des plus
illustres épées, mais qui se trouvait mal à la première
étreinte de la pince du dentiste. Mellish consentit à rester
à Felden, et à la tombée de la nuit il entra dans le cabinet
de toilette de Talbot pour reprocher sa trahison au Capitaine.

Talbot fit de son mieux pour consoler son plaintif visi-
teur.

— Il y a plus d'une femme dans le monde, — dit-il,
après que John lui eut confié son chagrin : il ne pensait pas
un mot de ce qu'il disait, le sournois! — il y a plus d'une
femme, mon cher Mellish, et plus d'une jeune fille charmante et estimable, qui serait enchantée de conquérir l'affection d'un garçon tel que vous.

— Je hais les jeunes filles estimables, — dit Mellish; —
raillez mon affection! mais je l'aime, j'aime cette belle
créature aux yeux noirs, qui vous regarde en vous lançant
deux éclairs, et qui monte si bien à cheval; je l'aime, Bulstrode, et vous m'aviez dit qu'elle vous avait refusé et que
vous alliez quitter Brighton par le convoi de huit heures, et
vous ne l'avez pas fait, et vous êtes revenu furtivement, et
vous lui avez adressé une seconde déclaration, et elle vous
a accepté. Ah, dame! ce n'est pas jouer franc jeu, cela.

Là-dessus, Mellish se jeta dans une chaise qu'il fit craquer
sous son poids, et se mit à attiser le feu avec fureur.

C'était dur pour le pauvre Talbot de s'excuser d'avoir obtenu la main d'Aurora. Il ne lui était pas très-facile de rappeler à Mellish que, si Mlle Floyd l'avait accepté, c'était peut-être parce qu'elle le préférait au brave habitant du comté d'York. L'affaire ne s'était jamais présentée sous ce jour aux yeux de John. L'enfant gâté se voyait privé de ce hochet qu'il prisait au-dessus de tous les autres, et dont il avait la possession si follement à cœur. Il ne pouvait comprendre qu'il n'y avait pas eu de déloyauté dans la conduite de Talbot, et il s'indigna violemment lorsque ce gentilhomme osa lui donner à entendre que, somme toute, il eût peut-être été plus sage de ne pas remettre les pieds à Felden.

Bulstrode avait évité toute allusion ultérieure à Harrisson, le marchand de chiens; et cette discussion, la première qui eût eu lieu entre les amants, s'était terminée par le triomphe d'Aurora.

Mellish errait comme une âme en peine dans les vastes appartements, s'asseyant de temps à autre à une des tables pour jeter un coup d'œil dans un stéréoscope, ou pour prendre un volume magnifiquement relié et le laisser tomber sur le tapis avec une triste distraction; il poussait de gros soupirs quand on lui adressait la parole, et il était loin d'être d'une compagnie agréable. Le cœur chaleureux d'Aurora fut touché par le spectacle digne de pitié de cet amant repoussé; elle le rechercha une ou deux fois, lui parla de ses chevaux de course, et lui demanda s'il aimait la chasse dans le comté de Surrey; mais John passait du rouge au blanc et du froid au chaud quand elle lui parlait, et la fuyait, pâle comme un mort et d'un air effaré, qui aurait pu être grotesque s'il n'eût été l'indice d'une vraie douleur.

Bientôt John trouva un confident de ses chagrins plus compatissant que Bulstrode ne l'avait jamais été; et ce doux et affectueux confident n'était autre que Lucy, vers qui se tourna le gros garçon du comté d'York dans son trouble. Savait-il ou devina-t-il par quelque clairvoyance merveilleuse que les chagrins de la jeune fille avaient un point de ressemblance avec les siens, et qu'elle était précisément la seule personne entre toutes à Felden qui eût compassion de

lui et l'écoutât avec patience. Ce brave garçon candide,
naïf, ingénu, n'était nullement fier. Deux jours après son
arrivée à Felden, il avait tout raconté à la pauvre Lucy.

— Je suppose, mademoiselle Floyd, — dit-il, — que
vous savez que votre cousine m'a refusé sa main. Oui, tout
naturellement vous le savez; je crois qu'elle a refusé Bulstrode à peu près à la même époque; mais il y a des hommes
qui n'ont pas le moindre amour-propre; je dois avouer qu'à
mon avis le Capitaine a agi comme un pied plat.

Un pied plat! Lui, l'idole de Lucy, son être adoré, son
demi-dieu, sa divinité aux cheveux noirs et aux yeux gris,
entendre parler de lui dans de pareils termes! Elle se tourna
du côté de Mellish, ses joues blanches animées du feu de la
colère, et elle lui dit que Talbot avait le droit de faire ce
qu'il avait fait, et que tout ce que Talbot faisait était bien.

Comme la plupart des hommes chez qui la faculté de la
réflexion manque complétement de développement, Mellish
était doué d'une perception assez rapide, perception aiguisée
en ce moment-là par cette prescience sympathique particulière, cette clairvoyance merveilleuse dont j'ai parlé; et dans
ces quelques paroles d'indignation, et dans cette rougeur de
colère, il lut le secret de la pauvre Lucy : elle aimait Talbot
comme lui il aimait Aurora.... sans espoir.

Comme il admirait cette frêle jeune fille qui avait peur
des chevaux et des chiens, qui frissonnait si un souffle de
la bise pénétrait dans les appartements si bien chauffés, et
qui cependant portait son fardeau avec une si calme patience
et sans se plaindre! tandis que lui, qui pesait 14 stones
et pouvait parcourir à cheval quarante milles à travers la
campagne par les vents les plus froids de décembre lui soufflant dans la figure, il n'avait pas la force de supporter son
affliction.

Le pauvre John avait trop bon cœur et était trop peu
égoïste pour tenir bon perpétuellement dans la sombre forteresse de désespoir qu'il avait choisie pour sa demeure; et
la nuit de Noël, où Felden fut le théâtre de nombreuses ré-
jouissances en l'honneur spécial des plus jeunes hôtes, il
céda à l'entraînement, prit part aux jeux des enfants, et fut

plus enfant que les moins âgés d'entre eux; enfin, sous
l'influence de toute cette gaieté juvénile, et peut-être aussi
de deux à trois verres de vin de Moselle, il embrassa hardi-
ment Aurora sous la branche de gui pendue « pour ce soir,
là seulement » dans la grande salle de Felden.

Après avoir fait cela, Mellish perdit complétement l'esprit
et la tête lui tourna tout le reste de la soirée. A souper il
adressa des discours aux enfants, et leur proposa d'acclamer
trois fois par un triple hourra le nom d'Archibald Floyd et
les intérêts commerciaux de la Grande-Bretagne; de sa voix
de basse sonore, il dirigea le chœur de ces petits faussets
perçants, et il pleura abondamment, sans savoir pourquoi,
en se cachant derrière sa serviette. Ce fut à travers une atmosphère de larmes, de vins pétillants, de gaze et de fleurs
exotiques, qu'il vit Aurora, qui avait, hélas! l'air si charmant
dans cette simple robe blanche qui lui allait si bien, et la
tête ornée d'une guirlande de houx artificiel. Sous les feuilles
acérées et les fruits écarlates qui formaient une couronne,
elle avait l'air du génie de Noël; c'était quelque chose de
beau et de brillant, de trop beau pour apparaître plus d'une
fois par an.

Quand les pendules sonnèrent deux heures du matin,
longtemps après que les bambins eurent été emportés enve-
loppés dans des manteaux, profondément endormis, et, je
le crains bien, plusieurs d'entre eux sous l'influence de
boissons trop fortes, quand les convives d'un âge plus mûr
se furent tous retirés pour aller se reposer, quand les lumières, à peu d'exceptions près, eurent disparu, quand les
guirlandes se furent fanées, et que tout le monde, sauf Talbot et Mellish, fut parti, les deux jeunes hommes se promenaient de long en large dans la longue salle de billard, à
la lueur rougeâtre du feu qui s'éteignait insensiblement
dans les deux cheminées, et conversaient entre eux sur le
ton de la confiance la plus absolue. C'était le matin du
jour de Noël, et il eût été étrange de ne pas être amis un
pareil jour.

— Si vous étiez tombé amoureux de l'autre, Bulstrode,
— dit John, serrant la main de son ancien camarade de

classe et le regardant en face d'un air pathétique, — j'aurais pu vous considérer comme un frère; elle est mieux faite
pour vous, elle est mille fois mieux faite pour vous que sa
cousine, et vous auriez dû l'épouser.... suivant les lois des
convenances ordinaires.... je veux dire comme eût fait un
honnête homme.... après vous être fort compromis par
vos assiduités.... Mme.... Quel est son nom?.... la dame
de compagnie, Mme Powell.... l'a dit.... vous auriez dû l'é-
pouser.

— L'épouser!... Epouser qui?... — s'écria Talbot d'un
ton assez dur, repoussant l'étreinte de son ami, et laissant
Mellish se pencher en arrière sur les talons de ses bottes
vernies d'une façon passablement alarmante. — Que voulez-vous dire?

— La plus douce jeune fille de la chrétienté.... une
exceptée, — s'écria John, joignant ses mains brûlantes et
levant ses sombres yeux bleus au plafond; — la plus charmante fille de la chrétienté, à une exception près.... Lucy.

— Lucy!

— Oui, Lucy; la plus douce jeune fille de....

— Qui dit que j'aurais dû épouser Lucy?

— C'est elle qui le dit. Non.... non; ce n'est pas cela que
je veux dire, — reprit Mellish, baissant la voix et murmu-
rant d'un ton grave, — je veux dire que Lucy vous aime!
Elle ne me l'a pas dit.... oh! non, Dieu m'en garde! elle
n'a jamais prononcé un mot à ce sujet; mais elle vous aime.
Oui, — ajouta John, poussant son ami des deux mains, et
le toisant des yeux comme s'il lui prenait mesure d'un habit,
— cette jeune fille vous aime et vous a toujours aimé. Je ne
suis pas fou, et je vous donne ma parole d'honneur que
Lucy vous aime.

— Vous n'êtes pas fou! — s'écria Talbot, — vous êtes
pis que fou, Mellish, vous êtes ivre.

Il tourna sur ses talons avec dédain, et, prenant une
bougie sur la table, il l'alluma et marcha à grands pas vers
la porte de la salle.

John se tint immobile, passa les mains dans ses cheveux
bouclés et regarda le Capitaine d'un air contrit.

— C'est là la récompense qu'obtient un camarade à faire un acte de générosité, — dit-il, en fourrant dans les charbons ardents une bougie qu'il venait aussi de prendre, ne connaissant pas de méthode plus facile de l'allumer; — c'est dur, mais je suppose que c'est là la nature humaine.

Bulstrode alla se coucher de très-mauvaise humeur. Pouvait-il être vrai que Lucy l'aimât? Cet habitant du comté d'York, au babil si frivole, avait-il pu découvrir un secret qui avait échappé à la pénétration du Capitaine? Il se rappelait avoir, peu de temps auparavant, désiré que cette blonde jeune fille tombât amoureuse de lui; et maintenant tout n'était que trouble et confusion. Guinevere était la dame de ses pensées, et la pauvre Elaine le gênait terriblement. L'admirable livre de Tennyson n'avait pas encore vu le jour en 1857, sans cela il n'est pas douteux que le pauvre Talbot se fût comparé au chevalier dont « l'honneur était enraciné dans le déshonneur. » Avait-il agi en malhonnête homme? S'était-il compromis par ses attentions pour Lucy? Avait-il trompé cette douce et belle créature? Sa tête fatiguée ne trouva pas le repos cette nuit-là sur les oreillers de duvet de la chambre en perse; et quand il s'endormit à la pointe du jour, ce fut pour avoir des rêves horribles, et pour voir dans un songe Aurora debout sur le bord d'un étang d'eau claire, au fond des bois de Felden, et montrant du doigt, au travers de la surface transparente comme du cristal, le cadavre de Lucy gisant au fond, pâle et immobile au milieu des lis et des plantes aquatiques, dont les longues tiges s'entortillaient avec ses beaux cheveux dorés. Dans ce rêve terrible, il entendit le clapotement de l'eau et il s'éveilla : il trouva dans la chambre voisine son domestique qui brisait la glace dans son bain. Ses inquiétudes au sujet de la pauvre Lucy s'évanouirent au grand jour, et i rit du trouble qui avait dû provenir de sa propre vanité. Qu'était-il pour que les jeunes femmes devinssent amoureuses de lui? Quel sot, quel fou il avait fallu qu'il soit pour ajouter foi un seul instant au bavardage de Mellish pris de boisson! Aussi bannit-il l'image de la cousine d'Aurora de son esprit, et n'eut-il d'yeux, d'oreilles et de pensées que pour

Aurora elle-même, qui le mena à l'église de Beckenham dans sa voiture, et s'assit à côté de lui dans le grand banc carré du banquier.

Hélas ! j'ai bien peur qu'il n'ait entendu que très-peu de chose du sermon qui fut prêché ce jour-là; mais, malgré tout cela, je déclare que c'était un homme de bien et pieux, un homme à qui Dieu avait fait don d'une foi sérieuse, un homme qui recevait tous les bienfaits de la main de Dieu, avec respect, et presque avec crainte; et lorsqu'il pencha sa tête à la fin du service divin célébré en l'honneur de la naissance du Sauveur, il remercia le ciel d'avoir rempli sa coupe de félicité jusque par-dessus les bords, et pria qu'il pût devenir digne de tant de bonheur.

Il avait une crainte vague qu'il était trop heureux, trop attaché de cœur et d'âme à la femme aux yeux noirs qui était auprès de lui. Si elle allait mourir! si elle devait le tromper! Cette pensée lui donna le vertige et lui serra le cœur; et dans l'enceinte même de ce saint temple, le diable lui murmurait à l'oreille qu'il y avait des étangs aux eaux calmes, des pistolets chargés et d'autres remèdes certains pour des calamités de ce genre, tant l'amour, cette terrible fièvre, est une maladie maligne et lâche en même temps.

Le jour était brillant et clair; une neige légère blanchissait la terre; les contours du sommet des haies et des arbres se détachaient en formant des pointes sur le fond azuré d'un ciel froid et glacial. Le banquier proposa de renvoyer les voitures à la maison et de descendre à pied la colline qui menait à Felden, de sorte que Bulstrode offrit son bras à Aurora, trop heureux d'avoir la chance d'un tête-à-tête avec sa fiancée.

Mellish marchait en compagnie de Floyd, qui avait une prédilection pour le jeune habitant du comté d'York, et Lucy était perdue au milieu d'un groupe de frères, de sœurs, de cousins, de tantes et d'oncles.

— Nous avons été si occupés toute la journée d'hier avec le petit monde, — dit Talbot, — que j'ai oublié de vous dire, Aurora, que j'avais reçu une lettre de ma mère.

Mlle Floyd le regarda de son regard le plus brillant; elle

avait toujours du plaisir à entendre parler de lady Bulstrode.

— Cette lettre contient naturellement très-peu de nouvelles, — ajouta Talbot, — car il est rare qu'il y ait beaucoup de choses à raconter à Bulstrode. Et cependant....
oui.... elle renferme une nouvelle qui vous concerne.

— Qui me concerne?

— Oui; vous vous souvenez de ma cousine, Constance
Trevyllian?

— O.... u.... i....

— Elle est de retour de Paris, où elle a enfin achevé son
éducation; c'est, je crois, une personne accomplie maintenant; et elle est allée passer la Noël à Bulstrode. Grand
Dieu!... Aurora!... qu'y a-t-il?...

Pas grand'chose en apparence. Son visage était devenu
aussi blanc qu'une feuille de papier à lettre; mais la main
qu'elle appuyait sur le bras du jeune homme ne tremblait
pas. Peut-être, s'il y eût fait tout particulièrement attention, il l'aurait trouvée plus calme que cela n'était naturel.

— Aurora, qu'y a-t-il?

— Rien. Pourquoi me demandez-vous cela?

— Votre visage est pâle comme...

— C'est le froid, je suppose.... — dit-elle en frissonnant. — Parlez-moi de votre cousine; cette Mlle Trevyllian, depuis quand est-elle au château de Bulstrode?

— Elle a dû y arriver avant-hier. Ma mère l'attendait
lorsqu'elle a écrit sa lettre.

— Est-elle dans les bonnes grâces de lady Bulstrode?

— Non, pas particulièrement. Ma mère l'aime assez;
mais Constance est une jeune fille trop frivole

— Avant-hier?... — dit Aurora; — Mlle Trevyllian a dû
arriver avant-hier?... les lettres venant du pays de Cornouailles sont distribuées à Felden de bonne heure dans
l'après-midi, n'est-ce pas?

— Oui, chère.

— Vous recevrez une lettre de votre mère aujourd'hui,
Talbot?

— Une lettre aujourd'hui! Oh! non, Aurora, elle n'écrit

crit jamais deux jours de suite; rarement plus d'une fois
par semaine.

M¹¹ᵉ Floyd ne fit aucune réponse à cette observation, et
son visage ne reprit pas ses couleurs naturelles pendant tout
le trajet qu'il fallut faire pour arriver à la maison. Elle gardait un morne silence, ne faisant que de très-brèves réponses aux questions de Talbot.

— Je suis sûr que vous êtes indisposée, Aurora, — dit-
il au moment où ils montèrent les marches de la terrasse.

— Oui, un peu.

— Mais, très-chère, qu'est-ce? Laissez-moi le dire à
Mᵐᵉ Alexandre ou à Mᵐᵉ Powell; laissez-moi retourner à
Beckenham pour aller prévenir le médecin.

Elle le regarda, les yeux empreints d'une expression
grave et triste.

— Fou de Talbot, — dit-elle; — vous souvenez-vous de
ce que Macbeth dit à son médecin? Il y a des maladies
contre lesquelles il n'y a pas de remèdes. Laissez-moi
seule. Vous le saurez assez tôt.... vous le saurez trop tôt....
je vous le répète.

— Mais, Aurora, que voulez-vous dire?... que pouvez-
vous avoir dans l'esprit?

— Ah!... ce que j'ai?... Laissez-moi seule... laissez-
moi seule, Capitaine Bulstrode!...

Il lui avait saisi la main; mais elle le repoussa et monta
l'escalier précipitamment dans la direction de son appartement.

Talbot se hâta de courir près de Lucy; il était pâle et
avait l'air effrayé.

— Votre cousine est indisposée, Lucy, — dit-il; — allez
près d'elle, pour l'amour de Dieu! et voyez ce qu'elle a.

Lucy obéit immédiatement; mais elle trouva la porte de
la chambre de M¹¹ᵉ Floyd fermée en dedans; et quand elle
appela Aurora et la supplia de la laisser entrer, la jeune
fille lui cria :

— Allez-vous-en, Lucy, allez-vous-en! et laissez-moi à
moi-même; à moins que vous ne vouliez me rendre folle!

CHAPITRE IX

Comment Bulstrode passa son jour de Noël

Il n'y eut plus de bonheur ce jour-là pour Bulstrode. Il erra de chambre en chambre jusqu'à ce qu'il fût aussi fatigué de cet exercice que la jeune femme, dans le *Château-Fantôme* de Lewis; il rôdait en désespéré de côté et d'autre, espérant rencontrer Aurora, tantôt dans la salle de billard, tantôt dans le salon. Il flânait dans le vestibule, sous le futile prétexte de regarder les baromètres et les thermomètres, mais afin d'écouter si la chambre d'Aurora s'ouvrait ou se fermait. Cette après-midi-là, il sembla à Talbot que toutes les portes de Felden ne faisaient que s'ouvrir et se fermer.

Il n'avait aucun prétexte pour passer devant les portes de l'appartement de Mlle Floyd, car le sien était situé à l'angle opposé de la maison; mais il se traînait sur le grand escalier, regardant les papiers peints qui tapissaient les murs, sans rien voir. Il avait espéré qu'Aurora paraîtrait au lunch; mais ce repas se passa tristement sans elle, et les rires joyeux et la conversation divertissante de la famille réunie retentirent aux oreilles de Talbot comme l'écho d'un bruit éloigné venant d'un vaste océan de doute et de confusion.

Il passa l'après-midi dans ce malaise, sans que personne fît attention à lui, hormis Lucy, qui l'observait furtivement de sa place, lorsqu'il ne faisait qu'aller et venir dans le salon. Ah! combien d'hommes sont fixés par des yeux aimants, dont ils ne voient jamais la lumière! Combien d'hommes sont l'objet des tendres soins d'un cœur dont ils n'apprennent jamais le secret! Un peu après la tombée de la nuit, Talbot alla dans sa chambre pour s'habiller. Il devait encore s'écouler quelque temps avant que la cloche sonnât; mais il voulait, se dit-il, s'habiller de bonne heure, de façon à être sûr de se trouver au salon quand Aurora descendrait.

Il ne prit pas de lumière avec lui, car il y avait toujours deux bougies sur la cheminée de sa chambre.

Il faisait presque nuit dans cette jolie pièce, car le feu venait de cesser et il n'y avait pas de flamme ; mais il put distinguer un objet blanc sur le tapis vert de sa table à écrire. Cet objet blanc était une lettre. Il remua la masse de charbon qui était dans la grille du foyer, et une flamme brillante s'éleva en vacillant dans l'âtre et éclaira toute la chambre. Il prit la lettre d'une main, tandis que de l'autre il alluma une des bougies qui étaient sur la cheminée. C'était une lettre de sa mère. Aurora lui avait dit qu'il en recevrait une. Qu'est-ce que tout cela voulait dire ? Les fleurs riantes et les joyeux oiseaux des tentures des murailles tournoyèrent autour de lui au moment où il déchira l'enveloppe. Je crois fermement que nous avons la prescience presque surnaturelle de l'approche de tous les malheurs qui nous menacent, un instinct prophétique qui nous fait deviner que telle lettre ou tel messager apporte de mauvaises nouvelles. Bulstrode eut ce pressentiment lorsqu'il déploya le papier dans ses mains. L'horrible inquiétude se dressait devant lui ; une ombre, le visage voilé, se dessinait à ses yeux, vague et indéterminée comme un spectre; mais, quoi qu'il en soit, elle était là, présente.

MON CHER TALBOT,

Je sais que la lettre que je vais écrire vous affligera et vous troublera ; mais mon devoir ne m'en est pas moins nettement tracé. Je crains que votre cœur ne soit sérieusement pris dans votre engagement actuel avec Mlle Floyd.

Les mauvaises nouvelles concernaient donc Aurora. L'ombre funèbre soulevait lentement son sombre voile, et derrière lui apparaissait le visage de celle qu'il aimait le plus sur la terre.

Mais je sais, continuait cette lettre impitoyable, *que le sentiment de l'honneur est l'élément le plus fort de votre nature, et que, à quelque point que vous ayez aimé cette jeune fille* (O Dieu ! elle parlait de son amour au passé !), *vous ne vous laisserez pas enferrer dans une fausse position par faiblesse d'affection. Un mystère plane sur la vie d'Aurora Floyd.*

Cette phrase était à la fin de la première page ; et avant que la main tremblante de Talbot eût pu tourner la feuille, tous les doutes, toutes les craintes, tous les pressentiments qu'il avait jamais éprouvés lui revinrent à l'esprit, en prenant un caractère de netteté et de précision surnaturelles.

Constance Trevyllian est arrivée hier ; et vous pouvez vous imaginer que, dans le cours de la soirée, on a parlé de vous et de votre mariage.

Maudits soient leurs frivoles cancans de femmes ! Talbot froissa la lettre dans sa main, et il fut sur le point de la jeter loin de lui ; mais non, il fallait qu'il la lût. Il devait affronter l'ombre du doute, lutter avec elle et la vaincre, ou il n'y avait plus de repos pour lui sur la terre. Il continua de lire la lettre.

J'ai dit à Constance que Mlle Floyd avait été élevée rue Saint-Dominique, et je lui ai demandé si elle se souvenait d'elle. « Quoi ! a-t-elle dit, est-ce la demoiselle Floyd qui a fait tant de bruit ? cette Floyd qui s'est sauvée de la pension ? » Et elle m'a raconté, Talbot, qu'une Mlle Floyd avait été amenée par son père chez les demoiselles Lespard, il y a eu un an au mois de juin dernier ; et que, moins d'une quinzaine après son arrivée à la pension, elle avait disparu. Sa disparition, cela va sans dire, fit grand émoi parmi les autres élèves, à qui elle fournit ample matière à jaser, et l'on dit qu'elle s'était sauvée. On assoupit cette fâcheuse affaire autant que possible ; mais vous savez que des jeunes filles ne peuvent retenir

*leur langue, et, d'après ce que me dit Constance, je
me figure qu'il circula des propos fort désagréables sur
le compte de Mlle Floyd. Or, vous dites que la fille du
banquier n'est revenue à Woods qu'au mois de septembre dernier. Où a-t-elle été dans l'intervalle ?...*

Il n'en lut pas davantage. D'un coup d'œil, il vit que le
reste de la lettre ne contenait plus que des conseils maternels, des recommandations relatives à la manière dont il
devait agir dans cette embarrassante conjoncture.

Il fourra le papier froissé dans sa poitrine, et s'affaissa
dans un fauteuil placé près du foyer.

C'était donc vrai ! Il y avait un mystère dans la vie de
cette jeune fille. Les doutes et les soupçons, les craintes et
les inquiétudes mal définies qui l'avaient retenu dans le
principe, et l'avaient fait lutter contre son amour, n'étaient
pas dénués de fondement. Ils étaient basés sur de bonnes
raisons, comme le sont les instincts que la Providence met
dans nos cœurs. Un mur noir s'élevait autour de lui et le
séparait de la femme qu'il aimait, de cette femme qu'il aimait d'un amour si insensé, si terrible et si profond ; de
cette femme, pour l'amour de laquelle il avait adressé des
remercîments à Dieu, dans l'église, quelques heures auparavant. Elle avait dû être son épouse, la mère de ses enfants,
peut-être. Il se couvrit la figure de ses mains glacées et
sanglota tout haut. Ne le raillez pas pour ces pleurs : c'é-
taient les premières larmes de sa virilité. Ses yeux n'avaient
jamais été humides depuis son enfance. A Dieu ne plaise
que des larmes comme celles-là soient versées plus d'une
fois dans la durée d'une existence ! On ne pourrait supporter
deux fois pareil supplice. De rauques sanglots lui brisaient
et lui déchiraient la poitrine comme s'il eût la chair taillée
en morceaux avec une épée rouillée, et quand il retira ses
mains mouillées de dessus son visage, il s'étonna qu'elles
ne fussent pas rouges ; car il lui semblait avoir pleuré du
sang. Que devait-il faire ?

Aller demander à Aurora l'explication de cette lettre ?
Oui ; la conduite à suivre était assez claire. Une espérance

inquiété s'empara de nouveau de son esprit et dissipa sa terreur. Pourquoi était-il si prompt à douter d'elle? Quel misérable lâche il était de la soupçonner, de soupçonner cette jeune fille, dont l'âme candide s'était i librement ouverte à lui, dont tous les accents respiraient la vérité! Car, dans ses relations avec Aurora, la qualité qu'il avait surtout appris à respecter dans son caractère, c'était sa sublime candeur. Il rit presque au souvenir de la lettre de sa mère. C'était si bien le fait de ces simples gens de la campagne, dont les existences ont toujours été bornées aux limites étroites d'un village de Cornouailles! c'était si bien leur fait de faire des montagnes de véritables taupinières! Qu'y avait-il de si surprenant dans ce qui était arrivé? L'enfant gâtée, l'héritière volontaire et capricieuse s'était lassée d'une pension étrangère et s'était sauvée. Son père, ne désirant pas que cette escapade de jeune fille fût connue, l'avait placée quelque part ailleurs, et avait tenu sa folie secrète. Qu'y avait-il d'un bout à l'autre, dans toute cette affaire, qui ne fût parfaitement naturel et probable, pour peu qu'on prît, comme on devait le faire, en considération les circonstances exceptionnelles dans lesquelles tout cela était arrivé?

Il pouvait se figurer Aurora, les joues enflammées et les yeux lançant des éclairs, jetant une page de thèmes barbouillés à la face de son maître de français, et s'enfuyant de la salle d'étude au milieu d'un grand tumulte et d'un babil difficile à apaiser. La belle et fougueuse créature! Dans la femme qu'il aime, il n'est rien qu'un homme ne puisse admirer, et Talbot inclinait presque à admirer Aurora pour s'être sauvée de la pension.

Le premier coup de cloche pour le dîner avait sonné pendant que Bulstrode était en proie à ce supplice, de sorte que toutes les pièces et tous les corridors étaient déserts quand il alla chercher Aurora, ayant la lettre de sa mère cachée dans sa poitrine.

Elle n'était pas dans la salle de billard, ni dans le salon; mais il la trouva enfin dans un petit boudoir, au bout de la maison, lequel avait une fenêtre cintrée qui donnait sur le parc. Cette pièce était faiblement éclairée par une lampe sur laquelle il y avait un abat-jour, et Mlle Floyd était assise à la fenêtre qui n'avait pas de rideaux, le coude appuyé sur le rebord garni d'un coussin, regardant le ciel glacé et le paysage blanchi par la neige. Elle était vêtue de noir ; son visage, son cou et ses bras brillaient d'une blancheur de marbre auprès de la sombre couleur de sa robe, et son attitude était immobile comme celle d'une statue.

Elle ne bougea ni ne regarda autour d'elle, lorsque Talbot entra dans sa chambre.

— Ma chère Aurora, — dit-il, — je vous ai cherchée partout.

Elle tressaillit en entendant sa voix.

— Vous vouliez me voir?

— Oui, ma très-chère enfant. J'ai besoin que vous m'expliquiez quelque chose. Une chose assez folle, sans doute, ma chère enfant, et, naturellement, très-facile à expliquer ; mais, en ma qualité de futur mari, j'ai le droit de vous demander une explication, et je sais, Aurora, je sais que vous me la donnerez en toute franchise.

Elle ne parla pas, quoique Talbot se tût quelques instants, en attendant sa réponse. Il ne pouvait voir que son profil, faiblement éclairé par le ciel glacé. Il ne put distinguer la douleur muette, la pâle douleur dont ce jeune visage était empreint.

— J'ai reçu une lettre de ma mère, et il y a dans cette lettre quelque chose que je désire que vous m'expliquiez. Vous la lirai-je, ma chère enfant?

Sa voix balbutia en prononçant ce terme d'affection, et il se souvint plus tard que ç'avait été la dernière fois où il lui avait parlé avec la tendresse d'un amant. Le jour vint où elle eut besoin de sa compassion, et où il la lui prodigua volontiers; mais à ce moment sonna le glas de l'amour. A ce moment le gouffre s'ouvrit et les rochers se fendirent.

— Vous lirai-je la lettre, Aurora?

— S'il vous plaît.

Il tira la lettre froissée de sa poitrine, et, se penchant sur la lampe, il la lut tout haut à Aurora. Il s'attendait positivement qu'elle l'interromprait à chaque phrase pour s'empresser de lui donner quelque explication ; mais elle garda le silence jusqu'à ce qu'il eût achevé, et même alors elle ne dit mot.

— Aurora... Aurora, est-ce vrai?....

— Parfaitement vrai.

— Mais pourquoi vous êtes-vous enfuie de la rue Saint-Dominique?

— Je ne puis vous le dire.

— Et où étiez-vous entre le mois de juin 1865 et le mois de septembre dernier?

— Je ne puis vous le dire, Talbot. C'est mon secret, et je ne puis vous le dire.

— Vous ne pouvez me le dire ! Il y a dans votre vie une période de plus d'un an dont on ne peut se rendre compte; et vous ne pouvez me dire, à moi, votre fiancé, ce que vous avez fait pendant cette année-là?

— Non, je ne le puis.

— Alors, Aurora, vous ne serez jamais ma femme.

Il s'imagina qu'elle allait s'élancer vers lui, sublime d'indignation et de fureur, et que l'explication qu'il désirait si ardemment allait sortir de ses lèvres en un torrent des paroles passionnées et courroucées; mais elle se leva, et, se tournant de son côté en chancelant, elle tomba à genoux à ses pieds. Aucune autre action n'aurait pu frapper son cœur d'une pareille terreur; celle-ci lui semblait un aveu de sa culpabilité. Mais quelle faute avait-elle commise? Quelle faute? Quel était le sombre secret de la courte existence de cette jeune créature?

— Talbot .... — dit-elle d'une voix tremblante, qui lui fendit l'âme, — Talbot, Dieu sait combien de fois j'ai prévu et redouté cette heure-ci. Si je n'avais pas été lâche, j'aurais devancé cette explication. Mais je pensais.... je pensais que l'occasion ne pourrait jamais se présenter; ou que, lorsqu'elle se présenterait, vous seriez généreux et.... que.... vous auriez confiance en moi. Si vous pouvez avoir confiance en moi, si vous pouvez, Talbot, croire que ce secret n'est pas.... honteux....

— Pas honteux! — s'écria-t-il. — O ciel ! Aurora, devais-je jamais vous entendre parler ainsi! Croyez-vous qu'il y ait des degrés dans ces choses-là! Il ne doit pas y avoir de secret entre ma femme et moi; et du jour qu'il existe un secret ou l'ombre d'un secret entre nous, nous devons nous séparer pour toujours. Relevez-vous, Aurora, vous me tuez avec cette honte et cette humiliation. Relevez-vous; et, si nous devons nous quitter en ce moment, dites-moi, oui, dites-moi, par pitié, que je n'ai pas besoin de me mépriser pour vous avoir aimée avec une ardeur dont un homme est à peine capable.

Elle ne lui obéit pas; mais elle se baissa encore davantage dans son attitude à demi agenouillée et à demi rampante, cachant son visage dans ses mains, et ne laissant voir à Bulstrode que les tresses de ses cheveux noirs.

— J'ai été privée de ma mère dès le berceau, Talbot, — dit-elle d'une voix à moitié étouffée. — Ayez pitié de moi!

— Pitié!.... — répondit le Capitaine, — pitié!... Pourquoi ne demandez-vous pas justice? Une question, Aurora; une question encore, la dernière peut-être que je puisse jamais vous adresser. Votre père sait-il pourquoi vous avez quitté la pension, et où vous avez été pendant ces douze mois?

— Oui, il le sait.

— Je remercie au moins Dieu de cela. Alors dites-le-moi, Aurora, dites-le-moi seulement, et je croirai votre simple parole, comme je croirais le serment d'un autre femme. Dites-moi s'il a approuvé le motif pour lequel vous avez quitté cette pension, et la manière dont vous avez passé cette année-là. Si vous pouvez me dire oui, Aurora, il n'y aura plus de discussion entre nous, et je pourrai sans crainte faire de vous mon épouse bien-aimée et honorée.

— Je ne le puis, — répondit-elle. — Je n'ai que dix-neuf ans; mais dans les deux dernières années de ma vie, j'en ai fait assez pour briser le cœur de mon père; pour déchirer le cœur du père le plus tendre qui ait jamais respiré sur la terre.

— Alors tout est fini entre nous. Dieu vous pardonne, Aurora; mais d'après votre propre aveu, vous n'êtes pas

faite pour devenir la femme d'un honnête homme. Mon esprit est inaccessible à tous soupçons impurs; mais la vie
passée de ma femme doit être une page blanche et sans
tache, que tout le monde doit être libre d'examiner.

Il se dirigea vers la porte; puis, revenant, il aida la jeune
fille accablée à se relever, et la reconduisit à sa chaise
près de la fenêtre, avec la même exquise politesse que
s'il eût été son cavalier dans un bal. Leurs mains se ren-
contrèrent dans une étreinte de glace comme les mains de
deux cadavres. Cette étreinte avait un caractère lugubre
comme la mort. Que de choses, dans les quelques heures
qui venaient de s'écouler, étaient mortes entre ces deux
êtres! l'espérance, la confiance, la sécurité, l'amour, le
bonheur, tout ce qui nous rattache à la vie.

Bulstrode s'arrêta sur le seuil de la petite chambre, et
reprit la parole.

— J'aurai quitté Felden dans une demi-heure, mademoiselle Floyd, — dit-il, — il vaudra mieux laisser supposer à votre père que le désaccord survenu entre nous a eu
une cause d'une nature insignifiante, et que c'est vous
qui m'avez congédié. J'écrirai de Londres à M. Floyd,
et, si cela vous plaît, je rédigerai ma lettre de façon à l'a-
mener à avoir cette idée-là.

— Vous êtes bien bon, — répondit-elle. — Oui, j'a me-
rais mieux qu'il crût cela. Ce sera lui épargner une nouvelle douleur. Dieu sait que j'ai lieu d'être reconnaissante
pour tout ce qui peut y réussir.

Talbot s'inclina et sortit de la chambre, dont il ferma la
porte derrière lui. Le bruit que fit cette porte résonna tristement à son oreille. Il pensa à quelque frêle et jeune créature abandonnée par les religieuses ses compagnes dans un
tombeau vivant. Il pensa qu'il aurait mieux aimé quitter
Aurora couchée inanimée dans son cercueil que comme il
la quittait alors.

Le second coup de cloche annonçant le dîner sonna au
moment où il passait de la demi-obscurité du corridor à
l'éclat du gaz qui illuminait la salle de billard. Il rencontra
Lucy qui s'avançait vers lui, en faisant entendre le frôle-

ment de la robe de soie qu'elle venait de mettre pour dîner, et qui était pimpante de franges, de rubans, de dentelles, et étincelante de bijoux; il lui en voulut presque de ce qu'elle avait l'air si brillant et si radieux, en se souvenant du pâle et lugubre visage de la pauvre créature abattue qu'il venait de quitter. Nous sommes portés à être horriblement injustes à l'heure de l'épreuve suprême; et je crains que, si quelqu'un eût eu la témérité de demander en ce moment à Talbot son opinion sur Lucy, le Capitaine aurait déclaré qu'elle n'était que frivolité et affectation. Si vous découvrez l'indignité de la seule femme que vous aimiez au monde, vous vous sentirez peut-être mal disposé à l'égard des nombreuses personnes estimables qui vous entourent. Cela vous rend féroce de savoir que ceux dont vous ne vous souciez en rien sont si bons, tandis que celle à qui vous avez donné votre âme est si dépravée. Le navire à bord duquel vous aviez mis toutes les espérances de votre cœur a sombré, et la vue des autres navires qui voguent si légèrement au souffle de la brise soulève votre colère. Lucy recula à l'aspect du visage du jeune homme.

— Qu'est-ce? — demanda-t-elle. — Qu'est-il arrivé, Capitaine Bulstrode?

— Rien.... j'ai reçu une lettre qui m'oblige à....

Sa voix creuse dégénéra en un murmure inintelligible avant qu'il pût achever sa phrase.

— Lady Bulstrode.... ou sir John.... est malade peut-être? — se hasarda à dire Lucy.

Talbot mit son doigt à ses lèvres pâles, et il secoua la tête. Ce geste pouvait signifier n'importe quoi. Il ne pouvait parler. Le vestibule était rempli de visiteurs et d'enfants qui se rendaient au dîner. Le petit monde devait ce jour-là, comme une fête, comme un privilége particulier de la saison, dîner avec les grandes personnes. La porte de la salle à manger était ouverte, et Talbot aperçut vaguement la tête grise de Floyd à l'extrémité d'une longue file de lumière, d'argenterie, de cristaux et de fleurs artificielles. Le vieillard avait ses neveux, ses nièces et leurs enfants groupés autour de lui; mais la place, à sa droite, la place que devait occuper Aurora, était vide. Bulstrode se détourna de ce tableau si gaiement éclairé, et monta à la hâte l'escalier qui conduisait à sa chambre, où il trouva son domestique qui avait apprêté les habits de son maître, et l'attendait tout étonné de ce qu'il n'était pas venu s'habiller.

Cet homme recula en voyant le visage de Talbot d'une pâleur mortelle, que faisait ressortir la lumière des bougies placées sur la table de toilette.

— Je pars, Philman, — dit le Capitaine parlant très-vite et d'une voix troublée et peu distincte; — je pars par le train express de ce soir, si je peux arriver à Londres à temps pour le prendre. Emballez mes effets et partez après moi. Vous pourrez me rejoindre à la station de Paddington. J'irai à pied jusqu'à Beckenham, et je prendrai le premier convoi. Donnez ceci aux domestiques pour moi.

Il tira une poignée d'or et d'argent de sa poche et la mit dans la main de son domestique.

— Aucun malheur n'est arrivé à Bulstrode, j'espère, monsieur? — dit le domestique. — Sir John est-il malade?

— Non, non; j'ai reçu une lettre de ma mère.... Je.... Vous me trouverez au Great Western....

Il prit son chapeau et se hâtait de sortir de la chambre; mais son domestique le suivit avec son pardessus

— Vous vous rendrez malade, monsieur, par une soirée comme celle-ci, — dit le domestique d'un ton de respectueuse remontrance.

Le banquier était debout à la porte de la salle à manger, lorsque Talbot traversa le vestibule. Il disait à un domestique d'aller chercher sa fille.

— Nous attendons tous Mlle Floyd, — dit le vieillard; — nous ne pouvons dîner sans elle.

Sans être vu, grâce à la confusion, Talbot ouvrit doucement la grande porte, et se glissa à l'air froid du soir. La longue terrasse étincelait des lumières qui brillaient au travers des fenêtres hautes et étroites, comme le soir où il était venu pour la première fois à Felden; et devant lui se déployait le parc avec ses arbres nus et sans feuilles, la terre était blanchie d'une légère couche de neige, et au-dessus de lui le ciel était gris et sans étoiles, spectacle froid et désert qui contrastait tristement avec la chaleur et l'éclat qu'il laissait derrière lui. Tout cela était l'image de la crise de sa vie. Il quittait la douce chaleur de l'amour et de l'espérance pour le froid de la résignation ou les glaces du désespoir. Il descendit les marches de la terrasse, traversa les allées coquettes du jardin, et entra dans ce vaste parc mystérieux. La longue avenue, par cette lumière grisâtre, paraissait peuplée de spectres : les réseaux des branches qui s'entrelaçaient au-dessus de sa tête formaient des ombres noires, qui tremblotaient sur le sol blanchi qu'il foulait aux pieds. Il marcha jusqu'à la distance d'un quart de mille avant de se retourner pour regarder en arrière les fenêtres étincelantes. Il ne s'éloigna pas avant qu'un détour de l'avenue ne l'eût amené à un endroit d'où il pût voir la fenêtre, faiblement éclairée, de la chambre où il avait laissé Aurora. Il resta quelque temps à regarder cette pâle lueur, à penser, à penser à tout ce qu'il avait perdu, et à tous les dangers auxquels il avait peut-être échappé, à penser à ce que sa vie allait être désormais sans cette femme, à penser qu'il eût mieux aimé être le plus pauvre garçon de charrue de la paroisse de Beckenham que l'héritier de Bulstrode, s'il avait pu serrer sur son cœur la jeune fille qu'il aimait, et croire à sa pureté

CHAPITRE X

La lutte.

La nouvelle année commença dans la tristesse à Felden, car elle trouva Floyd veillant au chevet de sa fille unique. Le soir du départ de Talbot, Aurora avait pris sa place à la longue table du dîner; et, si ce n'est qu'elles étaient

peut-être un peu plus vives et plus brillantes que d'ordinaire, ses manières n'avaient nullement changé après cette
terrible entrevue. Elle avait causé avec Mellish, joué et
chanté avec ses jeunes cousins; elle s'était tenue derrière
son père, observant ses cartes au milieu de toutes les
chances d'un rob de whist, et le lendemain matin sa femme
de chambre l'avait trouvée atteinte d'une fièvre furieuse,
les joues en feu, les yeux éraillés, ses longs cheveux tout
épars et en désordre sur les oreillers, et les mains sèches et
brûlantes au toucher. Par le télégraphe, on fit venir de
Londres deux graves médecins, qui arrivèrent à Felden
avant midi, et la maison fut abandonnée de tous ses hôtes
à la tombée de la nuit; il ne resta plus que Mᵐᵉ Alexandre
et Lucy pour aider à soigner la malade. Les médecins du
West End dirent fort peu de chose. Cette fièvre avait pour
eux le caractère des autres fièvres. La jeune fille avait
peut-être pris froid; elle avait été imprudente, comme le
sont les jeunes personnes, et elle avait été saisie d'un frisson subit. Elle s'était très-probablement échauffée plus qu'il
ne fallait à danser, ou elle s'était assise dans un courant
d'air, ou elle avait mangé une glace. Il n'y avait pas de danger immédiat à redouter. La malade avait une superbe
constitution; elle était douée d'une vitalité merveilleuse,
et, avec des soins et un bon traitement, elle serait bientôt
sur pied. Le bon traitement voulait dire une visite tous les
jours de chacun de ces deux savants docteurs au prix de
deux guinées; quoique peut-être, s'ils eussent exprimé
leurs plus intimes pensées, ils eussent avoué que, malgré
tout ce qu'on pourrait dire de contraire, Aurora n'avait besoin que de rester tranquille, dans une chambre sans lumière, pour soutenir cette lutte contre elle-même. Mais le
banquier aurait voulu mander tout Royal College au chevet
de son enfant malade, s'il eût pu, par une semblable mesure, lui épargner un instant de souffrance; et il supplia
les deux médecins de venir à Felden deux fois par jour, si
cela était nécessaire, et d'appeler d'autres médecins en
consultation, s'ils avaient la moindre crainte pour leur
malade. Aurora eut un accès de délire; mais dans son

délire elle révéla peu de chose. Je ne crois pas absolument que les gens sous l'influence de la fièvre fassent souvent les aveux magnifiques et sentimentaux que leur attribuent les écrivains et les romanciers. Dans ces moments cruels, dans cette folie fiévreuse, nous divaguons et parlons de choses insensées. Nous souffrons parce qu'il y a dans la chambre un homme avec un chapeau blanc, ou un chat noir sur la courte-pointe; parce que des araignées rampent sur les rideaux, ou qu'un charbonnier veut nous mettre un sac de charbon sur la poitrine. Les fantaisies que nous manifestons dans le délire sont comme nos rêves, et se rattachent très-peu aux chagrins ou aux joies qui composent notre existence.

Aurora parlait de chevaux et de chiens, de maîtres et de gouvernantes, de contrariétés enfantines qui l'avaient affligée plusieurs années auparavant, et de plaisirs de jeune fille que, dans son état normal d'esprit, elle avait complétement oubliés. Elle reconnaissait rarement Lucy ou Mᵐᵉ Alexandre, qu'elle prenait pour toute espèce de personnes improbables; mais elle n'oubliait jamais entièrement son père; elle paraissait même avoir toujours conscience de sa présence, et elle lui adressait constamment la parole, le suppliant de lui pardonner quelque acte de désobéissance commis dans son enfance, pendant ces années passées dont elle parlait tant.

Mellish s'était logé à l'auberge du *Lévrier*, dans la grande rue de Croydon, et se rendait tous les jours à Felden; il laissait son phaéton à la grille du parc, et allait à pied jusqu'à la maison pour y chercher des nouvelles. Les domestiques remarquèrent son visage pâle, et en firent tout de suite un amoureux de leur jeune maîtresse. Ils l'aimaient bien mieux que Bulstrode, qui était trop hautain et trop fier avec eux. John jetait ses derniers souverains à droite et à gauche, quand il venait dans le silencieux château où gisait Aurora, entourée d'amis dévoués. Il tenait par sa boutonnière le valet de pied qui répondait à la porte, et il eût de bon cœur payé à cet homme une demi-couronne dar minute le temps qu'il mettait à lui adresser ses questions empressées, concernant la santé de Mlle Floyd. C'est pourquoi Mellish rencontrait de chaudes sympathies parmi la gent domestique de Felden. Son valet de chambre avait prévenu la valetaille du banquier que son maître était le meilleur maître d'Angleterre, et que Mellish Park était un paradis terrestre conservé pour le bonheur des serviteurs fidèles; et les domestiques de Floyd exprimaient le désir que leur jeune dame pût se rétablir et épouser le *blondin*, comme ils appelaient John. Ils en vinrent à conclure qu'il y avait eu ce qu'ils nommaient une rupture entre Mlle Floyd et le Capitaine, et qu'il s'en était allé dans un accès de mauvaise humeur, ce qui était bien fait pour punir son imprudence, car leur jeune dame aurait des centaines de milliers de livres avant longtemps, et elle était plutôt faite pour un duc que pour un mendiant d'officier.

La lettre de Talbot à Floyd arriva à Felden le 27 décembre; mais elle resta quelque temps sans être ouverte sur la table de la bibliothèque. Dans l'inquiétude que lui causait la situation d'Aurora, Archibald avait à peine fait attention à la disparition de son futur gendre. Quand il ouvrit la lettre, les paroles du Capitaine manquèrent presque de sens pour lui, quoiqu'il fût capable d'en conclure que le mariage avait été rompu, d'après le désir de sa fille, comme Talbot semblait le donner à entendre.

La réponse du banquier à cette lettre fut très-brève. En voici la teneur :

« MON CHER MONSIEUR,

« Votre lettre est arrivée ici il y a quelques jours; mais « elle n'a été ouverte par moi que ce matin. Je l'ai mise de « côté pour y répondre plus longuement à une époque ul- « térieure. Quant à présent, je suis incapable de m'occuper « de rien. Ma fille est gravement malade.

« Votre obéissant serviteur,

« ARCHIBALD FLOYD. »

Gravement malade!

Bulstrode resta près d'une heure, la lettre du banquier

dans la main, les yeux fixés sur ces deux mots. Fallait-il
prendre l'expression dans son acception la plus forte ou la
plus faible ? Un instant, se souvenant de l'amour d'Archibald pour sa fille, il pensa que cette grave maladie était
sans doute une très-légère indisposition, quelque attaque
de nerfs comme en ont les femmes, et commune à toutes
les jeunes filles à la moindre anicroche dans leurs amouret-
tes ; mais cinq minutes après il se figurait que ces mots
avaient une terrible signification, qu'Aurora se mourait, se
mourait de la honte et du supplice que lui avait amenés l'entrevue dans la petite chambre à Felden.

Dieu du ciel ! qu'avait-il fait ? Avait-il assassiné cette belle
créature, qu'il aimait un million de fois plus que lui-même ?
L'avait-il tuée avec ces armes impalpables, ces mots tran-
chants et cruels qu'il avait prononcés le 25 décembre ? Il se
représenta mainte et mainte fois la scène qui avait eu lieu ;
et le sentiment de l'honneur outragé, qui avait tant d'empire
sur lui, semblait devenir vague et confus ; il commençait
presque à se demander pourquoi il s'était querellé avec Aurora. Peut-être, après tout, ce secret ne concernait-il que
quelque folie d'écolière ? Non, son attitude et son visage
pâle donnaient un démenti à cette espérance. Ce secret,
quel qu'il fût, était une question de vie ou de mort pour
Aurora. Il n'osait pas essayer de le deviner , il tâchait de
tenir son esprit en garde contre les soupçons qui l'assail-
laient. Dans les premiers jours qui suivirent ce terrible jour
de Noël, il avait résolu de quitter l'Angleterre. Il devait
chercher à obtenir du gouvernement une place qui le ferait
aller à l'autre bout du monde, où il n'entendrait jamais
prononcer le nom d'Aurora, où jamais ne lui serait dévoilé
le mystère qui était cause de leur séparation. Mais maintenant, maintenant qu'elle était malade, en danger peut-être,
comment pouvait-il quitter le pays ? Comment lui était-il
possible de partir pour un endroit où il pourrait un jour ouvrir les journaux anglais et voir le nom de la jeune fille dans
la liste des décès ?

Talbot était un triste hôte au château de Bulstrode. Sa
mère et sa cousine Constance respectaient la pâleur de son

visage, et s'éloignaient de lui, craintives et tremblantes ;
mais son père lui demanda ce que, diable ! il avait pour
avoir l'oreille si basse, et pourquoi il ne prenait pas son
fusil pour aller courir par les landes et gagner de l'appétit
pour dîner, comme devait faire un chrétien, au lieu de bou-
der dans sa chambre toute la journée, à se mordre le bout
des doigts.

Une fois, une seule fois, lady Bulstrode fit allusion à
Aurora.

— Vous avez, je suppose, demandé une explication à
Mlle Floyd, Talbot? — dit-elle.

— Oui, ma mère.

— Et le résultat?

— A été la rupture de nos engagements. Je préférerais
que vous ne me parlassiez plus de ce sujet, ma mère, s'il
vous plaît.

Talbot prit son fusil, et alla courir par les landes, comme
le lui avait conseillé son père; mais ce ne fut pas pour mas-
sacrer les derniers faisans, mais pour penser en paix à Aurora, que ce jeune homme sortit. Les nuages bas qui pla-
naient au-dessus des landes semblaient le tenir enfermé
comme les murs d'une prison. La distance qui le séparait
de Felden était telle que les gémissements de voix en deuil
pouvaient retentir dans le Kent, sans qu'un murmure funèbre parvînt aux oreilles les plus attentives dans le pays de
Cornouailles. Comme il portait envie au plus humble domestique de Felden, qui savait jour par jour, heure par
heure, les progrès de la lutte engagée entre la mort et Aurora! Et cependant, après tout, qu'était-elle pour lui? Que
lui importait qu'elle allât bien ou mal? La tombe ne pourrait
jamais les séparer plus complétement qu'ils étaient séparés,
du moment qu'il avait découvert qu'elle n'était pas digne
d'être sa femme. Il ne l'avait point accusée, il lui avait
amplement et loyalement fourni l'occasion de se laver du
soupçon qui planait sur son nom; et elle avait été incapable de le faire. Bien plus, par ses manières, elle lui avait
donné tout lieu de supposer que ce soupçon était plus grave
qu'il ne l'avait craint. Était-il donc blâmable? Était-ce sa

faute si elle était malade ? Ses jours devaient-ils être misé-
rables et ses nuits sans sommeil à cause d'elle ? A cette
pensée il frappa violemment la crosse de son fusil à terre,
fourra la baguette dans le canon, et chargea son arme avec
fureur, sans s'apercevoir qu'il n'avait rien mis dedans ; ensuite, s'étendant tout de son long sur l'herbe rase, il resta
couché jusqu'à la tombée de la nuit, laissant la rosée du
soir tremper son costume de chasse, et courant le risque
d'attraper une fièvre rhumatismale.

Je pourrais consacrer des chapitres à raconter les folles
souffrances de ce jeune homme; mais je crains de le rendre
ennuyeux pour mes lecteurs mécontents, pour ceux du
moins qui n'ont jamais souffert douleur pareille. Plus la
maladie est aiguë, moins elle dure de temps; aussi Talbot
ne tarda pas à aller mieux, à reprendre son ancienne mine,
et à rire de ses souffrances passées. Certes, c'est la pire de
toutes que cette inconstance, ce manque de fixité, qui nous
fait dépouiller notre caractère primitif sans plus de remords
que nous en ressentons lorsque nous jetons de côté un vêtement usé. Je pourrais faire de ce livre un énorme appen-
dice au catalogue du Musée britannique, s'il me fallait raconter tout ce que Bulstrode éprouva et souffrit dans le cours
du mois de janvier 1858, s'il me fallait analyser les doutes,
les confusions, les contradictions qui assaillirent son esprit,
les résolutions mentales formées à un moment pour être
abandonnées le moment d'après. Je m'en abstiens donc, et
je me contenterai de constater le fait qu'un certain dimanche,
au milieu du mois, le Capitaine, étant assis dans le banc de
la famille à l'église de Bulstrode, directement en face du
monument de l'amiral Hartley Bulstrode, qui combattit et
mourut sous le règne de la reine Élisabeth, prononça le
muet serment que, aussi vrai qu'il était gentilhomme et
chrétien, il s'abstiendrait à l'avenir d'avoir la moindre communication volontaire avec Aurora. Mais sans ce vœu il aurait fléchi et cédé à l'élan de ses craintes et de son amour;
il serait allé à Felden se jeter, aveuglément et sans demander
aucune explication, aux pieds de la malade.

Les premières feuilles nuançaient d'un vert tendre les
haies qui entouraient Felden ; on venait de sortir du mois
de mars ; et les bourgeons des frênes perçaient leurs noires
enveloppes, les pâles violettes et les primevères formaient
d'odorants réseaux dans les petits recoins à l'ombre des
chênes et des hêtres. Toute la nature se réjouissait de la
douce température d'avril, lorsqu'Aurora leva sur le visage
de son père ses yeux noirs qui semblaient avoir repris leur
ancien éclat et leur charme ordinaire. La lutte avait été longue et rude ; mais elle était bien près de se terminer, selon
le dire des médecins ; la mort vaincue battait en retraite pour
quelque temps, en attendant une meilleure occasion pour
prendre sa fatale revanche ; et celle qui en avait triomphé,
encore faible, devait être portée au-rez-de-chaussée pour
s'asseoir dans le salon pour la première fois depuis la
soirée du 25 décembre.

On accorda à Mellish, qui se trouvait à Felden ce jour-
là, le suprême privilége de porter ce frêle fardeau dans ses
bras robustes depuis la porte de la chambre à coucher jusqu'au grand sofa, près de la cheminée, dans le salon,
escorté d'une procession de gens, heureux de cette besogne, chargés de châles, d'oreillers, de sels, de flacons
d'odeur et autres attirails de malades. Tout être vivant à
Felden était dévoué à cette convalescente adorée. Floyd ne
respirait que pour la soigner. La tendre Lucy la veillait
nuit et jour, craignant de la confier à des mains mercenaires. Mme Powell, comme une ombre pâle et muette, se
cachait au milieu des rideaux de son lit, marchant sur la
pointe du pied, l'œil sans cesse au guet, jouant le rôle d'une
garde inappréciable dans la chambre d'une malade, au dire
des médecins. Pendant toute la durée de sa maladie, Aurora n'avait jamais prononcé le nom de Bulstrode. Pas
même lorsque la fièvre était à son paroxysme et que son
cerveau était le plus dérangé, ce nom, si bien connu de
tous, ne s'était échappé de ses lèvres. Elle avait mainte et
mainte fois répété d'autres noms étrangers à Lucy ; les
divagations de la pauvre jeune fille avaient été entremê-
lées de noms de lieux et de chevaux, de termes techniques

empruntés à l'argot des courses ; mais, quels que fussent ses sentiments à l'égard de Talbot, aucune parole n'en avait révélé ni la profondeur ni la tristesse. Cependant je ne pense pas que ma malheureuse héroïne aux yeux noirs fût absolument insensible sous ce rapport. Quand il fut question pour la première fois de la descendre en bas, Mme Powell et Lucy proposèrent le petit boudoir à fenêtre cintrée, qui était peu spacieux, commode, et ouvrait au midi, comme l'endroit le plus convenable pour la malade ; mais Aurora se récria, en frémissant, et dit qu'elle ne rentrerait jamais dans cette odieuse pièce.

Dès qu'elle fut assez forte pour supporter la fatigue du voyage, on jugea à propos de l'éloigner de Felden, et les médecins indiquèrent Leamington comme le meilleur endroit pour changer d'air. Climat doux, retraite dans l'intérieur des terres, ville silencieuse et tranquille, endroit convenant spécialement aux malades, et presque abandonné par d'autres voyageurs après la saison des chasses.

L'anniversaire de la naissance de Shakspeare était venu et passé, et les grandes fêtes de Stratford étaient terminées, lorsque Floyd conduisit sa fille encore bien pâle à Leamington. On avait loué pour eux un cottage meublé à un mille et demi de la ville : jolie maison, moitié villa, moitié ferme, avec des murs de plâtre blanc marqueté de poutres de bois noir, et presque enterrée dans un jardin magnifique et très-bien entretenu ; séjour charmant, faisant partie d'un groupe de constructions rustiques ramassées autour d'une vieille église grisâtre située dans un coin de la route, où venaient se rencontrer deux ou trois sentiers, qui s'embranchaient entre une bordure de haies verdoyantes ; endroit fort retiré, et cependant retentissant du bruit le plus gai et le plus joyeux de tous : le tintamarre des cours de ferme, le caquetage de la volaille, le roucoulement des pigeons, le beuglement monotone du bétail nonchalant, et le grognement querelleur des cochons qui se chamaillent. Archibald n'aurait pu amener sa fille dans un lieu plus convenable. La maison de plâtre et de bois sembla un port de refuge à la pauvre Aurora dans son abat-

tement. C'était un vrai plaisir pour elle que de se coucher,
enveloppée dans des châles, sur un sofa recouvert de perse,
la fenêtre ouverte, écoutant les bruits champêtres venant
de la cour jonchée de paille située de l'autre côté de la
haie, ayant près d'elle son fidèle Bow-wow, qui allongeait
ses grosses pattes de devant sur les coussins étendus à
ses pieds. Le bruit de la cour de la ferme était plus agréable à l'oreille d'Aurora que les inflexions monotone de la
voix de Mme Powell; mais, comme cette dame considérait
de son devoir de lire tout haut pour récréer la malade,
Mlle Floyd était trop bonne pour avouer combien elle était
lasse de *Marmion,* de *Childe Harold,* d'*Evangeline* et
de *la Reine de Mai,* et combien, dans l'état actuel de son
esprit, aux vers les plus sublimes qu'ait jamais composés
poète mort ou vivant, elle aurait préféré écouter une dis-
pute animée entre une couvée de canards autour de la
mare de la ferme, ou une légère querelle dans le toit à
porcs. La pauvre fille avait beaucoup souffert, et ce rétablissement lent, cette réparation graduelle de ses forces
avait un certain charme qui affectait mollement ses sens.
Sa nature renaissait en même temps que la brillante et
salutaire saison d'été. Comme les arbres du jardin dé-
ployaient une nouvelle vigueur et une beauté nouvelle, de
même la superbe vitalité de sa constitution revenait avec
une grande partie de sa force d'autrefois. Les cruelles blessures avaient laissé des cicatrices après elles, mais elles ne
l'avaient pas tuée après tout; elles ne l'avaient même pas
changée entièrement, car des reflets de l'Aurora d'autrefois
se faisaient jour de plus en plus chez la pâle convalescente; et
Floyd, dont la vie n'était guère qu'une existence par réfrac-
tion, sentait renaître ses espérances lorsqu'il regardait sa
fille. Lucy et sa mère étaient retournées à la villa de Fulham, et avaient repris leurs devoirs de famille, de sorte
que la société de Leamington se composait seulement d'Aurora, de son père et de cette pâle ombre de la bienséance,
la blonde veuve de l'enseigne. Mais ils ne furent pas longtemps sans recevoir une visite. Mellish, ayant adroitement
surpris le banquier dans un moment d'agitation et de con-

fusion à Felden, lui avait arraché une invitation pour Leamington, et, quinze jours après leur arrivée, il présenta
ses formes athlétiques et son blond visage à la petite grille
en bois du cottage. Aurora se prit à rire (c'était la première
fois depuis sa maladie) en voyant ce fidèle adorateur, son
sac de voyage à la main, se diriger, à travers le labyrinthe
de gazon et de parterres de fleurs, vers la fenêtre toute
grande ouverte à laquelle elle et son père étaient assis ; et
Archibald, apercevant ce premier rayon de gaieté sur le visage de sa fille bien-aimée, put bien serrer Mellish dans ses
bras, parce qu'il en avait été cause. Il aurait embrassé un
saltimbanque, ou le paillasse de bas étage d'une barraque de
foire, ou une troupe de chiens et de singes savants, ou tout
ce qui, sur la terre, aurait pu inspirer un sourire à son enfant malade. Comme le monarque oriental des contes des
fées, qui offre toujours la moitié de son royaume et la
main de sa fille à celui qui pourra guérir la princesse de
son mal de tête ou lui arracher sa dent, Archibald aurait
ouvert un compte de banque dans la maison de Lombard
Street, avec une somme fabuleuse pour débuter, à qui-
conque aurait pu procurer du plaisir à cette jeune fille,
qui souriait maintenant pour la première fois de l'année à
la vue de ce gros habitant du comté d'York, à la figure
rosée, qui venait brûler son fol encens sur l'autel de cette
divinité.

Il n'était pas supposable que Floyd n'eût éprouvé aucun
étonnement concernant la cause de la rupture de l'engagement contracté entre sa fille et Bulstrode. Les tourments et
la terreur endurés par lui pendant la longue maladie d'Aurora, n'avaient laissé de place dans son esprit pour aucune
autre pensée ; mais depuis que le danger était passé, il [n'a-
vait pas peu réfléchi sur la brusque rupture survenue entre
les amants. Il s'aventura une fois, dans la première semaine
de leur séjour à Leamington, à parler à sa fille à ce sujet,
et lui demanda pourquoi elle avait le Ccongédié apitaine.
Or, s'il y avait au monde quelque chose d'odieux à Aurora,
c'était le mensonge. Je ne dis pas qu'elle n'en avait jamais
fait un dans le cours de sa vie. Il est certains actes de folie

qui traînent après eux la fausseté et la dissimulation aussi
sûrement que les ombres qui nous suivent lorsque nous
marchons au soleil, et il est rare que nous nous écartions
de la stricte limite du bien sans être entraînés beaucoup
plus loin que nous ne l'avions calculé. Hélas ! mon héroïne
n'est pas sans défaut ; elle ôterait ses souliers pour les donner au pauvre qui marche nu-pieds ; elle s'arracherait le
cœur de la poitrine si, en le faisant, elle pouvait guérir les
blessures qu'elle avait faites au cœur dévoué de son père.
Mais une ombre de folle démence a terni sa jeunesse, et
elle a une terrible moisson à récolter de cette graine semée
à la légère et à expier cruellement cette faute que l'oubli
n'a pas effacée. Cependant, son caractère naturel, c'est la
sincérité, la candeur même ; et il est beaucoup de jeunes
femmes dont la vie a été dirigée et ordonnée avec autant de
soin et d'élégance que les charmants jardins d'un square de
Tyburnia, qui pourraient dire un mensonge de bien meilleure grâce qu'Aurora. Aussi, quand son père lui demanda
pourquoi elle avait congédié Bulstrode, elle ne répondit pas
à sa question, mais elle lui dit simplement qu'elle avait eu
avec lui une querelle des plus pénibles, et qu'elle espérait
ne plus jamais entendre prononcer le nom du Capitaine ;
mais en même temps elle assura à Floyd que la conduite de
son fiancé n'avait été en aucune façon indigne d'un gentleman et d'un homme d'honneur. Archibald obéit aveuglément à sa fille en cette affaire, et, comme on ne prononçait
jamais le nom de Bulstrode, on eût dit que le souvenir de
ce jeune homme était complétement effacé de son existence,
ou qu'il n'avait jamais été pour rien dans la destinée
d'Aurora. Dieu sait ce qu'Aurora ressentait et souffrait
dans la solitude de sa petite chambre, basse de plafond et
ornée de rideaux blancs, par les croisées de laquelle la
douce lumière de la lune de mai pénétrait furtivement et
formait un pâle rayonnement sur les murs. Dieu seul sait
l'amertume de la lutte muette qu'elle soutenait. Sa vitalité
lui donnait la force de souffrir ; sa vive imagination rendait
chaque torture de la douleur plus sensible. Dans une âme
lourde et apathique, le chagrin est une souffrance lente ;

mais chez elle, c'était une émotion violente, orageuse, dans
laquelle le passé et l'avenir semblaient se confondre avec le
présent pour former une poignante douleur concentrée.
Mais, par une sage compensation, un chagrin violent s'use
en raison même de sa violence, tandis qu'une inerte mélancolie traîne sa lente agonie quelquefois pendant de longues années, et finit par s'enterrer dans la nature même du
martyr qui souffre avec patience, comme certaines maladies
deviennent des éléments de nos constitutions. Aurora était
heureuse qu'on la laissât lutter en silence, et souffrir sans
être harcelée de questions. Si les cercles creux et noirs qui
entouraient ses yeux trahissaient des nuits sans sommeil,
Floyd se gardait de la tourmenter en lui prodiguant des
témoignages d'inquiétude et de banales consolations. La
clairvoyance de l'affection lui disait qu'il valait mieux la
laisser tranquille. Aussi le trouble auquel la petite société
était en proie était invisible, aussi n'en parlait-on pas. Aurora avait mis son squelette à l'écart dans quelque coin retiré, et personne ne voyait le crâne à la mine renfrognée,
ou n'entendait le cliquetis de ses os desséchés. Floyd lisait
ses journaux et écrivait ses lettres ; Mme Powell soignait la
convalescente, qui était couchée pendant la meilleure partie
du jour sur un sofa, près de la fenêtre ouverte ; et Mellish
flânait dans le jardin et dans la cour, appuyé sur la porte
blanche peu élevée, fumant son cigare, parlant aux hommes
de l'endroit, entrant dans la maison et en sortant vingt fois
dans une heure. Le banquier réfléchissait quelquefois avec
une perplexité d'un sérieux comique à ce qu'il fallait faire
de ce gros provincial, qui s'attachait à lui. Il l'avait invité à
dîner, et voilà qu'il paraissait l'avoir sur le dos pour toute
la vie. Il ne pouvait dire à cet être affectueux, généreux,
franc, de s'en aller. D'ailleurs, Mellish, en somme, était
très-utile, et il contribuait beaucoup à entretenir, selon
toute apparence, la gaieté d'Aurora. Cependant, d'un
autre côté, était-il bien de leurrer ce cœur bon et aimant?
Était ce juste de laisser ce jeune homme languir à la lumière de ces yeux noirs, puis de le renvoyer quand la malade aurait assez de force pour lui donner son congé ?

Archibald ignorait que Mellish avait été refusé par sa fille un certain matin d'automne, à Brighton. Aussi résolut-il de lui parler franchement, et de sonder les profondeurs de la pensée de son hôte.

Mme Powell faisait du thé à une petite table près d'une des fenêtres; Aurora s'était endormie, un livre ouvert à la main, et le banquier se promenait de long en large, dans une allée bordée d'espaliers, au coucher du soleil.

Archibald fit franchement part de ses inquiétudes à l'habitant du comté d'York.

— Je n'ai pas besoin de vous dire, mon cher Mellish, — dit-il, — combien j'ai de plaisir à vous avoir ici. Je n'ai jamais eu de fils; mais, s'il avait plu à Dieu de m'en donner un, j'aurais désiré qu'il fût franc et noble de cœur comme vous. Je suis un vieillard, et j'ai pu éprouver de grandes peines... ce genre de peines qui pénètrent le cœur plus avant qu'aucun des chagrins qui ont pour point de départ Lombard Street ou la Bourse; mais je me sens plus jeune dans votre société, et je m'aperçois que je m'attache à vous et m'appuie sur vous comme un père pourrait le faire avec son fils. Vous pouvez donc croire que je ne veux pas me débarrasser de vous.

— Je le crois, monsieur Floyd; mais pensez-vous qu'une autre personne veuille se débarrasser de moi? Pensez-vous que je sois un ennui pour Mlle Floyd?

— Non, Mellish, — répondit vivement le banquier. — Je suis sûr qu'Aurora se plaît dans votre société, et elle semble vous traiter presque comme si vous étiez son frère; mais... mais je connais vos sentiments, mon cher ami, et ce que je crains, c'est que peut-être vous ne lui inspiriez jamais un sentiment plus vif au fond du cœur.

— Laissez-moi rester et en courir la chance, monsieur Floyd, — s'écria John, jetant son cigare à travers les espaliers, et s'arrêtant tout à coup sur le chemin sablé, dans la chaleur de son enthousiasme; — laissez-moi rester et en courir la chance. S'il y a quelque désappointement à supporter, je le supporterai comme un homme; je retournerai au Park, et vous ne serez plus jamais importuné de ma présence. Mlle Floyd m'a déjà repoussé une fois; mais peut-être m'étais-je trop pressé. Je suis devenu plus prudent depuis, et j'ai appris à prendre mon temps. Je possède un des plus beaux domaines du comté d'York; je n'ai pas plus mauvaise mine que la généralité de mes semblables, et je ne suis pas plus mal élevé. Je peux ne pas avoir les cheveux droits, un visage pâle et une mine romanesque, à l'instar de Bulstrode. Je puis peser 1 stone ou 2 de plus qu'il n'en faut exactement pour gagner le cœur d'une jeune femme; mais je suis sain d'esprit et de corps. Je n'ai jamais dit un mensonge ni commis une action basse, et j'aime votre fille d'un amour aussi vrai, aussi pur que jamais homme ait ressenti pour une femme. Puis-je tenter ma chance encore une fois?

— Vous le pouvez, John.

— Et ai-je..... je vous remercie, monsieur, de m'appeler John..... ai-je vos bons souhaits pour mon succès?

Le banquier donna une poignée de main à Mellish en réponse à cette question.

— Vous avez, mon cher John, mes souhaits les plus ardents et les plus sincères.

Ainsi trois batailles de cœur étaient engagées dans ce printemps de l'année 1858. Aurora et Talbot étaient séparés l'un de l'autre de toute la longueur et de toute la largeur de la moitié de l'Angleterre, et cependant ils étaient unis par une chaîne impalpable, dont ils s'efforçaient chaque jour de rompre les anneaux, tandis que le pauvre Mellish attendait tranquillement sur l'arrière-plan, soutenant ce rude combat de cœur qui manque rarement de remporter le prix de la lutte, à quelque hauteur ou à quelque distance que ce prix semble être placé.

CHAPITRE XI

Au château d'Arques.

Après cette entrevue avec Floyd, Mellish se mit tout à fait à son aise dans la petite société de Leamington. Personne n'aurait pu être plus tendre, plus respectueux, plus infatigable, et plus dévoué pour le vieillard affligé. Il eût fallu qu'Archibald fût moins qu'humain pour ne pas répondre de quelque façon à ce dévouement. Aussi doit-on peu s'étonner qu'il s'attacha très-vivement à l'adorateur de sa fille. Si Mellish eût été le disciple le plus astucieux de Machiavel, au lieu d'être le plus franc et le plus candide des êtres, je ne pense pas qu'il eût pu adopter un plus sûr moyen de se créer des droits à la reconnaissance d'Aurora que l'affection qu'il témoignait à son père. Et cette affection était d'aussi bon aloi que toute autre chose émanant de cette nature ingénue. Comment pouvait-il faire autrement que d'aimer le père d'Aurora? C'était son père. Il avait un titre souverain au dévouement de l'homme qui l'aimait, *elle;* qui l'aimait, comme John, sans réserve, sans douter de rien, en véritable enfant; de l'amour aveugle, confiant, que l'enfant ressent pour sa mère. Il peut exister des femmes meilleures que cette mère; mais qui le fera croire à l'enfant?

Mellish ne pouvait discuter en lui-même sa passion, ainsi que Bulstrode l'avait fait. Il ne pouvait se séparer de son amour, ni raisonner avec son extravagante folie. Comment pouvait-il se détacher de ce qui était lui-même, plus que lui-même, un autre lui-même plus divin? Il ne faisait aucune question sur la vie passée de la femme qu'il aimait. Il ne cherchait jamais à connaître le secret du départ de Talbot de Felden. Il la voyait belle, séduisante, parfaite, et l'accep-

tait comme un fait considérable, prodigieux, comme la lune
et les étoiles répandant leur lumière sur les parterres rustiques et les allées garnies d'espaliers, pendant les nuits em-
baumées du mois de juin.

Ainsi cette société tranquille coulait lentement et dans un
calme monotone des jours paisibles. Aurora portait son fardeau en silence ; elle supportait sa peine avec le noble courage particulier aux riches organisations comme la sienne ;
et personne ne savait si le serpent avait été arraché de son
sein, ou s'était fait une demeure permanente dans son cœur.
Les soins les plus diligents du banquier ne pouvaient approfondir ce mystère féminin, mais il y avait des moments
où Floyd osait espérer que sa fille était en paix, et que Bulstrode était presque entièrement oublié. En tout cas, il était
sage de se tenir loin de Felden : aussi Floyd proposa-t-il à
sa fille et à Mme Powell un voyage en Normandie. Aurora y
consentit, avec un tendre sourire et en serrant doucement
la main de son père. Elle devina le motif du vieillard, et
reconnut l'amour vigilant qui cherchait à l'éloigner du théâtre de son chagrin. Mellish, qui n'avait pas été invité à être
de la partie, tomba dans un tel transport lorsqu'on lui en
parla, qu'il aurait fallu avoir le cœur bien dur pour refuser
son escorte. Il connaissait, disait-il, chaque coin de la Normandie, et il promettait d'être extrêmement utile à Floyd et
à sa fille, ce qui semblait fort douteux, vu que c'était en
assistant aux steeple-chases de Dieppe qu'il avait appris ce
qu'il connaissait de la Normandie, et que sa science dans
la langue française était fort limitée. Mais, malgré tout cela,
il s'arrangea pour tenir sa parole. Il alla à Londres et engagea un courrier accompli, qui conduisit la petite société
d'une ville dans un village, d'une église à des ruines, et qui
pouvait toujours trouver des chevaux de relais normands pour
les énormes voitures de voyage du banquier. Les voyageurs
allèrent d'endroits en endroits jusqu'à ce que de légères
teintes roses revinssent animer d'éclairs passagers les joues
d'Aurora. Le chagrin est terriblement égoïste. Je crains que
Mlle Floyd n'ait pris jamais en considération les ravages
dont le noble et honnête cœur de Mellish pouvait être victime.

J'ose affirmer que si elle avait jamais réfléchi à cela, elle aurait pensé qu'un habitant du comté d'York, aux larges épaules et ayant six pieds de haut, ne pouvait jamais souffrir sérieusement d'une passion comme l'amour. Elle s'accoutumait à sa société; elle s'accoutumait à avoir son bras robuste tout prêt pour s'appuyer dessus quand elle était fatiguée ; elle s'accoutumait à lui faire porter son album, ses châles et son pliant; elle s'accoutumait à se faire servir fidèlement à chaque occasion par lui, qui était aux petits soins pour elle toute la journée ; elle recevait ses hommages comme une chose toute naturelle; mais en les acceptant tacitement, elle le rendait souverainement heureux, mais d'un bonheur dangereux.

On était à la moitié de septembre, lorsqu'ils pensèrent à s'en retourner en Angleterre; ils s'arrêtèrent quelques jours à Dieppe, où il y avait de nombreux baigneurs, et où l'établissement des bains était tout brillant de lanternes de couleur et retentissait de concerts incessants.

Les premiers jours de l'automne resplendissaient de leur beauté embaumée. Une année s'était presque entièrement écoulée depuis que Bulstrode avait fait à Aurora cet adieu qui, dans un sens du moins, devait être éternel. Aurora et Talbot pouvaient, il est vrai, se rencontrer encore ; mais les deux fiancés, qui s'étaient séparés dans la petite chambre de Felden, ne pouvaient jamais être rien l'un pour l'autre. Entre eux il y avait la mort et la tombe.

Peut-être quelques pensées de ce genre avaient-elles place dans l'esprit d'Aurora, au moment où elle s'assit ayant Mellish à côté d'elle, et qu'elle jeta les yeux sur le paysage varié du haut de la colline sur laquelle les ruines du château d'Arques élèvent encore un fier souvenir d'un temps qui n'est plus. Je ne suppose pas que la fille du banquier s'inquiétât beaucoup de Henri IV ou de toute autre célébrité morte et trépassée qui ait laissé la trace de son nom sur ce sol. Elle savourait tranquillement la pureté parfaite et la douce mollesse de l'air, l'azur foncé du ciel sans nuage, et admirait les bois étendus, les plaines fertiles, les vergers dont les arbres étaient surchargés de fruits vermeils, les petits ruisseaux, les chaumières blanches, à l'apparence de villas, les jardins épars, dispersés sur le superbe panorama déployé à ses pieds. Arrachée à la douleur par l'extase sensuelle que nous puisons dans la nature, et découvrant pour la première fois en elle-même un vague sentiment de bonheur, elle commençait à s'étonner de survivre depuis tant de mois à son chagrin.

Pendant ces longs et fastidieux mois, elle n'avait jamais entendu parler de Bulstrode; tout aurait pu lui survenir sans qu'elle l'eût su. Il aurait pu se marier; il aurait pu choisir une fiancée plus fière et plus digne de lui pour partager son nom altier. Elle pourrait le rencontrer à son retour en Angleterre avec cette femme plus heureuse qu'elle appuyée sur son bras. Quelque bon ami dirait-il à la fiancée combien Talbot avait aimé et recherché la fille du banquier? Aurora s'aperçut qu'elle avait pitié de cette femme plus heureuse qu'elle, qui, après tout, ne possèderait que le second amour de ce cœur orgueilleux, le pâle reflet d'un soleil qui s'était couché, la faible lueur d'un feu expirant après l'extinction de la grande flamme. On lui avait fait un lit avec des châles et des couvertures de voyage, étendus sur une chaise rustique, car elle était encore loin d'être forte, et elle était couchée à la brillante clarté du soleil de septembre, regardant le beau paysage, et écoutant le bourdonnement des scarabées et le cri des cigales sur le gazon uni.

Son père était allé à quelque distance avec Mme Powell, qui explorait toutes les crevasses et toutes les fentes des ruines avec la persévérance particulière aux gens habitués aux banalités; mais le fidèle Mellish ne bougeait jamais d'à côté d'elle. Il observait son visage plongé dans la méditation, essayant d'en lire le secret, essayant de puiser un rayon d'espérance dans une expression qu'il pouvait y surprendre par hasard. Ni lui ni elle ne savaient depuis combien de temps il l'a comtemplait ainsi, lorsque, se tournant pour lui parler du paysage qui se déroulait à ses pieds, elle le trouva à ses genoux, la suppliant d'avoir pitié de lui, de l'aimer, ou de le laisser l'aimer : ce qui était à près la même chose.

— Je ne m'attends pas à ce que vous m'aimiez, Aurora,
— dit-il d'un ton passionné ; — comment m'aimeriez-vous?
Qu'y a-t-il chez un gros garçon gauche comme moi pour mériter votre amour ? je ne demande pas cela. Je vous demande seulement de me laisser vous aimer, de me laisser
vous adorer, comme les gens que vous voyez ici s'agenouiller
dans les églises adorent leurs saints. Vous ne me repousserez
pas, n'est-ce pas, Aurora, parce que je prétends oublier ce
que vous m'avez dit en ce jour cruel à Brigthon? Vous n'auriez jamais souffert que je restasse si longtemps avec vous,
et que je fusse si heureux, si vous aviez eu l'intention de me
repousser à la fin! Vous n'auriez jamais pu être si cruelle !

Mlle Floyd le regarda, et son visage trahit une terreur subite. Qu'était-ce ? Qu'avait-elle fait? Encore du mal, encore
un malheur ! Sa vie devait-elle être une suite perpétuelle
de mauvaises actions? Devait-elle donc toujours affliger
de braves cœurs ? Ce Mellish devait-il être une nouvelle
victime de sa folie ?

— Oh ! pardonnez-moi ! — s'écria-t-elle, — pardonnez-
moi ! je n'ai jamais pensé....

— Vous n'avez jamais pensé que chaque jour passé à vos
côtés doit rendre plus cruelle et plus poignante la douleur de
se séparer de vous. O Aurora, les femmes devraient penser
à ces choses! Éloignez-moi de vous, et que deviendrais-je?...
un pauvre être, bon à rien de mieux qu'à s'occuper de courses et de paris; un être désolé, indifférent à tout, prêt à mal-
faire à la première occasion qui m'y entraînera; méprisable
aux yeux d'autrui et à mes propres yeux. Vous devez avoir
vu de ces hommes-là, Aurora, des hommes dont la jeunesse
sans tâche promettait un âge mûr honorable, mais qui chan-
gent tout à coup et s'en vont à leur perte en quelques années de folle dissipation. Neuf fois sur dix une femme est la
cause de ce changement subit. Je mets ma vie à vos pieds,
Aurora: je vous offre plus que mon cœur.... je vous offre
ma destinée. Disposez-en à votre gré.

Dans son agitation, il se leva et marcha à quelques pas
d'elle. Les créneaux recouverts d'herbe fuyaient en pente
à ses pieds; un fossé extérieur et un fossé intérieur étaient

béants au-dessous de lui, au fond d'un talus escarpé. Quel endroit convenable pour un suicide, si Aurora refusait d'avoir pitié de lui! Le lecteur doit convenir qu'il avait usé de beaucoup d'artifice en adressant la parole à Mlle Floyd. Son appel avait pris la forme d'une accusation plutôt que d'une prière, et il avait fait exactement comprendre à cette pauvre fille la responsabilité qu'elle encourrait en le repoussant. Et cela, il faut l'avouer, est une bassesse dont les hommes se rendent souvent coupables dans leur conduite à l'égard des femmes.

Mlle Floyd leva les yeux sur son amant avec un sourire calme et presque triste.

— Asseyez-vous là, monsieur Mellish, — dit-elle, en lui indiquant un pliant à côté d'elle.

John prit le siége qu'on lui désignait, de l'air d'un prisonnier qui prend place au banc des accusés pour répondre à une accusation capitale.

— Vous dirai-je un secret?... — demanda Aurora, regardant avec compassion son visage pâle.

— Un secret?...

— Oui, le secret de ma séparation d'avec M. Bulstrode. Ce n'est pas moi qui l'ai congédié de Felden; c'est lui qui a refusé de remplir son engagement avec moi.

Elle parlait lentement, à voix basse, comme s'il lui était pénible de prononcer des paroles qui révélaient une si profonde humiliation.

— Il vous a refusée! — s'écria Mellish, se levant, rouge de fureur, comme s'il eût voulu courir chercher Bulstrode pour le châtier.

— Oui, John, et il avait le droit d'agir ainsi, — répondit Aurora gravement. — Vous auriez agi de même.

— O Aurora!... Aurora!...

— Vous agiriez de même. Vous êtes homme de bien comme lui, pourquoi auriez-vous un sentiment d'honneur moins prononcé que le sien? Il s'est élevé entre M. Bulstrode et moi une barrière qui nous a séparés pour toujours. Cette barrière, c'est un secret.

Elle lui parla alors de l'année de sa jeunesse dont elle ne pouvait rendre compte, et comment Talbot avait insisté pour avoir une explication qu'elle avait refusé de lui donner.

John l'écouta d'un air pensif, qui se changea en un rayonnement, lorsqu'elle se tourna vers lui et lui dit :

— Comment auriez-vous agi en pareil cas, monsieur Mellish ?

— Comment j'aurais agi, Aurora?... j'aurais eu confiance en vous. Mais je puis faire une meilleure réponse à votre question, Aurora. Je puis y répondre en vous réitérant la prière que je vous ai adressée il y a cinq minutes. Soyez ma femme.

— Malgré ce secret?

— Malgré cent secrets ! Je ne pourrais vous aimer comme je le fais, Aurora, si je ne croyais pas que vous fussiez la meilleure et la plus pure des femmes. Je ne peux pas croire cela un instant, puis douter de vous l'instant d'après. Je remets ma vie et mon honneur en vos mains. Je ne les confierais pas à la femme que je pourrais insulter par un doute.

Pendant qu'il parlait, son beau visage saxon rayonnait d'amour et de franchise. Tout son dévouement patient, auquel elle avait été si longtemps sans faire attention ou qu'elle avait accepté comme une chose toute naturelle, revint à l'esprit d'Aurora. Ne méritait-il pas une récompense, une compensation en retour de tout cela? Mais il y avait quelqu'un qui lui était plus proche et plus cher, plus cher que Bulstrode même ne l'avait jamais été, et cette personne, c'était le vieillard à cheveux blancs qui se promenait dans les ruines, de l'autre côté de la plate-forme.

— Mon père sait-il cela, monsieur Mellish? —demanda-t-elle.

— Oui, Aurora. Il m'a promis de m'accepter pour fils; et Dieu sait que j'essayerai de mériter ce nom. Ne me laissez pas vous affliger, Aurora. Je sais tout à présent.

Vous, vous savez que je vous aime encore, que j'espère encore. Laissez le temps faire le reste.

Elle lui tendit les deux mains avec un sourire mêlé de larmes. Il prit ses deux petites mains dans les siennes qui étaient si larges, et se pencha pour les baiser respectueusement.

— Vous avez raison, — dit-elle; — que le temps fasse le reste. Vous êtes digne de l'amour d'une femme meilleure que moi, John; mais, avec l'aide de Dieu, je ne vous donnerai jamais sujet de regretter la confiance que vous avez en moi.

CHAPITRE XII

L'idiot.

Au commencement d'octobre, Aurora retourna à Felden, fiancée encore une fois. Les familles du comté ouvrirent de grands yeux, quand le bruit parvint à leurs oreilles que la fille du banquier allait se marier, non pas avec M. Bultrode, mais avec M. Mellish, de Mellish Park, près de Doncastre. Les demoiselles non mariées, assez nombreuses aux environs de Beckenham et de West Wickham, n'approuvèrent pas tout ce troc, tout ce changement. Elles reconnaissaient la souillure du sang des Prodder dans cette inconstance. Les paillettes et la sciure de bois perçaient, et Aurora était bien, comme elles l'avaient toujours dit, la fille de sa mère.

Mme Alexandre et Lucy revinrent à Felden pour aider aux préparatifs de la noce. Lucy avait repris bien meilleure mine depuis l'hiver précédent; ses tendres yeux bleus brillaient d'une lumière qui exprimait plus de bonheur intérieur; ses joues étaient teintes de couleurs qui indiquaient

une meilleure santé; mais elle devint d'un rouge cramoisi
la première fois qu'elle revit Aurora, et évita un peu les
caresses de Mlle Floyd.

La noce devait avoir lieu à la fin de novembre. La fiancée
et le fiancé devaient passer l'hiver à Paris, où Floyd irait
les rejoindre; puis ils devaient revenir en Angleterre à
temps pour les courses de Newmarket, car, je le dis à
regret, après avoir si heureusement réussi dans son affaire d'amour, ce jeune homme avait laissé ses idées rentrer dans leur voie accoutumée; et la créature qui lui était
la plus chère au monde après Mlle Floyd et les personnes
de sa famille, était une pouliche baie appelée *Aurora*,
et inscrite pour concourir aux Oaks et au Saint-Léger de
l'année suivante.

Dois-je excuser mon héroïne d'avoir oublié Bulstrode, et
de témoigner une reconnaissance affectueuse à ce jeune
Mellish qui l'adore? Elle aurait dû sans doute mourir de
honte et de douleur après le cruel abandon de Talbot; et
Dieu sait que c'était grâce seulement à sa jeunesse et à sa
forte constitution qu'elle était parvenue à soutenir une lutte
très-rude avec le monstre farouche qui monte le pâle coursier; mais une fois qu'elle fut sortie de ce terrible combat,
elle était, quoique faible encore, en voie de rétablissement.
Pour tuer, ces chagrins passionnés doivent tuer tout d'un
coup. Aurora parcourait les salles de Felden dans lesquelles Talbot avait si souvent marché à côté d'elle; et
s'il subsistait un regret dans son cœur, c'était une tristesse calme, comme nous en ressentons pour les morts,
une tristesse à laquelle ne se mêlait pas de pitié, car elle
pensait que l'orgueilleux fils de sir John Raleigh Bulstrode aurait pu être plus heureux s'il avait été aussi généreux et aussi confiant que Mellish. Le signe le plus rassurant de l'état de sa santé était peut-être qu'elle pouvait
parler de Talbot librement, gaiement, et sans rougir. Elle
demanda à Lucy si elle avait rencontré le Capitaine Bulstrode cette saison, et la petite hypocrite dit à sa cousine
que oui, qu'il leur avait parlé un jour dans le Park, et
qu'elle croyait qu'il était entré au Parlement. Elle *croyait!*

Elle savait son discours de début par cœur, quoiqu'il eût été prononcé à propos d'un projet de loi de nature à ne pas exciter le plus mince intérêt, et dans lequel les mines du pays de Cornouailles étaient vaguement confondues avec le cadastre national; et elle aurait pu le répéter aussi exactement que son plus jeune frère aurait pu déclamer une harangue aux « Romains, concitoyens et amis. » Aurora pouvait l'oublier, et bassement épouser un blond habitant du comté d'York ; pour Lucy, le monde ne renfermait que ce chevalier au visage sombre, avec ses sévères yeux gris et sa jambe raide. Aussi la pauvre Lucy aimait et était reconnaissante envers sa brillante cousine de cette inconstance qui avait amené un pareil changement dans le programme des noces joyeuses qui devaient se célébrer à Felden. La jeune et belle confidente, la demoiselle d'honneur pouvait maintenant assister à la cérémonie de bonne grâce. Elle ne se traînait plus comme un cadavre vivant; mais elle prenait de tout cœur l'intérêt d'une femme à cette affaire, et était vivement engagée dans une discussion relative aux mérites respectifs du rose et du bleu pour les chapeaux des demoiselles d'honneur.

Le bruyant bonheur de Mellish semblait contagieux et animer l'air qu'on respirait dans le grand château de Felden. Le robuste André était enchanté du choix de sa jeune cousine. On ne lui refusait plus de l'accompagner à la chasse; mais la moitié du comté déjeunait à Felden, et la longue terrasse et les jardins resplendissaient d'habits rouges.

Pas une ride ne troubla le paisible cours de ces courtes fiançailles. L'habitant du comté d'York s'appliquait à se rendre agréable à toutes les personnes de la famille de sa divinité aux yeux noirs. Il flattait leurs faiblesses, satisfaisait leurs caprices, étudiait leurs désirs, et leur faisait une cour si insidieuse, que je crains bien qu'on ne fit des comparaisons suscitées par l'envie entre John et Talbot, au désavantage du jeune et fier officier.

Il était impossible que la moindre querelle s'élevât entre les deux fiancés; car John suivait partout sa maîtresse,

comme un esclave qui ne vivait que pour obéir à ses ordres;
et Aurora acceptait son dévouement avec la grâce d'une
sultane, ce qui lui allait à ravir. Elle se remit à visiter les
écuries de son père, et inspecta ses chevaux pour la première
fois depuis qu'elle avait quitté Felden pour la pension de
Paris. Elle se remit à chevaucher par la campagne, portant
un chapeau qui provoqua de nombreuses critiques, un chapeau qui n'était autre que celui généralement adopté aujourd'hui, mais qui était une mode tout à fait nouvelle en
l'automne de 1858. Elle parut enfin reprendre sa première
jeunesse. On eût presque dit que les deux ans et demi pendant lesquels elle avait quitté la maison paternelle et y était
revenue, avait rencontré Bulstrode et s'en était séparée,
avaient été effacés de sa vie, laissant son enjouement aussi
frais et aussi brillant qu'il était avant l'entrevue orageuse
qui avait eu lieu dans le cabinet de son père, au mois de
juin 1856.

Les familles du comté vinrent au mariage à l'église de
Beckenham, et furent obligées d'avouer que Mlle Floyd était
merveilleusement belle avec sa couronne virginale de fleurs
d'oranger et son grand voile de Malines; elle avait fortement insisté pour se marier en chapeau; mais il avait fallu
céder à la décision suprême de ses cousines. Gunter fut
chargé des approvisionnements du repas de noce, et, pour
diriger les apprêts, il envoya à Felden un homme qui avait
une mise et un extérieur plus superbes et plus magnifiques
que ceux d'aucun des invités du Kent. Pendant toute la
matinée de ce fameux jour, John ne fit que rire et pleurer
tour à tour. Dieu sait combien il donna de poignées de
main à Floyd; il emmenait le banquier dans des coins solitaires, et lui jurait, ses grosses joues inondées de larmes,
d'être un bon mari pour la fille du vieillard. De sorte que
ce dut être un soulagement pour le vieil Écossais de voir
Aurora descendre l'escalier en laissant traîner sur le par-
quet sa robe de moire antique violette, entourée de ses demoiselles d'honneur, pour venir prendre congé de son cher
père, avant que les coursiers qui se cabraient eussent
emporté M. et Mme Mellish au plus prosaïque des relais

conjugaux, à la station du Pont-de-Londres. Mme Mellish! Oui, elle était maintenant Mme Mellish. Bulstrode lut l'annonce de son mariage dans cette même colonne du journal où il avait pensé peut-être voir sa mort. Comme le roman finissait platement! Quel triste dénoûment pour cet orage! et quel ciel gris, banal, ordinaire succédait aux terreurs de l'éclair! Moins d'une année auparavant, l'univers lui avait semblé s'affaisser et la création s'arrêter par suite du trouble que lui-même éprouvait; et maintenent il était membre du Parlement, faisait des lois pour les mineurs du pays de Cornouailles, et prenait du corps, à ce que disaient ses malveillants amis; et elle, elle qui, conformément à toutes les convenances dramatiques, aurait dû mourir tout de bon longtemps avant cela, elle avait épousé un propriétaire du comté d'York; et elle prendrait sans doute sa place dans le comté, jouerait le rôle de dame de charité dans le village, serait la principale dame patronnesse des bals à l'occasion des courses, et vivrait heureuse par la suite. Il froissa le numéro du *Times*, et le jeta loin de lui de rage et de mortification.

— Et dire que j'ai autrefois pensé qu'elle m'aimait! — s'écria-t-il.

Et elle vous a aimé, Talbot; elle vous a aimé comme elle ne pourra jamais aimer ce brave, ce généreux, ce dévoué John, bien qu'elle puisse s'habituer peu à peu à lui témoigner une affection qu'il est peut-être préférable de posséder. Elle vous a aimé avec la passion romanesque et l'admiration respectueuse d'une jeune fille; et elle a essayé de refaire sa propre nature, afin de pouvoir être digne de votre sublime supériorité. Elle vous a aimé comme les femmes aiment seulement dans leur première jeunesse, et comme il est rare qu'elles aiment les hommes qu'elles finissent par épouser. L'arbre n'en devient peut-être que plus fort lorsqu'on émonde les premiers rameaux pour faire place à des branches vigoureuses et étendues, sous lesquelles un époux et des enfants peuvent s'abriter.

Mais Talbot ne pouvait voir tout cela. Il ne voyait que cette annonce de quelques lignes dans le *Times :*

« AURORA, *fille unique* d'ARCHIBALD FLOYD, *banquier*, de Felden Woods, comté de Kent, avec JOHN MELLISH, *Esquire*, de Mellish Park, près de Doncastre. »

Il s'en voulait de son amour d'autrefois, et il s'en voulait encore davantage de ressentir de la colère. Il s'enfonça avec fureur dans les documents officiels, pour se préparer à la session prochaine; puis il reprit son fusil, alla courir par les landes stériles, comme il avait fait dans la première violence de son chagrin, et erra sur le sombre rivage de la mer, où il extravagua en songeant à son « Amy au cœur vide, » et essaya le diapason de sa voix, en attendant le retour des ides de février, et le dépôt sur le bureau du Président du projet de loi en faveur des mineurs du pays de Cornouailles.

Vers la fin de janvier, les domestiques de Mellish Park firent les préparatifs pour l'arrivée de John et de sa femme. Ce fut une besogne toute d'affection dans cette maison en désordre; car tous étaient enchantés que leur maître eût quelqu'un pour le retenir chez lui, que l'on régalât le comté, et que l'on donnât des fêtes dans ce vaste et désordonné manoir. Des architectes, des tapissiers et des décorateurs s'étaient activement mis à l'ouvrage pendant les courtes journées d'hiver, pour apprêter des appartements pour Mme Mellish; et l'aile occidentale, ou, comme on l'appelait, l'aile gothique du bâtiment avait été restaurée et reconstruite pour Aurora sur un nouveau modèle, au point que les chambres plafonnées en chêne étincelaient de vermillon et d'or, comme une chapelle du moyen âge. Si John avait pu dépenser la moitié de sa fortune afin d'acheter un œuf de roc pour le suspendre dans ces appartements, il l'aurait fait avec plaisir. Il était si fier de sa femme, qui ressemblait à Cléopâtre, de son bijou sans parallèle parmi toutes les pierres précieuses, qu'il s'imaginait ne pouvoir faire construire une châsse assez riche pour y renfermer son trésor. Aussi la maison de laquelle de braves gentilshommes campagnards et leurs sensibles épouses s'étaient contentés pendant près de trois siècles, fut presque mise sens dessus dessous avant que John la trouvât digne de la

fille du banquier. Les entraîneurs, les grooms et les garçons d'écurie haussaient les épaules, et crachaient dédai-
gneusement des brins de paille sur le pavé de la cour des
écuries, lorsqu'ils entendaient le retentissement des outils
des tailleurs de pierres et des vitriers occupés à la façade
des appartements restaurés. Les écuries ne seraient plus
rien maintenant, supposaient-ils, et M. Mellish serait toujours
pendu au cordon du tablier de sa femme. Ce fut un soulagement pour eux d'apprendre que Mme Mellish était passionnée pour l'équitation et la chasse, et qu'en temps et lieu elle
prendrait le goût des courses de chevaux, comme étant la
récréation légitime d'une femme de son rang et de sa fortune.

Les cloches de l'église du village sonnèrent à toute volée
un joyeux carillon, lorsque la voiture à quatre chevaux qui
était allée à Doncastre, au-devant de John et de son épouse,
franchit les grilles de Mellish Park et enfila la longue avenue
qui menait au portail demi-gothique et demi-roman de la
grande porte. De robustes gosiers campagnards poussèrent de
sonores hourras, en signe de bienvenue, au moment où
Aurora descendit de voiture, passa sous le proche, et entra
dans le vieux vestibule décoré en bois de chêne, qui avait
été tendu de verdure et orné de devises faites avec des
fleurs, au milieu desquelles figuraient la légende : VEL-
COMETO MELISH ! et autres inscriptions affectueuses du
même genre, plus remarquables par leur signification bienveillante que par la rigueur de leur orthographe. Les domestiques furent ravis du choix de leur maître. Aurora était
d'une beauté si éblouissante, que ces simples êtres l'ac-
cueillirent comme la lumière du soleil et ressentirent, au
rayonnement de ces charmes, une douce chaleur que la
perfection la plus régulière n'aurait jamais pu inspirer. En
effet, un profil grec eût été sans influence sur les domestiques, dont le goût peu cultivé était plus disposé à reconnaître la richesse du teint que la pureté des formes. Ils ne
pouvaient s'empêcher d'admirer les yeux d'Aurora, qu'ils
déclarèrent à l'unanimité être de véritables brillants, la
blancheur éclatante de ses dents, qui étincelaient entre deux
lèvres du plus bel incarnat, la vive rougeur qui animait sa

peau légèrement olivâtre, et les reflets pourprés de l'épaisse couronne formée par les bandeaux de ses cheveux. Sa beauté avait ce cachet de richesse et de magnificence qui fait toujours le plus grand effet sur les masses, et la séduction de ses manières avait une puissance magique sur les gens simples. Je me perds quand j'essaye de décrire les ivresses féminines, le charme prodigieux exercé par cette sirène aux yeux noirs. Certes, le secret de sa puissance de charmer devait résider dans la prodigieuse vitalité de sa nature, qui faisait qu'elle portait avec elle la vie et l'entrain comme son atmosphère, et qu'en la respirant les gens mornes devenaient gais par l'influence de sa présence; ou peut-être le véritable charme de ses manières consistait-il dans cette enfantine et exquise ignorance d'elle-même, qui en faisait sans cesse un être nouveau, toujours ardent et sympathique, vivement sensible à tous les chagrins d'autrui, quoique d'un caractère primitivement gai à l'extrême.

Mme Powell avait été transportée de Felden à Mellish Park; elle était installée confortablement dans son coquet appartement, quand arrivèrent les nouveaux époux. La femme de charge dut abandonner le pouvoir exécutif à la veuve de l'enseigne, qui devait décharger Aurora de tous les tracas de l'administration.

— Dieu garde vos amis d'avoir à jamais à manger un dîner commandé par moi, John, — dit Mme Mellish, faisant franchement l'aveu de son ignorance; — je suis enchantée aussi de ne pas avoir à mettre cette pauvre créature sur le pavé. Ces longues colonnes d'annonces dans le *Times* me font mal au cœur quand je pense aux épreuves par lesquelles une gouvernante doit passer. Je ne puis m'étendre à mon aise dans ma voiture et « jouir de mes avantages, » comme dit Mme Alexandre, quand je songe aux souffrances d'autrui; je suis plutôt portée à être mécontente de mon sort et à penser que c'est une pauvre chose, après tout, que d'être riche et heureuse dans un monde où il faut qu'il y ait tant de gens qui souffrent; aussi suis-je charmée que nous puissions donner quelque chose à faire à Mme Powell à Mellish Park.

La veuve de l'enseigne se réjouissait énormément de rester dans une maison aussi confortable, mais elle ne remerciait pas Aurora des bienfaits dont la comblait la fille du banquier. Elle ne la remerciait pas, parce qu'elle la haïssait. Pourquoi la haïssait-elle? Elle la haïssait à raison même des bienfaits qu'elle en recevait, ou plutôt parce Aurora avait le moyen de répandre ces bienfaits. Elle la haïssait de la haine que les créatures paresseuses, apathiques, étroites d'esprit portent aux êtres francs et généreux. Elle la haïssait de la haine que l'envie porte toujours à la prospérité, comme Aman haïssait Mardochée du haut de son trône, et comme haïrait un homme du caractère d'Aman fût-il le plus grand souverain de l'univers. Si Mme Powell eût été duchesse et Aurora balayeuse de rues, elle lui aurait encore porté envie; elle lui aurait envié ses yeux éblouissants, ses dents éclatantes, son port d'impératrice, et son âme généreuse. Cette femme pâle, aux cheveux demi-châtains, se sentait méprisable en la présence d'Aurora, et elle était piquée de la riche vitalité de cette nature, qui lui donnait conscience de l'inertie de la sienne. Elle détestait Mme Mellish parce que celle-ci possédait des qualités qu'elle savait être des dons plus précieux que toutes les richesses de la maison Floyd, Floyd et Floyd fondues en un lingot d'or. Mais il ne convient pas à une personne en service de haïr, si ce n'est d'une façon décente et en femme bien élevée, en secret, dans les sombres replis de son âme; en parant son visage d'un sourire invariable, sourire qu'elle revêt tous les matins en mettant son col propre, et dont elle se dépouille le soir en allant se coucher.

Or, comme par une sage disposition de la Providence, il n'est pas possible qu'une personne en haïsse une autre sans que celle-ci ait une vague idée de ce mauvais sentiment. Aurora s'apercevait que l'attachement de Mme Powell pour elle n'était pas des plus profonds. Mais l'insouciante jeune femme ne cherchait pas à sonder la profondeur de l'inimitié que pouvait recéler le cœur de sa gouvernante.

— Elle n'est pas folle de moi, la pauvre créature, — disait-elle, — j'ose même dire que je la tourmente et l'ennuie avec mes extravagances inconsidérées. Si j'étais comme cette chère petite Lucy, qui est si réfléchie maintenant....

Et, haussant les épaules et sans finir la phrase commencée, Mme Mellish bannit de son esprit ce sujet sans importance.

On ne peut s'attendre à voir des êtres nobles, courageux, prendre ombrage des gens calmes. Cependant, dans les grands drames de la vie, ce sont les gens calmes qui font le mal. Iago n'était pas un personnage bruyant, quoique, Dieu merci! ce n'est plus la mode de le représenter comme un fourbe rampant à qui le plus insensé des Maures n'aurait pu se fier.

Aurora jouissait d'une vie paisible. Les tempêtes qui avaient failli faire naufrager sa barque inexpérimentée étaient passées, et l'avaient laissée sur un rivage sûr et fertile. Les chagrins qu'elle avait causés à son père, quels qu'ils fussent, n'avaient pas été mortels; et le vieux banquier paraissait très-heureux, lorsqu'il vint, au mois d'avril, voir le jeune couple à Mellish Park. Parmi tous les familiers de ce vaste manoir, il n'y avait qu'une personne qui ne faisait pas chorus avec l'enthousiasme général quand on parlait de Mme Mellish, et cette personne occupait un rang si insignifiant, que les domestiques ses camarades ne se souciaient guère de son opinion. C'était un homme de quarante ans environ, qui était né à Mellish Park, et qui rôdait dans les écuries depuis son enfance, faisant toute espèce de petites besognes pour les grooms, et passant, quoique un peu idiot dans les affaires ordinaires, pour un connaisseur très-expert en fait de chevaux. Cet homme se nommait Stéphen; on l'appelait plus communément Steeve Hargraves. C'était un gaillard trapu, à larges épaules, ayant une grosse tête, une figure pâle et effarée, une figure dont la pâleur cadavéreuse semblait presque surnaturelle, des yeux d'un brun rougeâtre, et des sourcils roux et épais, formant une espèce de voûte au-dessus de ses yeux dont l'expression ordinaire était sinistre. C'était un de ces individus qu'on dit généralement avoir la mine *repoussante*, dont on se recule avec un sentiment instinctif de dégoût, nullement

malveillant ni injuste, sans doute ; car on n'a pas le droit
d'en vouloir à un homme, parce qu'il a un vilain regard, de
longues touffes de poils roux et hérissés qui se rencontrent
sur le dos de son nez, et de gros pieds cagneux, qui semblent écraser et détruire tout ce qui se trouve sur leur
passage. Telle était la pensée d'Aurora, lorsque, quelques
jours après son arrivée au Park, elle vit Hargraves pour la
première fois sortir de la sellerie ayant une bride passée
dans le bras. Elle s'en voulut du tressaillement involontaire
qui la fit reculer à la vue de cet homme, qui, à une petite
distance, était en train de polir les ornements de cuivre
d'un harnais, et regardait furtivement Mme Mellish qui,
appuyée sur le bras de son mari, parlait à l'entraîneur des
poulains qui paissaient dans les prairies en dehors du
Park.

Aurora demanda quel était cet homme.

— Son nom est Hargraves, madame, — répondit l'entraîneur, — mais nous l'appelons Steeve. Il est un peu
toqué, comme nous disons ici, mais il se rend utile dans
les écuries quand cela lui plaît ; car il est d'un caractère
un peu bizarre, et personne de nous n'a jamais été capable
d'avoir le dessus sur lui, comme monsieur le sait.

Mellish se prit à rire.

— Non, — dit-il ; — Steeve fait à peu près à sa guise
dans les écuries, à ce que je crois. Il y a vingt ans, c'était
le groom favori de mon père ; mais il a fait une chute à la
chasse, il s'est blessé à la tête, et depuis il n'a jamais été
tout à fait bien. Naturellement ce malheur, joint à la considération que mon père avait pour lui, lui donne des
droits à notre bienveillance, et nous endurons ses bizarreries,
n'est-ce pas, Langley ?

— Oui, monsieur, — dit l'entraîneur, — quoique, sur
mon honneur, j'aie quelquefois peur de lui, et que je
pense qu'un beau jour il se lèvera au milieu de la nuit et
assassinera quelqu'un de nous.

— Pas avant que quelqu'un de vous ait gagné un plein
chapeau d'argent, Langley. Steeve aime trop l'argent pour
assassiner quelqu'un pour rien. Vous allez voir sa figure

s'illuminer tout de suite, Aurora, — dit John, en faisant signe à l'homme d'écurie d'approcher. — Viens ici, Streve. Mme Mellish désire que tu boives à sa santé.

Il jeta un souverain dans la large main musculeuse de l'homme, une vraie main de gladiateur, avec une chair calleuse et des nerfs de fer. Les yeux rouges de Steeve étincelèrent pendant que ses doigts se refermaient étroitement sur la pièce de monnaie.

— Je vous remercie bien, madame, — dit-il en portant la main à sa casquette.

Sa voix basse et étouffée contrastait si étrangement avec la force physique que dénotait son extérieur, qu'Aurora recula en tressaillant.

Malheureusement pour ce pauvre idiot, dont la personne était repoussante en elle-même, cette voix sourde, concentrée, avait quelque chose qui provoquait un dégoût instinctif chez ceux qui l'entendaient pour la première fois.

Il porta de nouveau la main à sa casquette de laine toute grasse, et retourna lentement à son ouvrage.

— Comme il a le visage blême ! — dit Aurora. — A-t-il été malade ?

— Non, il a toujours été pâle comme cela depuis sa chute. J'étais trop jeune lorsque cela est arrivé, pour bien m'en souvenir ; mais j'ai entendu dire à mon père que, lorsqu'on rapporta le pauvre diable à la maison, son visage, qui auparavant était coloré, était blanc comme une feuille de papier, et que sa voix, jusque-là forte et sonore, s'était abaissée jusqu'au sourd murmure que vous venez d'entendre. Les médecins ont fait tout ce qu'ils ont pu, et l'ont sauvé d'une terrible fièvre cérébrale ; mais ils n'ont jamais pu lui rendre sa voix ni ses couleurs.

— Pauvre garçon ! — dit Mme Mellish avec bonté, — i mérite bien qu'on ait pitié de lui.

En disant cela, elle se reprochait le sentiment de répu gnance qu'elle ne pouvait surmonter. C'était une répugnanc qui touchait de près à la terreur ; il lui semblait qu'elle n pourrait guère être heureuse à Mellish Park tant que ce homme y habiterait. Elle était presque disposée à prier so

mari de lui faire une pension et de l'envoyer à l'autre extrémité du comté ; mais au bout de quelques minutes, elle eut
honte de sa folie puérile, et, quelques heures après, elle avait
oublié l'idiot, comme on l'appelait poliment dans les écuries.

Lecteur, lorsqu'un être vous inspire cette horreur ins-
tinctive et involontaire, évitez cet être-là. Il est dangereux.
Suivez cet avertissement, comme vous suivez celui que vous
lisez dans les nuages du ciel et dans le calme sinistre de
l'atmosphère, quand un orage est imminent. La nature ne
sait pas mentir ; et c'est la nature qui a implanté dans votre
sein cette terreur qui vous fait frémir, instinct de conser-
vation personnelle plutôt que lâche frayeur, qui, à la première vue de certains individus, vous dit plus nettement que
des paroles ne pourraient vous le dire : « Cet homme est
mon ennemi ! »

Si Aurora se fût laissée guider par cet instinct, si elle
eût cédé à l'impulsion qu'elle méprisa comme puérile, et
eût fait congédier Hargraves de Mellish Park, que de cruels
malheurs, que de poignantes douleurs elle eût pu s'épargner
à elle-même et à d'autres !

Le gros chien Bow-wow avait accompagné sa maîtresse
à sa nouvelle demeure ; mais le bon temps de Bow-wow
était passé. Un mois avant le mariage d'Aurora, il avait été
écrasé par une voiture attelée d'un poney sur un des chemins des environs de Felden, et il avait été transporté, sai-
gnant et estropié, chez le vétérinaire, pour qu'on lui éclissât
une des pattes de derrière et que, pour le guérir, on mît à
contribution toutes les ressources de l'art de traiter les
chiens. Aurora se faisait conduire tous les jours à Croydon
pour voir son pauvre malade ; et Bow-wow fut toujours
assez lui-même pour reconnaître sa maîtresse bien-aimée
et passer sa langue fiévreuse et nonchalante sur ses blanches
mains, en témoignage de cette affection invariable que
nous prodiguent les animaux, et qui ne peut finir qu'avec
leur vie. Le gros chien était donc tout à fait boiteux et à
moitié aveugle, quand il arriva à Mellish Park avec le reste
des effets et des objets appartenant à Aurora. C'était un
être privilégié dans le vaste manoir ; une peau de tigre était

étalée pour lui devant le foyer du salon, et il passait la
fin de ses jours dans un repos luxueux, se chauffant à la
chaleur du feu ou aux rayons du soleil près des fenêtres,
selon qu'il plaisait à son royal caprice; mais, tout invalide
qu'il fût, il était toujours capable de se traîner à la suite de
Mme Mellish lorsqu'elle se promenait sur la pelouse ou
parmi les taillis d'arbrisseaux qui bordaient les jardins.

Un jour qu'elle était revenue de sa promenade équestre
du matin, avec John et avec son père, qui les accompagnait
quelquefois sur un poney gris tranquille, et qu'on aurait
pris pour un homme bien plus jeune à le voir se livrer à
cet exercice, elle flânait sur la pelouse, ayant encore son
costume d'amazone, après qu'on eût reconduit les chevaux
à l'écurie, et que Mellish et son beau-père fussent rentrés
dans la maison. Le gros chien la vit de la fenêtre du salon
et se traîna dehors pour venir au-devant d'elle. Tentée par
la douceur de l'atmosphère, elle rôda de côté et d'autre, la
jupe de son amazone ramassée en un paquet sous son bras
et sa cravache à la main, et elle se mit à chercher des primevères sous les touffes d'arbres disséminées sur la pelouse.
Après avoir cueilli un bouquet de fleurs sauvages, elle allait
rentrer à la maison, lorsqu'elle se souvint de quelques instructions qu'elle avait oublié de donner à son groom, concernant un poney favori qui était malade.

Elle traversa la cour des écuries, suivie de Bow-wow,
trouva le groom, lui donna ses ordres, et se disposa à retourner aux jardins. Pendant qu'elle parlait au groom, elle
avait reconnu la figure blême d'Hargraves à une des fenêtres de la sellerie. Il sortit comme elle donnait ses instructions, pour porter un harnais à une remise située de l'autre
côté de la cour. Aurora était sur le seuil de la porte qui
ouvrait sur les jardins, lorsqu'elle fut arrêtée par un hur-
lement douloureux de Bow-wow. Prompte comme l'éclair,
elle se retourna pour s'assurer de la cause de ce cri. Hargraves avait repoussé loin de lui le malheureux animal, en
lui donnant un coup de pied avec son sabot ferré. La
cruauté envers les animaux était un des défauts de l'idiot.
Il n'était pas cruel envers les chevaux, car il avait encore

assez de bon sens pour savoir que son pain quotidien dépendait du soin qu'il en prenait; mais gare à tout intrus qui se trouvait sur son chemin. Aurora s'élança sur lui comme une belle tigresse, et, saisissant le collet de sa veste de futaine dans ses petites mains, elle le cloua à la place où il était debout. Il n'était pas aisé de secouer l'étreinte de ces mains effilées, crispées par la colère; et Hargraves, pris complétement à l'improviste, regarda avec effroi celle qui l'assaillait. Plus haute d'un pied et demi que le garçon d'écurie, Aurora le dominait; les joues pâles de fureur, les yeux étincelants de rage, son chapeau tombé à terre et ses cheveux noirs épars sur ses épaules, elle était sublime dans son courroux.

L'homme se prosterna sous l'étreinte de cette impérieuse créature.

— Lâchez-moi!... — dit-il convulsivement de sa voix étouffée, à laquelle son agitation donnait le son d'un sifflement; — lâchez-moi, ou vous vous en repentirez.... lâchez-moi!

— Comment avez-vous osé!... — s'écria Aurora, — comment avez-vous osé lui faire du mal?... Mon pauvre chien!... Mon pauvre chien estropié.... si faible!... Comment avez-vous osé faire cela?... Lâche poltron! misérable que vous êtes!...

Sa main droite lâcha le collet de l'habit d'Hargraves, et fit pleuvoir sur ses larges épaules une grêle de coups de sa légère cravache, un véritable hochet, dont le bout doré était orné d'émeraudes, mais qui cinglait comme une verge d'acier flexible dans cette petite main.

— Comment avez-vous osé!... — répéta-t-elle plusieurs fois.

Et ses joues pâles devinrent écarlates, en raison de l'effort qu'elle faisait pour tenir l'homme d'une main. A ce moment ses cheveux dénoués lui tombaient à la ceinture, et sa cravache était brisée à une demi-douzaine d'endroits.

Mellish, entrant par hasard au même instant dans la cour des écuries, devint blême d'horreur en voyant cette belle Furie.

— Aurora !... Aurora !... — s'écria-t-il, arrachant le collet de l'individu de son étreinte et le repoussant à plusieurs pas de distance ; — Aurora, qu'y a-t-il ?

Elle lui raconta d'une voix entrecoupée et haletante le sujet de son indignation. Il prit de sa main la cravache brisée, ramassa son chapeau sur lequel elle avait marché dans sa colère, lui fit traverser la cour, et la mena à la porte de derrière qui conduisait à la maison. Il était pénible, honteux pour lui de penser que cette femme incomparable, que cette femme adorée, pût faire quelque chose qui la dégradât, ou même la rendît ridicule. Lui, il aurait mis habit bas et se serait battu avec une demi-douzaine de charbonniers, sans en penser davantage ; mais elle !...

— Rentrez, rentrez, ma chère enfant, — dit-il d'un ton de triste tendresse ; — les domestiques regardent de tous côtés avec curiosité. Vous n'auriez pas dû faire cela ; vous auriez dû me le dire.

— J'aurais dû vous le dire ! — s'écria-t-elle avec impatience. — Comment pouvais-je m'arrêter pour vous le dire, quand je l'ai vu frapper mon chien, mon pauvre chien ?

— Rentrez, ma chère, rentrez ! Allons, calmez-vous et rentrez.

Il parlait comme s'il eût essayé d'apaiser un enfant agité ; car au soulèvement convulsif de son sein, il vit que cette violente émotion allait se terminer par une attaque de nerfs, comme se terminent infailliblement, tôt ou tard, toutes les colères de femmes. Il la conduisit à sa chambre, en la portant à moitié, par un escalier de service, et il la laissa couchée sur un sofa, dans son costume d'amazone. Il mit la cravache brisée dans sa poche ; puis, serrant ses dents blanches et fortes et fermant le poing, il sortit pour chercher Hargraves. En traversant le vestibule, il choisit un gros fouet de chasse à lanière de cuir, dans un ratelier rempli d'ustensiles redoutables de ce genre. Hargraves était assis sur un montoir, lorsque John rentra dans la cour des écuries. Il était en train de se frotter les épaules, en faisant une mine fort piteuse, pendant qu'une couple de garçons d'écurie, qui avaient été peut-être témoins du châ-

timent qu'il avait reçu, le regardaient en grimaçant, à une
distance respectueuse. Ils n'étaient nullement tentés de
s'approcher trop près de lui ; car l'idiot avait la plaisante
habitude de brandir un grand couteau lorsqu'il se sentait
outragé, et le plus brave des garçons employés aux écuries
avait peu le désir de mourir d'un coup de couteau dans
l'abdomen, avec l'agréable conviction que la punition de
son assassin se réduirait tout au plus à quinze jours de prison ou à une légère amende.

— Maintenant, Hargraves, — dit Mellish en soulevant
l'idiot de dessus le montoir et le plantant à une distance
convenable pour donner plein essor au fouet de chasse, —
ce n'était pas à Mme Mellish à te cravacher, mais c'était
son devoir de me le laisser faire pour elle ; ainsi donc,
attrape cela, mauvais lâche !...

La lanière de cuir siffla dans l'air et se replia sur les
épaules de Steeve ; mais John trouva qu'il y avait quelque
chose de méprisable à lutter ainsi à armes inégales. Il rejeta le fouet, et, le tenant toujours par le collet, il conduisit
l'idiot à la porte de la cour des écuries.

— Tu vois cette avenue, — dit-il, en lui montrant une
belle allée d'arbres qui se déroulait devant eux ; — elle
mène tout droit hors du Park, et je te recommande fortement, Stephen, d'aller au bout aussi vite que tu le pourras,
et de ne jamais plus faire voir ta vilaine figure blême sur
un pouce de terrain à moi appartenant. Entends-tu ?

— O....u....i, monsieur.

— Attends ! Je suppose qu'on te doit des gages ou quelque autre chose.

Il prit une poignée d'argent dans la poche de son gilet,
et la jeta par terre ; les souverains et les demi-souverains
roulèrent de côté et d'autre sur le sentier sablé ; ensuite,
tournant les talons, il laissa l'idiot ramasser le trésor épar-
pillé. Hargraves se mit sur ses genoux, et chercha à tâtons
jusqu'à ce qu'il eût trouvé la dernière pièce de monnaie ;
puis il se mit à compter lentement l'argent, en le faisant passer d'une main dans l'autre ; son visage blême exprimait une étrange grimace : Mellish lui avait donné, tant

en or qu'en argent, une somme qui montait à plus de deux années de ses gages ordinaires.

Il fit quelques pas dans l'avenue, et, se retournant, il agita le poing dans la direction de la maison qu'il laissait derrière lui.

— Vous êtes une femme de bel esprit, c'est certain, madame Mellish, — murmura-t-il; — mais ne me donnez jamais l'occasion de vous faire du mal, ou par Dieu, tout idiot que je suis, je le ferai ! On croit que je ne suis bon à rien, peut-être. Attendez un peu.

Il retira de nouveau son argent de sa poche, et le compta encore une fois, en marchant lentement vers les grilles du Park.

On verra, d'après ce que nous venons d'exposer, qu'Aurora avait deux ennemis, l'un hors de son agréable demeure, et l'autre dans l'intérieur; l'un nourrissant sans cesse le mécontentement et la haine dans l'enceinte sacrée du foyer domestique, l'autre complotant la ruine et la vengeance hors des murs de cette citadelle.

CHAPITRE XIII

Les courses du printemps.

Dans les premiers jours du printemps, Lucy vint rendre visite à sa cousine; le bonheur qui régnait à Mellish Park fut pour elle un sujet d'étonnement.

La pauvre Lucy avait compté trouver Aurora, dans ce ménage du comté d'York, estimée un peu mieux que les chiens et un peu plus que les chevaux; aussi fut-elle énormément surprise de voir sa cousine exerçant le despotisme d'une souveraine capricieuse, dominer sans conteste ni ntrôle sur toutes les créatures, bipèdes ou quadrupèdes, existant dans l'étendue du domaine. Elle fut surprise de voir la brillante animation de sa joue, la vive gaieté qui étincelait dans ses yeux, d'entendre la légèreté de son pas, la joyeuse musique de son rire, de découvrir, enfin, qu'au lieu de pleurer sur les cendres éteintes de l'amour qu'elle avait éprouvé pour Bulstrode, Aurora avait appris à aimer son mari.

Devons-nous avoir honte de notre héroïne, la blâmer d'avoir oublié le fiancé qui avait mis son orgueil et son amour-propre de famille entre lui et son affection, et ne l'avait aimée qu'avec réserve, quoique Dieu seul sache de quel amour il l'avait aimée? Y a-t-il lieu de rougir de cette pauvre jeune fille passionnée parce que, dans l'amertume de son cœur, poussée par un sentiment de soulagement et de gratitude, elle avait cherché un refuge dans l'amour loyal de John, et avait appris à éprouver pour lui une affection capable de le récompenser au centuple de son long et pénible dévouement? Certes, il eût été impossible à toute femme douée d'un cœur franc et sincère, de refuser pareille rénumération à un amour semblable à celui que Mellish prodiguait à son épouse, amour qui absorbait toutes ses pensées, et se manifestait par toutes ses paroles, toutes ses actions et tous ses regards. Pouvait-elle donc ne jamais acquitter cette dette immense? Les cœurs comme celui de Mellish sont-ils si communs ici-bas? Est-ce peu de chose que d'être l'objet d'une affection si loyale et si pure? Pareille affection est-elle si souvent mise aux genoux d'une femme, qu'elle doive mépriser et fouler aux pieds cette sainte offrande?

Il l'avait aimée, et, qui plus est, il avait eu confiance en elle. Oui, il avait eu confiance en elle, au moment où l'homme qui l'aimait passionnément l'avait abandonnée dans le doute et le désespoir. La cause de cette diversité de conduite résidait dans la différence qui existait entre les deux hommes. Chez Mellish, le sentiment de l'honneur était aussi élevé et aussi sévère que chez Bulstrode; mais, tandis que le fier officier puisait sa force mentale dans les facultés réflectives, c'était par sa puissance de perception que l'in-

telligence du gentilhomme campagnard manifestait sa vivacité et sa pénétration. Talbot était devenu à moitié fou à se
figurer ce que ce pouvait être ; John vit ce que c'était, et il
vit ou s'imagina voir que la femme qu'il aimait était digne
de tout son amour, et il lui donna volontiers, librement, son
repos et son honneur à garder.

Il trouva sa récompense. Il trouva sa récompense dans
la franche affection de sa femme et dans la délicieuse satisfaction de voir qu'elle était heureuse : aucun nuage ne voi-
lait son visage, aucune ombre n'assombrissait son existence ; mais la joie rayonnait sans cesse dans ses yeux, un
sourire inaltérable errait sans cesse sur ses lèvres. Elle
était heureuse de la calme sécurité de son intérieur, dans
cette forteresse agréable où elle était si bien protégée, si
bien gardée par l'amour et le dévouement. Je ne sache
pas qu'elle éprouvât jamais un amour romanesque et en-
thousiaste pour son mari, mais ce que je sais, c'est que,
du moment qu'elle posa sa tête sur sa large poitrine, elle
lui fut fidèle ; fidèle comme doit l'être une épouse, fidèle
dans toutes ses pensées, dans la moindre même de ses
pensées. Son foyer domestique était entouré d'un gouffre
profond qui la séparait de tout autre homme au monde, et
la laissait seule avec l'homme qu'elle avait accepté pour
époux. Elle l'avait accepté dans le plus vrai et le plus pur
sens du mot. Elle l'avait accepté de la main de Dieu
comme le protecteur et le refuge de sa vie, et matin et soir, à
genoux, elle remerciait le Créateur miséricordieux qui lui
avait donné cet homme pour soutien.

Après avoir exposé tout cela, je dois avouer que le pauvre
John était un mari diablement soumis. Ces gros gaillards
fougueux sont nés pour être les sujets les plus endurants
du royaume du cotillon ; ils portent des guirlandes de roses
jusqu'à leur dernière heure, sans avoir conscience, dans
leur sublime sérénité, que ces chaînes de fleurs ne sont
pas faciles à briser. Un petit homme est entier, susceptible,
toujours sur ses gardes contre la domination féminine ; tous
les maris connus dans l'histoire comme des tyrans domes-
ques, ont été de petits hommes ; mais qui pourrait jamais

convaincre un gaillard de 6 pieds 2 pouces qu'il a peur de sa femme? Il se soumet à l'aimable tyran avec une calme et souriante résignation. Qu'importe! elle est si petite, si frêle? Il serait capable de briser ce faible poignet entre son pouce et son index, et en attendant jusqu'à ce que les affaires aient pris une tournure désespérée et que de telles mesures soient devenues nécessaires, il vaut autant la laisser faire à sa tête.

Mellish ne débattait même pas ce point-là. Il l'aimait, et il se couchait par terre pour que ses pieds gracieux posassent sur lui; tout ce qu'elle faisait ou disait lui paraissait charmant, séduisant, merveilleux. Si elle riait ou se moquait de lui, son rire était le son le plus doux, le plus harmonieux de la création, et il était enchanté de penser que, par ses absurdités, il pouvait provoquer une pareille musique.

Si elle le sermonnait, elle s'élevait jusqu'à la sublimité d'une prêtresse, il l'écoutait, et il l'adorait comme la plus noble des créatures. Avec tout cela, la dignité native de son caractère le garantissait de la moindre teinte de ce que, dans l'argot social, on a baptisé du nom de *bonnasserie*. Ceux-là seuls qui le connaissaient bien et l'observaient de près étaient dans le cas de sonder toute la profondeur de sa faiblesse affectueuse. Les plus nobles sentiments ont, à peu de chose près, un caractère d'universalité, et cet amour de John était, sous un rapport, universel : c'étaient toutes les affections, conjugale, paternelle, maternelle, fraternelle, confondues dans une seule affection complexe. Aurora lui inspirait la faiblesse orgueilleuse d'une mère; il avait la folle vanité d'une mère pour l'être merveilleux, l'oiseau rare qu'il avait enlevé à son nid pour en faire son épouse. Si l'on adressait des compliments à Mme Mellish en présence de John, il se rengorgeait et souriait comme une écolière qui rougit des premières flatteries que lui fait un bel homme.

Il assommait, j'en ai bien peur, les hommes de sa connaissance, à force de leur parler de « sa femme, » et de s'étendre sur ses perfections en tous genres. Mais ils ne se

lassèrent jamais d'Aurora en personne; elle prit tout de
suite place parmi eux, ils s'inclinèrent devant elle et l'ado-
rèrent, enviant à John la possession d'une si belle pouliche
de race : métaphore dont, je le crains, ils étaient hommes
à se servir, mais sans avoir conscience de ce qu'ils disaient,
pour désigner ma belle héroïne.

Le domaine dont Aurora était souveraine était assez
considérable. Mellish avait hérité d'une propriété qui lui
rapportait un revenu de 16 à 17,000 livres sterling par
an. Des fermes situées au loin, s'étendant sur les vastes
plaines du comté d'York et les marécages du comté de
Lincoln le reconnaissaient pour maître; lui-même connaissait à peine les secrets compliqués de ses propriétés,
auxquels personne peut-être n'était initié, sauf son régisseur et son homme d'affaires, grave personnage qui habitait Doncastre et arrivait dans sa voiture à peu près une
fois tous les quinze jours à Mellish Park, au grand effroi de
son insouciant maître, pour qui les affaires étaient un affreux cauchemar. Non pas que je désire que le lecteur s'i-
magine un seul instant que Mellish était un niais et un cerveau vide, n'ayant d'intelligence que pour ses plaisirs
journaliers. Mais ce n'était ni un savant, ni un homme d'affaires, ni un profond politique, ni un érudit adonné à l'é-
tude des sciences naturelles. Il y avait un observatoire au
Park, mais John en avait fait un fumoir, dont les ouver-
tures, ménagées dans la toiture, présentaient une issue
commode aux effluves des *cheroots* et des *havanes* de ses
convives; Mellish ne s'inquiétait guère des étoiles qu'à la
façon de ce monarque assyrien qui se contentait de les
contempler et de remercier le Créateur de les avoir faites si
belles. Ce n'était pas non plus un spiritualiste. Malgré tout,
ce n'était pas un fou; il était doué de cette intelligence
clairvoyante qui accompagne très-souvent l'intégrité, la
pureté d'intention, et qui est la véritable intelligence, la
plus capable de toutes de déjouer la lâcheté. Ce n'était pas
un homme méprisable, car sa faiblesse même dénotait de
l'énergie. Peut-être Aurora l'avait-elle compris, et trou-
vait-elle que c'était quelque chose que de dominer un tel

homme. Quelquefois, dans un élan d'affectueuse gratitude, elle cachait sa belle tête sur la poitrine de John : toute grande qu'elle était, elle était juste assez haute pour s'abriter pour ainsi dire sous son aile ; et elle lui disait qu'il était le plus cher et le meilleur des hommes, et que, quand même elle l'aimerait jusqu'à l'heure de sa mort, *jamais*, JAMAIS, au grand JAMAIS elle ne pourrait l'aimer moitié autant qu'il le méritait. Puis, à demi honteuse d'elle-même pour cette déclaration sentimentale, elle le raillait, le sermonnait et le tyrannisait tour à tour le reste de la journée.

Lucy considérait cet état de choses dans un muet ébahissement. La femme qui, autrefois, avait été aimée de Bulstrode pouvait-elle en être venue à être l'heureuse épouse d'un blondin du comté d'York, à concentrer ses plus chères ambitions dans la pouliche baie portant son nom, qui devait courir aux courses du printemps à York, et était inscrite sur la liste des coursiers admis au prochain Derby ; à prendre intérêt à un galop plus ou moins précipité, à des écuries neuves ; à s'entretenir de créatures mystérieuses, mais évidemment d'une haute importance, désignées sous les noms de Scott, de Fobert, de Chiffney et de Challoner ; et ayant, selon toute apparence, complétement oublié qu'il existât sur terre une divinité aux yeux gris, d'une expression indicible, connue des mortels comme l'héritier des Bulstrode. La pauvre Lucy était bien près de perdre la tête, tant on la lui cassait journellement à force de lui parler de la pouliche baie, appelée *Aurora*, à mesure qu'approchait l'époque des courses du printemps. Tous les matins, Aurora et John l'emmenaient la voir, et tous deux, dans la vive anxiété que leur inspirait la santé de leur bête favorite, l'examinaient, à chaque visite qu'ils lui faisaient, comme s'ils eussent compté que quelque merveilleuse transformation physique se fût accomplie pendant la nuit. La stalle spacieuse dans laquelle la pouliche était logée était surveillée jour et nuit par un planton de garçons d'écurie et d'amateurs ; et un jour, Mellish alla jusqu'à plonger un verre dans le sceau d'eau destinée à la pouliche baie *Aurora*, pour s'assurer par lui-même si le liquide ne conte-

nait aucun mélange nuisible; car plus le grand jour approchait, plus il avait les nerfs agacés et redoutait pour sa
pouliche quelque danger secret, quelque trame occulte de
spéculateurs malveillants qui pouvaient en avoir entendu
parler à Londres. Je crains bien que spéculateurs et parieurs
ne se mettaient guère la tête à l'envers à propos de cette
gracieuse cavale de deux ans, bien qu'elle eût dans les
veines du sang de *Old Melbourn* et de *West Australian*,
sans rien dire de l'autre teinte aristocratique qu'elle tenait
du côté maternel. Les méfiants gentlemen qui circulaient
aux alentours d'York et de Doncastre, dans les premiers
jours d'avril, étaient beaucoup trop occupés des sujets que
devaient envoyer aux courses lord Glasgow, John Scott,
lord Zetland, ou M. Merry, et d'autres coureurs d'une
égale distinction, pour avoir le temps de rôder du côté de
Mellish Park, ou de jeter un coup d'œil dans cette prairie
que le jeune homme avait fait entourer d'une haie de 8
pieds de haut pour la jouissance privée de la triomphatrice
du Derby en espérance. Lucy reconnaissait dans la pouliche
la plus belle des créatures, et affirmait qu'elle était bien
faite pour gagner autant de coupes et de pièces de vaisselle
plate qu'on pourrait en offrir dans les concours de chevaux ;
mais elle était enchantée, une fois la visite quotidienne terminée, de se trouver parfaitement à l'abri de la portée de ces
fameuses jambes de derrière, qui semblaient posséder la
faculté d'être dans les quatre coins de la stalle au même
moment.

Le premier jour des courses arriva et trouva la moitié de
la maison de Mellish installée à York : John et sa famille
dans un hôtel près de l'endroit où l'on faisait les paris ; et
l'entraîneur, ses satellites et sa pouliche, dans une petite
auberge proche du Knavesmire. Floyd fit de son mieux
pour s'intéresser à l'événement qui préoccupait si vivement
ses enfants; mais il avouait franchement à sa petite nièce,
Lucy, qu'il souhaitait cordialement que les courses fussent
finies et qu'on eût prononcé sur les mérites de la pouliche
baie. Elle avait noblement soutenu l'épreuve, à ce que
disait John; elle n'avait pas gagné, grâce à une ruade, il est

vrai; elle avait été effectivement battue jusqu'à un certain point; mais elle avait montré une puissance d'arrêt qui promettait mieux pour l'avenir que la vélocité de tout coursier de deux ans. Quand la cloche sonna le signal de sortir sur la piste, Aurora, son père et Lucy étaient placés au balcon, entourés d'une foule d'amis. Mme Mellish, un crayon à la main, inscrivait, dans sa surexcitation, toute sorte de paris impossibles, et en composait un carnet qu'on aurait dû conserver comme une curiosité dans les annales du sport. John allait et venait en bas dans l'enceinte, culbutant les petits enregistreurs de paris dans son agitation, s'élançant du *ring* à l'enceinte du pesage, et tournant autour du courtaud pâlot qui devait monter la pouliche, d'un air aussi anxieux que si le jokey eût été un premier ministre, et John un père de famille avec une demi-douzaine de fils ayant besoin de places du gouvernement. Je tremble en pensant aux nombreux *boni*, sous forme de billets de 5 livres, que John promit au garçon à la figure blême, à condition que l'enjeu (quelque petite chose montant à 60 livres environ) serait remporté par la pouliche baie *Aurora*. Si le jeune drôle n'avait pas appartenu à cette catégorie d'êtres surnaturels qui semblent nés avec un caractère que rien ne peut émouvoir et faits pour porter la casaque de soie pour le bien de leurs semblables, son cerveau eût certainement été bouleversé par la diversité des instructions contracditoires que John lui donna pendant le dernier quart d'heure critique; mais ayant, ce jour-là, de grand matin, reçu les ordres de l'entraîneur qui y avait ajouté l'avis de ne pas se laisser *embêter* (synonyme, dans le patois du pays, de démonter) par tout ce que pourrait dire Mellish, le garçon au teint basané se promenait dans la calme sérénité de l'innocence : il y a d'honnêtes jockeys sur la terre, Dieu merci! et il se posa sur sa selle avec un pouls aussi égal que s'il fût monté dans un omnibus.

Il y avait ce jour-là dans le Stand des gens qui regardaient le visage d'Aurora avec autant de plaisir que les pelouses unies du Knavesmire ou les meilleurs coursiers du comté d'York. S'oubliant entièrement elle-même dans son émotion, sa vivacité naturelle était surexcitée par l'animation de la scène qu'elle avait sous les yeux ; elle était plus charmante que d'ordinaire, et Floyd la regardait avec un intérêt affectueux, mêlé de reconnaissance envers le ciel pour le bonheur de la destinée de sa fille et presque voisin de la douleur. Aurora était heureuse ; elle était heureuse enfin, cette fille de sa chère Eliza, ce dépôt sacré à lui confié par la femme qu'il avait aimée ; elle était heureuse, à l'abri du danger ; et fort de cette conviction, il pouvait demain, s'il plaisait à Dieu, descendre avec résignation dans la tombe. Étranges pensées pour une arène de courses, encombrée de monde ; mais nos idées les plus graves ne nous viennent pas toujours dans des endroits graves. C'est souvent au milieu de la foule et de la confusion que nos âmes prennent leur essor le plus élevé, et que les plus tristes souvenirs nous reviennent à l'esprit. Vous voyez un homme assis dans une salle de spectacle, le visage sérieux, distrait, nullement altéré par les émotions qu'éprouvent les personnes qui l'entourent. Peut-être pense-t-il à sa femme morte, morte il y a dix ans ; peut-être repasse-t-il dans sa mémoire des scènes de joie et de douleur dont le souvenir est loin d'être effacé ; peut-être, pendant que ses enfants rient du *clown* qui se démène sur la scène, se rappele-t-il de cruelles paroles dont l'effet ne peut plus jamais être réparé sur la terre, et des regards courroucés dont il lui sera tenu compte désormais dans les cieux. Peut-être réfléchit-il mélancoliquement à une banqueroute inévitable, à la ruine qui le menace ; dans son imagination, il assiste déjà à l'assemblée de ses créanciers, et, sur le refus de son concordat, il songe à l'acide prussique ; pendant ce temps-là sa fille aînée pleure sur les aventures de Pauline Deschapelles [1]. Ainsi, pendant qu'au-dessous les numéros défilaient, les jockeys se pesaient et les parieurs poussaient des clameurs, Floyd, appuyé sur le large rebord du balcon de pierre, contemplait l'amphithéâtre verdoyant qui s'éten-

---

Pauline Deschapelles — principal personnage de *The lady of Lyons*, drame de sir Edward Bulwer Lytton.

dait au loin et pensait à sa défunte épouse qui lui avait
laissé cette charmante fille.

La pouliche baie *Aurora* fut honteusement battue.
Mᵐᵉ Mellish devint blême de désespoir dès qu'elle vit la
veste couleur d'ambre, la ceinture noire et la toque bleue
se glisser en rampant, hors de l'arène, et le jockey tout
pâle narguer les spectateurs; il avait l'air de dire que l'on
n'avait jamais entendu que la pouliche gagnerait, et que
la défaite de ce jour-là n'était qu'une ruse adroitement
combinée pour faire fortune ultérieurement. John, tant soit
peu fait à de pareils désappointements, se glissa hors de
l'enceinte pour aller cacher sa déconfiture; mais Aurora
laissa tomber son carnet et son crayon, et, frappant du pied
la pierre du balcon, dit à Lucy et au banquier que c'était
une honte, et qu'il fallait que le jockey eût vendu la course,
attendu qu'il était *impossible* que la pouliche ait été loyalement battue.

Au moment où elle se retournait pour dire cela, ses
joues étaient pourpres de colère, ses yeux lançaient des
éclairs d'indignation près de fondre sur le premier venu
qui se trouverait sur son chemin pour essuyer l'orage de
son courroux; tout à coup elle aperçut un visage pâle et
des yeux gris qui la regardaient fixement par une fenêtre
ouverte à deux ou trois pas d'elle; et un instant après, elle
et son père avaient reconnu Bulstrode.

Le jeune homme vit qu'il était reconnu, et il s'approcha
d'eux, le chapeau à la main, pâle, très-pâle, tel que Lucy
le voyait toujours dans ses souvenirs, et, d'une voix tremblante, il souhaita le bonjour au banquier et aux deux
dames.

Et ce fut ainsi que se revirent les deux êtres qui s'étaient
quittés dans le silence et dans les larmes, « le cœur plus
qu'à demi brisé, » pour être séparés, comme ils le pen-
saient alors, pour l'éternité; ce fut ainsi, dans cette grande
arène banale, prosaïque, où le droit d'entrée était d'une
demi-guinée, que la destinée les mit encore une fois en
face l'un de l'autre.

Un an auparavant, et bien des fois, par une belle soirée

de printemps, Aurora s'était représenté la possibilité de se
retrouver avec Talbot! Il la rencontrerait tout à coup, par
hasard, par un calme clair de lune, et elle, elle s'évanoui-
rait et mourrait à ses pieds, sous le poids d'une émotion
trop forte pour qu'elle pût la supporter. Ou bien leur rencontre aurait lieu dans une réunion nombreuse, dans un
moment où elle danserait et sourirait d'un air indifférent, en
se livrant aux ébats d'une joie feinte; et il suffirait d'un
seul regard de ses yeux pour la foudroyer dans la pompe
empruntée de ses bijoux et de ses atours. Que de fois, oui,
que de fois elle avait joué cette scène et avait ressenti la
douleur que la réalité lui aurait fait éprouver! Il n'y a qu'un
an, moins d'un an, que ces idées la poursuivaient; nous
pouvons même n'en pas faire remonter la date plus loin
que cette journée embaumée du mois de septembre au
château d'Arques, où, étendue sur un tertre de gazon, elle
regardait le charmant paysage normand qui s'étendait à ses
pieds, ayant le fidèle John à ses côtés, pendant que les
chèvres apprivoisées broutaient l'herbe derrière elle, et
que des enfants d'une espièglerie surnaturelle tourmen-
taient les doux et patients animaux; et aujourd'hui elle le
revoyait dans une circonstance où elle avait l'esprit tellement absorbé par le cheval qui venait d'essuyer un échec,
qu'elle savait à peine que dire à son ancien amant. Aurora
Floyd était morte et enterrée, et Aurora Mellish, regardant
Bulstrode d'un air inquiet, se demandait avec surprise
comment elle avait jamais pu s'approcher si près des portes
de la mort pour l'amour de lui.

Ce fut Talbot qui pâlit à cette rencontre imprévue; ce
fut Talbot, dont la voix trembla en prononçant les quelques syllabes banales que la politesse ordinaire exigeait de
lui. Le Capitaine n'avait pas appris si facilement à oublier.
Il était plus âgé qu'Aurora; il avait atteint trente-deux ans
sans avoir jamais aimé, et ce n'avait été que pour être plus
cruellement attaqué par la fatale maladie, lorsque son tour
fut venu. Cette rencontre soudaine le faisait vivement souffrir. Blessé dans son amour-propre par la calme indifférence
de la jeune femme, ébloui comme de plus belle par sa

beauté, fou et furieux de jalousie à la pensée de l'avoir perdue, Bulstrode n'était pas dans une situation d'esprit digne d'envie; et si jamais Aurora avait souhaité se venger de la cruelle scène dont Felden avait été le théâtre, l'heure de sa vengeance était très-certainement venue. Mais c'était une créature trop généreuse pour avoir nourri une pareille pensée. Elle s'était soumise en toute humilité à la volonté de Talbot; elle avait accepté sa décision, et avait cru à sa justice; et aujourd'hui l'agitation à laquelle elle le voyait en proie lui faisait de la peine. Elle ressentait pour lui une tendre et digne compassion, telle qu'une honnête femme, dans le sûr refuge d'un intérieur de famille heureux, pouvait avoir le privilége d'en éprouver pour ce pauvre voyageur errant encore sur l'océan troublé de la vie.

L'amour et le souvenir de l'amour doivent, en effet, s'être effacés avant que nous éprouvions un sentiment de ce genre. Il faut que la terrible passion soit morte de cette mort lente et certaine, à la suite de laquelle aucun spectre ne sort du tombeau pour venir tourmenter les survivants. C'était, et ce n'est plus. Aurora aurait pu faire un naufrage, être jetée sur une île déserte avec Bulstrode, et vivre dix ans en sa société, qu'elle n'eût jamais, pas même l'espace de dix secondes, éprouvé ce qu'elle avait éprouvé pour lui autrefois. Pour ces natures fougueuses et impressionnables, qui vivent vite, une année en vaut quelquefois vingt. Aurora revoyait donc Talbot à travers un abîme qui les séparait comme d'une distance de plusieurs milles, et elle en était à se demander si réellement ils avaient jamais marché côte à côte, unis par l'espérance et l'amour, à une époque déjà éloignée.

Tandis qu'Aurora pensait à ces choses, et un peu aussi à la pouliche baie, et tandis que Talbot, à demi suffoqué par mille émotions confuses, essayait de paraître parfaitement à son aise, John, les idées rafraîchies, grâce à une bouteille de bière, vint tout à coup rejoindre la société, et accosta le Capitaine en lui frappant sur l'épaule.

Il n'était pas jaloux, cet heureux John. Sûr de l'amour et de la fidélité de sa femme, il était prêt à se trouver en face de ses anciens admirateurs, fussent-ils assez nombreux pour former un régiment; et même l'idée de venger Aurora sur la personne de ce craintif amant lui causait plutôt du plaisir. Talbot regardait involontairement la brigade des constables d'York sur le champ de course situé à ses pieds, en se demandant comment ces gens-là agiraient s'il jetait Mellish par-dessus le balcon de pierre et commettait un meurtre séance tenante. Telle était sa pensée au moment où John lui démanchait la main à force de la lui serrer dans une étreinte cordiale, et lui demandait quel bon hasard l'avait amené aux courses du printemps d'York.

Talbot expliqua en balbutiant quelque peu, que, se trouvant fatigué par ses travaux parlementaires, il était venu passer quelques jours avec un vieux compagnon d'armes, le Capitaine Hunter, qui possédait une maison de campagne entre York et Leeds.

Mellish répondit que rien ne pouvait être plus heureux que cela. Il connaissait bien Hunter; il fallait que tous les deux vinssent dîner ce jour-là chez lui, et que Talbot passât une semaine à Mellish Park, quand il quitterait la maison du Capitaine.

Talbot murmura quelque vague protestation pour faire valoir l'impossibilité de satisfaire à cette invitation; mais John n'y prêta pas la moindre attention, et entraîna son rival d'auprès des dames, dans son empressement à retourner dans le cercle des paris, où il avait à achever son carnet pour la prochaine course.

Ainsi Bulstrode s'était éloigné encore une fois, et durant toute cette courte entrevue personne n'avait pris soin d'observer Lucy, qui avait passé tour à tour du pâle au rouge une demi-douzaine de fois pendant les dix dernières minutes.

John et Talbot revinrent après la course avec le Capitaine Hunter, que l'on fit monter sur la plate-forme pour être présenté à Aurora, et qui entra immédiatement dans une discussion fort animée sur les courses de la journée. Comme Bulstrode abhorrait ce futile bavardage à propos de chevaux, ce jargon perpétuel, le même dans toutes les bou-

ches, depuis les lèvres roses d'Aurora, courbées gracieuse-
ment comme l'arc de l'Amour, jusqu'aux lèvres souillées de
tabac des enregistreurs de paris qui encombraient l'arène !
Dieu merci, elle n'était pas sa femme, cette femme qui
connaissait l'argot des champs de courses, et qui, la lorgnette à la main, allongeait son cou de cygne pour suivre
la marche du vent dans le Knavesmire et apercevoir le
cheval qui était en avant d'une demi-longueur.

Pourquoi avait-il consenti à venir dans ce maudit comté
envahi par les courses de chevaux? Pourquoi avait-il quitté
les mineurs du pays de Cornouailles, ne fût-ce même que
pour une semaine? Il eût mieux valu se fatiguer la cervelle sur des pamphlets de Dryasdust et sur des documents
parlementaires que d'être là, isolé, ennuyé au milieu de
cette multitude criarde de gens à esprits creux, qui n'ont
rien à faire qu'à jeter leurs chapeaux en l'air, et à pousser
des hourras en l'honneur du premier venu, vainqueur dans
n'importe quelle course. Talbot, comme spectateur, ne
pouvait s'empêcher de remarquer cela et d'en tirer jusqu'à
certain point quelques conséquences philosophiques sur la
vie. Il voyait que c'étaient toujours les mêmes clameurs ou la
même allégresse parmi la foule, que le jockey vainqueur
portât une ceinture bleue ou noire, une toque noire, jaune
ou blanche, relevée d'écarlate ou de toute autre couleur,
fût-il même tristement vêtu de deuil ; et il ne pouvait s'empêcher de se demander comment cela avait lieu. Les spéculateurs peu chanceux couraient-ils se cacher pendant
que les voix exaltées poussaient des cris de joie? Alors que
la voûte céleste retentissait du nom de *Caractacus* et de
Kettledrum, où étaient les individus qui avaient soutenu
Dundee et *Bukstone* sans fléchir jusqu'à la chute du drapeau et du tintement de la cloche? Lorsque *Thormamby*
est entré d'un bond, où étaient les pauvres diables dont
le sort dépendait de *Yankee* ou de *Wizard?* Ils n'avaient
plus de voix, les malheureux, ils se retiraient lentement à
l'écart, la figure pâle et tirée, pour se rassembler en grou-
pes, et s'expliquer les uns aux autres, dans un jargon d'é-
curie entremêlé de jurons, comment la chose aurait dû

ne pas être, et n'aurait jamais pu être, sans le concours imprévu et anormal d'événements qui ne s'étaient jamais vus sur aucun champ de courses en ce monde. Comme les perdants se font peu voir dans aucune des grandes courses qui ont lieu ici-bas !

Bulstrode, appuyé les bras croisés sur la balustrade de pierre, regardait la scène animée qui se passait devant lui, et pensait à tout cela. Pardonnez-lui de se laisser aller à d'affreuses platitudes, à des sentimentalités usées. C'était un homme désolé, irrésolu, sans but dans la vie; il avait perdu à l'enjeu matrimonial; il était aigri par le désappointement, exaspéré par le doute et le soupçon. Il avait passé les ennuyeux mois de l'hiver sur le continent, n'ayant nullement l'esprit de retourner à Bulstrode pour y retrouver l'affection de sa mère et le babil de sa cousine Constance Trevyllian. Il était assez injuste pour nourrir une secrète aversion contre cette jeune fille pour le service qu'elle lui avait rendu en lui révélant l'escapade d'Aurora.

Sommes-nous jamais réellement reconnaissants envers les gens qui nous apprennent l'iniquité de ceux que nous aimons? Sommes-nous jamais réellement justes à l'égard des êtres bienveillants qui nous préviennent amicalement du danger que nous courons? Non, jamais! Nous les haïssons; nous les regardons toujours involontairement comme la première cause de nos tourments; nous nous répétons toujours que, s'ils s'étaient tus, ces tourments n'eussent nécessairement jamais eu lieu; nous sommes toujours prêts à nous écrier dans une folle rage « qu'il vaut mieux être complétement trompés que de savoir même que nous ne le sommes qu'un peu. » Quand le calomniateur verse d'un air amical ses insinuations empoisonnées dans l'oreille du pauvre Othello, ce n'est pas Desdémone, mais Iago lui-même, que le noble More songe tout d'abord à étrangler. La pauvre et innocente Constance eût-elle été un simple chien de race, elle aurait eu plus de chance qu'elle n'en avait alors d'attirer l'attention de Talbot.

Pourquoi était-il venu dans le comté d'York? Permettez-moi de laisser cette question sans réponse pour le moment,

car j'ai honte de développer les raisons qui avaient fait agir
ce malheureux. Il était venu, dans un accès de curiosité,
pour apprendre quel genre de vie Aurora menait avec son
mari. Il avait souffert d'horribles tortures, tantôt se la représentant comme la plus méprisable des coquettes, prête à
épouser le premier homme venu ayant de beaux domaines
et une bonne position à lui offrir ; tantôt se la peignant
comme une Iphigénie vêtue de blanc, conduite comme une
faible et docile victime à l'autel du sacrifice. Aussi, quand,
ayant par hasard fait à l'*United Service Club* la rencontre
de son aimable compagnon d'armes, il avait consenti à
partir sans retard pour la maison de campagne du Capitaine Hunter pendant un court répit des travaux du Parlement, l'adroit hypocrite ne s'était jamais avoué qu'il
brûlait d'apprendre des nouvelles de ses félonnes et volages
amours, et que c'étaient quelques vapeurs de son ancienne
ivresse encore fermentant qui le ramenaient dans le comté
d'York. Mais maintenant, maintenant qu'il la revoyait, qu'il
la revoyait cette créature abominable et sans cœur, radieuse
et heureuse, heureuse d'un bonheur qui n'était qu'une feinte,
d'un éclat fiévreux qui n'était qu'imposture sans doute, mais
trop bien endossés pour lui être tout à fait agréables à lui,
maintenant il la connaissait. Il apprenait enfin à la connaître, la vile enchanteresse, la sirène sans âme ! Il savait
qu'elle ne l'avait jamais aimé ; que naturellement elle n'é-
tait pas douée de la faculté d'aimer ; qu'elle n'était bonne à
rien qu'à montrer ses bras blancs et à faire jaillir le sombre
feu de ses prunelles pour la damnation de la faiblesse de
l'homme ; qu'elle n'était capable de rien que de flotter dans
sa beauté sur les vagues qui recouvraient les os blanchis de
ses victimes. Pauvre Mellish ! Talbot se reprochait sa dureté de cœur, qui lui inspirait un sentiment de dépit contre
un homme qui était si profondément à plaindre.

Après que la course fut terminée, Bulstrode se retourna,
et aperçut l'enchanteresse aux yeux noirs au milieu d'un
groupe formé autour d'un grave patriarche à cheveux gris,
et ayant le maintien d'un homme habitué au commande-
ment.

Ce grave patriarche, c'était John Pastern.

J'écris son nom avec respect, de même que chacun e répétait tout bas en cet endroit. Enfin, quand ce nom eut passé de bouche en bouche, tous les assistants surent qu'un grand homme se trouvait parmi eux. C'était un vieillard bien tranquille, sans prétention, assis entre deux femmes, sa femme et sa fille, je pense, froid, posé, grave, tandis que son nom faisait les frais des conversations dans la foule rassemblée autour de lui, et que des milliers d'individus mettaient leur confiance dans sa subtilité et sa pénétration. Quelles paroles précieuses auraient pu tomber de ses lèvres d'oracle, si le vieillard eût bien voulu les prononcer! Combien de centaines de livres eussent été volontiers pariées pour un mot, un regard, un geste, un clin d'œil, rien qu'un plissement significatif des lèvres de ce grand homme! Que vaut, près d'une vérité comme celle-là, la fable de la jeune femme de la bouche de laquelle sortaient des perles et des diamants lorsqu'elle parlait! Ils devraient être d'une belle grosseur les diamants et les perles qui vaudraient les secrets des écuries de Richmond, les secrets que pourrait divulguer Pastern s'il le voulait. Peut-être est-ce cette conviction qui lui donne une gravité de manières si calme, si sereine, presque cléricale. On l'approche, on le flatte, on lui dit que tel ou tel cheval sorti de ses écuries a gagné ou paraît sûr de gagner, et il fait de la tête un signe complaisant pour remercier de ce bienveillant renseignement; et pendant ce temps-là, peut-être ses pensées sont bien loin sur les dunes d'Epsom, ou dans les plaines de New-mark; et il rêve à remporter les prix des Derbys et des Deux mille à venir avec des poulains n'ayant encore jamais couru.

Mellish est sur le pied de l'intimité avec le grand homme, auquel il présente Aurora, et à qui il demande avis sur un sujet qui le tracasse depuis quelque temps. Son entraîneur perd sa santé et a besoin d'aide à l'écurie; l'assistance d'un homme plus jeune, honnête et capable lui est indispensable. Pastern connaît-il un garçon qui puisse remplir ces conditions?

Le vieillard, après mûre réflexion, lui dit qu'il connaît un homme honnête, à ce qu'il croit, par le temps qui court, qui a été autrefois employé aux écuries de Richmond, et qui lui a écrit quelques jours seulement auparavant pour le prier de lui chercher une place.

— Mais le nom de ce jeune homme est sorti de ma mémoire, — ajoute Pastern; — ce n'était encore qu'un petit garçon quand il était chez moi; mais Dieu garde mon âme! il y a de cela dix ans! Je vais regarder sa lettre en rentrant à la maison, et je vous en écrirai. Je le sais capable, je le crois honnête, et je m'estimerai trop heureux, dit bravement le vieux gentleman en terminant, de faire quelque chose pour obliger madame Mellish.

CHAPITRE XIV

« L'Amour prit le sablier et le renversa de sa main charmante. »

Bulstrode céda enfin aux instances réitérées de John, et consentit à passer une couple de jours à Mellish Park.

Il se méprisait et s'en voulait à lui-même de cette concession absurde. Par quelle pitoyable farce la tragédie s'était-elle terminée! Invité dans la maison de son rival, paisible spectateur du bonheur quotidien et banal d'Aurora, durant deux jours, il avait consenti à supporter cette situation embarrassante; deux jours seulement, puis il reviendrait aux mineurs de Cornouailles, à son logement de garçon de Queen's Square, Westminster, et se retrouverait sous sa tente dans le grand Sahara de la vie. Il ne lui était pas possible, quand il se serait agi du salut de son âme, de résister à la tentation de connaître la vie intime menée dans cette terre du comté d'York. Il voulait savoir avec certitude.... qu'est-ce que cela lui importait, je vous le demande? — si elle était réellement heureuse et si elle l'avait tout à fait oublié. Ils retournèrent tous ensemble à Mellish Park : Aurora, John, Floyd, Lucy, Bulstrode et Hunter. Ce dernier officier était un jovial gentleman au nez crochu et aux favoris châtains; c'était un homme dont la force intellectuelle n'avait rien de foudroyant; mais c'était aussi un gai compagnon, un hôte agréable dans une honnête maison de campagne, où tous sont les bienvenus.

Talbot ne pouvait s'empêcher de s'avouer intérieurement qu'Aurora était à la hauteur de sa nouvelle position. Comme chacun l'aimait! Elle soulevait pour ainsi dire autour d'elle, partout où elle allait, une atmosphère de bonheur. Quels aboiements de joie les chiens poussaient à sa vue! Comme ils sautaient, rompant leurs chaînes dans les efforts qu'ils faisaient pour se rapprocher d'elle! Comme les juments et les pouliches accouraient sans frayeur à la grille de l'enclos pour lui souhaiter la bienvenue, penchant leurs naseaux veloutés qu'ils appuyaient sur son épaule, ou répondant aux mouvements de sa main caressante! En voyant tout cela, comment Talbot pouvait-il ne pas se souvenir que ce même rayon de soleil aurait pu luire sur un castel désolé, bien loin vers l'occident où l'on voit le soleil sortir de la mer? Elle aurait pu être à lui, cette belle créature; mais à quel prix? Au prix de l'honneur, au prix de l'abandon de tous les principes qui avaient formé pour lui le type de la pureté et de la perfection, de l'idéal pur et sans tache rêvé pour la femme de son choix. Il aurait pu céder dans un moment de faiblesse; il aurait pu être heureux, heureux du bonheur du fumeur d'opium, mais non de la félicité rationnelle d'un chrétien. Merci au Ciel pour la force qui lui avait été donnée d'échapper aux filets soyeux! Merci au Ciel pour le pouvoir qui lui avait été donné de soutenir cette lutte!

Debout auprès d'Aurora dans l'embrasure d'une des fenêtres de Mellish Park, portant son regard au loin sur les taillis au milieu desquels les cerfs aiment à s'étendre paresseusement sous les rayons du soleil d'avril, il ne put réprimer la pensée constante de son esprit.

— Je suis.... bien aise.... de vous voir si heureuse. madame Me'lish.

Elle jeta sur lui ses yeux francs et confiants dans l'éclat desquels il ne restait pas une ombre.

— Oui, — dit-elle, — je suis heureuse, bien heureuse Mon mari est bien bon pour moi. Il m'aime.... et il a confiance en moi.

Elle ne put résister au désir de lui infliger ce coup.... la seule vengeance qu'elle tira jamais de lui; mais c'était un coup qui le perça jusqu'au cœur.

— Aurora!... Aurora!... Aurora!... — s'écria-t-il.

Ce cri à demi étouffé révéla le secret de blessures qui n'étaient pas encore cicatrisées. Mme Mellish pâlit en entendant ce cri sortir de son âme. Cet homme est encore malade, il faut le guérir, pensa-t-elle. L'heureuse épouse, sûre de la force de son amour et de sa confiance, ne pouvait supporter la vue de ce pauvre garçon toujours emporté par le courant.

Elle ne désespérait aucunement de sa cure, car l'expérience lui avait appris que si la fièvre d'amour prend plusieurs formes, il n'y en à que bien peu qui soient incurables. N'avait-elle pas elle-même passé par ce supplice sans qu'il restât une seule cicatrice pour témoigner de ses anciennes blessures?

Elle laissa Bulstrode regarder tristement par la fenêtre, et s'éloigna pour préparer le plan qui devait ranimer cette pauvre âme abattue.

Elle courut d'abord dire à John sa découverte, ainsi qu'elle avait coutume de lui dire toutes choses, qu'elles fussent importantes ou futiles.

— Mon cher bon vieux Jack, — dit-elle, — c'était une autre de ses habitudes de lui donner toutes sortes d'appellations exagérées de tendresse; il se peut que ce fût pour le repos de sa propre conscience, bien convaincue qu'elle le tyrannisait; — mon cher ami, j'ai fait une découverte.

— Au sujet de quoi?

— Au sujet de Bulstrode.

John eut un clignement d'yeux rempli de malice : il était évidemment à demi préparé à ce qu'il allait arriver.

— Qu'est-ce, Lolly ?

Lolly était une corruption d'Aurora, inventée par Mellish.

— Eh bien, je crains réellement, cher, qu'il n'en ait pas encore pris son parti....

— De ce que je l'ai emporté sur lui ! — s'écria John, — je le pensais. Pauvre diable.... pauvre Talbot !... Je voyais bien qu'il avait grande envie de se battre avec moi à York. Sur ma parole je le plains !

Et pour preuve de sa compassion, Mellish partit d'un bruyant éclat de rire, que Talbot aurait presque pu entendre de l'autre bout de la maison.

C'était l'illusion favorite de John. Il croyait fermement avoir gagné l'affection d'Aurora, en rivalité loyale avec Bulstrode ; ignorant complaisamment que le Capitaine avait abandonné toute prétention à la main de Mlle Floyd neuf ou dix mois avant que la demande de John eût été agréée.

Cet homme plein de naïveté avait l'habitude de se tromper ainsi lui-même. Il voyait tout dans le monde comme il désirait le voir ; pour lui, tous les hommes étaient bons et honnêtes, toutes les femmes tendres et fidèles ; la vie n'était qu'un long et agréable voyage à bord d'un vaisseau bien approvisionné, monté seulement par des passagers de première classe. C'était un de ces hommes qui doivent se couper la gorge ou prendre de l'acide prussique le jour où ils rencontrent pour la première fois le sombre visage du Soûci.

— Et qu'allons-nous faire de ce pauvre garçon, Lolly ?

— Le marier !...

— Avec nous ? — dit John naïvement.

— Mon cher ange, quel vieil obtus chéri vous faites ! Non ; le marier à Lucy, ma cousine germaine, qu'il a dédaignée autrefois, et garder dans la famille le domaine de Bulstrode.

— Le marier à Lucy !

— Oui ; pourquoi pas ? Elle a assez étudié ; elle sait assez d'histoire, de géographie, d'astronomie, de botanique, de géologie et d'entomologie; elle a couvert je ne sais combien de vases en porcelaine de Chine d'oiseaux et de fleurs impossibles; elle a enluminé des missels, et lu tous les romans religieux de la Haute-Église. Donc, ce qu'elle peut faire de mieux maintenant, c'est d'épouser Bulstrode.

John avait ses raisons particulières pour être d'accord avec Aurora sur ce sujet. Il se rappelait le secret de la pauvre Lucy, qu'il avait découvert plus d'une année auparavant à Felden : ce secret qui lui avait été révélé par le mystérieux pouvoir sympathique de l'amour sans espoir. Donc Mellish déclara qu'il approuvait hautement le projet d'Aurora, et les deux faiseurs de mariages se mirent à l'œuvre pour combiner le piége dans lequel Talbot devait tomber, ne supposant pas un seul instant que pendant qu'ils se cassaient la tête pour assurer le succès de leur intrigue, la victime désignée traversait tranquillement la pelouse en plein soleil pour se rapprocher du sort qu'ils lui ménageaient.

Oui, Talbot s'avançait lentement vers sa destinée, à travers une partie du parc qu'on pouvait considérer comme la limite du domaine de John. C'était un endroit délicieux, consolant par son harmonieuse influence; un véritable sanctuaire de forêt, où en entrant l'homme redevient jeune. Le Capitaine ne se sentait pas d'excellente humeur en traversant la pelouse; mais une influence bienfaisante s'empara de lui sur le seuil de cet abri naturel, de sorte qu'il se sentit mieux disposé. Il commença alors à se demander quel rôle il jouait dans le grand drame de la vie.

— Ciel ! — pensa-t-il, — quel lâche méprisable, quel misérable être je suis devenu par l'effet de ce seul chagrin! Eh quoi! fils indifférent, frère insouciant, créature inutile et sans but, je me contente d'une vie dépensée à de mesquines études d'économie politique! Reprendrai-je jamais courage? Ce doute aride sur tout ce qui existe doit-il m'accompagner jusqu'à la tombe? Il y a moins de deux ans, mon cœur se désolait à la pensée que j'avais atteint l'âge de trente-deux ans sans avoir jamais été aimé. Depuis.... depuis.... depuis j'ai vécu dans un état de fièvre; j'ai soutenu les luttes les plus acharnées qu'homme puisse endurer, et je me trouve, où ?... Exactement où j'en étais auparavant; toujours sans compagne pour cet aride voyage; seulement je suis un peu plus près de la fin.

Il marchait lentement vers le côté boisé; d'autres taillis ombreux s'étendaient à droite et à gauche pour devenir plus profonds, plus épais, et plus mystérieux au loin.

— J'ai trop demandé, — disait Talbot de ce ton de voix intime que nous portons sans cesse en nous, et que nous seuls pouvons entendre; — j'ai trop demandé; j'ai cédé aux charmes de la sirène, et j'ai éprouvé de la colère parce que je n'ai pas trouvé les ailes argentées de l'ange. Je me suis laissé éblouir par les charmes et la beauté d'une femme, quand j'aurais dû chercher une épouse douée d'un noble cœur.

Il s'enfonçait de plus en plus dans le bois, marchant à sa destinée, comme devait le faire un autre homme avant la fin de l'été qui commençait; mais quelle différence dans ces destinées ! Les longues arcades de hêtres et d'ormes lui avaient d'abord rappelé la nef grandiose d'une cathédrale : il n'y manquait que le saint. Et, arrivant brusquement à un endroit où une nouvelle arcade s'élevait immédiatement à sa droite, il vit dans une des niches champêtres une sainte plus belle que jamais n'en modela la main d'un artiste et d'un croyant, le même ange aux cheveux d'or qu'il avait déjà vu dans le grand salon de Felden, Lucy, la tête ceinte de sa pâle auréole, son large chapeau de paille sur ses genoux, rempli d'anémones et de violettes, et tenant à la main le troisième volume d'un roman.

Que de fois dans la vie il arrive que nous nous trouvons dans ce qu'on appelle au théâtre une situation ! Sans cette soudaine rencontre, sans cette apparition instantanée de la jolie sainte, Bulstrode aurait pu descendre dans la tombe et ignorer toujours l'amour que Lucy nourrissait pour lui. Mais, étant donnée une brillante matinée d'avril (d'avril dans toute sa splendeur, ne l'oubliez pas), la solitude, les bois, les fleurs sauvages, les cheveux d'or, et les yeux bleus de Lucy, le problème est-il donc difficile à résoudre ?

Bulstrode, appuyé contre un large tronc de hêtre, regardait cette jolie figure, qui rougit à sa vue, et la première idée du secret de Lucy commença à se faire jour en lui. En ce moment, il ne songea pas à profiter de la découverte. Il ne songea pas non plus à ce qu'il allait dire. Son âme était encore pleine de l'émotion orageuse qui s'était trahie lorsqu'il avait poussé ce cri passionné devant Aurora. La rage, la jalousie, le regret, le désespoir, l'envie, l'amour et la haine, tous les sentiments divers qui s'étaient livré un combat de démons dans son âme à la vue du bonheur d'Aurora, n'avaient pas encore cessé de s'agiter dans sa poitrine et les premières paroles qu'il prononça révélaient les pensées qui l'agitaient encore.

— Votre cousine est très-heureuse dans sa nouvelle existence, mademoiselle Floyd, — dit-il.

Lucy le regarda avec surprise.

C'était la première fois qu'il lui parlait d'Aurora.

— Oui, — répondit-elle d'un ton calme, — je crois qu'elle est heureuse.

Bulstrode fit tourner sa canne sur un groupe d'anémones, et décapita les fleurs tremblantes. Il pensait avec fureur combien il était honteux que la glorieuse Aurora fût heureuse avec l'épais, le musculeux et jovial Mellish; il ne pouvait comprendre cette étrange anomalie, ni découvrir la clef de ce secret; il ne pouvait comprendre que l'amour dévoué de ce lourdaud fût assez fort de lui-même pour surmonter toutes les difficultés, pour contre-balancer toutes les différences.

Peu à peu Lucy et lui commencèrent à s'entretenir d'Aurora. Bientôt Mlle Floyd parla à son compagnon des mauvais jours passés à Felden, pendant lesquels on avait presque désespéré de l'existence de l'héritière. Donc elle l'avait aimé sincèrement, après tout; elle avait aimé, elle avait souffert, elle avait cessé de souffrir, et elle l'avait oublié, et elle était heureuse. Toute l'histoire pouvait se dire en cette seule phrase. Talbot jeta un vague regard sur l'irrévocable passé, et il maudissait l'orgueil des Bulstrode, qui s'était placé entre lui et son bonheur.

Il dit à la douce Lucy quelques mots de sa douleur, il lui dit que des préjugés, un orgueil mal entendu, l'avaient séparé d'Aurora. Elle essaya, de son ton plein d'innocence et de sa douce voix, de consoler cet homme dans sa faiblesse; et en essayant, elle révéla.... ah! avec quelle transparente simplicité!.... le secret qu'elle lui avait si longtemps caché.

Que le ciel vienne en aide à l'homme dont le cœur est pris au bond par une divinité aux cheveux d'or et aux yeux de colombe, dont la voix tremblante s'accorde avec sa douleur! Talbot vit qu'il était aimé, et, plein de reconnaissance, il fit humblement l'offre des cendres de ce feu qui avait brûlé si ardemment sur l'autel d'Aurora. Ne blâmons pas cette pauvre Lucy si elle accepta avec reconnaissance et même avec un certain trouble intérieur, avec crainte, avec joie, l'amant oublié de sa cousine. Elle l'aimait tant, et elle l'avait aimé si longtemps! Pardonnons-lui et plaignons-la, car c'était une de ces créatures innocentes et pures dont l'être entier se résout en *affection;* auxquelles la passion, la colère, l'orgueil sont inconnus; qui ne vivent que pour aimer, et qui aiment jusqu'à la mort. Talbot apprit à Lucy qu'il avait aimé Aurora de toute la force de son âme, mais que, maintenant que la lutte était terminée, lui, le vaincu, il avait besoin d'une consolatrice pour ses vieux jours. Voudrait-elle, pourrait-elle donner sa main à celui qui ferait tous ses efforts pour remplir les devoirs d'un époux, et pour la rendre heureuse! Heureuse! Elle aurait été heureuse s'il lui avait demandé d'être son esclave; heureuse, si elle avait pu occuper seulement une place ignorée dans le service du château de Bulstrode, pourvu qu'il lui fût permis d'apercevoir le visage aimé une ou deux fois par jour à travers les vitres brumeuses d'une fenêtre de cuisine.

Mais elle était la moins démonstrative des femmes; et si ce n'est par son embarras, ses paupières baissées et les larmes qui tremblaient sur ses cils d'un brun foncé, elle ne répondit rien à la déclaration du Capitaine. Enfin, pre-

nant sa main dans la sienne, il obtint d'elle un léger murmure de consentement qui voulait dire oui.

Ciel! combien il est dur pour de telles femmes de sentir
si fortement et de paraître si froides et si peu démonstratives!
Ces créatures bouillantes, impétueuses, aux yeux noirs, qui
parlent sans crainte, et vous disent qu'elles vous aiment ou
vous haïssent, en vous enlaçant de leurs bras ou vous
jetant un couteau, selon les circonstances, sont largement
payées de leurs émotions; mais ces douces créatures
aiment, et ne donnent aucun signe d'amour. Elles restent
immobiles comme la statue de la Patience sur un monument; elles sourient au malheur, et personne ne comprend
la triste signification de leur sourire. La réserve, comme le vér
dans le bourgeon, détruit la couleur de leurs joues; et leurs
compatissants amis leur disent qu'elles ont un tempérament
bilieux, et leur recommandent quelque remède anodin pour
leur pâleur. Elles ont toujours le dessous. Leur vie inté-
rieure est peut-être une tragédie où il n'y a que du sang
et des larmes, tandis que leur existence extérieure n'est
qu'un drame domestique pâle et vulgaire. Le seul signe
extérieur que Lucy laissa paraître de l'état de son cœur fut
une affirmation tremblée à peine intelligible; et pourtant,
quelle tempête d'émotions s'agitait en elle! Mais quand il
se fût agi de sa vie, elle n'aurait pu répondre autrement à
Talbot.

Ce ne fut que plus tard, quand Bulstrode et elle eurent
regagné lentement le château, que son émotion finit par se
trahir. Aurora rencontra sa cousine dans le corridor sur
lequel ouvraient leurs chambres, et, attirant Lucy jusque
dans son cabinet de toilette, elle demanda à la jeune fille
d'où elle venait.

— Où êtes-vous allée, fugitive? John et moi nous vous
avons cherchée une demi-douzaine de fois.

Lucy expliqua qu'elle avait été dans le bois avec un volume du dernier roman, un roman religieux, dans lequel
l'héroïne repoussait le héros parce qu'il n'accomplissait pas
le service selon le rite. Lucy dit tout ceci avec tant de confusion, et en rougissant si fort, qu'il semblait qu'il y eût

quelque faute à passer dans un bois une matinée d'avril; et
comme on lui demandait pourquoi elle était restée si longtemps, et si elle avait été seule tout ce temps, la pauvre
Lucy tomba dans un embarras vraiment digne de commisé-
ration, et dit qu'elle avait été seule, c'est-à-dire une partie
du temps.... ou presque tout le temps; mais que le Capitaine Bulstrode....

Mais en essayant de prononcer son nom, ce nom sacré,
ce nom si cher, la parole manqua à Lucy; elle ne put
ajouter un mot, et fondit en larmes.

Aurora serra le visage de sa cousine sur sa poitrine, et
plongea son regard, son regard de femme, dans ces yeux
bleus humides.

— Lucy, ma chère enfant, — dit-elle, — est-ce réellement comme je le pense.... comme je le désire.... Talbot
vous aime-t-il?

— Il m'a demandée en mariage, — murmura Lucy.

— Et vous... vous avez consenti.... vous l'aimez?

Lucy ne répondit que par de nouveaux sanglots.

— Mais, ma chère enfant, tout cela me surprend fort!
Combien y a-t-il de temps que cela dure? Combien y a-t-il
de temps que vous l'aimez?

— Je l'aime depuis la première heure où je l'ai vu, —
murmura Lucy, — depuis le jour où il vint à Felden pour
la première fois. Aurora, je sais combien il y avait de folie
et de faiblesse en moi, et je me hais à cause de cette folie;
mais il est si bon, si noble, si....

— Chère petite niaise; et c'est parce qu'il est bon et
noble, et qu'il vous a demandé d'être sa femme, que vous
pleurez comme s'il vous avait demandé d'aller à son enter-
rement. Ma chère, ma tendre Lucy, vous l'avez toujours
aimé, alors; et vous avez été bonne pour moi.... moi qui
étais assez égoïste pour ne rien deviner.... Ma chère enfant,
vous êtes cent fois plus faite pour lui que je ne l'ai jamais
été; et vous serez aussi heureuse que je le suis avec ce
grotesque et cher John.

Pendant qu'elle parlait ainsi, les yeux d'Aurora se rem-
plissaient de larmes. Elle était vraiment, sincèrement aise

de voir Talbot en chemin de trouver une consolation, d'autant plus aise que du même coup sa sentimentale cousine allait se trouver heureuse.

Bulstrode demeura encore quelques jours à Mellish Park ; — heureux, ah ! trop heureux jours pour Lucy ! — et il partit, non sans avoir reçu les félicitations de John et d'Aurora.

Il devait aller directement trouver Alexandre Floyd à sa villa de Fulham, et plaider sa cause auprès du père de Lucy. Il n'avait guère à craindre une réception défavorable ; car Talbot Bulstrode, de Bulstrode Castle, était un excellent parti pour la fille de la branche cadette de Floyd, Floyd et Floyd, jeune personne dont les espérances se trouvaient considérablement modifiées par une demi-douzaine de frères et sœurs.

Le Capitaine revint donc à Londres fiancé de Lucy ; il revenait avec une joie tempérée dans le cœur, bien différente de toutes les joies tumultueuses du passé. Il était heureux du choix qu'il avait fait, avec calme et sans passion. Il avait aimé Aurora pour sa beauté et ses charmes ; il allait épouser Lucy parce qu'il avait beaucoup lu en elle, parce qu'il l'avait observée de près, et qu'il la croyait douée de toutes les qualités qu'une femme doit avoir. Peut-être, s'il faut dire la froide vérité, son principal charme aux yeux du Capitaine se trouvait-il dans ce respect qu'elle avait si naïvement trahi pour lui. Il acceptait son admiration avec une calme et naturelle sérénité, et la croyait la plus sensible des femmes.

Mme Alexandre fut surprise au dernier point quand l'homme qui avait été naguère le fiancé d'Aurora vint solliciter la main de sa fille. Elle était trop occupée des soins de son petit troupeau pour être en même temps un observateur bien pénétrant, et elle n'avait jamais soupçonné l'état du cœur de Lucy. Elle fut donc enchantée d'apprendre que sa fille reconnaissait la bonne éducation qu'elle avait reçue, et elle avait trop de bon sens pour refuser une offre aussi avantageuse que celle de Bulstrode ; elle se joignit donc à son mari pour approuver entièrement l'union de

Lucy avec Talbot. Ainsi donc, comme il n'y avait aucun empêchement, et comme les amants s'estimaient et se connaissaient depuis longtemps, il fut décidé, à la requête du Capitaine, que le mariage serait célébré au commencement du mois de juin, et qu'on irait passer la lune de miel au château de Bulstrode.

A la fin de mai, M. et Mme Mellish vinrent à Felden pour assister aux noces de Lucy, qui furent célébrées en grande pompe à Fulham. Archibald Floyd offrit à sa petite nièce un bon de cinq mille livres sterling, à son retour de l'église.

Il y eut un moment pendant la cérémonie où Bulstrode fut sur le point de se frotter les yeux, en pensant que cette brillante fête n'était qu'un rêve. C'était un rêve assurément; car à ses côtés se tenait une pâle et blonde jeune fille, tandis que la femme qu'il avait choisie deux ans auparavant, était dans un groupe derrière lui, et assistait à cette cérémonie en spectatrice parfaitement satisfaite. Mais quand il sentit la petite main gantée trembler sur son bras, au moment où ils quittèrent l'autel, il se souvint que ce n'était point un rêve, et qu'à partir de cette heure, la vie avait pour lui des devoirs nouveaux et sacrés.

Maintenant que mes deux héroïnes sont mariées, le lecteur un peu versé dans la physiologie du roman peut conclure que mon récit est terminé, que le rideau est prêt à tomber sur le dernier acte de la pièce, et qu'il ne me reste rien de plus à faire qu'à réclamer l'indulgence pour le jeu insuffisant des acteurs. Cependant, le drame de la vie réelle se termine-t-il toujours sur les marches de l'autel? Faut-il absolument que la pièce soit finie quand le héros et l'héroïne ont signé leurs noms sur le registre? L'homme cesse-t-il d'être, d'agir et de souffrir quand il se marie? Et est-il nécessaire que le romancier, après avoir consacré trois volumes à décrire une cour de six semaines de durée, ne se réserve pour lui-même qu'une demi-page dans laquelle il nous dira les événements des deux tiers d'une vie. Aurora est mariée, elle est établie, elle est heureuse; à l'abri, comme on peut se l'imaginer, de tout danger, elle est en sûreté sous l'aile de son vigoureux adorateur ; mais il ne s'ensuit pas que l'histoire de sa vie soit terminée. Elle a évité le naufrage pendant un temps, elle a abordé saine et sauve de séduisants rivages ; mais souvent l'orage est encore bien loin à l'horizon, quand on entend gronder la voix menaçante du tonnerre.

CHAPITRE XV

La lettre de Pastern.

Mellish s'était réservé une chambre au rez-de-chaussée de sa maison. C'était une pièce fort gaie, où l'air arrivait en abondance, et dont les fenêtres à la française ouvraient sur la pelouse ; ces fenêtres étaient abritées du soleil par une vérandah d'où pendaient des jasmins et des roses. C'était, il faut en convenir, une pièce fort agréable pendant l'été. Le plancher était recouvert d'une natte de l'Inde, et presque toutes les chaises étaient faites en bois léger et tressé comme l'osier. Au-dessus de la cheminée était suspendu un portrait du père de John, et, en face de cette œuvre d'art, on voyait l'image du cheval favori du défunt. Le cadre était surmonté d'une paire d'éperons polis et brillants, dont les molettes avaient fréquemment pressé les flancs du fidèle coursier. Mellish avait rassemblé dans cette pièce ses fouets, ses cannes, ses cravaches, ses gants pour la boxe, ses éperons, ses fusils, ses pistolets, de la poudre, des balles, des engins de pêche, etc. ; et bien des matinées étaient employées par le maître de Mellish Park à polir, réparer, inspecter, en un mot à mettre en ordre tous ces objets. Il avait des paires de bottes en assez grand nombre pour en fournir la moitié du comté de Leicester, et ses fouets n'étaient pas moins nombreux. Entouré de ces trésors, qui formaient comme un temple consacré aux divinités du turf, Mellish avait coutume de donner là des audiences solennelles à son entraîneur ainsi qu'à son premier piqueur, au sujet des affaires de l'écurie.

Aurora risquait perpétuellement un coup d'œil dans cette chambre, à la très-grande joie et à l'extrême distraction de son excellent mari, qui trouvait que les yeux noirs de sa divinité étaient un terrible empêchement aux affaires, si ce n'est quand il pouvait décider Mme Mellish à prendre part à la discussion du moment, et prêter au petit conclave le concours de sa puissante intelligence. Je crois bien que John pensait qu'elle aurait pu distribuer les poids pour le *Chester Cup* aussi bien que M. Topham lui-même. C'était une si étonnante créature, que le peu qu'elle savait la mettait à même de paraître fort au fait de tous les sujets qu'elle abordait, et le naïf gentleman croyait avoir la plus sage, comme la plus belle et la plus noble des femmes.

M. et Mme Mellish revinrent dans le comté d'York immédiatement après le mariage de Lucy. Le pauvre John était inquiet au sujet de ses écuries ; car son entraîneur était atteint de rhumatismes chroniques, et Pastern ne lui avait pas encore écrit relativement au jeune homme dont il lui avait parlé dans le pavillon des courses d'York.

— Je garderai Langley, — dit John à Aurora, en parlant de son vieil entraîneur ; — car c'est un honnête garçon et son jugement me sera toujours utile. Sa femme et lui peuvent continuer à occuper l'appartement au-dessus des écuries, et le nouveau venu, quel qu'il soit, pourra habiter le cottage qui se trouve au nord du parc. Personne n'entre jamais par cette porte-là ; de sorte que le poste de garde n'est qu'une sinécure ; et le cottage est resté fermé depuis une ou même deux années. Je voudrais que Pastern m'écrivît.

— Et je veux tout ce que vous voulez, mon très-cher cœur, — dit respectueusement Aurora à son heureux esclave.

On avait peu entendu parler d'Hargraves, l'idiot, depuis le jour où Mellish l'avait chassé. Un des grooms l'avait vu dans un petit village des environs, et Stephen avait dit à cet homme qu'il vivait de certains petits services qu'il rendait au recteur de la paroisse, et qu'en outre il prenait soin du cheval et de la carriole de ce gentleman ; mais l'idiot s'était montré peu communicatif, et ne lui avait guère fait part de ses projets ou de ses sentiments. Il l'avait cependant beaucoup questionné sur ce que faisait et disait Aurora, où elle allait, qui elle voyait, et comment elle s'entendait avec son mari ; et il avait poussé si loin les questions indiscrètes, qu'à la fin le groom, bien qu'il ne fût qu'un simple paysan, avait refusé de répondre davantage aux questions touchant sa maîtresse.

Hargraves frottait l'une contre l'autre ses mains rudes et calleuses, et il riait en parlant d'Aurora.

— C'est une fière personne, une vraie grande dame, — disait-il de cette voix contenue qui résonnait toujours étrangement. — Elle me donnait souvent de sa cravache sur les reins ; mais je ne lui en veux pas.... je ne lui en veux pas. C'est une belle créature, et je souhaite que Mellish soit content de son choix.

Le groom n'avait pas su comment prendre cela, ne sachant pas trop si c'était un compliment ou une impertinence ; de sorte qu'il adressa un signe de tête à l'idiot, et s'éloigna pendant que celui-ci continuait à se frotter les mains et à se parler à lui-même et à voix basse d'Aurora qui, depuis longtemps, avait oublié sa rencontre avec Hargraves.

Comment eût-il pu se faire qu'elle se souvînt ou qu'elle s'inquiétât de lui ? Comment eût-il pu se faire qu'elle s'alarmât parce que la veuve au pâle visage, Mme Powel, qui avait place à son foyer, la haïssait ? Forte de sa jeunesse et de sa beauté, riche de son bonheur, abritée et protégée par l'amour de son mari, pourquoi aurait-elle songé au danger ? pourquoi aurait-elle redouté un malheur ? Elle remerciait chaque jour Dieu de ce que les troubles de sa jeunesse étaient passés, et que désormais la route qu'elle allait suivre en ce monde était exempte de périls.

Lucy était au château de Bulstrode, gagnant l'affection de de la mère de son mari, qui patronnait sa bru avec une bonté infinie, et couvrait la timide et craintive créature de

son aile protectrice. Lady Bulstrode était parfaitement satisfaite du choix de son fils.

— Vous auriez pu mieux faire, certainement, quant à la
la position et à la fortune, — disait-elle à Talbot, — et
dans ma sollicitude maternelle j'aurais préféré vous voir
épouser toute autre femme que la cousine de *cette* demoiselle Floyd qui s'est échappée de la pension et a causé un
tel scandale au pensionnat de Paris.

Mais le cœur de lady Bulstrode était à Lucy, car celle-ci
était douce et humble, et elle parlait toujours de Talbot
comme s'il eût été de beaucoup trop brillant, trop noble
pour elle, à la grande satisfaction de la vanité maternelle
de la noble dame.

— Elle a pour vous une véritable affection, Talbot, — disait
lady Bulstrode, — et jeune comme elle est, elle promet de
devenir une excellente femme, bien plus convenable pour
vous que ne l'eût jamais été sa cousine.

Talbot se tourna fièrement vers sa mère, à la très-
grande surprise de celle-ci.

— Mêlerez-vous sans cesse le nom d'Aurora à mon mariage, ma mère? — dit-il. — Ne pouvez-vous donc pas laisser
son souvenir tranquille? Vous nous avez séparés à jamais....
vous et Constance.... n'est-ce pas assez? Elle est mariée,
elle et son mari font un couple parfaitement heureux. On
pourrait épouser une femme qui ne valût pas Mme Mellish,
je vous l'assure; et John semble apprécier sa valeur à sa
manière.

— Ne vous emportez pas, Talbot, c'est inutile, — dit
lady Bulstrode, avec le ton de la dignité offensée; — je
suis aise d'apprendre que Mlle Floyd a changé depuis
qu'elle a quitté la pension, et j'espère qu'elle continuera
à être bonne épouse, — ajouta-t-elle avec une emphase qui
disait parfaitement qu'elle n'avait pas grand espoir en la
continuation du bonheur de Mellish.

— Ma pauvre mère est fâchée contre moi, — pensait
Talbot, tandis que lady Bulstrode quittait l'appartement. —
Je suis un ours abominable, je le sais, et personne ne m'ai-
mera jamais sincèrement tant que je vivrai. Ma pauvre pa-

tite Lucy m'aime à sa manière ; elle m'aime en tremblant, comme si elle et moi nous appartenions à des espèces différentes. Mais, après tout, peut-être ma mère a-t-elle raison, et ma douce petite femme est-elle plus faite pour moi que ne l'eût été Aurora.

Nous laisserons un moment Bulstrode, modérément heureux, et pourtant imparfaitement satisfait. Quel mortel a jamais été parfaitement satisfait en ce monde? C'est un des côtés de notre nature terrestre de toujours manquer de quelque chose, d'avoir sans cesse une soif vague et inexplicable qui ne peut être apaisée. Quelquefois cependant nous sommes heureux ; mais dans notre bonheur le plus complet nous ne sommes pas encore contents, car il semble alors que la coupe est trop pleine, et cette pensée ne nous glace de terreur que par cela même qu'étant trop pleine, elle pourrait se renverser. Quelle erreur serait cette vie, quel rêve fiévreux, quel récit indéfini et imparfait, si elle n'était pas le prélude de quelque chose de mieux ! Prise en elle-même, ce n'est que trouble et confusion ; mais si l'on prend le présent pour une préparation de l'avenir, comme tout devient merveilleusement harmonieux ! Combien il est insignifiant que nos joies ici-bas soient incomplètes, nos désirs inassouvis, si le complément, l'achèvement doivent venir plus tard !

Un peu plus d'une semaine après le mariage de Lucy, Aurora demanda son cheval immédiatement après le déjeuner. C'était par une radieuse matinée d'été, et, accompagnée du vieux groom qui avait coutume de suivre le père de John de son vivant, elle partit pour une excursion dans les villages environnant Mellish Park, ainsi qu'elle avait coutume de faire une ou deux fois par semaine.

Les pauvres du pays avaient de bonnes raisons pour bénir la venue de la fille du banquier. Aurora n'aimait rien tant que d'aller de cottage en cottage, causer avec les simples villageois, et deviner leurs besoins. Elle ne trouvait jamais les dignes créatures bien discrètes au sujet de leurs nécessités, et la femme de chambre de Mellish Park avait assez à faire de répartir les bontés d'Aurora aux villa-

geois qui se présentaient au château avec un mot au crayon
de la main de Mme Mellish. Mme Powel risquait quelquefois
auprès d'Aurora une observation sur la folie et l'inutilité de
ce qu'elle appelait instinctivement des aumônes ; mais
Mme Mellish versait alors de tels flots d'éloquence sur son
antagoniste, que la veuve de l'enseigne se hâtait toujours
de cesser une lutte aussi inégale. Jamais personne n'avait
pu discuter avec la fille d'Archibald Floyd. Impétueuse et
subissant sa première impression, elle avait toujours suivi
son idée, pour le bien comme pour le mal, et personne
n'avait été assez fort pour l'en empêcher.

Revenant par cette belle matinée de juin d'une de ces
charitables expéditions, Mme Mellish mit pied à terre devant
le petit tourniquet d'une route conduisant dans le bois, et
ordonna au groom de conduire l'animal à l'écurie.

— J'ai envie de me promener dans le bois, Joseph, —
dit-elle ; — il fait si beau ce matin. Ayez bien soin de
Mazeppa, et si vous voyez M. Mellish, dites-lui que je vais
rentrer de suite.

L'homme porta la main à son chapeau, et s'éloigna, conduisant en main le cheval d'Aurora.

Mme Mellish rassembla les plis de sa robe et s'enfonça
dans le bois, à l'ombre duquel Talbot et Lucy s'étaient pro-
menés par ce fameux jour d'avril qui avait décidé du sort
de la jeune fille.

Aurora avait choisi ce chemin pour rentrer au château,
parce que, se sentant parfaitement heureuse, la chaude
splendeur de ce jour d'été la remplissait d'un charme indé-
finissable qu'elle craignait de rompre trop tôt. Le bourdonnement continu des insectes, la riche verdure des bois, les
émanations parfumées des fleurs, le murmure de l'eau, tout
contribuait à former un ensemble délicieux qui faisait de la
terre un séjour vraiment enchanteur.

Il y a aussi une sorte de satisfaction que procure la possession ; et Aurora sentait, en contemplant les longues ave-
nues, et au loin à travers les clairières le vaste parc et les
pelouses immenses, et plus loin encore cette construction
pittoresque et irrégulière, en partie gothique et en partie

du style plus moderne du règne d'Élisabeth, perdue dans un riche fouillis de lierre et de brillant feuillage, elle sentait, dis-je, que ce tableau magnifique, ce panorama superbe était à elle ou à son mari, ce qui était la même chose. Elle n'avait jamais un seul instant regretté son union avec John. Elle ne lui avait jamais, comme je l'ai déjà dit, été infidèle même par la pensée.

A un endroit du bois, le sol montait considérablement; de sorte que la maison, se trouvant dans un creux, était parfaitement visible toutes les fois que les arbres laissaient une échappée. Ce terrain élevé était considéré comme le plus charmant endroit du bois, et l'on y avait construit un kiosque, frêle construction en planches tombée en ruine depuis nombre d'années, mais qui formait encore une retraite assez agréable par un jour d'été; il était meublé d'une table et d'un grand banc, et abrité contre le soleil et le vent par les branches inférieures d'un hêtre magnifique. A quelques pas de ce kiosque se trouvait un étang dont la surface était couverte de nénuphars et de roseaux, au point qu'un étranger n'eût peut-être pas eu conscience du danger qu'il courait en se promenant de ce côté. Aurora devait passer près de là, et elle tressaillit de terreur en voyant un homme endormi et étendu au bord de l'étang. Elle se remit bientôt, se rappelant que John permettait au public de passer par ce chemin; mais elle tressaillit de nouveau quand l'homme, qui ne devait pas être bien profondément endormi pour que le pas léger d'Aurora ait pu le réveiller, leva la tête, et montra le pâle visage de l'idiot.

Il se releva lentement en voyant Mme Mellish et s'éloigna cauteleusement, la regardant tout en marchant, mais ne laissant pas autrement voir qu'il savait qu'elle était là.

Aurora ne put retenir un frisson de terreur; on eût dit que le bruit de ses pas avait réveillé quelque créature rampante, quelque hideux membre de la race des reptiles, et l'avait forcé de quitter sa cachette.

Hargraves disparut au milieu des arbres, pendant que Mme Mellish passait, la tête orgueilleusement relevée, mais un peu plus pâle qu'avant sa rencontre inattendue avec l'idiot.

Le plaisir qu'elle goûtait à se promener par cette brillante matinée s'était évanoui, dès qu'elle avait aperçu Hargraves ; son brillant sourire, plus brillant encore sous le soleil matinal, avait disparu, et son visage était maintenant empreint d'une gravité inaccoutumée.

— Dieu ! — s'écria-t-elle, — que je suis folle! Voilà que j'ai peur de cet homme.... peur de ce lâche digne de pitié qui a osé frapper mon pauvre vieux chien. Comme si une pareille créature pouvait être à craindre!

Sans doute cela était sagement raisonné, car jamais lâche n'a fait le moindre mal sur cette terre.

Aurora traversa lentement la pelouse du côté de l'extrémité de la maison où était situé l'appartement réservé de Mellish. Elle entra doucement par la porte-fenêtre ouverte, et posa sa main sur l'épaule de John, assis à une table couverte de livres de comptes, de listes de chevaux et de divers papiers.

Il tressaillit légèrement au contact de cette main familière.

— Chère Aurora, — dit-il, — je suis content que vous soyez rentrée ; comme vous avez été longtemps!

Elle consulta sa petite montre émaillée de diamants. Le pauvre John l'avait littéralement chargée de bijoux. Un de ses plus grands chagrins était qu'Aurora fût une héritière, et qu'il ne pouvait lui offrir que l'adoration d'un cœur simple et honnête.

— Il n'est qu'une heure et demie, mon gros John, — dit-elle. — Qui vous a fait croire que j'étais en retard?

— Ah! c'est que je voulais vous consulter sur quelque chose, et vous apprendre.... C'est une si bonne nouvelle!

— A propos de quoi?

— A propos de l'entraîneur.

Elle haussa les épaules et pinça les lèvres avec une petite mine d'indifférence.

— Est-ce là tout? — demanda-t-elle.

— Oui; mais n'êtes-vous pas contente que nous ayons enfin cet homme.... un homme qui nous convient réellement! Où est la lettre de Pas'ern?

Mellish chercha parmi les liasses de papier qui étaient sur la table, tandis qu'Aurora, appuyée contre la boiserie de la fenêtre ouverte, suivait des yeux ses mouvements, et riait de son embarras.

Elle était parfaitement revenue à elle maintenant. On l'eût prise pour un tableau représentant le bonheur insouciant, à la voir ainsi penchée dans une de ces poses gracieuses et naturelles qui lui étaient particulières, soutenue par le montant de la fenêtre, et la tête entourée de jasmins, que la brise d'été agitait doucement. Tout en parlant à son mari, elle soulevait sa main dégantée, et cueillait les roses au-dessus de sa tête.

— Oh! homme sans ordre et sans principes, — dit-elle en riant; — je parie que vous ne la trouverez pas.

— Je crains bien que Mellish n'ait laissé échapper bien bas un petit juron en remuant le tas de papiers hétérogènes dans lequel il cherchait la lettre absente.

— Je l'avais cinq minutes avant que vous n'entriez, Aurora, — dit-il, — et je n'en vois plus la moindre trace. Oh! la voici!

— Mellish ouvrit la lettre, et l'étalant sur la table devant lui, il toussa pour se préparer à la lire. Aurora était toujours appuyée contre la fenêtre, partie dans la chambre, partie en dehors, fredonnant un refrain populaire, et essayant de cueillir une rose à demi épanouie qui pendait d'une façon provoquante hors de sa portée.

— Vous écoutez, Aurora?

— Oui, le plus cher et le meilleur des hommes.

— Mais entrez donc, vous n'entendrez pas un mot d'où vous êtes.

Mᵐᵉ Mellish haussa les épaules comme pour dire : « Je me soumets à l'ordre d'un tyran, » et fit deux ou trois pas en avant; puis, les yeux fixés sur John avec un balancement de tête d'une insolence enchanteresse, elle se croisa les mains derrière le dos, et lui dit :

— J'écoute.

C'était une femme insouciante, impétueuse, terriblement oublieuse de ce que Mᵐᵉ Powell appelait sa dignité; elle

s'occupait de tout ce qu'on peut imaginer, mais jamais **plus**
de deux minutes du même objet : heureuse, généreuse,
affectueuse, elle considérait la vie comme un glorieux jour
de fête, et remerciait Dieu de la lui avoir faite si douce et
si agréable.

Pastern commençait pas s'excuser d'avoir tant tardé à
écrire. Il avait perdu l'adresse de la personne qu'il avait
voulu recommander, et avait dû attendre que l'homme lui
écrivît.

« Je crois qu'il vous conviendra tout à fait, continuait la
« lettre, car il connaît parfaitement son métier, et il a une
« grande expérience comme groom, comme jockey et
« comme entraîneur. Il n'a pas plus de trente ans, mais
« il a éprouvé dernièrement un accident qui l'a rendu boi-
« teux pour le reste de ses jours. Il a presque été tué
« dans un steeple-chase en Prusse et est resté près d'une
« année dans un hôpital de Berlin. Il s'appelle James Co-
« nyers, et l'on peut avoir des renseignements chez.... »

John leva les yeux sur sa femme; la lettre tomba de ses
mains. Ce n'est pas un cri qu'elle laissa échapper, c'était le
râle d'un être qu'on étrangle, mille fois plus terrible que
ces cris perçants qui sortent de la gorge des femmes en
détresse.

— Aurora !... Aurora !...

Il la regardait, et son visage s'altéra et pâlit à la vue du
sien. Une transformation terrible s'était opérée en elle pendant la lecture de cette lettre; sa surprise n'eût pas été
plus grande si, en levant les yeux, il eût vu une autre personne à la place d'Aurora.

— Non !... non !... — s'écria-t-elle d'une voix étouffée.
— Vous avez mal lu.... ce ne peut être ce nom- à !

— Quel nom?

— Quel nom?... — répéta-t-elle avec feu, le visage
éclairé d'une fureur sauvage. — Ce nom !... je vous dis
que cela ne se peut pas.... Donnez-moi cette lettre.

Il lui obéit machinalement; il prit le papier et le lui tendit, mais sans quitter des yeux son visage.

Elle le lui arracha, le parcourut un instant, les yeux extraordinairement dilatés, les lèvres entr'ouvertes, puis, reculant de deux ou trois pas, ses genoux fléchirent, et elle tomba lourdement sur le plancher.

CHAPITRE XVI

James Conyers.

La première semaine de juillet vit entrer James Conyers, le nouvel entraîneur, à Mellish Park. John n'avait pas pris d'autres renseignements auprès des anciens maîtres de cet individu, attendu que la parole de Pastern lui suffisait parfaitement.

Mellish avait essayé de découvrir la cause de l'émotion d'Aurora pendant la lecture de la lettre de Pastern. Elle était tombée comme morte à ses pieds ; elle avait eu des attaques de nerfs pendant tout le reste de la journée, et le délire la nuit suivante, mais elle n'avait pas prononcé un seul mot qui pût jeter le moindre jour sur le secret de cette étrange et soudaine émotion.

Son mari était assis à côté d'elle le lendemain du jour où elle s'était évanouie à ses pieds ; il la contemplait avec inquiétude, et ses yeux ne quittaient pas un instant ceux d'Aurora.

Il éprouvait une douleur semblable à celle qu'avait dû éprouver Talbot à Felden à la réception de la lettre de sa mère. La sombre muraille s'élevait lentement, et le séparait de la femme qu'il aimait. Il allait maintenant connaître les tortures connues seulement de l'homme dont la femme est séparée de lui parce qui a le pouvoir de mettre plus de distance entre deux êtres que toutes les immensités de terre et les vastes océans : un secret.

Il contemplait cette figure pâle posée sur l'oreiller ; ces grands yeux noirs, hagards, tout grands ouverts, fixés vaguement sur le sommet lointain des arbres empourprés de l'horizon ; mais sur ce visage bien-aimé , il ne lisait pas un mot qui pût l'aider à comprendre ce mystère étrange ; il n'y avait rien de plus qu'une expression de fatigue, comme si l'âme, se reflétant sur ce pâle visage, était si affaiblie, qu'elle ne pouvait plus rien ressentir qu'un vague besoin de repos.

Les fenêtres étaient ouvertes, mais la chaleur du jour était accablante ; le paysage brillait d'une teinte jaune, comme si l'atmosphère elle-même eût pris un corps, quelque chose de semblable à l'or en fusion. Les roses du jardin semblaient elles-mêmes subir l'influence de la nue brûlante : elles laissaient retomber leurs lourdes têtes comme les personnes qu'un mal de tête accable. L'énorme Bow-wow, couché sur la pelouse sous un acacia, était aussi bourru qu'un vieux gentleman, et happait sans pitié un frivole papillon qui tournoyait en bourdonnant autour de sa tête. Tout beau qu'était ce jour d'été, il n'en était pas moins de ceux où l'on est porté à perdre sa bonne humeur et à se quereller les uns les autres, à cause de la chaleur, tout homme se sentant la conviction intime que son voisin est pour quelque chose dans l'intensité de la chaleur de l'atmosphère, et qu'il ferait plus frais s'il n'était pas là. C'était une de ces journées où les malades sont particulièrement irascibles ; où les gardes-malades murmurent contre leur métier ; où les voyageurs de troisième classe en train de plaisir et devant parcourir une longue distance demandent à grands cris de la bière à toutes les stations, et s'en veulent mutuellement du peu de place qui leur est alloué, de la dureté des bancs, et du système de ventilation insuffisant qu'emploie la compagnie ; une journée où les hommes affairés se révoltent contre le bruit incessant des roues, assiégent avec fureur les tavernes, pour y calmer leur palais surexcité avec de l'eau de Seltz et du vin frappé ; une journée anormale, où le désordre règne partout, pendant ces douze heures de chaleur suffocante.

John, assis patiemment au chevet de sa femme, songeait fort peu à la chaleur du jour. Je doute même qu'il sût dans quel mois on était. Pour lui, la terre ne renfermait qu'une seule créature; cette créature était souffrante et malheureuse, et il ne pouvait la consoler, car il ignorait la nature de sa douleur.

Quand il lui adressa la parole, sa voix tremblait.

— Mon amie, vous avez été bien malade, — lui dit-il.

Elle le regarda avec un sourire si différent de son expression ordinaire, qu'il eût été moins pénible pour lui de lui voir verser d'abondantes larmes; puis elle lui tendit la main. Il prit cette main brûlante dans la sienne, et la garda pendant qu'il lui parlait.

— Oui, ma très-chère femme, vous avez été malade; mais Morton assure que ce n'a été qu'une simple attaque de nerfs, et que demain il n'y paraîtra plus; ainsi il n'y a donc pas lieu de s'alarmer. Ce qui me peine, chère amie, c'est de voir que vous avez dans l'esprit quelque chose.... quelque chose qui a été la cause réelle de votre maladie.

Elle détourna son visage, et essaya de lui retirer sa main dans son impatience, mais il la tenait fortement dans les siennes.

— Est-ce que ce que je vous ai dit hier vous cause de la peine, Aurora? — demanda-t-il avec gravité.

— Me faire de la peine?... Oh! non.

— Alors, dites-moi, chère enfant, pourquoi ce nom, le nom de cet entraîneur prononcé en votre présence, a-t-il produit sur vous un si terrible effet?

— Le docteur vous a dit que c'était une attaque de nerfs, — dit-elle froidement. — Je suppose qu'hier j'étais disposée à une attaque de nerfs, voilà tout.

— Mais ce nom, Aurora, ce nom.... ce James Conyers.... qui est-il?...

Il sentit la main qu'il tenait serrée s'agiter convulsivement dans la sienne à la simple mention du nom de l'entraîneur.

— Quel est cet homme?... dites-le-moi, Aurora...; pour Dieu, dites-moi la vérité.

A ces mots, elle retourna son visage de son côté.

— Si vous ne voulez de moi que la vérité, John, ne me demandez rien. Rappelez-vous ce que je vous ai dit au château d'Arques. C'est un secret qui a amené ma rupture avec Bulstrode. Vous eûtes confiance en moi, alors, John, il faut vous fier à moi jusqu'à la fin ; ou si vous me retirez votre confiance....

Elle s'arrêta brusquement, et les larmes montèrent lentement jusqu'à ses grands yeux tristes, qu'elle tenait fixés sur son mari.

— Eh bien ! chère ?

— Il faut vous séparer de moi, comme Talbot s'en est séparé.

— Nous séparer ! — cria-t-il. — Aurora, mon amour ! Croyez-vous qu'il y ait sur la terre quelque chose qui puisse nous séparer avant la mort ? Pensez-vous qu'aucune combinaison de circonstances, si étranges, si inexplicables qu'elles soient, me fera jamais douter de votre honneur, ou trembler pour le mien ? Serais-je ici si je doutais de vous ? Pourrais-je m'asseoir à vos côtés, vous faire ces questions, si je craignais votre réponse ? Rien ne peut ébranler ma confiance, rien ! Mais ayez pitié de moi, songez combien il est amer pour moi de me trouver là, votre main dans la mienne, et de savoir qu'il y a un secret entre nous. Aurora, dites-moi.... cet homme.... ce Conyers.... qu'est-il et qui est-il ?

— Vous savez cela aussi bien que moi. Il a été groom, puis jockey, et maintenant il est entraîneur.

— Mais vous le connaissez ?

— Je l'ai vu.

— Quand ?

— Il y a quelques années, quand il était au service de mon père.

Pendant un moment, John respira plus librement. L'homme avait été groom à Felden. C'était tout. Cela expliquait comment il se faisait qu'Aurora avait reconnu son nom, mais cela n'expliquait pas son émotion. Il n'en savait pas plus qu'auparavant.

— Conyers était au service de votre père, — dit-il d'une voix triste ; — mais pourquoi ce nom prononcé devant vous hier vous a-t-il causé une telle émotion?

— Je ne puis vous le dire.

— C'est donc un autre secret, Aurora, — dit-il d'un ton de reproche ; — ou bien cet homme est-il mêlé au secret dont vous m'avez parlé au château d'Arques ?

Elle ne lui répondit pas.

— Ah ! je vois, je comprends, Aurora, — ajouta-t-il après une pause. — Cet homme a servi à Felden; c'est un espion peut-être; et il a découvert le secret, et il en a abusé ainsi que font souvent ces sortes de gens. C'est là ce qui a causé votre émotion. Vous craignez qu'il ne vienne ici pour vous tourmenter, en faisant usage de ce secret pour vous extorquer de l'argent, et vous tenir perpétuelle-ment sous sa griffe par la terreur qu'il vous inspire. Je crois que je comprends tout. N'est-ce pas?... Est-ce cela?..

Elle fixa les yeux sur lui; l'expression de son visage, en ce moment, était celle d'une bête fauve pourchassée qui se sent acculée.

— Oui, John.

— Cet homme.... ce groom.... sait quelque chose du.... du secret?

— Oui.

Mellish détourna la tête, et cacha sa tête dans ses mains. Quelle cruelle angoisse! quelle amère dégradation! Cet homme, un groom, un valet, était dans la confidence de sa femme, et avait le pouvoir de se faire craindre d'elle au point que son nom seul suffisait pour la faire évanouir et tomber par terre comme frappée de mort. Au nom du ciel! que pou-vait être ce secret que possédait un valet, et qui cependant ne pouvait lui être confié? Il se mordit les lèvres jusqu'à ce que ses dents rencontrassent la chair vive, tant était grande la douleur que faisait naître en lui cette pensée. Qu'était-ce? Il avait juré une minute plus tôt d'avoir une confiance aveugle jusqu'à la fin; et pourtant.... pourtant.... Tout son corps tremblait de la tête aux pieds; le doute et le désespoir s'élevaient dans son âme comme deux démons

jumeaux; mais il luttait contre eux, et parvint à les ter-
rasser; se tournant alors vers sa femme, avec un visage
pâle, mais calme, il lui dit tranquillement :

— Je ne veux plus vous presser de ces questions pénibles, Aurora. Je vais écrire à Pastern, pour lui dire que
l'homme ne peut nous convenir, et....

Il se levait pour s'éloigner, quand elle l'arrêta par le
bras.

« N'écrivez pas à M. Pastern, John, — dit-elle; — cet
homme vous conviendra parfaitement, j'en suis certaine.
Je préfère qu'il vienne.

— Vous désirez qu'il vienne ici?

— Oui.

— Mais il vous tourmentera, il vous extorquera de l'argent.

— Il le ferait dans tous les cas, puisqu'il vit. Je le
croyais mort.

— Alors, vous désirez réellement qu'il vienne ici?

— Oui.

John sortit de la chambre de sa femme, soulagé d'un
poids énorme. Après tout, ce secret ne devait pas être si
terrible, puisqu'elle consentait à ce que l'homme qui le
connaissait vînt à Mellish Park, où il y avait au moins une
chance, si éloignée qu'elle fût, qu'il le révélât à son mari.
Peut-être aussi ce mystère concernait-il d'autres personnes plutôt qu'elle-même.... l'intégrité commerciale de son
père.... sa mère?... Il savait peu de chose sur le compte
de sa mère.... Peut-être elle.... Mais pourquoi chercher à savoir? Il lui avait promis de se fier à elle, et l'heure
était venue de tenir sa promesse. Il écrivit à Pastern qu'il
acceptait Conyers sur sa recommandation, et il attendit
avec impatience pour voir quelle sorte d'homme était l'entraîneur.

Il reçut une lettre de Conyers parfaitement écrite et d'un
style fort convenable, par laquelle il le prévenait qu'il arri-
verait à Mellish Park le 3 juillet.

Aurora était remise de son attaque de nerfs quand cette
lettre arriva; mais comme elle était encore très-faible et

très-affectée, son médecin lui recommanda le changement
d'air; ce qui fait que M. et Mme Mellish partirent pour Har-
rogate le 28 juin, laissant le château à la garde de Mme Powell.

La veuve de l'enseigne avait été scrupuleusement tenue
éloignée de la chambre d'Aurora pendant la courte maladie
de celle-ci, et gardée à vue par John, qui fermait froidement la porte au nez de la bonne dame, en lui disant qu'il
soignerait lui-même sa femme, et que, quand il aurait besoin de quelqu'un, il sonnerait la femme de chambre de
Mme Mellish.

Mais Mme Powell, étant affligée de cette curiosité commune aux personnes qui vivent chez les autres, se trouva
sérieusement froissée par cette conduite systématique. Il y
avait des secrets et des mystères sous roche, et on ne lui
permettait pas de les deviner. Il y avait un squelette dans la
maison, et on ne voulait pas lui laisser voir cette horreur
anatomique. Elle flairait le trouble et les peines comme les
carnivores flairent leur proie; et cependant, elle, qui haïssait Aurora, ne serait point admise à cette fête du mal.

Pourquoi donc les domestiques dans une maison sont-ils
si avides de savoir tout ce qui se dit et se fait, les manières,
les habitudes, les joies et les douleurs de ceux qui les em-
ploient? Est-ce parce que, ayant renoncé pour eux-mêmes
à tout rôle actif dans la vie, ils prennent un intérêt malsain à
ceux qui luttent au plus épais de la mêlée? Est-ce parce que,
arrachés par la nature même de leurs occupations aux liens
et aux plaisirs de la famille, ils puisent un malicieux plaisir
dans les épreuves et les vexations de la famille et dans les
brises orageuses qui troublent fréquemment l'atmosphère domestique? Souvenez-vous de ceci, maris et femmes, pères et
fils, mères et filles, frères et sœurs, que, lorsque vous vous
querellez, vos gens se réjouissent. Assurément ce souvenir
devra suffire pour vous faire tenir en paix les uns avec les
autres. Vos domestiques écoutent aux portes et répètent
vos paroles de dépit à la cuisine; ils ont les yeux sur vous
quand ils vous servent à table: ils comprennent les sarcas-
mes, les allusions les plus intimes, chacun de vos regards,

14

aussi bien que ceux auxquels ces regards, ces allusions mordantes s'adressent. Ils comprennent votre silence embarrassé, vos politesses étudiées et intéressées. Si polie que soit la forme dont vous revêtez votre haine ou votre colère, ils la . devinent aussi sûrement que si vous vous jetiez des couteaux à la tête, ou si vous lanciez à votre ennemi le contenu des plats de hors-d'œuvre ou de légumes, à la manière de certains querelleurs des pantomimes. Rien de ce qui se fait au salon n'est perdu pour ces impassibles et attentifs espions de l'office. Ils rient de vous; bien plus, ils vous plaignent. Ils discutent vos affaires, évaluent vos revenus et pèsent entre eux ce que vous pouvez ou ce que vous ne pouvez pas faire. Ils prévoient à leur manière l'usage probable de la fortune de votre femme, et prédisent d'avance le jour où vous voudrez vous prévaloir de la nouvelle loi sur les banqueroutes. Ils savent pourquoi vous vivez en mauvaise intelligence avec votre fille aînée, et pourquoi vous avez chassé votre fils préféré; et ils prennent un intérêt intense à tous les secrets qui troublent votre existence. Vous ne les admettez à rien; vous avez l'air plus noir que le diable si vous voyez la sœur de Mary ou la pauvre vieille mère de John assise tranquillement dans l'office; vous êtes surpris si le facteur leur apporte des lettres, et vous attribuez le fait au pernicieux système de l'éducation des masses; vous les éloignez de leurs demeures et de leurs familles, de ceux qu'ils aiment et de ceux qu'ils affectionnent; vous leur refusez des livres. Vous leur reprochez le coup d'œil qu'ils jettent sur votre journal; et puis vous levez les yeux et vous vous étonnez de ce qu'ils sont curieux, et de ce que le fond de leur conversation n'est que scandale et commérage.

Mᵐᵉ Powell, ayant été traitée par la plupart de ceux qui l'avaient employée comme une sorte de première servante, avait acquis tous les instincts d'une servante véritable; et elle résolut d'essayer de tous les moyens possibles pour découvrir la cause de l'indisposition d'Aurora, laquelle, lui avait donné à entendre le docteur, tenait plutôt du moral que du physique.

Mellish avait fait appeler un charpentier qui devait réparer le cottage de la grille du nord pour l'installation de Conyers; et Langley, le vieux piqueur, devait recevoir son collègue, et le conduire aux écuries.

Le nouvel entraîneur arriva à la grille, au coucher du soleil; il était accompagné par l'importante personne d'Hargraves, l'idiot, qui avait été flâner à la station dans l'espoir de quelque aubaine, et que Conyers avait chargé du transport de son portemanteau.

A la grande surprise de l'entraîneur, Hargraves déposa son fardeau à la grille du parc.

— Vous aurez à trouver une autre personne pour faire le reste du chemin, — dit-il en touchant du doigt sa casquette graisseuse, et en étendant sa large main pour recevoir le payement de sa course.

Conyers était assez fendant de sa personne; en un mot, il y avait en lui beaucoup du rodomont, de sorte qu'il se tourna brusquement vers l'idiot, et lui demanda ce que diable il voulait dire.

— Je veux dire que je ne puis dépasser la grille que voici, — murmura Hargraves; —je veux dire que j'ai été chassé de cette maison, où j'avais vécu homme et enfant pendant quarante ans, chassé comme un chien, poussé dehors par les épaules, etc.

Conyers jeta le bout de son cigare, et lança sur l'idiot un regard hautain.

— Que veut dire cet homme? — demanda-t-il à la femme qui venait d'ouvrir la grille.

— C'est, voyez-vous, que le pauvre garçon est un peu toqué, monsieur; lui et Mme Mellish ne s'entendaient pas très-bien; elle est un peu vive, et j'ai entendu dire qu'elle l'avait cravaché parce qu'il avait battu son chien favori. Quoi qu'il en soit, monsieur l'a renvoyé.

— Parce que madame l'avait cravaché? Voilà la justice envers les serviteurs, dans le monde entier, — dit l'entraîneur en riant.

Et il alluma un nouveau cigare à l'aide d'un briquet en métal, qu'il tira de la poche de son gilet.

— Oui, c'est là de la justice, n'est-ce pas? — reprit l'idiot avec aigreur; — vous n'aimeriez pas, je suppose, à vous voir chasser d'une maison où vous auriez vécu pendant quarante ans. N'est-ce pas? Mais Mme Mellish est une femme d'une grande énergie, que le ciel lui conserve sa jolie figure!

Le vœu émis par Hargraves fut débité d'un ton tellement sinistre, que le nouvel entraîneur, homme évidemment pénétrant et très-observateur, ôta son cigare de sa bouche pour mieux examiner son interlocuteur. Cette figure pâle, éclairée par une paire d'yeux rouges d'un éclat terrible, n'était rien moins qu'attrayante; mais Conyers considéra l'homme pendant quelques moments, le retenant par le collet de son vêtement, pour mieux saisir l'expression de ses traits; puis, repoussant l'idiot avec un geste de familiarité méprisante, il dit en riant :

— Tu es un type, mon camarade, cela saute aux yeux; et même un type qui n'a rien de bien rassurant. Que le diable m'emporte si je voudrais t'avoir offensé. Tiens, mon garçon, voici un shilling pour ta peine, — ajouta-t-il en lançant avec beaucoup d'adresse, la pièce de monnaie dans la main que lui tendait Steeve. — Je puis sans doute laisser mon portemanteau ici jusqu'à demain, madame ? — dit-il en s'adressant à la femme de la loge. — Je le porterais moi-même jusqu'au château si je n'étais pas blessé.

C'était un si beau garçon, dont les façons étaient à la fois si pleines d'aisance et de nonchalance, que cette naïve bonne femme en fut tout à fait séduite.

— Laissez-le ici, monsieur, certainement, — dit-elle avec courtoisie, — et mon homme vous le portera dès qu'il sera rentré. Excusez-moi, mais vous êtes sans doute le nouveau monsieur qu'on attend aux écuries ?

— Précisément.

— Alors j'ai commission de vous dire qu'on a préparé pour vous le cottage du nord; mais on vous prie d'aller directement au château, où la gouvernante vous fera donner tout ce qu'il vous faut, et préparer un lit pour la nuit.

Conyers fit un signe, remercia la femme, lui souhaita

une bonne nuit, et s'enfonça lentement dans les ombres du
crépuscule, et sous l'arcade formée par les arbres de l'a-
venue. Il quitta la grande allée du milieu, pour passer
dans la contre-allée de gazon touffu qui la bordait, choi-
sissant, avec un instinct de sybarite, les places les plus
moelleuses. Voyez-le s'avancer lentement sous les nobles
branches, dans le calme solennel de ce splendide coucher
de soleil, le visage éclairé parfois d'un rayon égaré, parfois
ombragé par la voûte de verdure. Il est merveilleusement
beau, merveilleusement et parfaitement beau; c'est bien
l'idéal de la beauté physique, sans le moindre défaut de
proportion, comme si chacune des lignes de son visage et
de son corps eût été mesurée par le compas d'un sculpteur,
et ciselée par la main d'un artiste inspiré. C'est un homme
au sujet de la beauté duquel il ne peut s'élever de contes-
tation, dont la perfection doit être reconnue par la soubrette
comme par la duchesse, — qu'elles soient ou non tentées
d'admirer; cependant c'est plutôt un type de beauté sensuelle, que cette splendeur de lignes et de couleur privée
du charme de l'expression. Regardez-le, maintenant qu'il
s'arrête pour se reposer, regardez-le s'appuyant contre le
tronc d'un arbre, et fumant son cigare avec un plaisir
nonchalant, pour ainsi dire. Il pense. Ses yeux d'un bleu
foncé, plus sombres en raison des cils épais qui les frangent,
sont à demi fermés, et ils ont une expression mi-rêveuse,
mi-sentimentale, qui pourrait vous faire croire que l'homme
rêve à la beauté de ce splendide coucher de soleil. Il songe
tout bonnement aux pertes qu'il a faites sur la *Chester
Cup*, aux gages qu'il recevra de Mellish, et au casuel qui
pourra lui échoir dans sa nouvelle situation. Vous lui supposez des pensées en rapport avec la teinte de ses yeux
et le modèle exquis de sa bouche et de son menton; vous
le dotez d'un esprit aussi esthétiquement parfait que son
corps et son visage, et vous reculez en découvrant combien
est vulgaire la lame enfouie dans cette gaîne magnifique.
Conyers n'est peut-être pas pire que d'autres hommes de
son état; mais il ne vaut décidément pas mieux. Seulement
il est beaucoup plus beau; et vous n'avez pas le droit de

lui en vouloir, parce que ses opinions et ses sentiments
sont exactement ce qu'ils auraient été s'il avait eu des cheveux rouges et un nez en forme de trompette. Avec quelle
merveilleuse sagesse George Eliot nous a dit que les gens
n'étaient pas meilleurs parce qu'ils avaient de longs cils !
Encore faut-il qu'il y ait quelque anomalie dans cette
beauté extérieure et cette laideur morale ; car, en dépit de
toute expérience, nous nous révoltons contre elle, et nous
sommes tous incrédules jusqu'au dernier, croyant que le
palais, splendide au dehors, ne saurait être mal meublé
au dedans. Que le ciel vienne en aide à la femme qui
donne son cœur pour un beau visage, et qui s'éveille,
quand le marché est conclu, pour découvrir la folie d'un
semblable échange.

Conyers mit longtemps à franchir la distance qui séparait
la grille du château. Je ne sais comment décrire son infirmité dans les termes techniques. Il était tombé avec son
cheval, à un steeple-chase en Prusse, où il avait failli perdre
la vie, et sa jambe gauche avait été terriblement meurtrie ;
les os avaient été remis en place par de merveilleux chi-
rurgiens allemands, qui avaient rétabli l'ensemble, comme
ils eussent fait d'un jeu de patience, mais qui, avec toute
leur habileté, n'avaient pu empêcher la contraction des
muscles, circonstance qui avait rendu le jockey boiteux
pour la vie, et incapable désormais de reparaître en selle
sur le turf. Il était de taille moyenne, pesait un peu plus
de onze stones, et n'avait jamais couru que sur le continent.

Conyers s'arrêta à quelques pas de la maison, et contempla gravement l'irrégulière construction qui s'élevait
devant lui.

— Voilà une cabane assez bien conditionnée, — fit-il ; —
il doit y avoir beaucoup de métal ici, si je m'en rapporte
aux apparences.

Ignorant la topographie du lieu, et n'étant aucunement
affligé d'un excès de modestie, Conyers se dirigea tout
droit vers la porte principale, et fit jouer la sonnette ré-
servée aux visiteurs et à la famille.

Il fut reçu par un grave vieillard, qui, après avoir résolûment considéré sa jaquette brune, sa chemise de couleur, et son chapeau de feutre, lui demanda avec une âpreté excessive ce qu'il voulait.

Conyers expliqua qu'il était le nouvel entraîneur, et qu'il désirait voir la gouvernante ; mais à peine avait-il parlé qu'une porte s'ouvrit doucement dans un angle du vestibule, et Mme Powell sortit du petit appartement qui lui était particulièrement réservé.

— Ce jeune homme aura peut-être la bonté d'entrer ici, — dit-elle en s'adressant en apparence au vide, mais indirectement à Conyers.

Le jeune homme ôta son chapeau, découvrant une masse de boucles brunes luxuriantes, et se rendit à l'invitation de Mme Powell.

— Je pourrai sans aucun doute vous donner tous les renseignements dont vous avez besoin.

Conyers sourit ; il se demandait si cette petite masse bilieuse, et il désignait mentalement Mme Powell, pourrait par hasard le renseigner sur les courses d'été d'York ; mais il s'inclina poliment, et dit qu'il désirait simplement savoir où il allait camper, il s'arrêta pour s'excuser, où il allait coucher cette nuit, et s'il y avait des lettres pour lui. Mais Mme Powell n'était pas le moins du monde décidée à le tenir quitte à si bon compte. Elle se mit à le faire jaser, et travailla si bien qu'elle eut bientôt épuisé cette très-légère somme d'intelligence qu'il était disposé à lui accorder, attendu qu'il comprenait parfaitement le procédé auquel il était soumis, et qu'il était infiniment plus rusé que la bonne dame. La veuve de l'enseigne ne put donc rien apprendre, si ce n'est que Conyers était parfaitement étranger à Mellish et à sa femme, et qu'il ne les avait jamais vus ni l'un ni l'autre.

N'ayant rien pu obtenir durant cette entrevue, Mme Powell avait hâte de la voir terminée.

— Peut-être prendriez-vous volontiers un verre de vin, après la course que vous venez de faire ? — dit-elle. — Je vais en demander, et je pourrai en même temps vous renseigner sur vos lettres. Sans doute vous avez hâte d'apprendre comment se trouvent les parents que vous avez quittés.

Conyers sourit pour la seconde fois. Il n'avait jamais connu de parents dont il pût parler, depuis la période la plus lointaine de son existence ; car il avait été jeté de par le monde à l'âge de sept ou huit ans. Les parents dont il avait hâte de lire les lettres étaient membres de la plus humble classe des teneurs de paris avec lesquels il faisait ses affaires.

Le domestique envoyé par Mme Powell revint avec un carafon de sherry et environ une demi-douzaine de lettres à l'adresse de Conyers.

Vous ferez bien d'apporter de la lumière, William, — dit Mme Powell au valet qui s'éloignait, — car je suis sûre que vous ne pourrez jamais lire vos lettres sans la lampe, — ajouta-t-elle courtoisement en s'adressant à Conyers.

Le fait est que Mme Powell, affligée de cette curiosité chronique dont j'ai parlé, voulait savoir de quelle sorte de correspondants étaient ceux dont l'entraîneur était si pressé de recevoir des lettres, et elle envoyait chercher la lampe afin de ne rien perdre de ce qu'elle pourrait saisir, à l'aide de certains coups d'œil rapides lancés avec adresse, des épîtres en question.

Le valet apporta une lampe resplendissante, et Conyers, que n'avait pas intimidé le moins du monde l'air de condescendance de Mme Powell, approcha sa chaise de la table, et après avoir vidé d'un trait un verre de sherry, il commença la lecture de ses lettres.

La veuve de l'enseigne, un ouvrage d'aiguille dans les mains, s'assit immédiatement en face de lui devant la petite table ronde. Il n'y avait entre eux que le pied de la lampe.

Conyers prit la première lettre, examina la suscription et le cachet, déchira l'enveloppe, lut la courte communication contenue sur une demi-feuille de papier à lettres, et la jeta dans la poche de son gilet. Mme Powell, écarquillant les yeux à l'extrême, ne vit rien que des caractères tracés par une main horriblement plébéienne et une signature qui, vue désavantageusement de bas en haut, ressemblait assez à Johnson. La seconde enveloppe ne contenait absolument qu'une liste de paris sur papier pelure d'oignon; la troisième contenait un sale morceau de papier avec quelques mots tracés au crayon; mais à la vue de l'enveloppe de la première lettre des trois qui restaient, Conyers tressaillit comme s'il venait de recevoir une balle dans la poitrine. Mᵐᵉ Powell portait alternativement les yeux sur le visage de l'entraîneur et sur l'enveloppe de la lettre; sa surprise n'était guère moins forte que celle de Conyers. L'adresse était écrite de la main d'Aurora.

C'était une écriture toute particulière; une de ces écritures sur le compte de laquelle il n'y avait pas de méprise possible; ce n'était pas une italienne élégante, délicate, penchée et féminine, mais grosse et hardie, avec d'énormes jambages, qu'il eût été facile de reconnaître à une distance plus grande que celle qui séparait Mᵐᵉ Powell de l'entraîneur. Il n'y avait pas moyen de douter. Mᵐᵉ Mellish avait écrit au valet de son mari, et son écriture était évidemment connue de cet homme, qui pourtant était surpris de recevoir une lettre d'elle.

Il déchira l'enveloppe, lut et relut avec avidité les lignes qu'elle contenait; son front se plissa et s'assombrit pendant cette lecture.

Mᵐᵉ Powell se souvint tout à coup qu'elle avait laissé une partie de son ouvrage sur un chiffonnier placé derrière la chaise du jeune homme, et elle se leva pour l'aller chercher. Il était si troublé par la lettre qu'il tenait à la main, qu'il ne remarqua pas cette figure pâle qui, pendant une seconde ou deux, se pencha sur son épaule, pendant que ces yeux gris avides jetaient un regard rapide sur les lignes contenues sur cette page.

La lettre était écrite sur le premier recto d'une feuille de papier à lettres; quelques mots seulement étaient reportés sur la seconde feuille. C'était cette seconde page qu'avait vue Mᵐᵉ Powell. Voici quels étaient les mots écrits en haut de la feuille :

« SURTOUT NE TÉMOIGNE AUCUNE SURPRISE.

« A. »

La lettre ne contenait pas les compliments d'usage; elle ne portait pour signature que cette majuscule A.

CHAPITRE XVII

Le messager de l'entraîneur.

James Conyers s'installa à Mellish Park comme s'il eût été dans sa propre maison. Le pauvre Langley, le vieux piqueur en retraite, qui était un enfant du comté, se sentait lui-même embarrassé de l'insolente aisance de son successeur. Celui-ci avait vraiment l'air trop beau et trop soigné pour son état, à tel point, que les garçons d'écurie et les grooms s'inclinaient devant lui, et lui témoignaient un respect qu'ils n'avaient jamais montré pour le simple et bon Langley, lequel, entre parenthèses, avait souvent été obligé de donner plus de force à ses ordres à l'aide d'un fouet ou d'une lanière de cuir d'une utilité incontestable. La belle figure de Conyers était un capital dont cet individu savait parfaitement tirer parti. Je regrette d'être forcé de dire que cet homme, qui avait posé pour Apollon et Antinoüs dans les ateliers d'artistes et dans les académies, était égoïste jusqu'à la moelle des os; et du moment qu'il était bien nourri, bien vêtu, bien pourvu de tout, il ne se demandait jamais d'où venaient les vivres et les vêtements, ni à qui appartenait la maison qu'il habitait, ni qui remplissait la bourse qui sonnait dans les poches de son pantalon. Que le ciel me préserve d'être obligé de faire sa biographie! Tout ce que je sais, c'est qu'il était sorti de la fange des rues, comme une sorte d'Aphrodite mâle prenant naissance dans la boue; qu'à l'âge de quatre ans il se vautrait dans les ruisseaux; qu'il gâchait du plâtre chez un marbrier avant d'avoir atteint son cinquième anniversaire. Déjà à cette

époque, il recueillait les avantages d'une jolie figure ; car
des matrones au cœur tendre qui fussent demeurées sour-
des aux cris d'un pauvre enfant au nez camard, cares-
saient le bel enfant, et avaient pitié de lui.

Il avait donc appris, dès sa plus tendre enfance, à tirer
parti de sa beauté, et à obtenir le plus qu'il pouvait de cette
marchandise ; il avait grandi sans principes et apporté dans
le monde sa belle figure, afin qu'elle aidât à sa fortune. Il
était dépensier, paresseux luxurieux, et égoïste ; mais il
avait cette gracieuse et nonchalante aisance de manières qui
passe auprès des observateurs superficiels pour un bon
naturel. Il n'eût pas fait trois pas en dehors de son chemin
pour rendre service à son meilleur ami ; mais il montrait
en souriant ses magnifiques dents blanches, avec une libéralité égale à tout le monde ; et ce sourire lui avait valu de
passer pour un excellent camarade, pour un garçon plein
de cœur. Il savait mettre en œuvre cette mousse dorée de
générosité, qui passe si souvent pour de l'or franc. Il était
habile dans le maniement de ces dés pipés, qui sonnent
comme des dés honnêtes ; une tape sur le dos, une cordiale
poignée de mains équivalaient souvent de sa part au prêt
d'un souverain de la part d'un autre homme, et Conyers passait réellement parmi les gentlemen douteux qu'il fréquentait, pour un excellent garçon qui n'avait d'autre ennemi
que lui-même. Il avait cette intelligence du *Cockney* qui
passe généralement pour la connaissance du monde ; connaissance du vilain côté du monde, ignorance complète de
tout ce qui est noble sur la terre ; c'est plutôt ainsi qu'on
devrait la définir. Il avait étudié dans les rues de Londres,
et pris ses degrés sur le champ de courses ; il n'avait jamais
lu d'autre littérature que les journaux du dimanche et
l'Almanach des Courses ; mais il était parvenu à faire paraître énorme le peu qu'il savait, et ceux qui l'employaient
parlaient généralement de lui comme d'un jeune homme
supérieur, bien au-dessous de sa condition.

Conyers se montra parfaitement satisfait du cottage rustique
qu'on lui avait choisi pour logement ; il surveilla le transport,
opéré par les garçons d'écurie, des meubles choisis pour

lui par la gouvernante dans les chambres de domestiques inoccupées, et il assista à l'arrangement des petites chambres rustiques allant et venant en manches de chemise, et se montrant plein d'activité avec un petit marteau et un sac plein de clous. Il s'assit sur une table et but de la bière avec une affabilité si charmante, que les garçons d'écurie lui témoignèrent autant de reconnaissance que si c'était lui qui les eut régalé de ce breuvage. En vérité, en voyant la franche cordialité avec laquelle Conyers tapait sur l'épaule des jeunes gens et les priait de ne pas négliger le broc, il était assez difficile de se souvenir que ce n'était pas lui qui payait les frais de cette petite fête, mais bien que c'était à Mellish qu'on présenterait la facture du brasseur. Parmi toutes les vertus qui font l'ornement de cette terre, quelle chose peut être plus charmante que la générosité des premiers valets! Avec quel joyeux entrain ils font circuler la bouteille! avec quelle libéralité ils jettent dans la théière la poudre à canon à sept shillings la livre! avec quelle prodigalité ils étendent sur les rôties de pain le beurre frais à dix pence! et quel chaleureux accueil ils font à ceux que le hasard amène à l'office! Et, ce qui est singulier, c'est que tout le monde semble oublier que c'est le maître de la maison qui devra payer les frais du banquet, et qui, à la fin du terme, jettera un œil courroucé sur le total des dépenses de la maison.

Il n'était pas à supposer qu'un homme aussi important que Conyers pût, comme tous les domestiques, se servir lui-même; il lui fallait un jeune gars pour cirer ses bottes, faire son lit, allumer son feu, préparer son dîner, et tenir en ordre les deux petites chambres du cottage. Cherchant en lui-même à qui il pourrait bien confier ce soin tout particulier, il pensa à Hargraves. Il était assis sur l'appui d'une fenêtre ouverte du petit salon du cottage, fumant un cigare et buvant de la bière, quand cette idée lui vint à l'esprit. Cette idée le mit tellement en joie, qu'il ôta son cigare de sa bouche pour pouvoir rire à son aise.

— Cet homme est un type, — dit-il en riant toujours, — et je le prendrai pour me servir. On lui a interdit l'en-

trée du parc! On l'a chassé comme un chien parce que
madame l'avait frappé de sa cravache. Peu importe tout
cela; je lui permettrai de revenir, ne fût-ce que pour rire
un peu.

Une demi-heure plus tard, il cheminait sur la grande
route, et pénétrait dans le village, où il allait chercher
Hargraves. Il n'eût guère de difficultés pour cela, car chacun
connaissait l'idiot, et une troupe d'enfants s'offrirent à l'aller
chercher à la maison du docteur qui l'employait à diverses
courses. Cinq minutes après, il était en présence de Conyers;
il paraissait avoir très-chaud; mais malgré la saleté étalée
sur son visage, il était aussi pâle qu'à l'ordinaire.

Hargraves ne demanda pas mieux de quitter son occupation actuelle pour entrer au service de l'entraîneur, à raison
de cinq shillings par semaine, la table |et le logement; mais
ses traits se bouleversèrent quand il découvrit que ce
Conyers était au service de Mellish, et habitait dans les
limites du parc.

Tu as peur de mettre le pied sur cette propriété, hein?
— dit l'entraîneur en riant. — N'importe, Steeve, je t'au-
torise à venir, et je voudrais voir celui, homme ou femme,
qui, dans cette maison, oserait s'opposer à mes fantaisies.
Je te permets de venir. Tu comprends.

L'idiot porta la main à sa casquette, et s'efforça de paraître comprendre; mais il était bien évident qu'il ne comprenait pas, et Conyers eut quelque peine à lui persuader
qu'il ne courait aucun danger en passant la grille de Mellish Park; il finit par se résoudre à se risquer jusqu'à la
porte du nord, et il promit de s'y présenter dans le courant
de la soirée.

Conyers avait autant fait pour surmonter les lâches ob-
jections du paysan que si Hargraves eût été le plus accompli
des valets. Peut-être cette préférence qu'il accordait à l'idiot
provenait-elle d'un motif plus puissant que tout ce qui
pouvait avoir rapport à l'homme lui-même : quelque malice
qu'il préparait peut-être, ou quelque mystérieux dépit dont
la cause était cachée dans son propre cœur. Si, tout en
fumant dans la rue du village, en poursuivant l'idiot, à la

grande surprise de tous, et en prenant toute cette peine pour s'assurer les services d'une brute aussi ignorante, si une ombre, si légère qu'elle fût, de l'avenir si proche, avait pu lui traverser l'esprit, assurément il eût instinctivement hésité à conclure un marché qui se présentait avec d'aussi noirs présages.

Mais Conyers n'était pas superstitieux ; il était même dégagé de cette faiblesse au point de ne croire absolument à rien dans le ciel ou sur la terre, si ce n'était pourtant à lui-même et à son mérite personnel. Il prit donc l'idiot à son service, pour la rareté du fait, disait-il, et il revint lentement à la grille du parc pour attendre le retour de M. et Mᵐᵉ Mellish, qu'on attendait cette après-dînée.

La femme de la loge lui sortit une chaise et le pria de s'asseoir sous le porche. Il la remercia d'un sourire aimable, s'assit parmi les roses et les chèvrefeuilles, puis il ralluma un cigare.

— Vous trouverez sans doute le cottage du nord bien triste, monsieur, — dit la femme à travers la fenêtre ouverte, où elle s'était rassise avec son ouvrage.

— Oui, ça n'est pas certainement pas très-gai, — répondit Conyers, — mais cela répond assez à mes idées. L'endroit est assez retiré pour qu'un homme y soit impunément assassiné ; mais comme je n'ai rien à perdre, cela ne me fait absolument rien.

Il aurait peut-être pu en dire beaucoup plus long sur le cottage qu'il allait habiter, mais en ce moment un bruit de roues sur la grand'route annonça le retour des voyageurs, et, deux ou trois minutes après, la voiture entrait dans le parc, et passait devant Conyers.

Quel que fût le pouvoir que cet homme pût avoir sur Aurora, quelle que fût la connaissance qu'il avait d'un secret compromettant qu'il aurait pu faire valoir, la courageuse nature de la jeune femme se montra alors comme toujours, et elle ne tressaillit pas en le voyant. S'il s'était placé sur son chemin dans le but de voir l'effet de sa présence, il dut être désappointé ; car, sans l'ombre d'un dédain glacé qui passa sur sa figure au moment où la voiture entrait dans le parc, il aurait pu croire qu'elle ne l'avait pas vu. Elle était pâle et soucieuse, et ses yeux semblaient s'être agrandis depuis son indisposition ; mais elle tenait la tête haute comme toujours, et elle n'avait rien perdu de cette hauteur impériale qui constituait un de ses principaux charmes.

— Ainsi c'est là M. Mellish, — dit Conyers quand la voiture eut disparu. — Il a l'air de beaucoup aimer sa femme.

— Oui, assurément, il l'aime beaucoup ! On dit qu'il n'y a pas deux couples pareils dans tout le comté. Et elle, elle l'aime beaucoup de son côté; mais qui n'aimerait pas John ?

Conyers haussa les épaules ; ces mœurs patriarcales et ces vertus domestiques n'avaient aucun charme pour lui.

— Elle a beaucoup de fortune , n'est-ce pas ? demanda-t-il, afin de ramener la conversation sur un terrain plus sérieux.

— Beaucoup de fortune ! Je le crois bien. On dit que son père lui a donné cinquante mille livres le jour de son mariage; ce n'est pas à dire que notre maître ait besoin d'argent, il en a assez pour ne pas tout dépenser.

— Ah! vraiment, — reprit Conyers ; — c'est toujours comme cela. Le banquier a donné cinquante mille livres à sa fille? Mlle Floyd eût épousé un pauvre diable, je ne crois pas que son père lui eût donné cinquante pièces de six pence.

— Pour ça, non ; si elle avait agi contre ses désirs, je ne le suppose pas. Il était ici au printemps dernier; c'est un beau vieillard à cheveux blancs, mais qui s'en va.

— Ah ! il s'en va. Et Mme Mellish aura à sa mort un quart de million sterling, n'est-ce pas? Allons, au revoir, madame. Quel drôle de monde !

Conyers prit sa canne, et disparut en boitant sous les arbres, répétant plusieurs fois cette dernière exclamation. C'était une habitude chez cet individu d'attribuer la bonne fortune des autres à quelque excentricité dans la machine sociale, qui faisait que la seule personne réellement méritante du monde, avait été privée de ses droits naturels. Il gagna par le bois une prairie où plusieurs des chevaux

confiés à ses soins broutaient l'herbe, il passa environ une
heure assis sur la balustrade qui servait à clore le pré, fumant sa pipe, et regardant les animaux, ce qui paraissait
être l'occupation la plus ardue de son état d'entraîneur.

— Ce n'est pas une vie bien dure, quand tout est réglé,
— pensa-t-il en contemplant un groupe de juments et de
poulains qui, dans leurs excentriques évolutions, semblaient
exécuter une sorte de tournoi dans toute la longueur du
pré. — Ce n'est pas une existence bien dure, car pourvu
qu'on tempête bien fort et souvent après les garçons d'é-
curie, et qu'on consomme, d'une manière ou d'une autre,
beaucoup d'avoine, ça va bien. Ces messieurs de la campagne apprécient toujours le mérite d'un homme selon la
quantité de grain qu'ils ont à payer. Nourrissez leurs chevaux de façon à ce qu'ils engraissent comme des porcs, et
ne les entraînez jamais qu'avec ces espèces d'haridelles
efflanquées qui semblaient avoir des clous plantés sur l'é-
chine, et que battrait un porc un peu délié; alors, ils ne
jureront que par vous. Ils préfèrent remporter la grande
coupe de Margate ou de Hampstead que d'arriver quatrième
dans le Derby. Grand bien leur fasse! Je crois assez que
ceux qui ont beaucoup d'argent et peu de cervelle doivent
avoir été inventés pour les bons diables qui ont beaucoup
de cervelle et pas d'argent; et c'est pourquoi nous nous
efforçons de conserver l'équilibre dans la balance univer-
selle.

Conyers, tout en laissant échapper de ses lèvres des
nuages de fumée bleue et transparente et réfléchissant
ainsi, avait l'air aussi sentimental que s'il eût pensé aux
trois dernières pages de la *Fiancée d'Abydos* ou à la mort
de Paul Dombey. Il possédait ce genre de beauté romanesque particulière aux yeux bleus et aux longs cils, et il ne
pouvait pas songer à ce qu'il mangerait pour dîner sans que
son visage prît une expression rêveuse et mélancolique. Il
avait trouvé que la *sentimentalité* de sa beauté ne lui était
pas d'un plus grand rapport que sa beauté même. C'était cette
même sentimentalité qui le servait avec avantage auprès de
ceux qui l'employaient. Il avait l'air d'un prince exilé que

sa situation précaire obligeait à un service domestique et qui ressentait toute l'amertume de cette situation. On eût dit Lara rentré dans ses domaines pour dresser les chevaux d'un usurpateur. Il avait l'air, en un mot, de toute autre chose que ce qu'il était réellement : un misérable égoïste, bon à rien, et paresseux, qui avait étudié à fond l'art de faire le moins d'ouvrage possible contre le maximum des gages.

Il rentra lentement à son logement rustique, où il trouva l'idiot qui l'attendait. De l'eau bouillait sur une poignée de bois flambant, et une théière et une tasse étaient préparées sur la petite table ronde. Conyers jeta un regard méprisant sur ces humbles préparatifs.

— Je vous ai préparé du thé, — dit l'idiot; — j'ai pensé qu'il vous plairait d'en prendre une tasse.

L'entraîneur haussa les épaules.

— Je n'y suis guère habitué, et je n'ai pas grand goût pour cette eau sale, — dit-il en riant; — j'en ai trop bu quand j'étais dans l'entraînement, *half-and-half*, thé chaud, huile de foie de morue. Je t'enverrai demain à Doncastre, chercher des spiritueux, mon garçon; ou peut-être ce soir, — ajouta-t-il après réflexion, le coude appuyé sur la table et le menton dans le creux de sa main.

Il demeura quelques instants dans cette attitude. Hargraves l'examinait attentivement, avec cette demi-surprise, cette sorte d'admiration avec lesquelles une laide créature, assez laide pour avoir conscience de sa laideur, en regarde une autre douée d'une grande beauté.

Quand sa rêverie fut passée, Conyers prit une lourde montre en argent, et resta pendant quelques minutes à en contempler vaguement le cadran.

— Il est près de six heures, — fit-il enfin. — A quelle heure dîne-t-on au château, Steeve?

— A sept heures, — répondit l'idiot.

— Sept heures. Alors tu auras le temps d'y courir avec une lettre, et tu y seras juste au moment où on se mettra à table.

L'idiot jeta sur son nouveau maître des regards d'épouvante.

— Un message.... une lettre.... — répéta-t-il, — pour M. Mellish?

— Non, pour madame.

— Mais je n'ose pas, — s'écria Hargraves, — je n'ose pas approcher de la maison, encore moins oserai-je lui parler. Je n'oublie pas le jour où elle m'a battu. Je ne l'ai jamais revue depuis, et je n'ai pas besoin de la revoir. Vous croyez que je suis un lâche, n'est-ce pas? — dit-il, en s'arrêtant tout à coup et regardant l'entraîneur, sur les lèvres duquel on voyait un sourire de mépris; — vous croyez que je suis un lâche.... n'est-ce pas.... dites? répéta-t-il.

— Dame! je ne te crois pas d'une vaillance sans pareille, — répondit Conyers; — avoir peur d'une femme, quand elle serait le diable en personne....

— Voulez-vous que je vous dise ce qui m'effraye tant? — dit Hargraves en sifflant les mots à travers ses dents serrées, et de la voix désagréable qui lui était particulière. — Ce n'est pas Mme Mellish que je crains, c'est moi-même, c'est ceci; — il serait un objet caché dans la poche de son pantalon en parlant ainsi, — c'est ceci.... Je crains, en m'approchant d'elle, de n'être plus maître de moi, et de m'élancer sur elle pour lui couper la gorge. Je l'ai vue souvent dans mes rêves avec sa superbe gorge blanche, d'où s'échappaient des flots de sang; malgré cela, elle tenait toujours la cravache dans sa main, et elle me raillait. J'ai bien souvent rêvé d'elle, mais je ne l'ai jamais vue immobile et morte; et je ne l'ai jamais vue sans sa cravache à la main.

Le sourire méprisant disparut des lèvres de l'entraîneur pendant que Hargraves faisait cette révélation de ses sentiments, et fit place à une expression sombre et rêveuse, qui s'étendit sur tout son visage.

— Je n'ai pas moi-même une si grande affection pour Mme Mellish, — dit-il; — mais elle pourrait vivre aussi longtemps que Mathusalem, que cela me serait indifférent, si elle voulait....

Il murmura quelque chose entre ses dents, et, disparaissant dans le petit escalier qui conduisait à sa chambre à coucher, il se mit à siffler un air populaire.

Il redescendit tenant à la main un vieux buvard malpropre qu'il jeta insoucieusement sur la table. Il était bourré de papiers et de lettres entassées pêle-mêle. Conyers éprouva beaucoup de difficultés à trouver dans ce fouillis une feuille de papier à lettre qui ne fût pas trop souillée.

— Tu vas porter cette lettre à Mme Mellish, mon ami, — dit-il à Stephen en même temps qu'il se penchait sur la table pour écrire, — et tu voudras bien ne la remettre qu'à elle-même. Par cette chaleur accablante, les fenêtres seront toutes ouvertes, et tu pourras attendre jusqu'à ce que tu la voies au salon; quand tu la verras, tu tâcheras de l'attirer dehors, et tu lui donneras ceci.

Il avait plié la feuille de papier, et l'avait scellée avec soin dans une enveloppe gommée.

— Il n'y a pas besoin d'adresse, — dit-il en remettant la lettre aux mains d'Hargraves; — tu sais pour qui elle est, et tu ne la remettras à personne autre. Vas, dépêche-toi. Elle ne te dira rien, quand elle verra de qui vient cette lettre.

L'idiot jeta sur   nouveau maître un regard indécis; mais Conyers se piquait d'une qualité qu'il appelait de la détermination, mais qui serait mieux désignée par le mot entêtement, et il avait mis dans sa tête que personne autre que Hargraves ne porterait la lettre.

— Allons, — dit-il, — pas de niaiseries, Stephen. Rappelle toi ceci : s'il me plaît de t'employer ou de te charger d'une commission, quelle qu'elle soit, personne dans cette maison n'osera mettre en doute mon droit de le faire. Allons, pars vite.

Il montrait en étendant le bras le toit gothique et les cheminées tapissées de lierre du vieux château.

— Dépêche-toi, Stephen, et apporte-moi la réponse à cette lettre, — ajouta-t-il en allumant sa pipe et en s'asseyant sur l'appui de la fenêtre, dans son attitude favorite, attitude qui, comme tout en lui, était d'une nonchalance et d'une aisance qui protestaient de sa supériorité sur sa position. — Tu

n'auras pas besoin d'attendre une réponse écrite. Oui ou
non suffira parfaitement, tu peux le dire à Mme Mellish.

L'idiot balbutia quelques paroles presque inintelligibles;
mais il prit la lettre, et, enfonçant sur ses yeux sa vieille
casquette en peau de lapin, il s'éloigna lentement dans la
direction que Conyers lui avait indiquée quelques instants
auparavant avec un geste qui n'était pas exempt de mépris.

— Drôle d'oiseau, — murmura l'entraîneur, en suivant
des yeux son serviteur. — Drôle d'oiseau; mais c'est tout
au plus si je puis en venir à bout. J'en ai fait cependant
plier de plus forts que lui avec mes faibles doigts.

Conyers oubliait qu'il est des natures qui, bien qu'inférieures en toute chose, sont fortes par leur obstination, et
ne se laissent duper en dehors de leur stupidité naturelle,
ni par d'adroites combinaisons, ni par la force.

La soirée était brûlante, bien que le soleil eût disparu;
l'obscurité arrivait dans un ciel chargé, et un calme inac-
coutumé dans l'atmosphère annonçait l'orage. Les éléments
prenaient des forces pour la lutte, et attendaient en silence
le moment de déchaîner leur fureur. Bientôt allait sonner
le signal, un long roulement de tonnerre qui ferait trembler les coteaux lointains et chaque feuille du bois. L'entraîneur considérait d'un œil indifférent le terrible aspect
des cieux.

— Je vais aller aux écuries et donner ordre de rentrer
les chevaux, — dit-il; — il va y avoir de l'orage.

— Il prit sa canne et sortit du cottage toujours fumant. Il
ne se passait guère d'heures dans le jour, ni même dans la
nuit, où Conyers n'eût dans la bouche sa pipe ou un cigare.

Hargraves s'avançait lentement le long de l'étroit sentier
qui conduisait à travers le parc au jardin et à la pelouse
faisant face à la maison. Ce côté du parc était moins bien
entretenu que le reste, et conséquemment présentait un aspect plus sauvage; mais l'épais couvert fourmillait de
gibier et les jeunes lièvres fuyaient à gauche et à droite du
sentier, effrayés par le pas cauteleux de l'idiot; tandis que
çà et là les perdrix s'envolaient par couples de l'herbe
épaisse et glissaient sous la voûte de feuillage.

— Si j'allais rencontrer ici le garde de M. Mellish,
il me verrait plus noir que je ne le suis probablement,
— se dit l'idiot, — quoique je n'en veuille pas au gibier.
Que le diable l'emporte, il ne voit que des braconniers, et
regarder un faisan est à ses yeux un crime de haute trahison.

Il enfonça ses mains au fond de ses poches, tant il avait
de peine à résister à la tentation de tordre le cou d'un magnifique faisan qui se pavanait dans les hautes herbes, avec
une sérénité d'allure qui prouvait qu'il n'ignorait pas les
lois protectrices du gibier. Les arbres du parc formaient
une sorte de muraille touffue qui encadrait la pelouse, de
sorte qu'en arrivant de côté l'idiot passa tout d'un coup du
couvert sur l'herbe unie qui bordait ce pré qu'une muraille
invisible séparait du parc.

En approchant, Hargraves, encore abrité contre toute observation par les arbres, vit que sa course allait être abré-
gée, car Mme Mellish était accoudée sur une grille basse en
fer; elle était accompagnée du chien Bow-wow, le même
qui avait valu à l'idiot son renvoi du château.

Il avait quitté l'étroit sentier et s'était réfugié sous le couvert afin de gagner les parterres, et en sortant de dessous
les branchages qui formaient une voûte de feuillage autour
de lui, il laissait sur ses pas une longue trace d'herbe
foulée, comme celle que laisse après lui le tigre ou bien encore le serpent qui s'élance en rampant sur sa proie.

Aurora leva la tête au bruit des pas étouffés, et, pour la
seconde fois depuis qu'elle l'avait battu, elle rencontra le
regard de l'idiot. Elle était très-pâle, presque aussi pâle que
sa robe blanche, qui n'était ornée d'aucun mélange de couleur, et qui tombait autour d'elle en amples plis qui lui
donnaient l'apparence d'une statue. Elle était habillée avec
si peu d'apprêt, que chacun des plis de mousseline semblait dire combien ses pensées erraient au loin quand elle
avait fait cette toilette hâtive. Ses sourcils noirs se contractèrent à la vue de l'idiot.

— Je croyais que M. Mellish vous avait congédié, — dit-
elle, — et qu'il vous avait défendu de revenir ici.

— Oui, madame, M. Mellish m'a chassé de la maison
où j'avais vécu pendant près de quarante ans; mais j'ai une
autre place, maintenant, et mon nouveau maître m'a envoyé
vers vous avec cette lettre.

Il épiait l'effet qu'allaient produire ses paroles, et il vit
une teinte livide succéder à la pâleur de la jeune femme.

— Quel nouveau maître? — dit-elle.

Hargraves, levant le bras, indiqua le chemin par lequel
il était venu. Elle suivait le mouvement de la main de
l'homme, et ses yeux semblèrent grandir quand elle vit
quelle direction il indiquait.

— Votre nouveau maître est l'entraîneur James Conyers,
l'homme qui occupe le cottage? — dit-elle.

— Oui, madame.

— A quoi vous emploie-t-il?

— Je lui tiens sa maison, madame; je fais ses courses,
et j'ai apporté une lettre.

— Une lettre?... Ah! oui, donnez-la-moi.

L'idiot lui tendit la lettre. Elle la prit lentement sans
quitter des yeux le visage de l'homme, mais l'épiant avec
une persistance qui semblait vouloir approfondir quelque
chose sous les sinistres yeux rouges qui croisaient les siens.
Son regard trahissait une terreur secrète et un vague désir
de pénétrer le secret d'Hargraves.

Elle ne jeta pas les yeux sur la lettre, mais la tint à
demi-froissée dans la main qui pendait à son côté.

— Vous pouvez vous retirer, — dit-elle.

— Je dois attendre la réponse.

Les noirs sourcils se contractèrent de nouveau, et cette
fois la lueur d'une fureur qui s'allume brilla dans ses
grands yeux noirs.

— Il n'y a pas de réponse, — dit-elle en jetant la lettre
dans son sein; puis se tournant pour s'éloigner, elle ajouta :

— Il n'y a pas de réponse et il n'y en aura pas avant qu'il
me convienne d'en faire une. Dites-le à votre maître.

— Ce n'était pas une réponse écrite que j'attendais, —
persista l'idiot, — ce devait être oui ou non, mais il fallait
que je la tienne de vous.

Le rusé Hargraves lut sur le visage d'Aurora un sentiment de haine, outre le mépris qu'elle avait pour lui, et il prit un sauvage plaisir à la tourmenter. Elle frappa violemment du pied sur le gazon, et reprenant la lettre où elle l'avait placée, elle déchira l'enveloppe, et lut les quelques lignes qu'elle contenait. Bien qu'elles fussent peu nombreuses, elle ne demeura pas moins de cinq minutes tenant la lettre ouverte dans sa main, séparée de l'idiot par la grille en fer, et perdue dans ses pensées. Le silence ne fut rompu pendant tout ce temps que par les grognements que faisait entendre par intervalles Bow-wow ; il soulevait sa lourde tête, et faisait voir ses dents, maintenant branlantes, à son vieil ennemi.

Elle déchira la lettre en mille morceaux qu'elle jeta aux vents, puis elle reprit la parole.

— Oui, — dit-elle enfin ; — dites cela à votre maître.

Hargraves porta la main à sa casquette, et reprit le chemin qu'il avait suivi en venant pour porter à l'entraîneur la réponse qu'il attendait.

— Elle me hait assez, — se dit-il en s'arrêtant pour regarder encore une fois la forme blanche qui se détachait sur la pelouse, — mais elle le hait bien davantage.

CHAPITRE XVIII

Par la pluie.

La cloche annonçant le dîner sonna pour la seconde fois, cinq minutes après le départ de l'idiot, et Mellish sortit sur la pelouse pour chercher sa femme. Il marchait sur l'herbe en sifflant et fouettant les roses avec son mouchoir d'une façon tout à fait joyeuse ; il avait complétement oublié l'angoisse de cette malheureuse matinée qui avait suivi la

réception de la lettre de Pastern. Il avait tout oublié, sinon
que son Aurora était la plus tendre et la plus dévouée des
femmes, et qu'il avait en elle une confiance qu'entretenait
l'honnêteté de son cœur.

— Pourquoi douterais-je d'une créature si noble, si
impétueuse ?— pensait-il ; — chacun de ses sentiments,
chacune de ses pensées ne s'écrit-elle pas elle-même sur
son charmant front et sur son expressif visage en caractères
que le plus inintelligent des hommes pourrait lire ? Quand
elle est contente de moi, quels brillants sourires s'allument
dans ses yeux noirs ! Si je la contrarie, ce que je fais,
pauvre idiot que je suis, cent fois par jour, comme les
deux petits arcs noirs se contractent au-dessus de ce nez
impertinent et charmant, tandis que ses lèvres roses expri-
ment la défiance et le dédain. Faut-il la soupçonner parce
qu'elle me cache un secret et qu'elle me dit franchement
qu'il faut renoncer à le jamais connaître : tandis qu'une
femme rusée essayerait de me tranquilliser à l'aide d'un
ignoble mensonge inventé pour me tromper ? Que Dieu la
garde ! jamais plus un soupçon sur elle n'obscurcira ma
vie, quoi qu'il advienne.

Il était facile à Mellish de faire mentalement ce serment,
car il croyait fermement que l'orage était passé, et que le
calme était rétabli pour toujours.

— Chère Lolly, — dit-il en enlançant de son bras la
taille de sa femme, — je vous croyais perdue.

Elle le regarda avec un sourire plein de tristesse.

— Cela vous chagrinerait-il beaucoup, John, si vous me
perdiez réellement ?

Il tressaillit comme s'il venait de recevoir un coup, et
consulta avec inquiétude son visage extrêmement pâle.

— Si cela me chagrinerait, Lolly ! — répéta-t-il, — pas
longtemps, car ceux qui assisteraient à vos funérailles viendraient bientôt aux miennes. Mais, ma chère enfant, qui
peut vous avoir donné l'idée de me faire une pareille question ? Êtes-vous malade, très-chère ? Depuis quelques
jours, vous êtes pâle et semblez fatiguée, et je n'ai pensé à
rien. Quel misérable je fais !

— Non, non, John, — dit-elle ; — ce n'est pas là ce que je veux dire ; je sais que vous éprouveriez un grand chagrin, si je mourais. Mais supposez que quelque chose vienne brusquement à nous séparer pour toujours, quelque chose qui me force à quitter cette maison pour n'y plus jamais revenir. Eh bien, alors ?

— Alors, Lolly, — répondit gravement Mellish, — je préfèrerais voir votre cercueil placé dans la niche vide qui est voisine de celle où repose ma mère : sous la voûte, là-bas....

Et il étendait le bras dans la direction de l'église paroissiale qui n'était pas éloignée des grilles du parc.

— ... que me séparer de vous de cette manière. J'aimerais mieux vous savoir morte et heureuse que d'ignorer quel serait votre sort. Oh ! ma chère enfant, pourquoi me parlez-vous de ces choses ? Je ne pourrais vivre loin de vous, je ne le pourrais pas. J'aimerais mieux vous prendre dans mes bras et me précipiter avec vous dans l'étang du bois ; j'aimerais mieux vous percer le cœur d'une balle et vous voir étendue morte à mes pieds.

— John !... John !... mon bon et bien-aimé John !... — dit-elle, son beau visage s'illuminant d'un éclat nouveau, semblable à ces rayonnements du soleil qui percent tout à coup la nue épaisse. — Pas un mot de plus, cher ; nous ne nous quitterons jamais... Pourquoi nous quitterions-nous ?... Il n'est guère de choses en ce monde que l'argent ne puisse procurer ; eh bien ! il nous procurera le bonheur. Nous ne nous quitterons jamais..., jamais... mon mari adoré !...

Elle partit d'un joyeux éclat de rire en épiant son visage inquiet et effaré.

— Oh! mon bon John, comme vous avez l'air effrayé ! — dit-elle. — Ne savez-vous pas encore que j'aime à vous tourmenter de temps en temps de ces sortes de questions, tout simplement pour voir vos gros yeux bleus s'ouvrir de toute leur grandeur ? Rentrons, cher ; Mme Powell va nous foudroyer de ses regards en nous voyant rentrer, et va faire sa réplique de convention à nos excuses, à l'effet de

nous apprendre qu'il lui est indifférent d'attendre autant
qu'il nous plaît le dîner, et qu'elle préfèrerait tout autant
ne pas dîner du tout. N'est-ce pas une chose étrange,
John, que la haine de cette femme pour moi?

— Sa haine, chère, quand vous êtes si bonne pour elle!

— Mais c'est parce que je suis bonne pour elle qu'elle
me hait, John. Si je lui donnais mon collier de diamants,
elle me haïrait parce que je l'aurais à donner. Elle nous
hait parce que nous sommes riches, jeunes et beaux, — dit
Aurora en riant; — juste le contraire de sa pâle et peu
avenante personne.

Il était étrange qu'en ce moment Aurora semblât retrouver sa gaieté et son humeur charmante, et redevenir
ce qu'elle avait été avant la lettre de Pastern. Quelque
sombres qu'eussent été les nuages qui avaient plané sur sa
tête depuis le jour où cette simple lettre avait produit un
si terrible effet, ces nuages menaçants s'étaient dissipés
tout à coup. Mme Powell eut bientôt remarqué ce changement. Les yeux de l'amour, si pénétrants qu'ils puissent
être, ne sont rien auprès des yeux de la haine. Ceux-là ne
se trompent jamais. Aurora était sortie du salon, morne et
découragée, pour aller respirer sur la pelouse; Mme Powell,
assise dans l'embrasure d'une des fenêtres, avait épié tous
ses mouvements, et l'avait vue à distance parler à quelqu'un de son poste d'observation (il lui avait été impossible de distinguer l'idiot); et cette même Aurora rentrait
une toute autre créature. Il y avait un air de résolution sur
cette bouche magnifique (que la critique féminine trouvait
trop grande), air qui n'était pas étranger à ces lèvres
roses, et un éclat dans les yeux qui sûrement avait une
signification.

— Si je pouvais seulement trouver la clef de cette signification cachée, — pensait Mme Powell.

Depuis la maladie d'Aurora, la pauvre femme n'avait pas
cessé de chercher cette clef; elle cherchait à tâtons dans la
profonde obscurité qui défiait sa très-grande pénétration.
Qu'était donc ce groom? qui était-il, pour qu'Aurora lui
écrivît, comme elle lui avait évidemment écrit? Pourquoi

n'avait-il laissé paraître aucune surprise ? et quelle cause
pouvait-il y avoir pour qu'il témoignât de l'étonnement si
ce dont il s'agissait n'avait rapport qu'à ses devoirs d'entraîneur ? Cette obscurité confuse était plus impénétrable
que la nuit la plus noire, et Mme Powell fut bien près de
renoncer à jamais trouver la clef de ce mystère. Et maintenant, une complication nouvelle s'était formée du brusque
changement d'humeur d'Aurora. Mellish était enchanté de
ce changement. Il parlait et riait au point que les verres
placés près de lui vibraient à la manifestation de cette joie
bruyante. Il but tant de l'excellent vin de Moselle, que le
sommelier Jarvis (qui avait grisonné au service du vieux
châtelain, et avait versé au jeune Mellish son premier verre
de champagne) finit par refuser de lui verser davantage
de ce breuvage, lui offrant à la place un vin du Rhin
extrêmement coûteux, dont le nom, formé de quatorze
syllabes, était impossible à prononcer, et auquel John
essayait de se faire sans pouvoir y réussir.

— Nous remplirons la maison d'invités pour la saison
des chasses, ma chère Lolly, — dit Mellish. — S'ils
viennent le 1er septembre, ils seront tous confortablement
installés pour le Saint-Léger. Il va sans dire que nous aurons
le vieux papa, qui trottera sur son poney blanc comme le
meilleur des hommes et des banquiers de la chrétienté. Le
Capitaine Bulstrode et Mme Bulstrode viendront aussi ; et
nous verrons la figure que fait notre petite Lucy, et si le
grave Talbot là bat dans le silence de la chambre conjugale. Puis il y aura Hunter et un tas d'autres. Il faudra que
vous me dressiez une liste de toutes les personnes un peu
aimables qu'il vous plairait d'avoir ; et nous passerons un
fameux automne, Lolly, n'est-ce pas ?

— Je l'espère, John, — répondit Mme Mellish après un
moment de silence et une répétition de la question de son
mari.

Elle n'avait pas écouté avec beaucoup d'attention les
projets de John, et elle le surprit fortement en lui adressant une question tout à fait étrangère au sujet dont il
venait de l'entretenir.

— Combien de temps les navires les plus rapides mettent-ils pour aller en Australie, John ? — demanda-t-elle tranquillement.

Mellish demeura le verre en main et le bras levé pour considérer sa femme après la question qu'elle venait de lui faire.

— Combien de temps les vaisseaux les plus rapides mettent-ils pour aller en Australie ? — répéta-t-il. — Bon Dieu ! Lolly, comment le saurais-je ? Trois semaines ou un mois. Non, je veux dire trois mois; mais, miséricorde ! Aurora, pourquoi voulez-vous savoir cela ?

— La durée moyenne du voyage est d'environ trois mois, je suppose, mais quelques paquebots fins voiliers le font en soixante-dix et même soixante-huit jours, — fit observer Mme Powell, fixant avec insistance sur le visage distrait d'Aurora ses yeux que protégeaient des cils blancs.

— Mais pourquoi, bonté divine, voulez-vous savoir cela, Lolly ? — répéta Mellish. — Vous n'avez pas besoin d'aller en Australie, et vous ne connaissez personne qui soit sur le point de s'y rendre.

— Peut-être Mme Mellish prend-elle intérêt au mouvement de l'émigration des femmes, — suggéra Mme Powel.

— C'est une bien excellente œuvre.

Aurora ne répondit ni directement, ni indirectement à cette question. On avait ôté la nappe (car les usages modernes n'avaient rien changé à l'économie conservatrice de Mellish Park), et Mme Mellish demeura avec une grappe de groseilles blanches à la main, regardant sur l'acajou luisant la réflexion de son visage.

— Lolly ! — s'écria Mellish après avoir considéré sa femme pendant quelques minutes, — vous êtes aussi grave qu'un juge. A quoi pouvez-vous penser ?

Elle le regarda avec un sourire charmant, et se leva pour sortir de la salle à manger.

— Je vous le dirai un de ces jours, John, — fit-elle. — Venez-vous avec nous, ou allez-vous fumer sur la pelouse ?

— Si vous voulez venir avec moi, chère... — répondit-il en lui rendant son sourire accompagné d'un regard qui

portait en lui la preuve d'une affection inaltérable, — j'irai
fumer un cigare dehors... si vous voulez venir avec moi,
Lolly.

— Oh! mon gros campagnard, — dit Mme Mellish en
riant, — je crois vraiment que vous voudriez me voir
fumer un de vos manilles, ne fût-ce que pour vous tenir
compagnie.

— Non, très-chère, je ne voudrais jamais vous voir faire
une chose qui ne serait pas convenable, qui serait incom-
patible avec les manières de la plus noble lady et les devoirs de la femme la plus respectable de l'Angleterre, —
dit Mellish avec gravité. — Si j'aime à vous voir galoper
dans la campagne, une plume rouge à votre chapeau,
c'est parce que je pense que le bon vieux sport des gentilshommes anglais doit être partagé par leurs femmes,
plutôt que par des gens que je ne veux pas nommer, et
parce qu'il y a chance que la vue de votre chapeau espa-
gnol avec sa plume écarlate, au rendez-vous de chasse,
puisse d'une manière ou d'une autre tenir éloignée du
champ Mlle Wilhelmina de Lancy (née Scroggins et baptisée
Sarah).

Mellish se tenait debout sur le seuil d'une porte vitrée qui
ouvrait sur un perron conduisant à la pelouse, et c'est là
qu'il débita cette tirade dont la gravité était tout à fait
en dehors de la teneur ordinaire de ses discours. Il tenait
à la main un cigare qu'il allait allumer quand Aurora
l'arrêta.

— Cher John, — dit-elle, — mon cher John, vous qui
êtes si peu apte aux affaires, avez-vous oublié que le pauvre
Langley est pressé de vous voir pour vous rendre les anciens comptes avant que le nouvel entraîneur n'entre en
fonction? Il est venu une demi-heure avant le dîner, et a
demandé que vous voulussiez bien le voir ce soir.

Mellish haussa les épaules.

— Langley est le plus honnête homme qu'il y ait sur
terre, — dit-il. — Je n'ai pas besoin de voir ses comptes.
Je sais ce que l'écurie me coûte par année en moyenne,
et cela me suffit.

— Mais pour sa satisfaction particulière, cher.

— Bien, bien, Lolly; ce sera pour demain matin, alors.

— Non, cher; j'aurais besoin de lui pour m'accompagner demain matin.

— Demain soir alors.

— Vous avez donné rendez-vous au Capitaine à la Cita- delle, — dit Aurora en riant, — ce qui veut dire que vous dînez à Holmbush avec le Colonel Pevensey. Allons, cher ami, j'insiste pour qu'une fois dans votre vie vous vous occupiez sérieusement d'affaires; venez dans votre sanctuaire, et nous enverrons chercher Langley et ses comptes.

Le joli tyran passa son bras dans le sien et l'emmena de l'autre côté de la maison, dans cette même pièce où elle s'était évanouie à la lecture de la lettre de Pastern. En fer- mant la fenêtre, elle jeta dans l'obscurité un regard plein de mélancolie. L'orage n'était pas encore déclaré, mais de sinistres nuages passaient à une faible hauteur, et l'atmos- phère brûlante était lourde, et l'on ne respirait point. Mme Mellish étala merveilleusement son aptitude aux affaires et paraissait prendre un intérêt énorme aux mémoires des marchands de grains, des vétérinaires, des selliers et des harnacheurs, avec lesquels le vieux piqueur embarrassait furieusement son maître. Mais dix minutes environ après que John eut entrepris ce pénible labeur, Aurora déposa le crayon avec lequel elle venait de tracer un calcul (par un procédé entièrement original, bien fait pour révolutionner Cocker, et réduire à néant cette règle banale qui prouve que deux et deux font quatre), et s'échappa doucement, en faisant une vague promesse de revenir bientôt, abandon- nant Mellish à ses calculs et à son désespoir.

Mme Powell se trouvait au salon et lisait, quand Aurora rentra la tête et les épaules enveloppées d'un grand châle de dentelle noire. Mme Mellish avait évidemment compté ne trouver personne au salon, car elle fit un mouvement de surprise, et se retira à la vue de la veuve, qui se tenait contre une fenêtre éloignée, profitant des dernières lueurs du jour. Aurora s'arrêta un moment à quelques pas de la porte, puis elle traversa résolûment l'appartement en se dirigeant vers la fenêtre la plus éloignée de celle devant laquelle Mme Powell était assise.

— Est-ce que vous allez au jardin par cette vilaine soirée, madame Mellish? — dit la veuve.

Aurora s'arrêta à mi-chemin entre la porte et la fenêtre pour lui répondre.

— Oui, — dit-elle sèchement.

— Permettez-moi de vous donner le conseil de ne pas trop vous éloigner, nous allons avoir de l'orage.

— Je ne le pense pas.

— Comment, ma chère madame Mellish, n'entendez-vous pas le grondement lointain du tonnerre?

— Je courrai la chance d'être surprise par lui. Le temps a été menaçant pendant toute l'après-midi. La maison m'est insupportable ce soir.

— Mais assurément vous ne vous éloignerez pas?

Mme Mellish ne parut pas entendre cette observation. Elle se hâta de quitter le salon pour se diriger sur la pelouse, puis au nord du parc, vers la grille en fer à travers laquelle elle avait vu l'idiot.

De lourds nuages paraissaient se concentrer au-dessus des arbres du parc, recouvrant pour ainsi dire la terre d'un toit de fer brûlant, comme ces chambres de torture en métal, si ingénieusement combinées, dont nous lisons la description dans les romans; mais la pluie n'était pas venue encore.

— Qui peut la conduire au jardin par une soirée comme celle-ci? — pensait Mme Powell, en voyant la robe blanche disparaître dans l'obscurité. — Il va faire nuit noire dans dix minutes, et elle n'est pas ordinairement très-portée à sortir seule la nuit.

La veuve de l'enseigne déposa le livre qui paraissait l'intéresser si vivement, et gagna sa chambre, où elle choisit, parmi sa nombreuse garde-robe, un très-confortable manteau gris. Elle s'enveloppa de ce manteau, descendit rapidement et sans bruit l'escalier, et gagna le jardin par une petite porte qui se trouvait près de la chambre occupée par

Mellish. Les rideaux du petit sanctuaire n'étaient pas tirés, et Mme Powell put voir le maître de la maison penché sur sa table, à côté du vieux piqueur. Il faisait alors tout à fait nuit. Mais cependant on pouvait encore apercevoir la robe blanche d'Aurora de l'autre côté de la pelouse.

Mme Mellish était debout auprès de la petite grille de fer quand Mme Powell sortit de la maison. Le point blanc demeura immobile pendant quelque temps, et l'indiscrète veuve, qui se tenait sous l'ombre d'une allée, commençait à croire qu'elle avait perdu ses peines, et qu'après tout la sortie d'Aurora n'avait peut-être pas de but spécial.

Mme Powell éprouvait un cruel désappointement. Toujours à l'affût d'un indice qui pût lui révéler le secret dont elle avait découvert l'existence, elle s'était bercée de l'espoir que cette sortie si peu raisonnable pourrait être un des anneaux de la chaîne mystérieuse qu'elle tenait tant à réunir. Mais il paraissait qu'elle s'était trompée; cette sortie de nuit, par ce temps menaçant, était tout simplement un caprice d'Aurora, une fantaisie de femme qui ne signifiait absolument rien.

Mais non! la masse blanche n'était plus immobile, et dans le silence de la nuit brûlante, Mme Powell entendit le grincement lointain d'une grille qui tourna lentement sur ses gonds, et comme guidée par une main prudente. Mme Mellish avait ouvert la grille, et avait passé de l'autre côté de la barrière invisible qui séparait le jardin du parc. Un moment après, elle avait disparu sous les arbres qui formaient une ceinture autour de la pelouse.

Mme Powell s'arrêta, presque terrifiée par cette découverte inespérée.

Au nom de tout ce qui était mystérieux et impénétrable, que pouvait avoir à faire Mme Mellish entre neuf et dix heures du soir de ce côté du parc, de ce côté nord, mal entretenu, abandonné et fréquenté seulement depuis un grand nombre d'années par les gardes du château?

Le sang monta bouillant à la face de M^mo Powell, quand elle se souvint tout à coup que la loge abandonnée qui se trouvait de ce côté venait d'être donnée pour logement au nouvel entraîneur. Ce souvenir n'était rien; mais si l'on ajoutait à cela la lettre mystérieuse signée d'un A, c'était plus qu'il n'en fallait pour faire couler une joie frémissante, horrible et sauvage dans les veines glacées de la gouvernante. Qu'allait-elle faire? Suivre Mme Mellish, et découvrir où elle allait? Jusqu'à quel point le succès de cette tentative était-il certain?

Elle revint sur ses pas et regarda encore une fois à travers la fenêtre du cabinet de Mellish. Il était toujours penché sur ses papiers, toujours dans le même embarras. Il semblait qu'il y eût peu de chance qu'il eût terminé bientôt. La nuit sans étoiles et ses vêtements noirs mettaient la veuve à l'abri de toute observation.

— Si j'étais derrière elle, elle ne me verrait pas, — pensa-t-elle.

Elle traversa la pelouse et passa dans le parc. Les ronces et les longues herbes emmêlées s'attachaient à sa robe. Elle s'arrêta un moment pour regarder autour d'elle.

Nulle part elle ne voyait la forme blanche d'Aurora parmi les allées touffues qui s'étendaient en désordre devant elle.

— Je ne chercherai pas à savoir le sentier qu'elle a suivi, — pensa Mme Powell; — je sais où la trouver.

Elle s'avança par le sentier étroit conduisant à la loge. Elle ne connaissait pas assez intimement les lieux pour prendre le chemin que l'idiot avait suivi dans l'herbe quelques heures plus tôt, et elle mit quelque temps à franchir la distance qui séparait la grille de la loge.

Les fenêtres de la façade de l'habitation stique faisaient face à la route et à la grille abandonnée; le derrière de la maison, au contraire, faisait face au sentier qu'avait pris Mme Powell, et les deux petites fenêtres percées de ce côté du mur étaient noyées dans l'obscurité.

La veuve de l'enseigne passa doucement de l'autre côté, regarda prudemment autour d'elle, et écouta. On n'entendait que le bruissement des feuilles, tremblantes même dans cette atmosphère si calme, comme par l'effet d'une prescience intime de l'orage qui approchait. Elle s'avança lentement et avec précaution près de la petite fenêtre rustique et plongea son regard à l'intérieur.

Elle ne s'était pas trompée en disant qu'elle savait où trouver Aurora.

Mme Mellish était debout, le dos tourné vers la fenêtre. Immédiatement en face d'elle, Conyers, l'entraîneur, était nonchalamment assis, et fumait sa pipe. La petite table les séparait, et la seule chandelle qui éclairait la chambre se trouvait tout près du coude de Conyers et lui avait évidemment servi à allumer sa pipe. Aurora parlait. L'oreille la plus fine eût pu entendre sa voix, mais non pas distinguer ses paroles. On voyait que l'entraîneur écoutait attentivement. Il écoutait attentivement, mais un froncement de ses beaux sourcils plissait son front, et il était évident qu'il n'était pas satisfait du tour de la conversation.

Quand Aurora eut cessé de parler, il leva les yeux, haussa les épaules, et ôta sa pipe de sa bouche. Mme Powell, le visage collé contre le carreau, ne le quittait pas des yeux.

Il indiqua d'un geste indifférent une chaise vide placée près d'Aurora; mais celle-ci secoua la tête avec mépris, et se tourna brusquement du côté de la fenêtre. Ce mouvement avait été si rapide que Mme Powell avait à peine eu le temps de se rejeter en arrière, lorsqu'Aurora avait fait jouer le fermoir de la fenêtre, et l'avait ouverte toute grande.

— Je ne puis supporter cette chaleur étouffante, — s'é-cria-t-elle d'un ton d'impatience; — j'ai dit tout ce que j'avais à dire, et il est inutile que j'attende votre réponse.

— Vous ne me donnez guère le temps de réfléchir, — dit-il avec un calme impudent qui contrastait étrangement avec l'emportement et la véhémence d'Aurora. — Quel genre de réponse voulez-vous?

— Oui ou non.

— Rien de plus?

— Non, rien de plus. Vous savez mes conditions; elles sont toutes écrites ici, — ajouta-t-elle en posant la main sur un papier déployé sur la table. — Elles sont écrites assez clairement pour qu'un enfant les comprenne. Voulez-vous les accepter, oui ou non.

— Cela dépend des circonstances, — répondit-il en remplissant sa pipe et regardant avec admiration l'ongle de son petit doigt, en même temps qu'il pressait le tabac dans le fourneau.

— De quelles circonstances?

— Des compensations que vous offrez, ma chère madame Mellish.

— Vous voulez dire du prix?

— C'est une vilaine expression, — dit-il en riant, — mais je suppose que nous entendons la même chose. Il faut que la compensation qui me fera faire tout cela soit bien belle, — il montrait le papier écrit, — et il faut qu'elle ait la forme d'espèces sonnantes. Combien ce sera-t-il?

— C'est à vous de le dire. Souvenez-vous de ce que je vous ai dit. Refusez ce soir, et je télégraphie à mon père demain matin, pour lui dire qu'il change son testament.

— Supposons que le vieux gentleman soit enlevé dans l'intervalle, et qu'il laisse la jolie feuille de parchemin telle qu'elle est. J'entends dire qu'il est faible et vieux ; une semblable probabilité mérite bien qu'on la compte pour quelque chose. J'ai souvent risqué mon argent sur des chances qui ne valaient pas celles-là.

Elle se tourna vers lui avec un visage dont l'expression était tellement assombrie, que les honteuses et impertinentes paroles expirèrent sur ses lèvres, et il demeura bouche béante, les yeux attachés sur elle.

— Diable! — fit-il, — vous avez toujours cette énergie diabolique d'autrefois. Je ne sais trop si ce n'est pas une offre acceptable, après tout. Donnez-moi deux mille livres et je les prends.

— Deux mille livres!

— J'aurais dû dire vingt, mais je n'ai jamais su me montrer exigeant.

Mme Powell, accroupie sous la fenêtre ouverte, avait

entendu chaque mot de ce court dialogue ; mais en ce moment, oubliant toute précaution, dans son empressement de tout entendre, elle avait levé la tête presque au niveau de l'entablement de la fenêtre. Au même instant, elle recula brusquement tremblante de terreur. Elle venait de sentir le souffle tiède d'une haleine sur sa joue, et sur sa robe le contact d'un vêtement d'homme.

Elle n'était pas seule à écouter.

Le second espion était Stephen Hargraves, l'idiot.

— Chut, — fit-il, en saisissant le poignet de Mme Powell, et en la maintenant dans sa position accroupie par la force musculaire de sa main calleuse ; — ce n'est que moi, Steeve l'idiot, vous savez bien ; le garçon d'écurie qu'*elle* (il accentua le *elle* avec tant d'impétuosité, qu'il faillit rompre brusquement le grand calme de la nuit), qu'elle a cravaché. Je vous connais, je sais que vous êtes ici pour écouter. Il m'a envoyé à Doncastre lui chercher ceci (et il montrait une bouteille qu'il portait sous son bras) ; il a cru qu'il me faudrait quatre ou cinq heures pour aller et revenir ; mais j'ai couru tout le temps, car je me doutais bien qu'il y avait quelque chose en l'air....

Il essuya sa face humide de sueur avec les bouts de sa méchante cravate.

Sa respiration était haletante, et Mme Powell pouvait entendre les violents battements de son cœur tant le silence était grand autour d'eux.

— Je ne vous trahirai pas, — dit-il, — et vous ne me trahirez pas non plus. J'ai encore sur mon dos les marques de la cravache avec laquelle elle m'a frappé ce jour-là. Je les regarde de temps en temps, et elles me raffermissent le souvenir. C'est une belle madame, et une grande dame ? Oui, sûrement ; mais cela n'empêche pas qu'elle vient voir le valet de son mari en cachette, et la nuit. Il se peut que le jour ne soit pas éloigné où *elle* sera à son tour chassée de ces lieux avec défense d'y reparaître ; fasse le Seigneur miséricordieux que je vive pour voir cela. Chut !...

Il n'avait pas lâché le bras de la veuve. Une pression de sa main de fer lui imposa silence, et la força de baisser

tête ; toutes les forces de l'homme semblaient passées dans
ses yeux avides.

— Écoutez, — dit-il, à voix basse ; — écoutez ! Chacune de ses paroles la rapproche plus sûrement de sa
perte.

L'entraîneur fut le premier à reprendre la parole. Il
avait tranquillement fini de fumer sa pipe, et il en vida les
cendres sur la table avant de renouer le fil de la conversation au point où il l'avait laissée.

— Deux mille livres, — reprit-il ; — voilà ce que je
veux, et je crois qu'on peut me les donner sans hésiter.
Deux mille livres sterling en billets sur la Banque d'Angleterre (des billets de cinq et de dix livres ; des chiffres plus
élevés seraient un embarras), ou bien, si vous voulez, en
argent monnayé du royaume. Vous comprenez : deux mille
livres comptant. C'est mon dernier mot ; ou je quitte cette
maison demain matin, — avec tout ce qui m'appartient.

— De cette manière vous n'auriez rien, — dit Mme Mellish,
avec calme.

— Vraiment ? Et que gagna le Maure de Venise, à étouffer
sa femme ? Je ne gagnerais rien, mais je serais vengé d'un
chat-tigre, dont les griffes ont laissé sur moi une marque
que je porterai jusqu'à la tombe.

Il souleva ses cheveux et montra du doigt une cicatrice
sur son front, une marque blanche, à peine visible à la
lueur de la chandelle.

— Je suis une nature douce, facile à vivre, madame
Mellish, — reprit-il, — mais je n'oublie pas. Ce sera deux
mille livres ou une guerre à mort.

Mme Powell attendait, haletante, la réponse d'Aurora ;
mais avant que cette réponse ne vînt, une large goutte
d'eau tomba sur le front légèrement dégarni de la veuve.
Le capuchon de son manteau était retombé en arrière,
laissant sa tête à découvert. Cette unique goutte d'eau
annonçait le commencement de l'orage : un roulement de
tonnerre, lent et étouffé par la distance, annonça que les
éléments entraient en lutte, et un éclair blafard vint éclairer
les visages également blafards des deux écouteurs.

— Lâchez-moi, — dit tout bas Mme Powell, — lâchez-moi ; il faut que je sois rentrée avant la pluie.

L'idiot laissa libre la main qu'il avait tenue tout le temps sans en avoir conscience, tant son attention était absorbée par ce qui se passait dans le cottage.

Mme Powell se releva et s'éloigna sans bruit de la maisonnette : elle se rappelait qu'il était de toute nécessité qu'elle rentrât avant Aurora et qu'elle évitât l'averse. Ses vêtements mouillés l'eussent trahie si elle n'eût réussi à éviter l'orage prêt à fondre. Elle était d'une nature chétive, maigre, qui n'avait en chair ou en graisse rien de superflu, et elle reprit en courant le chemin par lequel elle était venue à la poursuite d'Aurora.

Les lourdes gouttes de pluie tombaient à de longs intervalles sur les feuilles ; un second, puis un troisième coup de tonnerre firent trembler la terre comme le grondement sinistre d'un animal affamé qui s'approche peu à peu de sa proie ; de pâles éclairs bleuâtres éclairèrent les échappées du bois, mais l'orage n'était pas encore déclaré dans toute sa furie.

Les gouttes de pluie tombaient moins rares quand Mme Powel sortit du couvert par la petite grille ; plus fréquentes encore lorsqu'elle atteignit la porte, qu'elle avait laissée entr'ouverte une heure plus tôt, et elle s'assit haletante sur un banc placé à l'intérieur dans le but de se remettre un peu avant d'aller plus loin. Elle était encore sur ce banc quand un quatrième coup de tonnerre fit trembler la voûte sous laquelle elle se trouvait, et la pluie tomba de la nue opaque avec une telle impétuosité qu'il semblait qu'une énorme trappe avait été pratiquée dans le ciel et qu'un océan céleste déversait ses flots sur la terre.

— Je crois que madame va se trouver joliment prise, — se dit Mme Powell.

Elle jeta de côté son manteau, et s'engagea dans un corridor conduisant au vestibule. Un domestique en fermait les portes.

— Avez-vous fermé les fenêtres du salon, Wilson ? — demanda-t-elle.

— Non, madame; je crains bien que Mme Mellish ne soit exposée à la pluie. Jarvis s'apprête à aller la chercher avec une lanterne et un parapluie.

— Jarvis peut rester où il est; Mme Mellish est rentrée depuis une demi-heure. Vous pouvez fermer toutes les portes et mettre les verrous pour la nuit.

— Oui, madame.

— A propos, quelle heure est-il, Wilson? ma montre retarde.

— Dix heures un quart, madame, à la pendule de la salle à manger.

Wilson ferma la porte du vestibule, et l'assujettit avec une immense barre de ferre, d'un mécanisme assez compliqué, à laquelle était adaptée une sonnette pour prévenir le cas où des voleurs se seraient introduits dans la maison.

Du vestibule, Wilson passa dans le salon où il ferma avec soin la longue rangée de fenêtres, du salon à l'office, de l'office à la salle à manger où il ferma la porte vitrée ouvrant sur le jardin. Celà terminé, toute communication entre la maison et le jardin était impossible.

— Quoi qu'il arrive, il saura ses menées, — pensa Mme Powell en épiant les pas du valet pour voir s'il faisait ce qu'elle lui avait ordonné.

Les domestiques n'avaient pas une affection bien vive pour la gouvernante, et, en rentrant à l'office, il fit part à ses camarades des exigences et de la sécheresse toujours croissantes de la vieille, qui épiait leurs mouvements comme un vieux chat épie ceux d'une souris. Wilson était de Londres et il avait été importé tout récemment dans la maison.

Quand la veuve sut tous les verrous consciencieusement tirés et les clefs tournées dans les serrures, elle revint au salon et s'assit près d'une table éclairée, pour s'occuper à quelque délicate tapisserie ou à tout autre ouvrage affectionné des vieilles filles, et qui devait être un pendant de la broderie de Pénélope, car elle semblait avancer la nuit et rétrograder le jour. Elle avait vivement lissé ses cheveux et remis de l'ordre dans ses ajustements, et elle était d'une propreté aussi rigide que lorsqu'elle descendait déjeuner chaque matin dans toute la virginité de sa toilette matinale.

Elle travaillait depuis environ dix minutes quand Mellish entra, sortant accablé, mais triomphant de sa lutte avec de simples multiplications et soustractions. John avait évidemment beaucoup souffert pendant l'action : ses épais cheveux châtains étaient réunis en masses qui se tenaient droites sur sa tête, sa cravate était détachée et le col de sa chemise ouvert pour le bien-être de sa large encolure. Quand il entra dans le salon, il portait sur sa personne ces marques d'une lutte acharnée ainsi que bien d'autres que nous passons sous silence.

— J'ai fini par battre en retraite, madame Powell, — dit-il, en laissant tomber son grand corps sur un des canapés, non sans faire courir de grands risques aux ressorts du siége ; — j'ai battu en retraite avant la chute du drapeau, car Langley aurait voulu me garder jusqu'à minuit : il m'a poursuivi jusqu'à la porte de ce salon avec quatorze boisseaux d'avoine qui sont portés sur le compte du grainetier et qui ne le sont pas sur le livre qu'il tient pour contrôler les comptes de ce digne négociant. Je lui demande pourquoi diable il ne les porte pas sur son livre tout de suite, pour en finir, au lieu de me tourmenter comme il le fait ? A quoi bon tenir un livre si les comptes qu'il y fait ne sont pas les mêmes que celui du grainetier ? Mais c'est fini, ajouta-t-il avec un soupir de soulagement ; c'est fini, et tout ce que je puis dire, c'est que j'espère bien que le nouvel entraîneur n'est pas si honnête.

— Savez-vous quelque chose sur le compte du nouvel entraîneur, monsieur Mellish ? — demanda Mᵐᵉ Powell d'un ton parfaitement naturel, plutôt avec l'intention d'amuser son maître, en causant avec lui, que pour satisfaire une curiosité mondaine.

— Oh ! bien peu de chose, — répondit John avec indifférence ; — je n'ai même pas encore vu cet individu ; mais il m'a été recommandé par Pastern, et je suis certain qu'il me conviendra. Et puis Aurora connaît cet homme ; il a été autrefois au service de son père.

— Oh! vraiment! — fit Mme Powell en appuyant avec intention sur ces deux mots insignifiants en eux-mêmes; — oh! vraiment! Mme Mellish le connaît! Alors, bien entendu, c'est un homme digne de confiance. C'est un jeune homme d'une beauté remarquable?

— D'une beauté remarquable, vraiment? — dit Mellish avec un rire indifférent. — Alors je suppose que toutes les filles vont tomber amoureuses de lui et négliger leur ouvrage pour ne faire que regarder par les fenêtres qui donnent sur les écuries; eh? c'est ce qui arrive quand on a chez soi un aussi beau groom, n'est-ce pas? Susan et Sarah et les autres vont se mettre à nettoyer les carreaux et à pavoiser leurs chapeaux de rubans, eh?

— Je n'en sais rien, monsieur Mellish, — répondit la veuve souriant niaisement par-dessus son ouvrage, comme si la question qu'ils agitaient était si hors de propos, qu'il lui fût vraiment impossible de garder son sérieux; — mais mon expérience m'a jetée au milieu d'un grand nombre de familles, — dit-elle avec beaucoup de vérité (car elle avait occupé tant de places, que ses ennemis en étaient arrivés à déclarer qu'elle ne pouvait rester plus de douze mois dans une maison, par la raison que ses maîtres ne manquaient jamais, au bout de ce temps, d'avoir découvert son vrai caractère), — j'ai occupé des postes de confiance, — continua Mme Powell, — et je regrette de le dire, j'ai vu bien des misères domestiques surgir de l'emploi de serviteurs trop beaux, dont l'apparence et les manières sont supérieures à leur position. M. Conyers n'est pas le genre d'homme que je voudrais voir dans une maison où j'aurais charge de jeunes personnes.

Une sorte de faiblesse, un malaise se fit sentir tout à coup par tout le corps de Mellish, en même temps que Mme Powell s'exprimait ainsi; c'était une sensation tellement vague, qu'il savait à peine si elle était physique ou morale, pas plus qu'il ne savait pourquoi ces paroles de la veuve lui étaient désagréables. Cette sensation fut aussi passagère qu'elle était vague. John promena ses honnêtes yeux bleus autour du salon.

— Où est Aurora?... — demanda-t-il. — Couchée ?...

— Je crois que Mme Mellish est allée se reposer, — répondit la gouvernante.

— Alors, j'y vais aller également; la maison est triste comme un cachot quand elle n'est pas là, — observa Mellish avec une aimable candeur. — Voudrez-vous bien me préparer un grog avant que je monte, Mme Powell, car tous ces comptes m'ont donné des frissons.

Il se leva pour sonner; mais il n'avait pas fait trois pas que des coups impatients, frappés du dehors aux volets fermés, arrêtèrent ses pas.

— Qui diable est là ? — s'écria-t-il en tournant la tête du côté d'où venait le bruit, mais sans chercher à répondre à l'appel parti du dehors.

Mme Powell leva la tête pour écouter; son visage n'exprimait qu'un naïf étonnement.

Les coups furent répétés avec plus de force et d'impatience.

— Ce ne peut être qu'un des domestiques, — se dit John; — mais pourquoi ne fait-il pas le tour de la maison ? Cependant, je ne puis laisser dehors le pauvre diable par un temps comme celui-ci, — ajouta-t-il avec douceur en ouvrant la fenêtre.

Les fenêtres ouvraient en dedans, les persiennes en dehors. Il poussa les persiennes, et regarda dans l'obscurité; la pluie tombait à torrents.

Aurora, grelottant dans ses vêtements trempés, était debout à quelques pas de lui, et la pluie tombait d'aplomb sur sa tête.

Malgré l'obscurité son mari la reconnut.

— Ma chère enfant! — s'écria-t-il, — est-ce bien vous? Vous dehors par un temps pareil et par une telle nuit! Entrez; miséricorde, vous devez être trempée jusqu'aux os!

Elle entra; l'eau contenue dans la mousseline de sa robe inondait le tapis qu'elle foulait, et les plis de son châle de dentelle se collaient sur son visage.

— Pourquoi avez-vous laissé fermer ces fenêtres ? — demanda-t-elle en s'adressant à Mme Powell, qui s'était

levée, et avait tout l'air d'une statue représentant à la fois
l'inquiétude et la sympathie. — Vous saviez que j'étais au
jardin.

— Oui ; mais j'ai cru que vous étiez rentrée, ma chère
madame Mellish, — dit la veuve, s'emparant avec empressement du châle d'Aurora qu'elle essayait de lui ôter, mais
que Mme Mellish lui arracha vivement des mains. — Je
vous ai vue sortir, c'est vrai, et je vous ai vue quitter la
pelouse dans la direction de la grille du nord, mais je vous
croyais rentrée depuis quelque temps.

La couleur disparut des joues de Mellish.

— La grille du nord ? — dit-il. — Venez-vous de la
loge du nord ?...

— Je suis allée dans la *direction de la grille du nord*,
— répondit Aurora en appuyant avec ironie sur ces mots.
— Les renseignements que vous donnez sont parfaitement
exacts, madame Powell ; cependant j'ignorais que vous
m'eussiez fait l'honneur d'épier mes actions.

Mellish ne paraissait pas avoir entendu ces dernières paroles. Il regardait alternativement sa femme et la gouvernante avec l'expression embarrassée d'un homme en qui
vient de surgir un nouveau doute. C'était vraiment pénible
à voir.

— La loge du nord ! — répétait-il. — Qu'alliez-vous faire
là, Aurora ?

— Voulez-vous que je reste ici dans mes vêtements trempés pendant que je vais vous le dire ? — demanda Mme Mellish, dont les grands yeux s'illuminaient d'indignation. —
Si vous voulez une explication pour la satisfaction de
Mme Powell, je puis la donner ici ; si c'est seulement pour
la vôtre, je vous la donnerai aussi bien là-haut.

Elle s'avança vers la porte, traînant après elle son châle
mouillé ; mais sa démarche n'était pas moins majestueuse
dans ses vêtements trempés ; c'était Sémiramide ou Cléopâtre sorties par un temps de pluie. Mais à la porte elle
s'arrêta, et, s'adressant à son mari, elle lui dit :

— J'aurai besoin que vous me conduisiez à Londres demain, monsieur Mellish.

Puis avec un mouvement superbe de sa tête magnifique, et un éclair de ses yeux rayonnants qui semblait dire : « Esclave, obéis et tremble! » elle disparut, laissant Mellish la suivre, tremblant, étonné, abasourdi, la tête assaillie de doutes et d'inquiétudes terribles, qui, comme des créatures venimeuses, lui rongeaient sourdement le cœur.

CHAPITRE XIX

Affaires d'intérêts.

Floyd était bien solitaire à Felden, privé de sa fille. Il trouvait peu de distractions dans l'immense salon, dans la salle de billard, dans la bibliothèque, pas plus que dans les charmantes galeries pleines de siéges confortables disséminés dans tous les coins, aux croisées richement tendues, aux coussins en damas, aux meubles de chêne, aux vases en porcelaine aussi hauts que les tables, et toutes égayées soit par les portraits aux lignes fortement accentuées, soit par les images, souriantes et efféminées, des ancêtres, que le banquier avait achetés dans Wardour Street. (En vérité, je crois que ces héros écossais, ces guerriers en perruques, ces grandes dames aux corsages à pointes, aux jupes relevées, aux robes à paniers, garnies de festons en rubans bleus, avaient été peints sur commande, et qu'il devait se trouver quelques *items* sur les livres du marchand de bric-à-brac, semblables à ceux-ci, par exemple : « Pour un chevalier porte-étendard tué à Bosworth, 25 liv. 5 s. ») Le vieux banquier, dis-je, paraissait sérieusement fatigué de son somptueux domaine, qui était de bien peu de valeur pour lui sans Aurora.

On n'est pas toujours heureux quand on vit dans de riches demeures, quoiqu'il soit généralement admis que c'est

une admirable chose que d'occuper un château assez vaste
pour servir d'hôpital, et de prendre son repas au bout
d'une table suffisamment grande pour servir à une réunion
de directeurs de chemins de fer. Floyd ne pouvait seul
occuper les deux cheminées de son grand salon, et il se
trouvait bien isolé, en regardant, assis dans son fauteuil,
tout cet encombrement de coussins de velours, de damas
satiné, de meubles de Boule, de malachite, de porcelaine,
de cristal, d'or moulu, et tous ces fauteuils vides. Il avait
froid dans sa triste opulence; son tapis de velours, de quarante-cinq pieds sur trente, n'était qu'une pincée de sable
jaune dans le désert du Grand Sahara, pour la satisfaction
qu'il en tirait.

La salle de billard était encore peut-être plus triste, car
les queues ainsi que les billes étaient devenues précieuses
depuis qu'elles avaient été touchées par Aurora, et une
longue reprise se voyait sur le tapis vert, indiquant l'endroit où Mlle Floyd l'avait déchiré lors de ses premiers
essais au jeu de billard.

Le banquier jeta un dernier regard sur ces deux pièces
splendides, et en remit les clefs à la gouvernante.

— Prenez soin de ces pièces, madame Richardson, —
dit-il, — et ne manquez pas de leur donner de l'air; mais
je ne les habiterai que lorsque je recevrai la visite de M. et
Mme Mellish.

Puis ayant fermé les portes de ses grands appartements,
Floyd se retira dans cette petite chambre si commode dans
laquelle il conservait les quelques reliques d'un passé malheureux.

On pourra dire que le banquier écossais était un vieillard bien stupide, et qu'il aurait pu inviter dans son splendide manoir des voisins de campagne, qu'il aurait pu con-
voquer ses neveux et leurs femmes, ainsi que le ban et
l'arrière-ban de ses petits neveux et petites nièces, et, de
cette façon, égayer l'habitation par des voix jeunes et fraî-
ches, et rendre les longs corridors bruyants avec le piéti-
nement incessant de maints petits pieds. Il eût pu rassembler autour de son foyer désert les célébrités artistiques et

littéraires, et voir défiler sur ses tapis moelleux les lions à
la mode de Londres. Il lui eût été possible d'entrer dans
l'arène politique, et se faire nommer membre du Parlement. Il eût été à même de faire quoi que ce soit au monde,
car il était aussi riche qu'Aladin, et aurait pu offrir des
monceaux de diamants bruts au père de n'importe quelle
princesse avec laquelle il lui eût pris la fantaisie de se marier. Entreprendre n'importe quoi lui eût été facile, à ce
ridicule vieux banquier, et cependant il ne faisait que méditer, assis auprès de sa cheminée, car il était âgé et débile, et il avait l'habitude de rester au coin du feu, même
durant les belles journées d'été, songeant à sa fille si éloignée de lui.

Il rendait grâces à Dieu d'avoir donné à son enfant un
heureux intérieur, un mari dévoué, une position honorable
et assurée, et il eût donné la dernière goutte de son sang
pour avoir pu lui procurer ces avantages; mais après tout
il était mortel, et il aurait préféré l'avoir près de lui.

Pour quelle raison ne s'entourait-il pas de monde, ainsi
que le lui conseillait la pimpante Mme Alexandre lorsqu'elle
le voyait pâle et abattu?

Le banquier avait été un oncle rempli d'attentions, un
bon maître, un ami accompli et un patron généreux;
mais il n'avait jamais aimé d'autres créatures que sa femme
Éliza et la fille qu'elle lui avait laissée. Pendant vingt ans,
cette fille aux yeux noirs avait été l'idole devant laquelle
il s'était prosterné; et aujourd'hui que la divinité lui est
ravie, il tombe sans force et désolé devant la châsse vide.
Dieu seul sait combien cette enfant adorée l'avait fait souffrir; à quelle profondeur elle avait plongé avec insousiance
le poignard dans son cœur plein d'amour; et comment il
lui avait pardonné franchement, avec joie, avec larmes, et
le cœur plein d'espérance. Mais elle n'avait jamais expié
le passé. C'est une triste consolation que lady Macbeth
accorde à son époux plein de remords, lorsqu'elle lui dit
que « ce qui est fait ne peut plus se défaire; » mais c'est
fatalement et horriblement vrai. Aurora ne pouvait rendre
les années qu'elle avait arrachées à l'existence de son père,

et que ses tourments et son désespoir avaient décuplées. Il n'était point en son pouvoir de remettre en équilibre l'esprit qui jadis avait reçu un choc si terrible, qu'il en avait dispersé toute la sérénité, comme on disperse les rouages d'une montre, lorsqu'on la laisse tomber à terre avec force. L'horloger répare le dommage, et place ici une roue nouvelle, là un ressort nouveau, remet les aiguilles en marche, mais elles ne fonctionnent jamais aussi bien que lorsque la montre est sortie neuve des mains du fabricant, elles peuvent s'arrêter soudain sans l'apparence d'un motif. Aurora ne pouvait effacer le passé. Quelle que fût la nature de cette faute de son jeune âge, qui faisait le mystère de sa vie, elle ne pouvait y remédier; non, elle ne le pouvait pas! Ses larmes, son repentir, son affection, son respect, son attachement, pouvaient beaucoup sans doute; mais il ne pouvait arriver à cela.

Le vieux banquier invita Bulstrode et sa jeune femme à se regarder comme chez eux à Felden, et à parcourir en voiture les bois d'alentour, absolument comme si ç'eût été leur propre maison de campagne. Ils venaient quelquefois, et Talbot entretenait son grand oncle des infortunes des mineurs de Cornouailles, tandis que Lucy écoutait la conversation de son mari avec un mélange de respect et de joie. Floyd traitait ses hôtes de son mieux dans ces occasions, et donnait des ordres afin que les vins les plus vieux et les plus exquis de sa cave fussent servis pour l'agrément du Capitaine; mais quelquefois, au milieu même d'un discours de Talbot sur l'économie politique, le vieillard soupirait d'ennui, et jetait sur la cime des arbres un regard plein de tristesse dans la direction du nord, vers la lointaine habitation du comté d'York, dans laquelle sa fille était reine.

Peut-être Floyd n'avait-il qu'imparfaitement pardonné à Bulstrode d'avoir rompu le mariage projeté entre lui et Aurora. Des deux prétendants, le banquier aurait certainement donné la préférence à Mellish; mais il eût regardé comme convenable la retraite loin du monde du Capitaine, à l'occasion du mariage d'Aurora, et son éternel désespoir dans un exil sur la terre étrangère, au lieu de montrer son indifférence par une union précipitée avec la pauvre petite Lucy. Archibald avait les yeux fixés sur la blonde tête de sa nièce, assise dans la profonde embrasure de la croisée, ses tresses couleur d'ambre éclairées par les rayons du soleil, et les plis sinueux de sa robe de soie couleur de pêche, ressemblant à l'une des héroïnes si chères à l'école pré-raphaélite; et il s'étonnait de ce que Talbot avait pu la remarquer. Elle était certainement fort jolie, avec ses joues vermeilles, son nez droit, ses narines rosées, et une incomparable finesse de traits; mais aussi, quelle timidité, quelle froideur, à côté de cette déesse égyptienne, de cette reine assyrienne, aux yeux de flamme, et à la chevelure noire aux boucles ondoyantes!

Bulstrode était parfaitement calme, d'un caractère tranquille, et en apparence suffisamment heureux. Je me sers du mot *suffisamment* avec intention. C'est une chose dangereuse d'être trop heureux. Un bonheur à haute pression, une joie à soixante milles à l'heure, peut éclater et tourner à mal; mieux vaut le train à petite vitesse, partant de bonne heure le matin, et descendant tranquillement les voyageurs sains et saufs sous la gare, aux premières ombres de la nuit, que ce rapide et impétueux train express, qui fait le voyage dans un quart moins de temps, mais qui parfois culbute sur un talus, ou monte sur un train de marchandises, dans son incommensurable vitesse.

Bulstrode était matériellement plus heureux avec Lucy, qu'il n'eût jamais pu l'être avec Aurora. Le culte que sa placide et blonde épouse avait pour lui flattait son amour-propre. Son obéissance empressée, son entier et constant assentiment à toutes ses idées et à tous ses caprices; tout cela carressait son orgueil. Elle n'était point excentrique, elle n'était point emportée. Si son mari la laissait seule pendant toute une journée, dans la délicieuse petite maison qu'il avait meublée avant son mariage, il ne craignait pas de la voir faire seller son cheval, et s'en aller galoper dans Rotten Row, avec un seul groom pour la suivre. Elle n'était point esprit fort. Elle trouvait moyen d'être heureuse sans la société de chiens de Terre-Neuve ou de terriers de Skye. Elle ne plaçait pas au-dessus de tout l'art moderne un tableau de Landseer, représentant des chiens. Elle aurait pu parcourir cent fois Regent Street, sans avoir l'envie de flâner sur le bord du trottoir, et de marchander à des vendeurs de mauvaise mine « un adorable petit chien. » Elle était tout à la fois comme il faut, et de bon ton, et Talbot pouvait, sans aucune crainte, la laisser faire ses petites volontés, et il n'avait pas besoin de lui faire comprendre la nécessité d'employer ses mains délicates à la rude tâche de soutenir la dignité des Raleigh Bulstrode.

Quelquefois elle l'enlaçait, moitié amoureusement, moitié avec timidité, et, regardant son époux avec un charmant sourire suppliant, elle fixait ses yeux sur son visage régulier et calme, elle lui demandait en le câlinant s'il était *réellement*, mais RÉELLEMENT heureux.

— Oui, mon enfant chérie, — répondait le Capitaine, depuis longtemps habitué à cette question, — parfaitement heureux.

La froideur de sa réponse contrariait bien un peu la pauvre Lucy, et, vaguement, elle souhaitait à son mari une ressemblance plus grande avec les héros de ses romans, et un peu moins d'attachement pour Adam Smith, Mac Culloch et les mines de Cornouailles.

— Mais vous ne m'aimez pas comme vous aimiez Aurora, Talbot ?

Il y avait des profanes qui abrégeaient le nom de baptême du Capitaine et l'appelaient tout simplement « Tal; » mais Mᵐᵉ Bulstrode n'était pas plus capable de se servir de cette irrévérencieuse abréviation, que de dire, en parlant de sa gracieuse souveraine : la reine Vic.

— Mais vous ne m'aimez point comme vous aimiez Aurora, mon cher Talbot ? — insista la voix caressante, trop tendrement inquiète pour être contredite.

— Peut-être pas de la même façon que j'aimais Aurora, mon adorée.

— Pas autant, dites ?

— Autant et bien mieux encore, enfant gâtée ; je vous
aime d'un amour plus durable et plus sage. »

Si en parlant ainsi le Capitaine disait un petit mensonge,
doit-on le condamner pour cette légère tromperie? Comment résister à l'attrait de deux charmants yeux bleus, tout
prêts à se remplir de larmes, si la réponse eût été indif-
férente? Comment ne point céder au doux timbre d'une
voix tremblante d'émotion, aux charmes d'un visage plein
de grâce? Puis cette main caressante s'appuyait si légèrement sur le col de son habit! Il eût fallu être plus qu'un
simple mortel, si, à des questions aussi tendres, il eût répondu autrement que par des paroles d'amour. Un jour vint
bientôt où ses réponses n'eurent pas la plus légère ombre
de mensonge. Sa petite femme s'emparait insensiblement
de son cœur, et s'il se souvenait encore des rêves fiévreux
du passé, ce n'était que pour se réjouir dans la tranquille
sécurité du présent.

Bulstrode et sa femme restèrent à Felden, pour passer
quelques jours pendant la brûlante saison du mois de
juillet, et ils étaient à table pour dîner avec Floyd, le jour
qui suivit la soirée de l'orage. Ils furent tout à coup déran-
gés, au beau milieu de ce dîner, par l'arrivée inattendue de
M. et Mme Mellish, qui, s'arrêtant devant la porte, descen-
dirent d'une voiture de louage, au moment même où l'on
apportait le second service.

Floyd reconnut sa fille aux premiers murmures de sa
voix, et s'élança hors de la salle pour aller à sa rencontre.

Elle montra peu d'empressement à se jeter dans les bras
de son père, et resta à regarder Mellish avec une expression
d'insouciance et d'ennui, tandis que le robuste habitant du
comté d'York se laissait débarrasser peu à peu d'un monceau
gigantesque de sacs de voyage, d'ombrelles, de châles, de
revues, de journaux, de paletots, etc.

— Ma chérie.... Ma chérie! — s'écria le banquier, —
quelle heureuse surprise, quel plaisir inattendu!

Elle ne lui répondit pas, mais tout en passant ses bras
autour de son cou, elle le regardait avec tristesse.

— Elle a voulu venir, — dit Mellish, en s'adressant à

toute la société; — elle a voulu venir. Dieu sait pourquoi!
mais elle a dit qu'il fallait qu'elle vînt; et que pouvais-je
faire, sinon l'amener? Si elle me demandait de la conduire
dans la lune, que pourrais-je faire, sinon de lui obéir? Mais
elle n'a pas voulu apporter pour ainsi dire de bagages,
parce que nous repartons demain.

— Repartir demain! — répéta Floyd, — c'est impossible.

— Que Dieu vous garde! — s'écria John, — qu'est-ce
qu'il y a d'impossible pour Aurora? Je vous répète que s'il
lui prenait fantaisie d'aller dans la lune, elle irait! Elle
trouverait une machine spéciale, ou un ballon spécial, ou
n'importe quoi de spécial, et elle partirait. Lorsque nous
étions à Paris, elle a voulu voir jouer les grandes eaux, et
elle m'a dit d'écrire à l'Empereur pour lui demander de les
faire jouer pour elle, et, par Jupiter, cela fut fait!

Lucy s'avança pour souhaiter le bonjour à sa cousine,
mais je crois qu'une angoisse de jalousie traversa ce cœur
innocent à l'idée que ces terribles yeux noirs allaient de
nouveau peser sur l'existence de Talbot.

Mme Mellish entoura sa cousine de ses bras avec autant de
tendresse que si elle eût embrassé une enfant.

— Vous ici, chère Lucy! — dit-elle. — Oh! comme je
suis contente.

— Il m'aime, — dit tout bas la petite Mme Bulstrode,
— et jamais, non, jamais je ne pourrai vous dire combien
il est bon.

— Mais c'est tout naturel, ma charmante, — répliqua
Aurora, attirant sa cousine à l'écart, pendant que Mellish
serrait la main de son beau-père et celle de Bulstrode. — Il
est le plus glorieux des princes, le plus parfait des saints,
n'est-ce pas? Et vous l'adorez toute la journée, vous chantez
tout bas des hymnes à sa louange, vous dites des messes en
son honneur, et vous allez récitant ses vertus sur un rosaire
imaginaire. Ah! Lucy, il y a bien des genres d'amour, et
qui pourra dire jamais lequel est le meilleur et le plus
grand? Je vois clair, je considère cet étourdi de John avec
des yeux exempts de toute prévention. Je connais tous ses

défauts, je ris de toutes ses maladresses; oui, je ris en ce
moment même, car le voilà qui laisse tomber ses bagages
plus vite que les domestiques ne peuvent les ramasser!

Elle s'interrompit pour désigner l'énorme charge du pauvre John.

— Je vois tout cela aussi clairement que je vois les
fautes du domestique placé derrière ma chaise; et, malgré
tout, je l'aime de tout mon cœur, de toute mon âme, et je
ne voudrais pas le voir se corriger d'un défaut ni exagérer
une qualité, de peur qu'il ne soit plus lui-même.

Lucy poussa un petit soupir de légère résignation.

— Quel bonheur que ma pauvre cousine soit heureuse,
— pensa-t-elle, — et cependant elle doit être à plaindre
avec cet absurde Mellish.

Ce que Lucy voulait dire, c'était peut-être ceci : « Comment Aurora peut-elle être heureuse avec un homme qui
n'a ni le nez aquilin ni les cheveux noirs? « Il y a des femmes
qui ne perdent jamais cet engouement de jeune fille pour
les nez aquilins et les cheveux noirs. Il y a des demoiselles
qui eussent refusé Napoléon, sous prétexte qu'il était de
« petite taille, » ou eussent fait fi de l'auteur de *Child Harold*, si, par hasard, elles l'eussent vu avec un faux-col
droit. Si Byron n'eût jamais rabattu ses cols, sa poésie eût-
elle été aussi populaire? Si Tennyson venait à couper ses
cheveux, cette opération modifierait-elle notre opinion sur
la Reine de Mai? Où commence et où finit ce merveilleux
pouvoir de l'idée? Aurora avait peut-être des raisons pour
être satisfaite de sa position avec son prosaïque époux.
Peut-être avait-elle appris dès son jeune âge qu'il y a des
qualités qui peuvent compenser des traits réguliers et des
cheveux qui frisent. Peut-être, ayant été très-frivole, avait-
elle devancé ses compagnes et était-elle devenue raisonnable avant l'heure?

Floyd conduisit sa fille et son mari dans la salle à manger; les convives se remirent à table avec les deux hôtes
inattendus, le second service fut apporté, et le saumon à
demi refroidi fut remis sur la table pour M. et Mme Mellish.

Aurora s'assit à son ancienne place, à la droite de son

père. Dans sa jeunesse, Mlle Floyd n'occupait jamais le bout de la table, elle préférait se placer près de son père si gai, si aimant; elle lui versait à boire à la place des domestiques, et elle avait pour le vieillard une foule de petites attentions qui semblaient bien douces au banquier.

Aujourd'hui Aurora paraissait plus caressante. Ses manières charmantes et affectueuses reprenaient leur ancien charme sur Floyd. Il posa son verre d'eau d'une main tremblante, afin de regarder sa fille chérie, resta ébloui de sa beauté, et s'enivra de l'avoir près de lui.

— Mais, ma chère enfant, — dit-il quelque temps après, — que parles-tu de retourner demain dans ta province?

— Cela veut dire, papa, qu'il faut que je reparte, — répliqua Mme Mellish avec fermeté.

— Mais pourquoi être venue, mon enfant, pour ne rester qu'une nuit?

— Parce qu'il fallait que je te visse, très-cher père, et que je te parlasse de... d'affaires d'intérêts.

— C'est cela! — s'écria Mellish la bouche à moitié pleine de saumon à la sauce homard, — c'est cela même! affaires d'intérêts! je ne puis tirer que cela d'elle. Elle est sortie très-tard hier au soir, elle a rôdé dans le jardin, puis elle est rentrée mouillée jusqu'aux os, en disant qu'il fallait qu'elle vînt à Londres pour des affaires d'intérêts. Si elle veut de l'argent, elle peut en avoir autant qu'elle en a besoin. Elle n'a qu'à écrire la somme, je signerai le bon, ou bien elle peut prendre une douzaine de chèques en blanc, et les remplir elle-même, si elle le désire. Que pourrais-je lui refuser sur terre? Si elle a un peu trop dépensé au-delà de ce qu'elle pouvait, pourquoi ne s'adresse-t-elle pas à moi, au lieu de vous ennuyer à propos d'affaires d'argent? Vous savez bien que je vous l'ai dit dans le train, Aurora, et plusieurs fois encore; pourquoi ennuyer votre pauvre père avec ces affaires-là?

Le pauvre père promenait avec étonnement ses regards de sa fille à son gendre. Que pouvait signifier tout ceci? Ennuis, tourments, chagrins, humiliations, honte.

Ah! que Dieu vienne en aide à ce faible esprit, dont l'é-

nergie fut anéantie par un coup terrible. Floyd craignait
les signes d'un prochain orage, apporté par le moindre
nuage dans le ciel d'une journée d'été.

— C'est, peut-être, que je préfère dépenser l'argent qui
m'appartient, monsieur Mellish, — répliqua Aurora; — et
payer les folles dettes que j'ai jugé à propos de contracter
avec l'argent de ma propre bourse, sans avoir pour cela
d'obligations à personne.

Mellish revint à son saumon sans rien répondre.

— Il n'y a pas grand mystère dans tout ceci, papa, —
continua Aurora; — j'ai besoin d'un peu d'argent pour un
motif particulier, et je suis venue te consulter sur mes affaires. Il n'y a rien de bien extraordinaire dans tout ceci,
n'est-ce pas?

En parlant ainsi, Mme Mellish releva la tête et eut l'air de
lancer ces paroles en manière de défi. Son ton fut si hautain, que Talbot et Lucy eux-mêmes furent forcés d'y répondre par une légère marque de désapprobation.

— Non, non, certainement non, rien de plus naturel, —
murmura le Capitaine.

Mais en même temps il se disait tout bas : — Je vous
rends grâces, mon Dieu, d'avoir épousé l'autre.

Après le dîner, la compagnie sortit de la salle à manger
et descendit sur la pelouse, puis de là ils se dirigèrent vers
le pont en fer, sur lequel Aurora, son chien à ses côtés,
s'était trouvée il n'y avait pas encore deux ans, lors de la
seconde visite de Bulstrode à Felden. Appuyé avec nonchalance sur la balustrade de ce pont, pendant cette belle soirée d'été, à quoi pouvait songer le Capitaine, si ce n'était à
ce jour de septembre écoulé depuis deux ans à peine? Pas
même encore deux ans! Et, depuis ce temps, combien de
choses s'étaient passées, avaient été supportées, avaient été
souffertes! Le temps était court, et cependant quelle éternité d'angoisses, quel siècle de tourments s'étaient accu-
mulés en si peu de jours et en si peu de semaines! Lorsqu'un associé indélicat engage sur le turf, pour un cheval
favori, l'argent qui ne lui appartient pas, et rentre chez lui
le soir après avoir perdu, il est bien difficile de faire com-

prendre à ce malheureux qu'il n'y avait pas encore douze heures qu'il courait sur la route d'Epsom, confiant dans sa chance, et calculant de quelle façon il emploierait l'argent de son gain. Talbot était silencieux, et pensait à l'influence que cette famille de Felden avait eue sur sa destinée. Sa petite Lucy s'aperçut de cette tristesse et de cette préoccupation d'esprit, et, s'approchant doucement de son mari, elle passa son bras sous le sien. Elle avait le droit d'agir ainsi. Oui, elle pouvait glisser sa charmante petite main blanche sur la manche de son habit, et même le regarder presque bravement en face.

— Vous souvient-il de votre première visite à Felden, et de la halte que nous fîmes sur ce même pont sur lequel nous sommes maintenant? — demanda-t-elle; car elle aussi avait songé à l'époque déjà si éloignée de cette magnifique journée de septembre 1857. — Vous en souvient-il, mon cher Talbot?

Elle l'avait entraîné loin du banquier et de ses enfants pour lui poser cette importante question.

— Oui, parfaitement, mon enfant adorée. Aussi bien, je me souviens de votre charmant visage quand vous étiez assise au piano, et que les rayons du soleil se jouaient dans votre chevelure.

— Vous vous rappelez cela!... vous vous souvenez de *moi?* — s'écria Lucy avec impétuosité.

— Parfaitement, en vérité!

— Je croyais cependant.... c'est-à-dire je sais.... que vous étiez amoureux d'Aurora, dans ce temps-là.

— Je ne crois pas.

— Vous ne faites que le croire?

— Comment puis-je dire? — répondit Talbot. — J'avoue franchement que mon premier souvenir attaché à cet endroit est celui d'une magnifique créature aux yeux noirs, avec des fleurs rouges dans les cheveux; et il me serait aussi difficile de séparer son image de Felden, qu'il me serait possible de déraciner avec ma main droite les arbres séculaires qui donnent leur nom à cette propriété. Mais si vous gardez de cette ombre effacée du passé un souvenir pénible, vous vous chagrineriez, ainsi que moi, bien grandement à tort. J'ai commis une erreur, Lucy, mais Dieu soit loué, je m'en suis aperçu à temps.

Nous devons faire remarquer que Bulstrode était toujours très-démonstratif dans sa reconnaissance envers la Providence, pour avoir échappé aux liens qui avaient dû l'unir à Aurora. Il avait aussi un grand fonds de pitié pour Mellish. Mais, malgré tout, il était toujours disposé à se montrer taquin et querelleur avec l'habitant du comté d'York; et je me demande si les petites gaucheries et les maladresses de John ne lui faisaient point quelque plaisir. Il y a certaines plaies qui ne se cicatrisent jamais entièrement. Les chairs divisées peuvent être réunies, les calmants peuvent vaincre l'inflammation; la cicatrice même que laisse le coup de poignard peut s'effacer, disparaissant dans la transformation graduelle que subit chaque atome, selon les physiologistes; mais la blessure *a existé*, et, jusqu'à la fin de nos jours, il y a des changements de température qui nous rappellent notre ancienne douleur.

Aurora traitait le mari de sa cousine avec la calme cordialité qu'elle eût accordée à un frère. Elle ne lui gardait point rancune de son ancien abandon, car elle était heureuse avec son mari. Elle était heureuse avec l'homme qui l'aimait et avait confiance en elle, et qui supportait toutes les épreuves avec sa foi candide. Mᵐᵉ Mellish et Lucy se promenèrent au bord de l'eau, autour des parterres de fleurs, et laissèrent les hommes sur le pont.

— De sorte que vous êtes parfaitement, mais parfaitement heureuse, ma chère Lucy? — dit Aurora.

— Oh! oui.... oui.... ma chère amie. Comment ferais-je autrement? Talbot est si bon pour moi. Je sais bien qu'il vous a aimée la première, et qu'il ne m'aime peut-être pas de la même manière.... peut-être pas autant.

Lucy ne se lassait point de faire vibrer cette corde.

— Mais je suis très-heureuse. Il faut venir nous voir, ma chère Aurora, notre maison est si jolie!

Ici, Mᵐᵉ Bulstrode commença une description détaillée des meubles et des décorations de son habitation, qu'il est presque inutile de rapporter. Aurora écouta avec distraction la nomenclature du mobilier, et bâilla plusieurs fois avant que sa cousine eût terminé.

— C'est une charmante maison, je n'en doute pas, Lucy, — dit-elle enfin, — et John ainsi que moi serons heureux d'aller vous voir un jour. Je voudrais savoir, Lucy, s'il nous arrivait jamais quelque chagrin ou quelque événement à la maison, si vous me receviez encore ?

— Quelque tourment !... quelque chagrin !.... — répéta Lucy d'un air effrayé.

— Vous ne me renverriez point, n'est-ce pas, Lucy ? Non, je vous sais trop bonne. Vous m'ouvririez secrètement votre porte, vous me cacheriez dans une chambre de domestique, et vous m'apporteriez à manger en cachette, de peur que le Capitaine ne vînt à découvrir sous son toit une personne qu'on n'aurait pas dû recevoir. Vous serviriez deux maîtres, Lucy, en tremblant de peur et de crainte.

Avant que Mme Bulstrode eût pu répondre à ces paroles extraordinaires, l'approche des hommes interrompit cette conversation.

Ce n'était point une soirée bien gaie que celle de ce coucher de soleil de juillet à Felden. La joie causée à Floyd par la présence de sa fille était un peu assombrie par l'étrangeté de sa visite. Mellish avait quelque réminiscence de l'inquiétude qu'il avait éprouvée la veille au soir. Bulstrode était pensif et chagrin. La pauvre petite Lucy, enfin, sous l'influence de sa séduisante cousine, ressentait de vagues terreurs. Je ne crois pas qu'un seul membre de cette réunion de famille fut contrarié lorsque la grosse cloche de l'horloge des écuries sonna onze heures, et qu'on apporta les flambeaux pour se retirer.

Talbot et sa femme furent les premiers à souhaiter le bonsoir; Aurora s'attacha à son père, et John avait les yeux fixés sur son charmant sergent, attendant le mot d'ordre.

— Vous pouvez vous en aller, John, — dit-elle, — j'ai besoin de parler à mon père.

— Mais je puis attendre, Aurora.

— Sous aucun prétexte, — répondit sèchement Mme Mel-

lish. — Je me rends dans le cabinet de papa pour avoir un
entretien sérieux avec lui. A quoi vous servirait-il d'attendre! Vous nous avez bâillé au nez toute la soirée. Je sais,
John, que vous êtes à moitié mort de fatigue ; ainsi allez-
vous-en, mon cher trésor, et laissez-nous, papa et moi,
discuter d'affaires d'intérêts.

Elle allongea ses lèvres roses et se tint sur la pointe des
pieds, pendant que le gros habitant du comté d'York lui
donnait un baiser.

— Comme vous me menez, Aurora ! — dit-il d'un ton
un peu aigre. — Bonne nuit, monsieur. Que Dieu vous bé-
nisse! Ayez soin de vous, mon cher beau-père.

Il serra la main de Floyd, en le quittant avec cet air
moitié affectueux, moitié respectueux qu'il conservait toujours auprès du père d'Aurora. Mᵐᵉ Mellish resta quelques
instants silencieuse et immobile, regardant son mari s'é-
loigner, tandis que son père, qui surveillait ses regards,
essayait d'en deviner le sens.

Combien sont pénibles les drames de la vie réelle!
Quelle scène horrible entre le More et le vieillard a lieu en
pleine rue à Chypre! Selon les usages modernes, je ne puis
me figurer Othello et Iago discutant sur la vertu de la
pauvre Desdémone dans le cimetière de Saint-Paul, ou
même sur la place du marché d'une ville de province;
mais peut-être que la rue de Chypre était triste, quelque
cul-de-sac sans doute, ou au moins un carrefour désert,
quelque chose comme celui de *la Dame de Lyon* dans
lequel Melnotte tombe sur le dos de Damas, et raconte en
sanglotant ses infortunes. Mais nos drames modernes semblent affectionner l'intérieur, et les endroits où l'on s'attend le moins à rencontrer des scènes terribles.

Il est probable qu'un voyageur quelconque, allant de
Beckenham à West Wickham, aurait jeté un regard d'envie
sur le château de Felden, et regretté de ne pas être le propriétaire de cette immense étendue de parcs et de jardins;
et cependant, je doute que dans tout le comté de Kent il
y eût en ce moment une créature dont l'esprit fût aussi
tourmenté que celui du banquier. Ces quelques minutes

pendant lesquelles Aurora resta pensive furent autant d'heures pour son âme inquiète. Elle parla enfin.

— Veux-tu venir dans ton cabinet, papa, — dit-elle; —
cette chambre est si grande et si tristement éclairée! J'ai
toujours peur que dans les coins il n'y ait des oreilles qui
nous écoutent.

Elle n'attendit point la réponse de son père, mais elle se
dirigea vers une pièce située de l'autre côté de la salle, la
chambre dans laquelle son père et elle s'étaient enfermés
la veille de son départ pour Paris. Le portrait au pastel
d'Éliza Floyd avait l'air de regarder Archibald et sa fille.
La figure était si bien éclairée, et le sourire si naturel, qu'il
était difficile de penser que c'était celui d'une morte.

Le banquier parla le premier.

— Mon enfant adorée, — dit-il, — que me veux-tu?

— De l'argent, père; deux mille livres.

Elle arrêta son geste de surprise, et continua avant qu'il
eût pu l'interrompre.

— L'argent que tu m'as donné lors de mon mariage avec
John est placé dans notre maison de banque, je le sais. Je
sais aussi que je puis quand il me plaira tirer à vue sur
mon compte; mais j'ai pensé que si je faisais un bon de
deux mille livres, la somme pourrait attirer l'attention et
peut-être le billet tomber entre tes mains. Si cela fût arrivé,
peut-être eusses-tu été alarmé, ou au moins étonné. J'ai
donc pensé qu'il valait mieux m'adresser directement à toi,
et te demander cet argent; d'autant plus qu'il me le faut
en billets de banque.

Archibald devint très-pâle. Il était resté debout pendant
qu'Aurora avait parlé, mais à peine eut-elle terminé, qu'il
tomba sur une chaise auprès de son petit bureau, et, appuyant son coude sur le pupitre ouvert, il soutint sa tête
dans sa main.

— Pour quel motif as-tu besoin de cet argent, ma chère
enfant? — demanda-t-il gravement.

— Ne t'occupe point de cela, père. C'est de l'argent qui
m'appartient, n'est-ce pas, et je puis le dépenser comme
je l'entends.

— Certainement, ma chère enfant, certainement, — répondit-il avec une légère hésitation. — Tu peux dépenser tout ce qu'il te plaira. Je suis assez riche pour te passer tous tes caprices, même les plus extravagants, les plus insensés. Mais les arrangements pris pour ton mariage étaient en vue de tes enfants, plutôt que... que... pour de semblables choses, et je ne suis pas certain qu'en touchant à cet argent sans la permission de ton mari, tu ne sois point en faute; d'autant plus que ton argent de poche suffit pour te permettre de satisfaire à tous tes caprices.

Le vieillard releva d'une main tremblante ses cheveux gris de dessus son front.

Le ciel sait seul si même, en ce moment, Aurora fit attention à cette main débile et à ces cheveux blancs.

— Donne-moi cet argent, alors, père, — dit-elle; — donne-le-moi de ta propre bourse; tu es assez riche pour pouvoir le faire.

— Assez riche, oui, quand même la somme serait vingt fois plus forte, — répondit le banquier avec douceur; mais aussitôt, avec un soudain accès d'impatience, il reprit : — Oh! Aurora... Aurora... pourquoi me tourmenter ainsi? Ai-je été un père tellement cruel que tu ne puisses avoir confiance en moi? Aurora, pourquoi as-tu besoin de cet argent?

Elle joignit ensemble ses deux mains avec force, et le regarda quelques instants.

— Je ne puis te le dire, — reprit-elle enfin avec énergie. — Si je te disais ce que je pense faire, tu pourrais contrarier mes projets. Mon père!... mon père!... — s'écria-t-elle avec un changement soudain dans la voix ainsi que dans toutes ses manières, — je suis environnée de toutes parts de dangers et de difficultés, et je n'ai qu'un moyen d'échapper... sinon la mort. Si je ne prends ce parti, il faut que je meure. Je suis bien jeune... trop jeune et trop heureuse pour mourir volontairement. Donne-moi les moyens de me sauver.

— Tu veux dire cette somme d'argent?
— Oui.

— Tu as été entraînée par quelques connaissances, par quelques-uns des amis de ce.....?

— Non.

— Quoi, alors?

— Je ne puis te le dire.

Ils gardèrent le silence pendant quelques minutes. Floyd implorait sa fille du regard, mais elle ne répondait pas à ce regard rempli d'amour. Aurora restait devant son père l'œil fier et sombre, les paupières abaissées sur ses noires prunelles, non par honte, non par humiliation, mais seulement avec la ferme résolution de ne pas se laisser attendrir par la vue des chagrins de son père.

— Aurora, — dit-il enfin, — pourquoi ne pas prendre le plus sage et le plus sûr moyen? Pourquoi ne pas dire la vérité à Mellish? Le danger disparaîtrait, la difficulté serait surmontée. Si tu es persécutée par cette vile engeance, qui mieux que lui peut te venir en aide? Dis-lui, Aurora... dis-lui tout!

— Non... non... non !...

Elle couvrit son pâle visage de ses deux mains.

— Non... non... pour rien au monde !... — s'écria-t-elle.

— Aurora, — dit Floyd avec un air de fermeté croissante qui s'étendit sur sa figure, et couvrit d'un sombre nuage la physionomie bienveillante du vieillard, — Aurora, que Dieu me pardonne de dire de telles paroles à mon enfant, mais je dois insister pour que tu me dises que ce n'est point un nouvel aveuglement, une nouvelle folie qui te pousse à...

Il ne put terminer sa phrase.

Mᵐᵉ Mellish laissa retomber ses mains, et le regarda avec des yeux qui lançaient des éclairs, et les joues empourprées.

— Père, — s'écria-t-elle, — comment oses-tu m'adresser une semblable question? Un nouvel aveuglement !... une nouvelle folie !... Crois-tu que je n'aie point assez souffert des folies de ma jeunesse? N'ai-je point assez payé l'égarement de mon enfance, pour que tu me parles ainsi ce soir. Suis-je donc d'une si basse extraction, — dit-elle avec indignation, en désignant le portrait de sa mère, — que tu aies le droit d'avoir une pareille opinion de moi? Est-ce que...

Son emportement arrivait à son comble, lorsque soudain elle tomba aux pieds de son père, et éclata en larmes et sanglots.

— Père... père... aie pitié de moi! — s'écria-t-elle, — aie pitié de moi!...

Il la prit dans ses bras, l'attira sur lui et la consola, comme il l'avait consolée de la perte d'un petit terrier d'Écosse, douze années auparavant, lorsqu'elle pouvait encore s'asseoir sur ses genoux, et cacher sa tête dans son gilet.

— Avoir pitié de toi, ma chère enfant! — dit-il. — Que ne ferais-je point pour t'épargner un moment de peine? Si ma malheureuse existence pouvait te soulager, si...

— Me donneras-tu cet argent, père? — demanda-t-elle en le regardant d'un air câlin, au milieu de ses larmes.

— Oui, ma chérie, demain matin.

— En billets de banque?

— Comme il te plaira. Mais pourquoi fréquenter ces gens-là? Pourquoi écouter leurs inconvenantes demandes? Pourquoi ne point dire la vérité?

— Ah! pourquoi, en vérité! — dit-elle d'un air pensif. — Ne me fais point de questions, cher père, mais donne-moi l'argent demain, et je te promets que ce sera la dernière fois que tu entendras parler de mes anciens chagrins.

Elle fit cette promesse avec une assurance telle, que son père eut un rayon d'espoir.

— Viens, mon père adoré, — dit-elle, — ta chambre est près de la mienne, montons ensemble.

Elle passa son bras sous le sien, et, le conduisant jusqu'en haut du grand escalier, ne le quitta qu'à la porte de sa chambre.

Floyd fit venir sa fille dans son cabinet le lendemain matin de bonne heure, tandis que Bulstrode décachetait ses lettres, et que Lucy se promenait de long en large sur la terrasse avec Mellish.

— J'ai télégraphié pour qu'on m'envoie l'argent, ma chère enfant, — dit le banquier. — L'un des commis sera ici quand nous aurons fini de déjeuner.

Floyd avait raison. Une carte, portant le nom d'un M. George Martin, lui fut apportée pendant qu'il déjeunait.

— Priez M. Martin d'avoir la bonté de m'attendre dans mon cabinet, — dit-il.

Aurora et son père trouvèrent le commis assis auprès de la croisée ouverte, regardant avec délices, à travers les festons de feuillage qui entouraient les treillages, le superbe jardin d'agrément. Felden était un endroit sacré, aux yeux des jeunes commis de Lombard Street, et une course à Beckenham en cab, par une belle matinée d'été, sans parler de la chance d'une collation, avec du vieux madère, ou un poulet froid, avec de l'ale d'Écosse, passait pour une véritable partie de plaisir.

Martin, qui était sous l'influence du chagrin passager de n'avoir que dix-neuf ans, se leva avec empressement, d'un air confus et surpris, et rougit énormément à la vue de Mme Mellish.

Aurora répondit à ses saluts respectueux par un mouvement de tête, comme elle aurait pu le faire pour un des petits chiens de l'écurie, et s'assit vis-à-vis de lui, à une petite table auprès de la fenêtre. La table était si étroite, que la robe de mousseline d'Aurora frôla le pantalon de drap brun du jeune commis quand Mme Mellish s'assit.

Le jeune homme ouvrit un petit sac en maroquin qu'il portait suspendu en bandoullère par une courroie, et en tira un paquet de billets de banque si minces, si blancs, si neufs, que, dans leur fraîcheur immaculée, ils ressemblaient plutôt à des billets de la Banque d'élégance qu'aux valeurs fictives mises en circulation, pour les besoins d'une nation laborieuse et commerçante.

— J'ai apporté l'argent pour lequel vous avez télégraphié, monsieur, — dit le commis.

— Très-bien, monsieur Martin, — répondit le banquier. — Voici mon reçu tout préparé. Les billets sont...?

— Vingt de cinquante, vingt-cinq de vingt, cinquante de dix, — dit le commis avec volubilité.

Floyd prit le petit paquet et compta les billets avec la prestesse de l'habitude qu'il avait encore conservée.

— Parfaitement juste, — dit-il en tirant la sonnette, à laquelle il fut aussitôt répondu par un laquais à l'air souriant.

— Servez une collation à monsieur. Vous trouverez le madère excellent, — dit-il avec bonté, en se tournant vers le timide jeune homme. — C'est un vin qui s'en va, et quand vous aurez mon âge, monsieur Martin, il ne vous sera pas possible d'en avoir un verre de pareil à celui que je vous offre aujourd'hui. Au revoir.

Martin s'élança rapidement pour saisir son chapeau qu'il avait posé sur une chaise, renversa avec son coude un tas de papiers, salua, rougit, et trébucha en sortant de la chambre à la suite du laquais qui professait un profond mépris pour les jeunes commis.

— A présent, mon enfant, — dit Floyd, — voici l'argent que tu m'as demandé, quoique, fais-y attention, je proteste contre...

— Non, mon père, plus un mot, — dit-elle en l'interrompant, — je croyais tout cela arrangé hier soir.

Il soupira, avec le même air triste qu'il avait eu la veille, et, se plaçant devant son bureau, il trempa sa plume dans l'encre.

— Que vas-tu faire, papa ?

— Je vais seulement prendre le numéro des billets.

— Ce n'est point la peine.

— C'est toujours la peine d'être un homme d'ordre, — dit le vieillard avec fermeté, tout en inscrivant les numéros les uns après les autres sur une feuille de papier, avec une précision admirable.

Pendant cette opération, Aurora se promenait avec impatience dans la chambre.

— Comme j'ai eu de la peine à avoir cet argent ! — s'écria-t-elle ; — je n'aurais pas eu plus de mal à obtenir ces deux mille livres si j'eusse été la femme ou la fille des deux plus pauvres hommes de la chrétienté. Et à présent tu me fais attendre pendant que tu prends les numéros des billets : pas un seul probablement ne sera changé dans ce pays.

— J'ai appris à avoir de l'ordre étant très-jeune, Aurora, — répliqua Floyd, — et je n'ai point perdu mes anciennes habitudes.

Il accomplit cette besogne en dépit de l'impatience de sa fille, et lui donna les paquets de billets lorsqu'il eut terminé.

— Je garderai la liste des numéros, ma chère, — dit-il; — si je te la donnais, tu pourrais la perdre.

Il plia la feuille de papier, et la plaça dans un tiroir de son bureau.

— Dans vingt ans d'ici, Aurora, — dit-il, — si je vivais jusque-là, je serais à même de reproduire ce papier s'il en était besoin.

— Ce qui ne sera jamais, cher et méthodique père, — répondit Aurora; — mes chagrins sont terminés à présent.

Elle enlaça le cou de son père avec ses bras et l'embrassa avec tendresse.

— Il faut que je te quitte, mon très-cher père, aujourd'hui, — dit-elle; — il ne faut pas me demander pourquoi..... il ne faut rien me demander! Tu n'as pas autre chose à faire qu'à me chérir et avoir confiance en moi..... comme fait mon pauvre John, franchement, sans-arrière pensée, envers et contre tous.

FIN DU TOME PREMIER

TABLE DES MATIÈRES

FIN DE LA TABLE

COULOMMIERS. — Typog. A. MOUSSIN.

Librairie HACHETTE et Cᵉ, boulevard Saint-Germain, nᵒ 79, à Paris.

ÉDITIONS A 1 FRANC 25 C. LE VOLUME

FORMAT IN-18 JÉSUS

BIBLIOTHÈQUE DES MEILLEURS ROMANS ÉTRANGERS

Ainsworth (W. Harrisson) : Abigaïl. 1 vol. — Crichton. 2 vol. — La Tour de Londres. 1 v.

Anonymes : César Borgia, ou l'Italie en 1500. 1 vol. — Les Pilleurs d'épaves. 1 vol. — Paul Ferroll. 1 vol. — Violette. 1 vol. — Whitehall. 2 vol. — Whitefriars. 1 vol.

Beecher-Stowe (Mrs) : La Case de l'oncle Tom. 1 vol. — La Fiancée du ministre. 1 vol.

Bersezio (V.) : Nouvelles piémontaises. 1 vol.

Braddon (miss M. C.) : Œuvres. 25 vol. — Aurora Floyd. 2 vol. — Henry Dunbar. 2 vol. — Lady Lisle. 1 vol. — La Trace du Serpent. 2 vol. — Le Capitaine du Vautour. 1 vol. — Le Secret de lady Audley. 2 vol. — Le Testament de John Marchmont. 2 vol. — Le Triomphe d'Eléanor. 2 vol. — Ralph, l'intendant. 1 vol. — La Femme du Docteur. 2 vol. — Le Locataire de sir Gaspard. 2 vol. — L'Allée des Dames. 2 vol. — Rupert Godwin. 2 vol. — Le Brosseur du Lieutenant. 2 vol.

Bulwer-Lytton (Sir Edward) : Œuvres. 19 vol. — Devereux. 2 vol. — Ernest Maltravers. 1 v. — Le Dernier des Barons. 2 vol. — Le Désavoué. 2 vol. — Les Derniers jours de Pompéi. 1 vol. — Mémoires de Pisistrate Caxton. 2 vol. — Mon roman. 2 vol. — Paul Clifford. 2 vol. — Qu'en fera-t-il ? 2 vol. — Rienzi. 2 v. — Zanoni. 1 vol.

Caballero (F.) : Nouvelles andalouses. 1 vol.

Cervantes : Nouvelles. Trad. 1 vol.

Chodzko (A) : Contes Slaves. 1 vol.

Cummins (miss) : L'Allumeur de réverbères. 1 vol. — Mabel Vaughan. 1 vol. — La Rose du Liban. 1 vol.

Currer-Bell (miss Brontë) : Jane Eyre. 1 vol. — Le Professeur. 1 vol. — Shirley. 2 vol.

Dickens (Charles) : Œuvres. 25 vol. — Aventures de M. Pickwick. 2 vol. — Barnabé Rudge. 2 vol. — Bleak-House. 2 vol. — Contes de Noël. 1 vol. — David Copperfield. 2 vol. — Dombey et fils. 3 vol. — La petite Dorrit. 2 vol. — Le magasin d'antiquités. 2 vol. — Les Temps difficiles. 1 vol. — Nicolas Nickleby. 2 vol. — Olivier Twist. 1 vol. — Paris et Londres en 1793. 1 vol. — Vie et Aventures de Martin Chuzzlewit. 2 vol. — Les grandes Espérances. 2 vol. — L'Abîme. 1 v.

Disraeli : Sybil. 1 vol.

Douglas Jerrold : Sous les rideaux. 1 vol.

Forgues (E.-D.) : Sandra Belloni. 1 vol.

Freytag (G.) : Doit et Avoir. 3 vol.

Fullerton (lady) : L'Oiseau du bon Dieu. 1 vol.

Fullen (S.-W.) : La comtesse de Mirandole. 1 v.

Gaskell (Mrs) : Œuvres. 8 vol. — Autour d'un sofa. 1 vol. — Marie Barton. 1 vol. — Cranford. 1 vol. — Marguerite Hâle (Nord et Sud). 2 vol. — Ruth. 1 vol. — Les Amoureux de Sylvia. 1 vol. — Cousine Phillis. 1 vol.

Gerstæcker : Les deux Convicts. 1 vol. — Les Pirates du Mississipi. 1 vol. — Aventures d'une colonie d'émigrants en Amérique. 1 v.

Goethe : Werther. 1 vol.

Gogol (N.) : Les Ames mortes. 2 vol.

Grant (J.) : Les Mousquetaires écossais. 2 vol.

Hacklander : Boutique et Comptoir. 1 vol. — Le Moment du bonheur. 1 vol. — La vie militaire en Prusse. 4 séries.
Chaque série se vend séparément.

Hauff (W.) : Nouv. 1 vol. — Lichtenstein. 1 v.

Hawthorne (N.) : La Lettre rouge. 1 vol. — La Maison aux sept pignons. 1 vol.

Heiberg (L.) : Nouvelles danoises. 1 vol.

Hildreth : L'Esclave blanc. 1 vol.

Immermann : Les Paysans de Westphalie. 1 vol.

James : Léonora d'Orco. 1 vol.

Kavanagh (J.) : Tuteur et Pupille. 1 vol.

Kingley : Il y a deux ans. 2 vol.

Lennep (J. Van) : La Rose de Dekama. 2 vol. — Les Aventures de Ferdinand Huyck. 2 vol.

Lever (Ch.) : Harry Lorrequer. 2 vol. — L'Homme du jour. 1 vol.

Ludwig (O.) : Entre ciel et terre. 1 vol.

Lutfullah : Mémoires d'un gentilhomme mahométan. 1 vol.

Marvel (I.) : Le Rêve de la vie. 1 vol.

Mathews : Légendes indiennes. 1 vol.

Mayne-Reid : La Piste de guerre. 1 vol. — La Quarteronne. 1 vol.

Mügge (Th.) : Afraja. 2 vol.

Bouchkine : La Fille du capitaine. 1 vol.

Smith (J.-F) : La Femme et son maître. 3 vol. — L'Héritage (Dick Tarleton). 2 vol.

Sollohoub (comte). Nouvelles choisies. 1 vol.

Stephens (miss A.-S.) : Opulence et Misère. 1 v.

Thackeray : Œuvres. 8 vol. — Henry Esmond. 1 vol. — Histoire de Pendennis. 3 vol. — La Foire aux vanités. 2 vol. — Le Livre des Snobs. 1 vol. — Mémoires de Barry Lyndon. 1 vol.

Tourguéneff : Scènes de la vie russe. 2 vol. — Mémoires d'un seigneur russe. 1 vol.

Trollope (Mrs) : La Pupille. 1 vol.

Wieland (C.-M.) : Oberon, poème hist. 1 vol.

Wilkie Collins : Le Secret. 1 vol.

Zschokke : Addrich des Mousses. 1 vol. — Le Château d'Aarau. 1 vol.

Coulommiers. — Typog. A. MOUSSIN.

www.ingramcontent.com/pod-product-compliance
Lightning Source LLC
Chambersburg PA
CBHW071810020726
47502CB00004B/1063